Zum Buch:

In Old Forge, in dem ruhigen Dorf Maybury-in-the-Marsh ertönt ein Schreckensschrei: Die Hausherrin Amy Phelps wurde tot aufgefunden. Aber wenn alle Fenster und Türen zu ihrem Zimmer von innen verschlossen waren, wie – und von wem – wurde sie getötet? Arbuthnot ›Arbie‹ Swift findet sich in der unwahrscheinlichen Position des Detektivs wieder. Der gefeierte Autor von *Die Geisterjagd – Ein Leitfaden für den Gentleman* hält sich eigentlich in der Alten Schmiede auf, um einem verdächtigen Gespenst nachzugehen, doch nun fällt ihm auch die dringendere Angelegenheit des Ermittelns zu. Zusammen mit seiner alten Freundin Val deckt er bald eine traurige Geschichte von geheimen Liebesaffären und tragischen Verlusten auf – viele Motive für Mord. Als die Ereignisse eine weitere unheilvolle Wendung nehmen, muss Arbie den Mörder finden, und zwar schnell. Damit ihm das gelingt, muss er das Rätsel um dieses perfekt ausgeklügelte Verbrechen lösen.

Zur Autorin:

Faith Martin schreibt seit über 25 Jahren, in vier Genres und unter vier verschiedenen Pseudonymen. Sie wurde in Oxford geboren. Als echte Naturliebhaberin finden sich in ihren Manuskripten oft Beschreibungen von Wildtieren und der einheimischen Flora.

Faith Martin

MORD
BEI KERZENSCHEIN

Kriminalroman

Aus dem Englischen von Karin Dufner

HarperCollins

Die Originalausgabe erschien 2024 unter dem Titel
Murder by Candlelight bei HQ Digital, London.

1. Auflage 2024
© 2024 by Faith Martin
Deutsche Erstausgabe
© 2024 für die deutschsprachige Ausgabe
by HarperCollins in der
Verlagsgruppe HarperCollins Deutschland GmbH, Hamburg
Umschlaggestaltung von Designbüro Lübbeke Naumann
Umschlagabbildung von 4x6 / Istockfotos
Gesetzt aus der Minion
von GGP Media GmbH, Pößneck
Druck und Bindung von GGP Media GmbH, Pößneck
Printed in Germany
ISBN 978-3-365-00581-1
www.harpercollins.de

Für meine Agentin Kate Nash,
die mich nun schon so lange erträgt.

England, Sommer 1924

KAPITEL EINS

»Oh, hallo Mr. Swift, könnte ich kurz mit Ihnen über meinen Geist sprechen?«

Diese ein wenig unkonventionelle Begrüßung hätte wohl jeden außer Mr. Arbuthnot Lancelot Swift stutzig gemacht. Nur dass besagter Mr. Swift, von den Weltgewandteren unter seinen Freunden und Angehörigen meist nur mit einem »Ach, Arbie« zur Kenntnis genommen, aus härterem Holz geschnitzt war. Zumindest hielt er sich das gern zugute, obwohl es, wenn er ehrlich war, durchaus einen Grund für seinen bemerkenswerten Gleichmut gab. Vor Kurzem war nämlich sein äußerst erfolgreiches Werk über die bekanntesten Spukerscheinungen, Gespenster und Geister des Landes herausgekommen – auch die eine oder andere Weiße Frau war dabei –, weshalb er mit Bemerkungen wie dieser vermutlich besser umzugehen wusste als die meisten seiner Zeitgenossen.

»Oh, guten Morgen, Miss Phelps«, erwiderte er darum nur und wandte sich zu der hochgewachsenen grauhaarigen Dame um, die ihn aus blassblauen Augen nachdenklich musterte. »Ist heute nicht ein prachtvoller Tag?«, fügte er vergnügt hinzu.

Wie erwartet tat die würdevolle Dame diese Belanglosigkeit ab, indem sie ihr keine weitere Beachtung schenkte.

Miss Phelps, die Arbie auf inzwischen Ende sechzig schätzte, gehörte zu den wohlhabenderen Einwohnern von Maybury-in-the-Marsh, einem kleinen Dorf in den Cotswolds. Und Arbie war sich als eingeborenes Mitglied dieser Gemeinde nur allzu sehr der bedeutenden Stellung bewusst, die Miss Phelps in der hiesigen Gesellschaft bekleidete. Da sie zudem für ihren kritischen Blick berüchtigt war, konnte er nur hoffen, dass seine der neuesten Mode folgende weite Bundfaltenhose und der Wollpullover Gnade vor ihren gestrengen Augen finden würden.

Ihre Familie residierte nun schon seit Generationen in einem Anwesen namens Old Forge, wo die ersten Phelps einst als bescheidene Schmiede angefangen hatten. Doch dank Glück, Geschäftssinn, Fleiß und gnadenloser Sparsamkeit hatten sie im Laufe der Jahre ein Unternehmen aufgebaut, um das ihre Mitmenschen sie heute beneideten. Miss Phelps' Bruder hatte, wie so viele Industrielle seiner Zeit, im Weltkrieg das Vermögen noch weiter gemehrt, sodass der Name der Familie inzwischen an den Mauern vieler Fabriken prangte. Nicht zu vergessen auch an den Türen einer Kette von Automobilwerkstätten und Schrottverwertungsbetrieben in sage und schreibe drei Grafschaften.

Deshalb war es nicht weiter verwunderlich, dass Miss Phelps, eines der wenigen verbliebenen Mitglieder ihrer Sippe, die Insignien ihres Wohlstands mit beiläufiger Lässigkeit zur Schau trug. Heute tat sie das in Form eines kunstvoll abgetragenen Tweedkostüms, eigens geschneidert für ihr Gardemaß von einem Meter achtzig, einer Kette aus makellosen Perlen und butterweichen Glacéhandschuhen. Ihre Handtasche bestand aus dem Leder eines nicht näher auszumachenden Reptils und war selbst für Arbie – zugegebenermaßen nicht unbedingt ein Fachmann auf dem Gebiet der Damenmode – unschwer als Objekt der Begierde wohl jeder Frau zu erkennen.

Also war eigentlich alles wie immer, wenn nur Miss Phelps'
für ihre Verhältnisse recht kleinlautes Auftreten nicht gewesen
wäre. Denn für gewöhnlich stolzierte sie durchs Dorf, als sei
sie trotz ihrer entfernten Verwandtschaft mit dem Königshaus
dazu verdonnert worden, sich unter die Bauern zu mischen. An
diesem Morgen jedoch war von ihrer üblichen Herablassung
kaum etwas zu spüren, und ihr Blick huschte beinahe ängstlich
die Old Mill Lane hinauf und hinunter.

»Ich habe ja so gehofft, Sie zu treffen, Mr. Swift. Sie sind nämlich genau der Richtige, um mir einen Rat zu geben«, begann sie,
schien jedoch von ihrer eigenen Aussage nicht ganz überzeugt
zu sein. Was ihr, wie Arbie einräumen musste, nicht zu verübeln war, denn schließlich kam es nur äußerst selten vor, dass
ihn jemand um Rat fragte. »Damit meinte ich, weil Sie doch
alles über Unruhegeister und ähnliche Dinge wissen«, fügte sie
mit leicht zweifelndem Unterton hinzu.

Noch während sie sprach, musterten Miss Phelps' blassblaue
Augen Arbie mit unverhohlener Missbilligung. Gewiss ließ sie
gerade die vielen Male Revue passieren, die er als kleiner Junge
ihre Birnen, Stachelbeeren und Pflaumen stibitzt hatte. Auch
der Tag, an dem er für das schwungvolle Eindringen eines Kri-
cketballs durch das (bedauerlicherweise geschlossene) Fenster
ins Haus verantwortlich zeichnen musste, war ihr sicher im Gedächtnis geblieben.

»Ach, äh, wirklich?«, antwortete er beklommen. Auch wenn
es der Anstand gebot, seinen Nachbarn auf Verlangen hilfreich
beizustehen, hieß das noch lange nicht, dass man sich um diese
Aufgabe reißen musste.

Arbie war ein schlaksiger junger Mann, einsfünfundachtzig
groß und mit einem dichten, dunklen Haarschopf und hübschen
grünen Augen gesegnet. Nun zermarterte er sich verzweifelt das

Hirn nach einem Weg, sich aus dieser Situation zu befreien, die heikel zu werden drohte. Denn offen gestanden lag ihm im Moment nichts ferner, als Geister und ihre Umtriebe zu erörtern. Eigentlich hatte er sich an diesem prachtvollen Sommermorgen nur auf den Weg gemacht, um einen Spaziergang durchs Dorf zu unternehmen und die Zeitungen und Tabak zu kaufen. Anschließend stand ein erholsamer Zeitvertreib auf dem Programm, wie zum Beispiel ein wenig an dem Bächlein zu angeln, das am Rand seines Grundstücks verlief.

Man konnte mit Fug und Recht behaupten, dass alle, die Arbie ein wenig besser kannten, ihren Augen nicht getraut hatten, als *Die Geisterjagd: Ein Leitfaden für den Gentleman* den Buchhändlern Großbritanniens förmlich aus den Händen gerissen wurde. Walter Greenstreet – sein bester Freund seit der Schulzeit in Wadham, der sofort nach dem Abschluss in den alteingesessenen Verlag der Familie eingetreten war – hatte es ebenfalls völlig unvorbereitet getroffen.

Genau genommen war *Die Geisterjagd: Ein Leitfaden für den Gentleman* bei einem Treffen der beiden jungen Herren in ihrem Club entstanden. Während eines recht alkoholgeschwängerten Mittagessens waren sie nämlich irgendwann darauf zu sprechen gekommen, welche Faszination alles, was mit Spuk und Geistern in Zusammenhang stand, auf ihre Landsleute ausübte. Es schien, als habe jeder eine Gespenstergeschichte zu erzählen oder besäße einen alten Herrensitz, wo eine Weiße Frau, ein Kopfloser Reiter oder irgendein anderer lästiger Poltergeist sein Unwesen trieb. Arbies Antwort auf diese Feststellung war recht unerwartet ausgefallen. Er meinte, das sei wirklich ein Jammer, weshalb sich jemand der Aufgabe annehmen müsse, die Angelegenheit nach logischen Gesichtspunkten zu ordnen und einen Leitfaden herauszubringen. Schließlich erfreuten sich derartige Führer, zum Beispiel zu den Themen Bergwandern und Touren mit dem Fahrrad, derzeit großer Beliebtheit. Ein solches Werk nun würde Ausflüglern Gelegenheit geben, nicht nur historische Stätten oder Wunder der Natur zu bestaunen, sondern auch ihr Interesse am Geistigen (wenn auch nicht in Form gleichnamiger Getränke) zu pflegen.

Vielleicht werde die Geisterjagd ja sogar noch mehr Anhänger finden als das Beobachten von Vögeln oder das Betrachten der Natur, verkündete er kühn. Inzwischen hatte er sich ein wenig in sein Thema hineingesteigert, obwohl man zu seiner Verteidigung vorbringen musste, dass der erlesene Portwein des Clubs seine Leidenschaft beflügelt haben könnte. Jedenfalls ließ Arbie sich wortreich und begeistert über sein neues Geschäftsmodell aus, das bei gelangweilten Wohlhabenden sicher auf Interesse stoßen würde. Und das tat er so ausführlich, bis Wally ihn seinerseits aufforderte, dieses Buch doch einfach zu schreiben. Schließlich, so fügte der Jungverleger mit einem spöttischen Grinsen hinzu, habe Arbie sowieso nichts Besseres zu tun, da er ja fest entschlossen sei, niemals für seinen Lebensunterhalt zu arbeiten. Deshalb würde sich das Verfassen des Buches sicher als amüsanter Zeitvertreib erweisen. Natürlich immer vorausgesetzt, dass Arbie sich dieser Aufgabe überhaupt gewachsen fühle.

Natürlich konnte Arbie diese Kampfansage nicht auf sich sitzen lassen. Kneifen kam nun nicht mehr infrage. Und deshalb verkündete er großspurig – und selbstverständlich in der Erwartung, dass sein Freund einen Rückzieher machen würde –, er werde das Werk in Angriff nehmen, sofern Wallys Verlag bereit sei, es auch zu veröffentlichen. Wally, der sah, dass es kein Entrinnen mehr gab, nahm die Herausforderung an. Und noch ehe die Woche zu Ende war, legte er seinem Freund einen Vertrag zur Unterschrift vor.

Nun saß Arbie ein wenig in der Klemme. Ganz abgesehen davon, dass er sich nur noch sehr undeutlich an das fatale Gespräch beim Mittagessen erinnerte. Allerdings ließ ihm dasselbe Ehrgefühl, das überhaupt erst zum Aufsetzen des Vertrags geführt hatte, keine andere Wahl, als den Stier bei den Hörnern zu packen und den verdammten Wisch zu unterzeichnen.

Und so fand sich Arbie eines schönen Morgens mit einem ungewollten Buchvertrag wieder, in dem stand, dass er tatsächlich ein Manuskript anzufertigen hatte. Nachdem er einige Wochen lang betrübt sein Schicksal, die Hinterlist seines Freundes und – nicht zu vergessen – den süffigen Portwein verflucht hatte, packte er seinen Koffer und machte sich, bewaffnet mit einer Reiseschreibmaschine, auf den Weg in den Süden von England, um dort nach Geistern zu suchen.

Zu seiner Überraschung stellte er fest, dass das tatsächlich recht amüsant war. Oh, nicht die Geisterjagd an sich. Die erwies sich als äußerst langweilig, denn für gewöhnlich saß man dabei nur in der Dunkelheit herum und wartete darauf, dass etwas geschah, was unweigerlich niemals eintrat. Nein, das Reisen selbst war in seinem schwarzen Alvis Saloon die wahre Freude. Langsam fuhr er die Küstenstraße entlang, passierte hübsche Ortschaften und übernachtete in Dorfgasthöfen oder Pensionen, überall dort, wohin eine Laune oder ein heißer Tipp in Sachen Geistererscheinung ihn verschlug. Es war ein wundervolles Gefühl von Freiheit. Und da die meisten Wirtinnen und Wirte sich vor Diensteifrigkeit förmlich überschlugen, um lobende Erwähnung in seinem »neuen Reiseführer« zu finden, lebte Arbie wie ein König, vermutlich der eigentliche Grund, wieso er seine Recherchen so genoss.

Wieder zu Hause angekommen, überarbeitete er seine »Aufzeichnungen« und überreichte Walter das fertige Manuskript.

Sein alter Freund gab es hastig – und ungelesen – einem Jung-redakteur weiter. Und vergaß, dass es je existiert hatte.

Bis das Buch drei Monate später erschien und ein sensationel-ler Erfolg wurde. Aus irgendeinem Grund traf Arbies lockerer und ironischer Stil genau den Geschmack der Leserschaft. Zu-dem war seine Vorgehensweise, verschiedene Ausflugsziele zu beschreiben und seine dortigen »Auseinandersetzungen« mit diversen Geistern zu schildern, so amüsant und unterhaltsam, dass sie breite Bevölkerungsschichten – von der Hausfrau bis hin zum Dorfadvokaten, Farmer, Busfahrer, der Herzoginwitwe und dem Küchenmädchen – ansprach. Mit der Folge, dass Walter Greenstreet, zum Teufel mit dem Burschen, inzwischen buch-stäblich auf Arbies Türschwelle campierte, seinem Freund mit ei-nem Vertrag vor der Nase herumwedelte und ihm bei jeder ihrer Begegnungen eine noch höhere Beteiligung in Aussicht stellte.

Allerdings hatte Arbies angeborene Faulheit inzwischen ge-nug Zeit gehabt, sich erneut Geltung zu verschaffen, sodass ihm der bloße Gedanke, ein zweites Buch schreiben zu müssen, Zitteranfälle verursachte. Seit einem Monat schon widerstand er mannhaft Wallys Flehen, er möge sich doch wieder an die Geisterjagd machen. Und nun wollte eine Bewohnerin seines eigenen Dorfes ausgerechnet über Geister mit ihm sprechen! Das hatte ihm gerade noch gefehlt. Sollte der Inhalt dieser Un-terhaltung Wally zu – den recht groß geratenen – Ohren kom-men, würde er Arbies Ausflüchte, warum er kein neues Buch schreiben könne, sofort für hinfällig erklären. Schließlich habe er jetzt einen konkreten »Fall« an der Hand.

Deshalb setzte Arbie nun ein bedauerndes Lächeln auf. »Nun, Miss Phelps«, wandte er sich an die alte Dame, die noch immer vor ihm stand. »Eigentlich beschäftige ich mich ja nicht mehr mit derlei Dingen …«

Doch schon im nächsten Moment wurde ihm klar, dass Miss Phelps sich damit nicht zufriedengeben würde. Flucht war zwecklos, daran ließen ihre sich straffende Wirbelsäule und die missbilligend geschürzte Oberlippe keinen Zweifel. Also nahm er all seinen Mut zusammen und hielt sich vor Augen, dass er schließlich kein kleiner Junge mehr war. Dennoch musste er sich mächtig zusammennehmen, damit ihm unter ihrem herrischen Blick nicht die Knie nachgaben.

»Im Grunde genommen bin ich gar kein richtiger Fachmann für Geister«, fuhr er hoffnungsvoll fort. »Mein Buch ist eigentlich nur ein Reiseführer mit dem gewissen Etwas, aber …« Doch es gab kein Entrinnen. Sein Schicksal war besiegelt, denn Miss Phelps öffnete bereits den Mund, um seinen gestammelten Ausreden Einhalt zu gebieten. Sie würde nicht lockerlassen, bis sie ihm das Versprechen abgenommen hatte, zu kommen und einen Blick auf ihren albernen Geist zu werfen. Der sich vermutlich als das Heulen des Windes im Kamin oder das Scharren eines Zweiges an der Fensterscheibe entpuppen würde.

Also fügte sich Arbie mit hängenden Schultern ins Unvermeidliche. Vielleicht, so tröstete er sich, konnte er das alles ja mit einem Kurzbesuch hinter sich bringen, bevor sein Verleger überhaupt erfuhr, dass man ihn um sein Eingreifen gebeten hatte.

»Aber Sie müssen mir helfen, Mr. Swift«, sagte die sonst so gefasste Miss Phelps in mitleiderregendem Ton. »Wissen Sie, es ist nämlich kein gewöhnlicher Geist. Ich glaube, er will mich umbringen.«

»Hä?«, stieß Arbie ziemlich verdattert hervor.

Obwohl das aus dem Mund eines der beliebtesten Schriftsteller des Landes nicht unbedingt die schlagfertigste Antwort war, gab es seine Gefühle recht treffend wieder.

Während Arbie Miss Phelps noch mit dem Gesichtsausdruck eines Fischs auf dem Trockenen anstarrte, bemerkte er aus dem Augenwinkel eine Bewegung, wandte leicht den Kopf und erblickte etwas überaus Vertrautes.

Maybury war ein kleines Dorf, durch das nur eine Hauptstraße, die Old Mill Lane, verlief. Entlang dieser Straße erhoben sich die meisten bedeutenden Wohn- und Geschäftshäuser des Orts, so zum Beispiel der Pub The Dun Cow Inn, das Rathaus, Miss Phelps' Wohnsitz Old Forge und der Dorfladen. Davon zweigten einige Nebenstraßen und Wege ab, die in von kleinen Häuschen gesäumte Sackgassen mündeten. Außerdem gab es da noch die Church Lane, die zur normannischen Kirche und dem angeschlossenen Pfarrhaus und, zu guter Letzt, zum Haus von Arbie und seinem Onkel, einer umgebauten Kapelle, führte. Und genau aus dieser Richtung war gerade ein großer schwarzer und ziemlich klappriger Drahtesel eingebogen, auf dem eine beeindruckende Gestalt saß.

Was nun geschah, war dasselbe wie immer, wenn Valentina Olivia Charlotte Coulton-James, die Tochter des Vikars, auf ihrem Fahrrad an ihm vorbeirauschte: In seinem Hinterkopf erklang plötzlich eine mitreißende Melodie aus dem 3. Akt der *Walküre* von Richard Wagner, und zwar das erhebende Stück mit dem Titel »Der Ritt der Walküren«. Vermutlich hing das damit zusammen, dass Valentina mit ihrem Gardemaß von einem Meter achtzig eine imposante Erscheinung war. Sie war seinerzeit Hockey-Champion ihrer Schule gewesen und überhaupt schon immer sehr sportlich. Sei es Tennis, Schwimmen, Bogenschießen oder sonst irgendeine beliebige Sportart – Valentina besiegte jeden. Natürlich konnte ihre Faszination auch daher rühren, dass ihr hellblondes Haar wie ein wogender Schleier hinter ihr herwehte, während sich ihre kräftigen Beine rasch auf und nieder bewegten, mit dem Ergebnis, dass sie auf ihrem altersschwachen Rad eine beachtliche Geschwindigkeit erreichte.

Doch aller Wahrscheinlichkeit nach war der wahre Grund die Erinnerung an die gemeinsame Zeit an der Dorfschule, als Val Arbie regelmäßig auf dem Pausenhof verprügelt hatte.

Wenn jemand Arbie früher an diesem Morgen gesagt hätte, er würde sich einmal freuen, Val, wie üblich mit leicht spöttischer und gleichzeitig nachsichtiger Miene, auf sich zubrausen zu sehen, er hätte denjenigen rundheraus für verrückt erklärt. Doch als sie nun die ziemlich wankelmütigen Bremsen ihres Drahtesels betätigte und ruckelnd dicht vor ihm und Miss Phelps zum Stehen kam, war er erstaunlicherweise überglücklich, sie zu treffen.

Denn wenn es jemanden gab, der die Fähigkeit besaß, verzweifelte und an Verfolgungswahn leidende Damen zu beschwichtigen, dann war das Val. Als eines der zahlreichen Kinder eines Seelsorgers (wie viele Nachkommen hatte der Reverend eigentlich? Acht? Neun? Zehn?) verfügte sie über Erfahrung mit Lebenskrisen.

»Ach, Val, dich schickt der Himmel«, rief Arbie erleichtert aus.

Val stellte einen kräftigen Fuß auf den Boden, um das Gleichgewicht zu halten, und beäugte ihn argwöhnisch. »Oh?« Mit dieser Begrüßung hatte sie nicht gerechnet. Ihrer Erfahrung nach machte Arbie für gewöhnlich seinem Namen Swift – schnell – alle Ehre und verdrückte sich rasch unter einem Vorwand, wann immer sie einander über den Weg liefen. Deshalb war es ihr nicht zu verübeln, dass ihr misstrauischer Blick von seinem arglosen Lächeln hin zu Amy Phelps' bedrücktem Gesicht wanderte, bevor sie ihn wieder ansah. Offenbar spürte sie die Anspannung, denn ihre Miene verfinsterte sich.

Arbie scharrte mit den Füßen, wie meistens, wenn er sich in die Ecke gedrängt fühlte.

»Hast du Miss Phelps etwa verärgert?«, fragte Val in scharfem Ton.

»Was? Nein! So etwas würde ich niemals tun!«, stieß Arbie erschrocken hervor. Offenbar ging sie wie selbstverständlich davon aus, dass ihn die Schuld an der Misere traf, was ihn ziemlich kränkte. Und dieser Umstand vertrieb seine Skrupel – nicht, dass er ernsthaft welche gehabt hätte –, die schwere Last auf Vals breite Schultern umzuladen.

»Miss Phelps hat mir gerade von einem kleinen Problem erzählt, das dringend nach der einfühlsamen Hand deines Vaters verlangt«, teilte er ihr in lässigem Ton mit. »Und du bist genau die Richtige, um das in die Wege zu leiten. Miss Phelps hat nämlich ...«, fuhr er rasch fort, da er ahnte, dass Miss Phelps diese Eröffnung gar nicht gefiel, weshalb sie im Begriff war, alles mit dem Einwand zu verderben, sie habe nicht um den Beistand der Kirche gebeten.

»Miss Phelps kann für sich selbst sprechen«, fiel die fragliche Dame ihm empört ins Wort. »Guten Morgen, Miss Coulton-James«, fügte sie hinzu und begrüßte die Tochter des Vikars mit einem huldvollen Nicken. Dabei musterte sie die Herrenhose und den Schlabberpullover, die Val zum Radfahren trug. Zu Miss Phelps' Zeit hatten Damen noch im Seitensattel auf Pferden gesessen, und zwar in Kleidern, die bis zum Knöchel reichten.

Val, die den Blick ihrer Geschlechtsgenossin sehr wohl bemerkt hatte, bemühte sich, die unausgesprochene Kritik zu ignorieren. Stattdessen blickte sie Arbie weiter finster an. »Wie immer ist Daddy sehr beschäftigt. Da wir einen Besuch des Bischofs erwarten, geht es im ganzen Haus drunter und drüber«, erwiderte sie abwehrend. Sie konnte zwar nicht feststellen, was zwischen ihren beiden so unterschiedlichen Nachbarn vorgefallen sein mochte, war jedoch überzeugt, dass Arbie wie immer versuchte, sich vor irgendetwas zu drücken.

»Ach, ich bin sicher, dass dein Vater nie zu beschäftigt ist, um zu helfen, wenn eines seiner Schäfchen in Not geraten ist«, entgegnete Arbie prompt.

Offenbar war Amy Phelps am Ende ihrer Geduld angelangt. »Mr. Swift, ich will doch sehr hoffen, dass Sie mein Vertrauen nicht missbrauchen werden. Ich habe Ihnen nur von meinen Schwierigkeiten mit Geistern erzählt, weil ich glaubte, mich auf Ihre Professionalität und Diskretion verlassen zu können.«

Val bedachte sie mit einem zweifelnden Blick. »Verzeihung, Miss Phelps, aber haben Sie gerade *Geister* gesagt?«

»In der Tat. Was, wie wir uns sicher einig sind, in den Zuständigkeitsbereich der Kirche fällt«, verkündete Arbie triumphierend. »Falls Miss Phelps irgendeine Form von Exorzismus ...«

»Exorzismus?«, zischte Miss Phelps entsetzt.

»Exorzismus?«, rief Val gleichzeitig und nicht minder empört aus.

Arbie, dem es offenbar gelungen war, sich nun bei beiden Frauen in die Nesseln zu setzen, trat verlegen von einem Fuß auf den anderen. »Äh ... tja ... wissen Sie ...«

»Mit Exorzismus will ich nichts zu tun haben!«, ereiferte sich Miss Phelps, zutiefst beleidigt.

»Daddy führt auch gar keinen Exorzismus durch«, fügte Val, gleichermaßen abwehrend, hinzu.

Arbie scharrte weiter mit den Füßen.

Die Frauen betrachteten ihn noch einen Moment mit angewiderten Mienen. Offenbar hatten sie sich darauf geeinigt, dass ihm nicht mehr zu helfen war, denn im nächsten Moment steckten sie die Köpfe zusammen, um das Problem in Angriff zu nehmen.

»Was ist denn eigentlich los, Miss Phelps?«, erkundigte sich Val in einfühlsamem Ton. »Ich bin sicher, dass uns beiden eine Lösung einfallen wird.«

»Nun, Miss Coulton-James, es geht um Folgendes …« Miss Phelps zögerte und schaute sich vorsichtig um. Obwohl sich die Passanten in diesem kleinen Dorf nicht unbedingt auf die Füße traten, waren doch stets ein oder zwei Menschen in Sicht, die ihre Einkäufe erledigten oder im Garten arbeiteten. Dass in der ganzen Nachbarschaft über ihre Familie getratscht wurde, war etwas, das Miss Phelps unter allen Umständen vermeiden wollte. »Vielleicht können Sie und Mr. Swift ja später zum Tee kommen. Dann setzen wir uns gemütlich zusammen und besprechen alles.«

»Mit dem größten Vergnügen, richtig, Arbie?«, antwortete Val sofort und schenkte ihm ein giftiges Lächeln.

Arbie, der wusste, dass das Spiel verloren war, seufzte innerlich auf, lächelte aber ebenfalls. »Natürlich, Miss Phelps, wir würden uns sehr freuen«, log er, ohne mit der Wimper zu zucken.

Miss Phelps, die ihr Ziel erreicht sah (wann wäre das auch jemals anders gewesen?), nickte zufrieden, wünschte ihnen einen schönen Tag und marschierte mit den Worten »Bis später« von dannen. Niedergeschlagen blickte Arbie ihr nach und wandte sich dann an seine grinsende Begleiterin. »Aber, Val, wie konntest du uns in so eine Lage bringen?«, fragte er anklagend.

Vals Blick war gleichzeitig herablassend und enttäuscht. »Ach, Arbie, ist dir denn nicht aufgefallen, dass dieses vornehme Getue nur Fassade ist? Die arme Frau bedrückt etwas. Damit meine ich, dass sie wirklich Angst hat und nicht nur wie sonst die feine Dame spielt.«

»Tja …« Arbie spürte, wie er errötete. Denn in Wahrheit hatte es Beklommenheit in ihm ausgelöst, die sonst so herrische Amy Phelps von einer völlig anderen Seite zu sehen. Wie schaffte Val es nur immer wieder, mit ein paar spitzen Bemerkungen und einem flehenden Blick aus ihren großen blauen Augen dafür zu sorgen, dass er sich vorkam wie ein Wurm?

Val, die seine Verunsicherung spürte, ließ nicht locker. »Du kennst doch Miss Phelps. Hast du jemals erlebt, dass sie jemanden um Hilfe bittet?«, fragte sie.

»Nun …«

»Genau! Menschen ihrer Generation würden eher sterben, als auch nur die kleinste Schwäche einzugestehen. Aber es war doch mehr als offensichtlich, dass sie in großer Sorge ist. Während du wie immer herumlavierst und versuchst, dir Unannehmlichkeiten zu ersparen. Jetzt kannst du endlich einmal deine Pflicht tun. Was sollte eigentlich dieses Gerede von Exorzismus und Geistern?«

»Sie behauptet, dass es in Old Forge spukt«, antwortete Arbie mit leicht schmollendem Unterton.

»Tja, das weiß doch jeder«, entgegnete Val wegwerfend. »Im halben Dorf sollen irgendwelche Gespenster ihr Unwesen treiben. Geht in Old Forge nicht irgendein Schmied um, der starb, als er in sein eigenes Feuer stürzte?«

»Nein, da irrst du dich«, erwiderte Arbie, froh, zur Abwechslung auch mal etwas besser zu wissen. »Er starb an einer Lungenentzündung infolge einer Tuberkulose.«

»Hm«, sagte Val ein wenig enttäuscht. »Das klingt aber nicht nach etwas, worüber sich jemand so sehr aufregen würde, dass er meint, in einem Haus herumspuken zu müssen. Oder? Lungenentzündung ist ja keine seltene Todesursache. Also hat er nicht mehr Grund zur Klage als andere Leute.« Offenbar war man selbst nach dem Tod nicht sicher vor Vals kritischer Sicht der Dinge.

»Geister handeln nicht unbedingt vernünftig«, lautete Arbies trockene Antwort. »Und dieser Geist hier scheint aus irgendeinem Anlass ganz besonders verärgert zu sein.«

Sein leicht vergnügter Unterton ließ Val aufmerken. Als ihr klar wurde, dass Arbies Anteilnahme wohl eher vorgetäuscht war, reckte sie kampfeslustig das Kinn. »Oh?«, meinte sie. »Wie kommst du darauf?«

»Weil dieser Familiengeist Miss Phelps umbringen will, wenn man ihrer Schilderung Glauben schenkt«, stellte er lässig fest.

»Oh«, wiederholte Val verständnislos.

»Freust du dich noch immer auf den Tee in Old Forge, altes Mädchen?«, erkundigte er sich leutselig.

KAPITEL ZWEI

»Hast du es auch schon gehört? Angeblich soll das Dorf innerhalb der nächsten sieben Jahre elektrifiziert werden.«

Die Stimme schien aus dem Nichts zu kommen. Val und Arbie hielten, die Teetassen dicht vor ihren Gesichtern schwebend,
inne.

Gehorsam hatten sie sich um Viertel vor vier auf den Weg
nach Old Forge gemacht, um Tee mit Miss Phelps zu trinken.
Val trug ihr bestes Sonntagskleid und Arbie einen wundervoll
geschnittenen Sommeranzug. Wie immer fand Val seine mühe-
lose Eleganz höchst ärgerlich, konnte jedoch nicht umhin an-
zuerkennen, dass er sehr gut aussah. Den Fußmarsch zum anderen Ende des Dorfes legten sie in beiderseitigem mürrischem
Schweigen zurück.

Wie so viele Gebäude hatte auch Old Forge sich im Laufe der
Jahrhunderte ziemlich verändert. In diesem Fall war aus einer
schlichten Schmiede ein gewaltiger Landsitz mit verschiedenen
Anbauten geworden, nicht unbedingt ein Herrenhaus, doch
auch nicht mehr das Heim eines einfachen Handwerkers. So
war es weder Fisch noch Fleisch, bestand aus dem vor Ort abge-
bauten cremefarbenen Cotswold-Stein und verfügte über eine
Unzahl mit grauem Schiefer gedeckter Dächer von verschiede-
ner Höhe und Form. Folge war, dass das Haus innen wie außen

unerwartete Ecken und Biegungen aufwies. Manche Fenster bestanden aus winzigen Bleiglasscheiben, bei anderen handelte es sich um breite Panoramafenster, wie sie in der georgianischen Zeit in Mode gewesen waren. Die Kamine, die willkürlich aus den Dächern zu ragen schienen, waren in Höhe und Breite unterschiedlich und verliehen dem Haus einen eigenartigen, aber nicht von der Hand zu weisenden Charme. Über einer recht improvisiert wirkenden Veranda wucherte eine uralte Glyzinie die südliche Mauer empor und trug mit ihrer Blütenpracht das Ihre zum malerischen Ambiente bei.

Obwohl Val und Arbie ihr ganzes Leben in diesem Dorf verbracht hatten, hatten sie noch nie einen Fuß in das Haus gesetzt. Miss Phelps beschränkte ihre Einladungen auf Relikte der viktorianischen Ära, wie sie selbst eines war. Als sie also die mit Kies bestreute Auffahrt hinaufgingen und an dem kunstvoll gearbeiteten Griff der Türglocke zogen (vermutlich das Werk eines der Schmiede, die in diesem Haus einst lebten), wussten sie deshalb nicht, was sie erwartete.

Die Tür wurde ihnen von Mrs. Brockhurst geöffnet, die seit etwa dreißig Jahren Miss Phelps' Haushälterin war. Das »Mrs.« war jedoch nur eine Höflichkeitsanrede, denn die Dame, ein beliebtes und geachtetes Mitglied der Dorfgemeinschaft, war nie verheiratet gewesen. Nachdem sie die Gäste mit einem ehrlich gemeinten Lächeln begrüßt hatte, führte sie sie durch eine ziemlich düstere Vorhalle in einen sonnendurchfluteten Salon, der auf den großen Garten hinausging.

Miss Phelps erhob sich von einem Queen-Anne-Stuhl und hieß sie recht förmlich willkommen. Wenige Minuten später saßen Arbie und Val an einem großen runden Tisch und begannen mit dem bei einem englischen Nachmittagstee üblichen nichtssagenden Geplauder, während Mrs. Brockhurst mit

Köstlichkeiten beladene Tabletts herbeischleppte. Neben dem Tee selbst, der aus einer schweren Silberkanne in zarte Tassen aus Spode-Porzellan eingeschenkt wurde, gab es Platten mit winzigen Sandwiches – natürlich ohne Brotrinde –, leckeren süßen Teekuchen, Marmelade, Sahne und dünne Keksröllchen.

Gerade hatte Miss Phelps als Gastgeberin den ersten Tee verteilt, als die Stimme mit der Nachricht der anstehenden Elektrifizierung die traute Runde störte.

Kurz darauf trat lautlos eine zweite Dame ins Zimmer. Ihr Gesicht schien leicht erhitzt, und Val schätzte sie auf Mitte sechzig. Sie war zierlich und trug ihr Haar zu einem ordentlichen Knoten zusammengesteckt, der fest mittig auf ihrem Kopf thronte. Ihr Teint war rosig, und sie betrachtete die beiden jungen Leute mit zusammengekniffenen Augen, was verriet, dass sie eine Brille brauchte, die sie vermutlich entweder aus Eitelkeit nicht trug oder aus Zerstreutheit irgendwo liegen gelassen hatte.

»Ach, das ist meine beste und älteste Freundin, Mrs. Cora Delaney. Sie besucht mich für einige Wochen und verbringt die Sommerferien hier«, stellte Amy sie ein wenig knapp vor. »Cora, Miss Coulton-James, die Tochter unseres lieben Vikars, und Mr. Swift.«

»Oh, unser berühmter Gast«, rief Cora aus und musterte Arbie forschend. »Ich hatte großes Vergnügen an Ihrem Buch, Mr. Swift. So amüsant und gleichzeitig so informativ, wenn man Ferienorte mag. Und ich muss sagen, dass Ihre Methode, Beweise für die Existenz des Übersinnlichen zu sammeln, höchst ... äh ... faszinierend klingt.« Falls da ein leicht spöttischer Unterton gewesen sein sollte, zog Arbie es vor, diesen zu überhören.

»Wie schön, dass es Ihnen gefallen hat«, erwiderte er stattdessen und um einen möglichst bescheidenen Gesichtsausdruck bemüht. Eigentlich war er noch immer aufrichtig erstaunt darüber, dass es Menschen gab, die sich überhaupt die Mühe machten, ein Buch zu lesen – selbst wenn es etwas so leicht Verdauliches wie sein Geisterführer war.

»Hast du nicht gerade über Elektrizität gesprochen?« Ebenso wie Val hatte Amy nur wenig Lust, Arbies ausgeprägtem Selbstbewusstsein neue Nahrung zu geben, und wechselte deshalb gnadenlos das Thema. »Mir kommt so etwas nicht ins Haus. Ich habe mich noch immer nicht an diese grässlichen Gaslampen gewöhnt«, entgegnete sie und bedachte die harmlose Gaslampe an der Wand neben ihr mit einem giftigen Blick.

»Oh, ich habe heute Morgen mit der Inhaberin des Dorfladens gesprochen. Sie sagte, sie habe von einem Beamten im Rathaus gehört, die Elektrizitätsgesellschaft habe eine Eingabe gemacht, um in den nächsten Jahren Strommasten bis hierher verlegen zu können«, berichtete Cora in ruhigem und inzwischen eindeutig trockenem Tonfall. Als eingefleischte Städterin fand sie das Dorfleben ziemlich amüsant. Nachdem sie sich gesetzt und umständlich ihre Röcke geordnet hatte, betrachtete sie den Tisch und die Leckereien darauf mit einem Blick, der Arbie an den eines hungrigen Spatzen erinnerte.

»Wäre das nicht spannend für dich, liebe Amy? Wir sind natürlich schon seit Jahren elektrifiziert«, fügte sie, an Arbie gewandt, hinzu und beäugte dabei den Früchtekuchen. »Es ist so viel sauberer, und anders als Gaslicht riecht es auch nicht.«

Sie nahm sich einen Teller, stürzte sich auf den Kuchen und beförderte mit einer geschickten Bewegung des silbernen Tortenhebers ein Stück auf ihren Teller.

»Wenn du Tee möchtest, bedien dich«, meinte Amy in einem Ton, der ebenfalls so trocken war, dass selbst die Sahara vor Neid erblasst wäre. »Und ich sage es noch einmal: Mir kommt so etwas nicht ins Haus. Es ist gefährlich, das habe ich wenigstens gehört. Außerdem soll es schon einige Menschenleben gefordert haben. Ein Teufelszeug! Also, was … Ach, hier ist ja mein zweiter Sommergast.«

Val und Arbie stellten fest, dass ihre Gastgeberin ein wenig zugänglicher wurde. »Reggie, ich dachte schon, du hättest vergessen, dass wir zum Tee Besuch erwarten.«

Während sie noch sprach, kam ein schlanker weißhaariger Mann hereingeschlendert und betrachtete die sich biegende Tafel mit einem erfreuten Lächeln. »Ach, Mrs. Brockhursts Teekuchen. Amy, ich schwöre, einer der beiden Gründe, warum ich jedes Jahr herkomme, ist Mrs. Brockhursts Teekuchen.«

Cora schmunzelte leicht, während Amy aufrichtig erfreut lächelte. »Das kann ich mir denken, du alter Gauner.« Sie neckte ihn sogar!

Ebenso gebannt wie verdattert beobachteten Arbie und Val die Szene. Wer hätte gedacht, dass Miss Amy Phelps so viel Humor besaß?

Vielleicht hatte ihre Gastgeberin ihre Gedanken gelesen, denn sie vollführte eine wegwerfende Handbewegung. »Ach, kümmern Sie sich nicht um Reggie, er ist ein wenig kauzig«, teilte sie ihnen lässig mit. »Er hält sich für einen Künstler, so wie meine liebe Mama, und pflegt im Sommer gern seine verschiedenen Steckenpferde. Dazu verkriecht er sich in Mamas altem Atelier. Unsere Familien kennen sich schon so lange, dass sie praktisch miteinander verschmolzen sind. Reggie und mein verstorbener Bruder Francis sind zusammen zur Schule gegangen. Die Ferien hat er immer hier verbracht.«

»Meine Eltern hielten sich damals in Indien auf«, fügte Reggie erklärend hinzu, setzte sich, griff nach einem Teller und hielt sich an den Sandwiches schadlos.

Arbie, der ihn sofort als Nahrungskonkurrenten erkannte, folgte rasch seinem Beispiel. Val sah zu, wie er sich den Teller vollhäufte, und auch Cora spähte hinter ihrer Teetasse hervor und folgte amüsiert dem Treiben.

»Ja, Amy hat recht. In den Schulferien sind Francis und ich durchs Haus getobt wie eine Horde wilder Tiere.« Reggie seufzte zufrieden auf. »Und als Erwachsene haben wir die Tradition irgendwie aufrechterhalten. Ich war fast so oft hier wie in meinem eigenen Haus, nicht wahr, meine liebe Amy? Natürlich haben wir auch zusammen den Kontinent unsicher gemacht und lange Reisen unternommen, um die ausgetretenen Pfade zu verlassen. Francis hatte ein Händchen dafür, abgelegene Dörfer in den Bergen zu entdecken, wo wir uns von Ziegenkäse und Feigen ernährten.«

Amy seufzte leise auf, als sie den Namen ihres Bruders hörte. »Ich vermisse alle meine Geschwister so sehr, doch Francis fehlt mir am meisten. Ich weiß, dass ich das nicht sagen sollte, aber es ist nun einmal so. Er hatte das gewisse Etwas und war auch Mamas Liebling«, fügte sie in sachlichem Ton und ohne eine Spur von Eifersucht hinzu.

»Aber wenigstens hast du deinen Neffen und deine Nichte, die dich an sie erinnern«, wandte Cora mit leiser Stimme ein.

Arbie und Val, die Amy gut im Blick hatten, registrierten, dass sich die Miene ihrer Gastgeberin bei diesen Worten verhärtete. Es war so offensichtlich, dass es selbst in Reggie leichtes Unbehagen auszulösen schien. Cora hingegen bemerkte den plötzlichen Stimmungsumschwung ihrer Freundin nicht. Vielleicht waren ihre Augen ja schlechter, als sie sich eingestehen wollte, denn sie fuhr unbekümmert fort: »Habe ich vorhin nicht Phyllis ankommen sehen?«

»Ja, sie ist gleich hier«, entgegnete Amy knapp. »Sie ist nach oben gegangen, um sich nach der Zugfahrt Hände und Gesicht zu waschen. Obwohl sie nur einen Landkreis weiter wohnt, ist das Reisen doch eine recht schmutzige Angelegenheit. Zum Glück muss ich mich dem nur selten aussetzen«, fügte sie mit Nachdruck hinzu.

Die Frau in der oberen Etage ahnte nicht, dass sie gerade Gesprächsthema war. Vorsichtig öffnete sie eine Tür und spähte um die Ecke, um sich zu vergewissern, dass sie allein war. Allerdings handelte es sich bei dieser Tür nicht etwa um eine, die zu den wenigen Badezimmern im Haus gehörte. Nachdem die Frau sich davon überzeugt hatte, dass auf dem Flur zu beiden Seiten die Luft rein war, schlich sie hinaus, schloss leise die Tür hinter sich und eilte auf eine der zahlreichen gewundenen Treppen von Old Forge zu.

In diesem Moment erschien Mrs. Brockhurst, eine kleine, gepflegte Dame, die gerade eine andere, sich im Rücken der Frau befindliche Treppe hinaufgekommen war, und blieb auf der obersten Stufe stehen. Mit regloser Miene beobachtete sie, wie Phyllis Thomas, das einzige Kind von Amys Schwester Moira, weiter den Flur entlanghastete. Erst als die junge Frau um eine Ecke gebogen und außer Sicht war, setzte Mrs. Brockhurst ihren Weg fort.

Vor dem Zimmer, aus dem Phyllis gerade gekommen war, zögerte die Haushälterin kurz, öffnete aber nicht die Tür, um hineinzuschauen. Das brauchte sie auch nicht, denn sie wusste schließlich, dass dieses Zimmer Miss Amy Phelps, der Herrin dieses Hauses, gehörte. Während Miss Phelps es zwar duldete, wenn Mrs. Brockhurst aus rein haushälterischen Gründen ihr Reich betrat, hätte es sie gar nicht gefreut zu erfahren, dass sonst jemand in ihr Refugium eingedrungen war. Amy war ein sehr zurückgezogener Mensch und legte großen Wert auf ihre Privatsphäre.

Leise ging Mrs. Brockhurst weiter zum Wäscheschrank, wo sie den mitgebrachten Stapel Handtücher ordentlich einräumte, bevor sie in die Küche zurückkehrte. Niemand hätte ihr angemerkt, dass ihr die gerade beobachtete Szene zu schaffen machte. Auch wenn sie wünschte, Miss Phyllis würde sich ein wenig vorsichtiger verhalten.

Unten war besagte Miss Phyllis gerade dabei, Arbie die Hand zu schütteln und sich dann – mit einem nicht ganz so ehrfürchtigen Lächeln – an Val zu wenden. »Wie nett, Sie beide kennenzulernen«, meinte sie und ließ sich von Arbie, der ihren Wunsch vorausgeahnt hatte, eine Tasse Tee reichen. »Gerade erst sagte ich zu Cora, dass ich noch nie einem berühmten Schriftsteller begegnet sei. Haben Sie wirklich schon einmal Geister gesehen?«

Val seufzte leise auf und fragte sich, wie viele verzückte Bewunderinnen dieser Mann heute wohl noch um sich scharen würde.

»Nein«, erwiderte Arbie aufrichtig. »Das heißt … nicht im eigentlichen Sinne *gesehen*. Aber ich glaube, dass ich schon mal einen gehört habe.« Wie er wusste, war das die Antwort, die den Leuten gefiel und die sie auch von ihm erwarteten. Inzwischen hatte ihm sein Status als Fachmann auf diesem Gebiet schon so viele Essenseinladungen eingebracht, dass ihm klar war, welche Gegenleistung er dafür liefern musste. Solange seine Gastgeber ein wohliges Gruseln verspürten, ohne sich wirklich zu fürchten, würde er noch lange auf seine Kosten kommen.

Cora lächelte so kühl wie erwartet. »Oh, wie interessant«, sagte sie. »Bitte erzählen Sie uns doch davon.«

»Ja, Arbie, raus mit der Sprache«, forderte Val ihn mit einem herausfordernden Blick auf. »Wir platzen fast vor Neugier.« Der Ausdruck ihrer Augen war leicht spöttisch, und in ihrer Stimme schwang ein ironischer Unterton mit, doch Arbie ignorierte beides geflissentlich.

»Ja. Wo war das denn? Ging es um einen der Fälle, die Sie in Ihrem wundervollen Buch schildern?«, erkundigte sich Phyllis, im Gegensatz zu ihrer Vorrednerin aufrichtig interessiert.

»Genau genommen nein. Es war in meinem eigenen Haus hier im Dorf. Damals war ich zwölf«, fügte er hinzu. Er nippte an seinem Tee und hatte es offenbar nicht eilig, fortzufahren. *Bis sie es vor Ungeduld nicht mehr aushalten*, lautete seine Devise.

Reggie bedachte ihn mit einem wohlwollenden Blick aus gütigen Augen. »Ganz recht, mein junger Freund, etwas Unterhaltung kann nicht schaden, um uns ein bisschen aufzumuntern. Also schießen Sie los und spannen Sie uns nicht weiter auf die Folter.«

Arbie zuckte die Achseln. »Ich kann nicht versprechen, dass es unterhaltsam werden wird, Mr. Bickersworth. Nur ehrlich.« Bei diesem Wort wanderten Vals Augenbrauen zweifelnd nach oben, worauf er sie gekränkt ansah. Die Geschichte, die er nun erzählen wollte, hatte sich tatsächlich so und nicht anders zugetragen ... nun gut ... mehr oder weniger.

»Wissen Sie, als mein Freund mich bat, den *Geisterführer* zu schreiben, war ich zwar ein wenig perplex, allerdings nicht unbedingt abgeneigt«, begann Arbie. Auch wenn er damit die Wahrheit leicht überstrapazierte, wäre es nicht zielführend gewesen, sein Publikum mit den tatsächlichen Anfängen seiner Schriftstellerkarriere zu langweilen. »Und zwar wegen der Vorgänge in der Kapelle«, ergänzte er, um die Spannung ins Unerträgliche zu steigern.

»In der Kapelle?«, wiederholte Phyllis verwirrt. »Ich dachte, es sei in Ihrem eigenen Haus geschehen.«

»Richtig«, erklärte Arbie rasch. »Wissen Sie, ich bin im Alter von nur drei Jahren Waise geworden. Meine Eltern kamen bei einem Bootsunfall ums Leben, und so hat mein Onkel mich hier bei sich aufgenommen. Er hatte gerade die Kapelle gekauft. Ursprünglich war sie Anfang des neunzehnten Jahrhunderts erbaut worden, und zwar für die Arbeiter in den nahe gelegenen Lehmgruben, die zum Großteil Methodisten waren und mit unserer Kirche nichts zu schaffen haben wollten. Doch als die Gruben etwa fünfzig Jahre später ausgebeutet waren und die Arbeiter fortzogen, verfiel die Kapelle mehr und mehr. Mein Onkel hat das Bauwerk, wie er nun mal so ist, für ein Butterbrot gekauft und den riesigen alten Kasten nach seinem ... äh ... Geschmack umgestaltet.«

Bei diesen Worten schnappte Amy Phelps lautstark nach Luft. »Ihr Onkel war schon immer ein Mann, der sich seinen Lebensweg ... sagen wir einmal ... selbst gesucht hat«, merkte sie in spitzem Ton an.

Cora und Reggie horchten schlagartig auf. Offenbar würde gleich schmutzige Wäsche gewaschen werden.

Doch sie hatten die Rechnung ohne Arbie gemacht. Er selbst mochte das Recht haben, seinem Verwandten die verschiedensten unlauteren Machenschaften sowie nicht ganz saubere Geschäfte zu unterstellen, dritten Personen hingegen standen derartige lästerliche Reden nicht zu. »Ja, vermutlich war mein Onkel schon immer ein schwarzes Schaf«, räumte er widerstrebend ein. »Doch als Not am Mann war, hat er keinen Moment gezögert, das muss man ihm lassen.« Arbie hielt inne, um manierlich einen Schluck Tee zu nehmen und dem Einwand Zeit zu geben, sich zu setzen. »Und obwohl er keine Frau hatte, die ihn dabei unterstützte, hat er sich ohne zu klagen meiner angenommen, ein Kinderfräulein eingestellt und mir zu einer ordentlichen Schulbildung verholfen.«

»Ja, das war lobenswert«, gab Amy widerstrebend zu. »Und dennoch bin ich der Überzeugung, dass er kein gutes Vorbild für einen kleinen Jungen war.«

»Nun, ich hatte eine wunderschöne Kindheit und konnte mich nach Herzenslust in dem alten Gemäuer tummeln«, wandte Arbie freundlich ein. »Wahrscheinlich habe ich genug gelernt, um Architekt zu werden, wenn das meinen Neigungen entsprochen hätte, als ich Onkel dabei zusah, wie er Treppen einzog, einen Keller aushob, den Speicher ausbaute und das übrige Gebäude renovierte.«

»Ja, du musst es dir unbedingt einmal ansehen, Reggie«, meinte Amy spöttisch. »Die Umwandlung von Old Chapel in ein Wohnhaus ist wirklich ... nun ... bemerkenswert. Gewiss würdest du das Unkonventionelle daran zu schätzen wissen.«

Arbie grinste breit. »Auch wenn Miss Phelps zu höflich ist, um es laut auszusprechen: Das Haus ist die absolute Katastrophe. Zum Beispiel gibt es keinen Kamin. Allerdings verfügt es über eine ausgezeichnete Zentralheizung, die mein Onkel selbst entworfen und gebaut hat. Ich fürchte, er ist so eine Art verrückter Erfinder. Überall stehen maßgefertigte Möbel herum, doch im Wohnzimmer befinden sich außerdem noch die alte Kanzel und eine voll funktionsfähige Orgel. Die Küche ist zwar mit sämtlichen modernen Gerätschaften ausgestattet, hat aber noch Kirchenfenster. Das ganze Haus ist weder Fisch noch Fleisch. Mein Schlafzimmer zum Beispiel befindet sich im Speichergeschoss. Die Deckenbalken liegen frei, und über meinem Bett, direkt über meinem Kopf, hängt die alte Kirchenglocke. Ich kann nur hoffen, dass das Seil so stabil ist, wie mein Onkel behauptet. Ansonsten fällt das Ding eines Tages runter und schlägt mir den Schädel ein.«

»Ach, herrje!«, meinte Cora spöttisch.

»Wie mutig von Ihnen, dort zu schlafen. Ich würde ja kein Auge zutun!«, fügte Reggie mit funkelnden Augen hinzu.

Phyllis, die aus härterem Holz geschnitzt war, wirkte ein wenig ungeduldig. »Das alles klingt ja äußerst charmant, Mr. Swift. Aber Sie wollten uns doch von Ihrem Geist erzählen.«

»Ach ja, richtig. Nun, ich war etwa zwölf Jahre alt und während der Schulferien aus dem Internat nach Hause gekommen. Es war ein regnerischer Abend.«

»Ach wirklich. Doch nicht etwa ein Gewitter, Arbie?«, tadelte Val. Sie hatte nicht die geringste Lust, zuzuhören, wie Arbie seinen hingebungsvoll lauschenden Bewunderern Märchen auftischte. »Der Wind heulte ums Dach, und es donnerte und blitzte wie bei einem Weltuntergang? Das klingt ja entsetzlich nach Frankenstein.«

»Es donnerte und blitzte mitnichten«, entgegnete Arbie würdevoll. »Es war nur sehr windig und regnete. Ein typisch britischer Sommer eben.«

Die Anwesenden lächelten wehmütig, denn jeder hatte seine eigenen Gruselgeschichten über den britischen Sommer zu erzählen.

»Jedenfalls war es schon dunkel. Ich lag bereits eine Weile im Bett, als ich es hörte«, sprach Arbie weiter und senkte theatralisch die Stimme. Obwohl allen klar war, dass er das nur um der dramatischen Wirkung willen tat, hingen sie dennoch an seinen Lippen.

»Was? Was haben Sie gehört?« Zum allgemeinen Erstaunen kam die Frage von Amy Phelps. Eigentlich war Arbie davon ausgegangen, dass sie seiner Geschichte am wenigsten Glauben schenken würde. Aber dann fiel ihm ein, dass sie ja selbst ein Problem mit einem Geist hatte und deshalb heute vielleicht aufgeschlossener war als sonst.

»Ich habe die Orgel gehört«, antwortete Arbie. Als er das aussprach, fühlte er sich in jene Nacht zurückversetzt: Er lag im Bett und wachte von dem unverkennbaren Geräusch der Orgelpfeifen auf.

»Ist das alles, alter Junge?« Reggie schien ein wenig enttäuscht. »Bestimmt war es Ihr Onkel, der ein bisschen herumgeklimpert hat. Bach, richtig? Oder vielleicht Mozart?«

»Mein Onkel ist der unmusikalischste Mensch der Welt«, widersprach Arbie. »Er ist ein Maler. Ein Erfinder. Ein Geschäftsmann. Vielleicht auch eine Mischung aus allem – wenn man ihn selbst reden hört«, fügte er mit einem leisen Auflachen hinzu. »Aber ich schwöre, dass er absolut kein Gehör hat, wenn es um Musik geht.«

»Also kann er es nicht gewesen sein, der gespielt hat?« Cora nickte. »Und was haben Sie getan?« Die eigentlich so sachlich wirkende Frau klang zum ersten Mal neugierig.

»Nun, wie jeder wissbegierige Junge bin ich aufgestanden und zur Treppe geschlichen, um nachzuschauen«, erwiderte Arbie wahrheitsgemäß. Und wieder fühlte er sich wie damals in jener Nacht, als er über den schmalen Treppenabsatz gehuscht war, um über das Geländer hinunter ins riesige Wohnzimmer zu spähen. »Dazu müssen Sie wissen, dass mein Onkel jahrelang immer wieder an diesem Haus herumbastelte. Er fügte hier etwas hinzu und nahm dort etwas weg, wie es ihm gerade in den Kram passte. Wenn ich mich richtig erinnere, ließ er während dieser Schulferien das gewaltige Holzportal entfernen, da es am unteren Rand morsch geworden war, und war gerade dabei, eine andere große Tür aus Eichenholz einzubauen. Deshalb war mein erster Verdacht, dass er den Eingang nicht richtig gesichert hatte. Vielleicht hatte sich ja ein Landstreicher vor dem Wetter hineingeflüchtet und spielte jetzt ein paar Takte, um sich die Zeit zu vertreiben.«

»War es ein Kirchenlied?«, hakte Phyllis nach. »Denn schließlich war das Haus ja früher eine Kapelle.«

Arbie lächelte. »Nein, seltsamerweise war es ›Greensleeves‹. Ich konnte es gerade noch erkennen.«

»Oh, dann wurde es wohl nicht sehr gut gespielt«, stellte Reggie bedauernd fest. »Ein wenig enttäuschend. Von einem Gespenst würde man doch mehr erwarten, oder?« Er lächelte freundlich. »Es wäre doch eine nette Vorstellung, wenn man im Jenseits die Fähigkeiten besäße, die einem im Land der Lebenden versagt geblieben sind.«

Val bedachte ihn mit einem wohlwollenden Blick. Reggie hatte eine fröhliche, entspannte Art, die auf seine Mitmenschen beruhigend wirkte. Sie konnte gut verstehen, warum er ein häufiger Gast in Old Forge war.

»Ganz recht. Aber so ist es nun einmal«, antwortete Arbie diplomatisch. »Und da stand ich nun, zwölf Jahre alt, und lauschte einer Orgel, die ganz von allein und ziemlich fehlerhaft das Lieblingslied des alten Heinrich des Achten spielte.«

»Soll das heißen, es saß gar niemand am Manual?«, hakte Phyllis argwöhnisch nach.

»Keine Menschenseele«, erwiderte Arbie, womit er ausnahmsweise die reine Wahrheit sagte.

»Als ich nach unten schaute, konnte ich Manual und Sitzbank sehen, doch obwohl Töne aus den Pfeifen kamen, betätigte niemand die Tasten. Nun, kein lebendiger Mensch zumindest«, fügte er Unheil verkündend hinzu.

Natürlich hatte sein Onkel die Beobachtung abgetan, als er

ihm am nächsten Morgen davon berichtete. Wegen des Schwalls an Zugluft, der durch die schlecht passende provisorische Tür hereinwehte, ganz zu schweigen von dem im versuchsweise eingebauten (und drei Jahre später wieder ausgebauten) Kamin heulenden Wind sei eben viel Luft durch die Orgelpfeifen geblasen worden, die wiederum einige willkürlich aneinandergereihte Töne ausgestoßen hätten. Töne, die ein schlaftrunkener Schuljunge durchaus als »Greensleeves« habe deuten können, denn schließlich habe ein ganz besonders kinderfeindlicher Schulmeister ihn und seine Klassenkameraden vor einigen Jahren gezwungen, das besagte Lied auswendig zu lernen.

Obwohl Arbie, heute ein vernünftiger Erwachsener, eher dazu neigte, der Erklärung seines Onkels zu glauben, war er sich manchmal nicht ganz sicher. Die Orgel hatte in jener Nacht *wirklich* geklungen, als spiele sie »Greensleeves«. Und was war mit den ein oder zwei belanglosen Zwischenfällen im Laufe der letzten zehn Jahre, die er seinem Onkel vorenthalten hatte und die ihm dennoch Stoff zum Nachdenken lieferten? Wie zum Beispiel ...

»Ich verstehe. Und dieses Ereignis hat Ihr Interesse am Übernatürlichen geweckt?«, riss Phyllis ihn aus seinen Grübeleien. »Meine Freundin Janice schwört auf ein Medium, das ihre Mutter regelmäßig zu Rate zieht.«

»Nichts als blanker Unsinn, meine Liebe«, unterbrach Reggie in gütigem Ton. »Oh, ich weiß, Séancen, Tischerücken und derlei Hokuspokus sind heutzutage sehr in Mode. Aber der Großteil dieses Treibens beruht doch nur auf Taschenspielertricks. Die Menschen in der viktorianischen Ära, Gott segne sie, sind schon vor Jahrzehnten zu diesem Schluss gekommen.«

»Da bin ich ganz Ihrer Ansicht, Sir«, entgegnete Arbie, der Spaß daran hatte, dem alten Kauz ein wenig den Wind aus den

Segeln zu nehmen. »Während meiner Recherchen für den *Geisterführer* bin ich auf so viel Literatur über die Betrugsmaschen der sogenannten Medien gestoßen, dass ich fast über Nacht ergraut wäre.«

Cora musterte ihn mit leicht zur Seite geneigtem Kopf. »Soll das heißen, dass Sie eigentlich gar nicht an Geister glauben, Mr. Swift?«, fragte sie zweifelnd.

»Natürlich tut er das, Cora. Hast du nicht richtig zugehört? Er lehnt nur Medien ab, nicht die Möglichkeit, dass es Geister geben könnte«, fiel Amy ihr tadelnd ins Wort. »Deshalb wird Mr. Swift mir ja bei meinen eigenen Geistererscheinungen helfen. Richtig, junger Mann?«, fügte sie mit einem vielsagenden Blick hinzu.

Arbie wäre beinahe an seinem Tee erstickt. »Oh, äh, ganz richtig, Miss Phelps.«

Val saß da und grinste wie ein Honigkuchenpferd. Es geschah nur selten, dass es Arbie die Sprache verschlug, und sie amüsierte sich königlich. »Warum erzählen Sie uns nicht von Ihren Schwierigkeiten, Miss Phelps?«, sagte sie in liebreizendem Ton. »Bestimmt können wir etwas für Sie tun. Denkst du nicht auch, Arbie?«

Als Arbie sie nun ansah, wuchs seine unheilvolle Vorahnung. Insbesondere das Wort »wir« gefiel ihm überhaupt nicht. »Oh, ja gern«, erwiderte er dennoch. »Also, wer macht Ihnen solchen Ärger? Wissen Sie, um wen es sich handelt?«

»Um meinen Vorfahren natürlich, den Schmied«, antwortete Amy knapp. »Wahrscheinlich kennen Sie die Geschichte von unserem Familiengespenst, schließlich kennt sie das ganze Dorf. Aber das ist noch längst nicht alles. Tja, das hätten Sie wohl nicht gedacht, oder? Wie dem auch sei, es geht um meinen Urgroßvater Wilbur Phelps. Er war erst achtundzwanzig, als er an Tuberkulose starb. Bis zu seiner Erkrankung war er ein großer, kräftiger Mann, der den ganzen Tag in der Schmiede stand und es im Leben unbedingt zu etwas bringen wollte. Sein Ziel war es, das bereits beträchtliche Vermögen der Familie weiter zu mehren. Unter anderem seiner Weitsicht in geschäftlichen Angelegenheiten hat meine Familie ihren Erfolg zu verdanken.«

All das sprach sie mit einer eigenartigen Mischung aus Selbstgefälligkeit, Sachlichkeit und Trotz aus, so als sei die bescheidene Herkunft der Familie Phelps einerseits ein Grund zum Stolz und – wie sie sich widerwillig eingestehen musste – dennoch ein Makel in den Augen der feinen Gesellschaft. Gewiss wäre es Miss Phelps lieber gewesen, wenn Einfluss und Wohlstand der Familie ererbtem Vermögen und der Zugehörigkeit zur Oberschicht entstammt hätten. Doch da sich daran nun einmal nichts ändern ließ, war sie fest entschlossen, das Beste daraus zu machen.

Val, Tochter eines verarmten Vikars (der jüngere Sohn des jüngeren Sohns eines Lords), verstand diesen feinen Unterschied sofort, auch wenn sie das nie öffentlich zugegeben hätte.

»Er heiratete sehr jung und zeugte nur ein einziges Kind, zum Glück einen Sohn, beklagte jedoch stets, dass er keine weiteren Erben hatte«, fuhr Amy in majestätischem Ton fort. »In jener Zeit war die Kindersterblichkeit so hoch, dass seine Befürchtungen vermutlich berechtigt waren. Wenn er ohne Nachkommen gestorben wäre, wäre sein Familienzweig untergegangen. Die Macht und das wachsende Vermögen hätten sich auf mehrere entfernte Verwandte verteilt. Angesichts seines nahenden Todes nahm er seinem kleinen Sohn das Versprechen ab, hart zu arbeiten, die Familie zu schützen und dafür zu sorgen, dass der Name Phelps bis in alle Ewigkeit weitergetragen würde. Das alles war sicherlich sehr dramatisch«, schloss sie spöttisch.

Ihr Publikum seufzte angesichts dieser heiteren Anmerkung erleichtert auf: Die Geschichte hatte gedroht, rührselig zu werden.

»Als man ihn beerdigte, verfuhr man wie üblich, wickelte ihm einen Faden um die große Zehe und verband das andere Ende mit einem überirdischen Glöckchen«, fuhr Amy in sachlichem Ton fort.

Diese Mitteilung schlug ein wie eine Bombe. »Ach du meine Güte!«, rief Val erschrocken aus. »Warum hat man denn so etwas getan?« Sie klang regelrecht verängstigt. »Das ist ja makaber.«

Reggie tätschelte ihr beruhigend die Hand. »Aber, aber, meine Liebe, Sie dürfen sich nicht aufregen. Damals war das gang und gäbe. Die Ärzte in jener Zeit waren nicht so, äh, gut ausgebildet wie unsere heutigen Quacksalber. Manchmal erklärten sie auch einen Bewusstlosen für tot, sodass sich der Bedauernswerte beim Aufwachen zwei Meter unter der Erde wiederfand.«

Val konnte einen leisen Aufschrei nicht unterdrücken, und auch Arbie spürte, wie ihm das Grauen als eiskalter Schauder den Rücken hinaufkroch.

»Aus diesem Grund«, fuhr Reggie rasch fort, »taten die Leute das Vernünftigste, was ihnen einfiel: Wenn jemand beerdigt wurde, befestigten sie ein Stück Schnur an einem Glöckchen und banden das andere Ende an die Zehe des lieben Verblichenen. Falls es zu einem kleinen Missgeschick gekommen sein sollte, brauchte der arme Teufel nur mit dem Fuß zu wackeln, worauf das Glöckchen allen Umstehenden mitteilte, dass er unverzüglich wieder ausgegraben werden wollte.«

»Ich glaube, wenn ich an einem Friedhof vorbeikäme und ein Glöckchen hören würde, würde ich vermutlich selbst tot umfallen«, entgegnete Cora missbilligend. »Man muss sich so etwas nur einmal vorstellen!«

Einen Moment lang taten alle Anwesenden genau das.

»Ja, natürlich«, brach die wie immer unerschütterliche Amy das Schweigen. »Das mag wohl sein. Jedenfalls muss der Legende zufolge jedes Mitglied der Familie Phelps, das den Ruf der Familie zu ruinieren droht, seitdem mit einem Besuch von Wilburs Geist rechnen, der vom Läuten eines Glöckchens angekündigt wird. Ziel ist, den Übeltäter wieder auf den Pfad der Tugend zurückzuführen. Meine Großmutter schwor immer, dass ihr Mann, der mehr trank, als gut für ihn war, eines Nachts durch so einen Besuch vor lauter Schreck schlagartig zum Abstinenzler wurde. Ich persönlich glaube eher, dass Großpapa nach einem Brandy zu viel in den Fluss gestürzt ist und infolge dieser Nahtoderfahrung dem Alkohol abgeschworen hat.«

Alle lachten pflichtschuldig.

Amy seufzte leise auf. »Nun, aus irgendeinem Grund scheint mein Vorfahr nun Anstoß an mir zu nehmen. Ich kann mir keinen Grund dafür vorstellen, denn ich glaube, dass ich seit dem Tod des letzten meiner lieben Geschwister eine würdige Bewahrerin des Familienvermögens bin. Nur dass Wilbur das offenbar anders sieht. In letzter Zeit sind einige … merkwürdige … Dinge … geschehen, die diesen Verdacht nahelegen.«

»Ach, Amy, jetzt übertreib mal nicht«, wandte Reggie anteilnehmend ein, musterte sie mit unverhohlener Sorge und verstummte dann.

»Wer könnte es wagen, etwas an dir auszusetzen, Tante?«, durchbrach da eine kräftige Stimme das angespannte Schweigen. Ein Mann von Anfang bis Mitte dreißig kam durch die offene Tür des Salons hereinmarschiert. »Nenn mir seinen Namen, und ich ziehe dem Kerl eigenhändig die Hammelbeine lang.«

Alle drehten sich zu dem Neuankömmling um. Der Mann war nicht sonderlich groß, ein klein wenig untersetzt und hatte

einen dichten braunen Haarschopf und dunkelbraune durchdringend dreinblickende Augen. Eine Stupsnase war das einzig
Störende in seinen ansonsten klassisch-ebenmäßigen Zügen. Er
trug einen teuren Anzug aus der Werkstatt eines Schneiders,
der etwas von seinem Beruf verstand.

Val musterte ihn mit unverhohlenem Interesse.

Phyllis bedachte ihn mit einem abfälligen Blick, riss sich aber
sofort zusammen.

Cora und Reggie nahmen ihn mit Wohlwollen zur Kenntnis.

Doch es war der Ausdruck auf Amy Phelps' Gesicht, der Arbie am meisten auffiel, weil er ihm so rein gar nichts entnehmen
konnte.

»Mein Neffe, Murray Phelps«, stellte Amy ihn vor. »Ich habe
nicht mit dir gerechnet, Murray. Wie nett von dir, dass du mich
besuchst.« Falls in ihrer Stimme ein spöttischer Unterton mit-
schwang, beschloss Murray offenbar, ihn zu überhören.

»Keine Ursache, Tante. Ich freue mich doch immer, dich zu
sehen. Ach, hallo, Phil, altes Mädchen«, begrüßte er dann lässig
seine Cousine, während sein Blick zwischen Val und Arbie hin-
und herhuschte. »Das ist ja eine regelrechte Versammlung.«
Sein Ton war eindeutig herausfordernd.

»Mr. Arbuthnot Swift und Valentina Coulton-James, die
Tochter unseres Vikars«, erklärte Amy. »Vermutlich bist du den
beiden irgendwann im Dorf über den Weg gelaufen, denn sie
wohnen schon immer hier«, fügte sie beiläufig hinzu.

Arbie konnte sich in der Tat undeutlich an den Mann erinnern, denn er hatte ihn ein oder zwei Mal im Dorf gesehen.
Dass er sich so selten hier blicken ließ, wies eindeutig auf man-
gelndes Interesse an den Einwohnern von Maybury-in-the-
Marsh hin. Arbie war ziemlich sicher, dass dieser Mensch weder
jemals einen Fuß ins Dun Cow Inn gesetzt noch einen Penny

im Dorfladen ausgegeben hatte. Nein, er gehörte eindeutig zu den Leuten, die nur in Sternerestaurants dinierten und in Luxusgeschäften einkauften.

»Swift? Warum kommt mir dieser Name so bekannt vor?«, fragte Murray und beugte sich vor, um seiner Tante einen etwas verrutschten Kuss auf die Wange zu hauchen.

»Ach, Murray, mein Lieber, du hast doch sicher *Die Geisterjagd: Ein Leitfaden für den Gentleman* gelesen. So wie fast jeder andere unserer Landsleute«, zog Cora ihn freundschaftlich auf. »Das ist ein locker und witzig geschriebener Reiseführer zu den spannendsten Geistererscheinungen in diesem Land, der auch Übernachtungsmöglichkeiten und Sehenswürdigkeiten behandelt.«

Murrays Miene erhellte sich. »Ja, das habe ich sogar. Ein spannender Schmöker. Und auch ein recht nützlicher Reiseführer. Dazu noch Ihre hübschen kleinen Gespenstergeschichten. Sehr amüsant.«

Arbie vollführte eine wegwerfende Handbewegung, wobei er tat, als habe er den heuchlerischen Unterton des Mannes nicht bemerkt. »Ach, das Schreiben war ein netter Zeitvertreib«, erwiderte er lässig. »Schließlich braucht man eine Beschäftigung, wenn man seine Jahre in Oxford abgesessen hat.«

Murray warf ihm einen unverhohlen abfälligen Blick zu. »Das kann ich nicht beurteilen, alter Junge. Ich habe schon in unserem Familienunternehmen geschuftet, als ich noch kurze Hosen trug.«

»Jetzt dramatisier mal nicht, Murray«, wies Amy Phelps ihn scharf zurecht. Ihr Ton war inzwischen eindeutig kühl geworden. »Bei dir klingt es, als würdest du Zwangsarbeit in einem Kohlebergwerk leisten, anstatt eine leitende Position in einem erfolgreichen Unternehmen zu bekleiden.«

»Ach, das war nur ein Scherz, Tante. Du weißt ja, dass ich mein ganzes Leben Phelps Industries gewidmet habe.« Als er spöttisch die Hand aufs Herz legte, schnalzte Cora missbilligend mit der Zunge, während Reggie laut über sein theatralisches Gehabe lachte.

»Da du schon einmal hier bist, kannst du dich auch setzen und ein Stück Kuchen essen, Murray«, wies seine Tante ihn an. »Ich wollte gerade Mr. Swift und Miss Coulton-James den Garten zeigen.«

Das war Arbie und Val zwar neu, doch beide ließen brav die Leckereien, auch Mrs. Brockhursts köstlichen Erdbeerkuchen, stehen und folgten ihr nach draußen. »Deine Cousine und unsere Sommergäste können dir ja Gesellschaft leisten, Murray«, verkündete Amy in herrischem Ton, während sie durch die offenen Terrassentüren nach draußen schritt.

KAPITEL DREI

Erst als sie ein gutes Stück durch den von Lupinen, Rosen, Bart-
nelken, Schwarzkümmel und rankender Clematis strotzenden
Garten spaziert waren, beruhigte sich Amy so weit, dass sie
sich mit einem müden Seufzer auf eine Holzbank sinken lassen
konnte.

»Bitte setzen Sie sich, meine Lieben«, sagte sie, wobei sie beinahe menschlich klang.

Val bemerkte sofort, dass Amy aschfahl im Gesicht war und
die Schultern hängen ließ. Also nahm sie neben ihr Platz und
legte die Hand sanft auf ihre. Auch wenn die Arme noch so
steif und abweisend tun mochte, sie wirkte, als sei sie mit ihrem
Latein am Ende, weshalb Val wie immer von dem übermächti-
gen Wunsch ergriffen wurde, einem Menschen in Not beizustehen. Schließlich war sie nicht umsonst die Tochter eines Vikars.
»Warum erzählen Sie uns nicht, was Sie wirklich bedrückt, Miss
Phelps?«, ermunterte sie Amy, ihr Herz auszuschütten. »Arbie
und ich werden unser Möglichstes tun, um Ihnen zu helfen.
Richtig, Arbie?«

Arbie nickte. Val mochte ihn für einen gefühllosen Trampel
halten, doch selbst ihm war nicht entgangen, dass die alte Dame
ein bisschen Unterstützung nötig hatte. »Sehr gern«, erwiderte
er und fügte dann mit einem Scharfsinn hinzu, der beinahe

dazu führte, dass Val der Mund offen stehen blieb: »Es ist nicht der Familiengeist, der Sie beschäftigt, oder?«

Amy Phelps betrachtete ihn nachdenklich. »Sie sind doch nicht so dumm, wie alle glauben, junger Mann«, lautete ihre niederschmetternde Antwort.

Arbie, der nicht wusste, ob er gerade schwer beleidigt worden war oder das größte Kompliment seines Lebens erhalten hatte, starrte sie nur verdattert an.

»Hat es dir die Sprache verschlagen?« Val lächelte ihm voller Zuneigung zu, was nur selten vorkam. »Das ist gar nicht gut bei einem Schriftsteller, oder, Miss Phelps? Aber keine Sorge, zu dritt fällt uns schon eine Lösung ein. Dazu müssten wir aber wissen, worum es eigentlich geht«, bohrte sie sanft nach.

Miss Phelps nickte erschöpft, wirkte aber gleichzeitig verlegen. »Ja, das ist mir klar. Allerdings fällt es mir sehr schwer. Manchmal klingen die Dinge, die einem so durch den Kopf gehen, ziemlich albern, sobald man sie laut ausspricht. Außerdem bin ich ja nicht einmal sicher ... Schließlich habe ich ja keine greifbaren Beweise, und genau das ist das Problem. Da ist nichts, worauf ich zeigen und dabei ›Sehen Sie? Jemand will mir schaden‹ sagen könnte. Es ist alles so ... nebulös. Vielleicht ist es ja wirklich Wilbur, der mir nachstellt. Diese Unsicherheit ist das Allerschlimmste daran.«

Während sie ihre auf dem Schoß liegenden Hände rang, wechselte Val einen besorgten und fragenden Blick mit Arbie.

»Sie glauben also wirklich, dass es etwas Übernatürliches sein könnte, Miss Phelps?«, hakte Arbie nach, der gern endlich erfahren hätte, was eigentlich von ihm erwartet wurde.

»Nun, vor dieser Sache hätte ich mit Nein geantwortet«, erwiderte Amy mit einem etwas zittrigen Lächeln. »Eine Familienlegende und ein Geist sind zwar etwas Nettes, aber im Alltag verschwendet man eigentlich keinen Gedanken daran, oder? Nur dass in letzter Zeit ... Allmählich habe ich so meine Zweifel. Auch wenn der gesunde Menschenverstand natürlich ...« Der Satz endete mit einem tiefen Seufzer.

Diesmal war es Val, die mehr wissen wollte. »Haben Sie den Geist denn gesehen? Ich meine natürlich Wilbur.«

»Oh, nein. Nun, nicht direkt *gesehen*. Aber manchmal, in der Nacht, bin ich sicher, dass mich jemand beobachtet ... Nein, so geht das nicht.« Miss Phelps straffte die Schultern und nahm sich zusammen. Ihr Blick vermittelte wieder die alte Entschlossenheit. »Ich stammle vor mich hin wie ein albernes Schulmädchen. Junger Mann, ich möchte, dass Sie in meinem Haus eine Ihrer Untersuchungen durchführen. Eine Geisterwache. Das ist doch möglich, oder?«

Das war eine unmissverständliche Herausforderung, was dazu führte, dass Arbie nun seinerseits die Schultern straffte. »Ja, natürlich, Miss Phelps. Das ist möglich. Falls Sie es wirklich wünschen«, antwortete er nur.

»Ich wünsche es«, entgegnete sie mit Nachdruck, doch schon im nächsten Moment kehrte die für sie so untypische Zögerlichkeit zurück, denn Miss Phelps fügte hinzu: »Dann weiß ich wenigstens, woran ich bin.«

Val, die Arbies besorgten Gesichtsausdruck bemerkte, warf ihm einen ihrer Blicke zu, der wohl »Tu endlich was« besagen sollte. Sein ganzes Leben war er nun schon Zielscheibe solcher Val-Blicke, die normalerweise die Wirkung hatten, dass er sich ihretwegen in Schwierigkeiten brachte.

»Vermutlich entpuppt sich alles nur als falscher Alarm«, meinte er tröstend zu Amy Phelps. »Die meisten Familiengespenster, Flüche oder Ähnliches sind nichts weiter als Hirngespinste. Erinnern Sie sich noch an das Kapitel in meinem Buch mit dem Titel ›Die Weiße Frau von Brighton‹? Es stellte sich heraus, dass sie nur …«

»Jaja, ich weiß«, fiel Amy ihm gereizt ins Wort. »Ich bin noch nicht senil, junger Mann. Mir ist klar, dass es sich wahrscheinlich um ausgemachten Unsinn handelt. Was nichts daran ändert, dass ich sicher sein muss, bevor ich etwas unternehme, insbesondere, wenn es um etwas so Wichtiges geht wie … Ach, nichts weiter. Ich brauche einfach eine Bestätigung, dass ich mich nicht irre. Nur für den Fall, dass ich richtigliege und Wilbur tatsächlich sein Unwesen treibt. Ach, mir ist klar, wie lächerlich das klingt.« Amy brach ab und blickte zwischen Val und Arbie hin und her, offenbar als Warnung, ihr zu widersprechen. Die beiden schwiegen natürlich taktvoll. »Aber Sie müssen mir glauben, dass sich in meinem Haus irgendetwas tut, Mr. Swift«, fuhr sie fort und drehte sich kurz zum Haus um. »Ich spüre es. Den ganzen Sommer schon fühle ich mich … unbehaglich. Das gefällt mir nicht. Und deshalb will ich dafür sorgen, dass es aufhört«, sprach sie weiter und schlug sogar mit der Handfläche auf die hölzerne Armlehne der Bank. »Ganz gleich, was auch dahintersteckt, Geist oder nicht, ich lasse mich nicht drangsalieren!«

»Bravo!«, lobte Val. »Das ist die richtige Einstellung!« Als sie bemerkte, dass das zu forsch geklungen haben könnte, fügte sie rasch hinzu: »Ich mache Ihnen einen Vorschlag, Miss Phelps: Wir halten noch heute Nacht eine Geisterwache ab. Richtig, Arbie?«

Arbie starrte sie entsetzt an. »Moment mal, warum sprichst du hier dauernd von ›wir‹, Val?«, protestierte er. »Du brauchst dich überhaupt nicht darum zu kümmern. Außerdem könnte heute Nacht nicht …«

»Oh, ich wäre Ihnen ja so dankbar«, unterbrach Amy, die nur wenig Lust auf Arbies Ausflüchte hatte. »Und natürlich können

Sie auch gern die Nacht hier verbringen, Miss Coulton-James. Ich bin sicher, dass meine und Coras Anwesenheit im Haus dem Anstand Genüge tun wird, nur für den Fall, dass Ihr lieber Herr Papa Bedenken haben sollte.«

»Dann wäre das also geklärt«, stellte Val, sichtlich zufrieden mit dem Ergebnis dieses Nachmittags, fest. Obwohl die alte Dame offenbar nicht gewillt war, ihr Problem mit Außenstehenden zu erörtern, lag auf der Hand, dass etwas unternommen werden musste. Außerdem war ihre Neugier geweckt. Sie spürte, dass ein Abenteuer in der Luft lag. Also bedachte sie Arbie wieder mit einem vielsagenden Blick. »Richtig, Arbie?«

Als Arbie Vals funkelnde und Amys traurige Augen sah, wusste er, dass der Moment gekommen war, sich ins Unvermeidliche zu fügen. »Dann bis später, Miss Phelps«, sagte er hilflos, wobei er sich ausmalte, wie sein Onkel sich vor Lachen krümmte, wenn er dem alten Schwerenöter erzählte, welche Suppe er sich diesmal eingebrockt hatte.

Bei ihrer Rückkehr in den Salon trafen sie Reggie bei einem gutmütigen Geplänkel mit Murray Phelps an. Dabei streichelte er eine riesige und aufsehenerregend schöne Katze, die auf seinem Schoß saß. Das flauschige Fell des Tiers war hauptsächlich schwarz mit ein paar orangen Tigerstreifen. Türkisfarbene Augen verfolgten neugierig, wie die drei Neuankömmlinge aus dem Garten ins Haus traten. Arbie ging sofort zu der Katze hinüber.

»Was für eine Schönheit«, sagte er bewundernd, allerdings ohne die Katze zu streicheln. Obwohl Katzen, Hunde, Pferde, ja, eigentlich die meisten Tiere ihn auf Anhieb mochten, hatte er auf schmerzhafte Weise gelernt, welche Folgen es haben konnte, wenn man sich ihnen aufdrängte. Seit Mr. Jupps Esel ihn als kleinen Jungen kräftig gebissen hatte, hatte er einen Heidenrespekt vor der Privatsphäre von Vierbeinern. »Darf ich sie streicheln? Wie heißt sie denn?«

Reggie strahlte übers ganze Gesicht. »Natürlich. Empress Maud liebt es, bewundert zu werden. Nicht wahr, mein Schatz?«, wandte er sich mit sanfter Stimme an die Katze. Diese begann so laut zu schnurren, dass sie beinahe die Deckenbalken zum Erbeben brachte, wie um die Worte ihres Herrchens zu bestätigen. Arbie strich mit der Hand über ihr seidiges Fell.

»Sie mag Sie! Möchten Sie nicht vielleicht eines oder zwei Kätzchen aufnehmen?«, fragte Reggie sofort.

Phyllis lachte leise auf und schüttelte dabei warnend den Kopf. »Passen Sie auf, was Sie jetzt sagen, Mr. Swift. Reggie verhilft ungewollten Tieren zu einem neuen Zuhause, und zwar mit einem solchen Einsatz, dass einem schwindelig werden könnte«, meinte sie mit offensichtlicher Zuneigung. »Ich habe sogar einmal erlebt, dass er eine Unmenge weißer Mäuse bei einer ausgesprochen ängstlichen alten Dame untergebracht hat.«

»Wie viele Waisen, Streuner und verlorene Seelen betreut dein kleines Projekt inzwischen eigentlich?«, fragte Murray mit spöttischer Miene.

»Oh, Hunderte, wie ich denke«, erwiderte Reggie lächelnd und zuckte die Achseln. »Mittlerweile habe ich keinen Überblick mehr. Natürlich sind die Freiwilligen hier im Dorf einfach wundervoll. Ich wüsste gar nicht, was wir ohne sie machen sollen. Allein Mrs. Possett hat bisweilen bis zu zehn Kätzchen in Pflege und findet für alle ein Zuhause im Freundeskreis oder bei Verwandten. Und dann sind da noch die Jugendlichen. Die Mädchen haben ja so viel Spaß daran, altersschwache Ponys und andere hilfsbedürftige Pferde zu pflegen. Was ein Glück ist, denn ich hätte niemals die Möglichkeit, sie zu bezahlen.

Schon mit den Futterkosten stoßen wir bisweilen fast an unsere Grenzen.«

»Aber es ist für eine gute Sache«, meinte Amy Phelps, setzte sich und beobachtete belustigt die Verrenkungen von Empress Maud, die Arbies streichelnden Fingern immer weiter das Kinn entgegenstreckte, sodass sie fast von Reggies Schoß auf den Boden zu fallen drohte. »Meinen lieben Hamish hatte ich auch von Reggie, weißt du noch? Leider ist er nicht mehr bei uns, aber ich hatte ihn fast achtzehn Jahre lang.«

»Ach ja, und er war wirklich ein reizender kleiner Racker, Amy«, erwiderte Reggie mit einem wehmütigen Lächeln. »Apropos: Ich habe gerade wieder einen West Highland Terrier hereinbekommen, der dringend ein gutes Zuhause braucht. Könntest du vielleicht …?«

Murray schüttelte den Kopf. »Reggie, alter Junge, du bist einfach schamlos.«

Reggie seufzte dramatisch auf. »Ja, vermutlich hast du recht.«

Obwohl alle lächelten, war Murray offenbar auf Krawall gebürstet. »Weißt du was? Anstatt dich auf gute Taten zu beschränken, könntest du dein kleines Hobby mit ein wenig Anstrengung zu einem lukrativen Geschäft machen. Du könntest zum Beispiel mit Rassetieren handeln. So würdest du vielleicht endlich das Finanzamt los. Womöglich könntest du den Sommer dann sogar in deinen eigenen vier Wänden verbringen, anstatt sie an diese grässlichen Norweger, Schweden oder andere leichtgläubige Menschen zu vermieten, die bereit sind, für deine baufällige Bruchbude Geld zu bezahlen. Wenn du nicht aufpasst, gehst du sonst noch bankrott. Schließlich ist der gute alte Onkel Francis nicht mehr da, um dir aus der Patsche zu helfen«, fügte er gehässig hinzu.

Auf diese Worte folgte pikiertes Schweigen. Die Gastgeberin

schnappte nach Luft. Außerdem war sie ein wenig errötet, während Reggie bleich geworden war.

»Lass ihn in Ruhe, Murray«, wies Amy ihren Neffen schließlich zurecht. »Du weißt selbst, dass heutzutage auch angesehene Leute den Gürtel enger schnallen müssen. Es ist nichts daran auszusetzen, wenn man sein Haus über den Sommer an kultivierte Gäste vermietet, um seine Kasse aufzubessern.« Auf seine letzte Bemerkung ging sie lieber nicht ein. »Wenn wir schon bei unangenehmen Themen sind«, sprach sie vorwurfsvoll weiter. »Ich musste Mrs. Brockhurst bitten, wieder einmal ein Wörtchen mit Doreen zu reden.«

Cora und Phyllis wechselten rasch einen vielsagenden Blick. Dafür war es nun Murray Phelps, der leicht rot anlief. »So kann das einfach nicht weitergehen. Ich habe die junge Dame nun schon zum zweiten Mal in der Nähe des Hauses herumlungern sehen, obwohl sie genau weiß, dass sie hier nichts mehr zu suchen hat.«

Arbie und Val, die spürten, dass sich eine unangenehme Stimmung auszubreiten drohte, verabschiedeten sich taktvoll und versprachen, später am Abend wiederzukommen. Obwohl die anderen Anwesenden erstaunt das Gesicht verzogen, war Amy offenbar nicht gewillt, ihre Neugier zu befriedigen. Sie hatte keine Lust auf Erklärungen.

Als sie endlich draußen auf der Straße standen, atmete Arbie erleichtert auf. »Uff. Das war alles ein wenig überfrachtet, oder?«

»War es«, stimmte Val zu. Sie und Arbie wichen auf die Grasböschung aus, um einem Pferd mit Wagen Platz zu machen. Die weiße Stute trottete gleichmütig vorbei, während die Landarbeiter auf dem Wagen sich an die Mütze tippten und dabei Val mit unverhohlener Begeisterung angafften.

Diese strafte sie mit Nichtachtung.

»Was hatte denn die Anspielung auf diese Doreen zu bedeuten?«, erkundigte sich Arbie, als die Straße wieder frei war, sodass sie ihren Nachhauseweg fortsetzen konnten. »Murray Phelps sah aus, als habe er eine Raupe verschluckt, als der Name fiel.«

»Ach, du kennst doch Doreen Capstan. Ihre Familie wohnt in einem der Reihenhäuser gegenüber von Cooper's Yard«, erwiderte Val unwirsch.

Arbie nickte. Undeutlich hatte er das Bild von einigen umhertollenden Capstan-Kindern vor Augen, zum Großteil Rotschöpfe, wenn sein Gedächtnis ihn nicht trog.

»Nun, sie war Dienstmädchen in Old Forge, musste jedoch unter nicht ganz geklärten Umständen ihren Hut nehmen, wenn man dem Dorfklatsch glauben kann.«

Arbie seufzte auf. »Die Leute im Dorf finden doch immer einen Grund, sich die Mäuler zu zerreißen. Es wäre nett, wenn die alten Tratschweiber sich hin und wieder auch einmal um ihre eigenen Angelegenheiten kümmern würden.«

Val teilte zwar diese Ansicht, aber da Dramen der Treibstoff waren, der dieses Dorf am Laufen hielt, würde Arbies Wunschtraum vermutlich nie in Erfüllung gehen. Genauso hätte man sich wünschen können, dass einem ein Paar Flügel wuchs. »Was hat Miss Phelps deiner Ansicht nach so in Aufruhr versetzt? Das alte Mädchen ist ja völlig außer sich, allerdings auch fest entschlossen, nicht mit der Sprache herauszurücken. Man kann es mit dem Wahren des Scheins auch übertreiben, findest du nicht?«

»Doch. Außerdem tappe ich genauso im Dunkeln wie du. Allerdings bezweifle ich, dass es etwas mit ihrem Familiengeist zu tun hat«, stellte Arbie nüchtern fest. »Mir wäre es wirklich lie-

ber, wenn du uns nicht diese Geisterwache heute Nacht eingebrockt hättest, Val. Ich habe das Vergnügen im letzten Sommer
ausgiebig genossen.«

»Du brauchst bestimmt Stoff für dein nächstes Buch, richtig?«, entgegnete Val aufmunternd und musterte ihn forschend,
als er etwas Unverständliches nuschelte. »Du schreibst doch ein
neues Buch, oder?«, hakte sie argwöhnisch nach. »Alle erwarten es von dir. Das ganze Dorf und deine vielen Leser, von deinem Verleger ganz zu schweigen.«

Arbie nuschelte wieder.

Val blieb stehen und blickte ihn herausfordernd an. »Arbie
Swift, du darfst den armen Walter Greenstreet nicht im Stich
lassen. Ist er denn nicht dein Freund?«

Arbie nickte düster. »Ja, schon«, antwortete er ausweichend.

»Und hat er sich nicht die größte Mühe gegeben, damit dein
Geisterführer für den Gentleman erscheint?«, fuhr Val fort.
»Und sitzt ihm nicht seine ganze Familie im Nacken, damit er
dich dazu bringt, den nächsten Vertrag zu unterschreiben? Du
darfst ihn einfach nicht enttäuschen, du treuloser Mensch.«

»Was hat er denn über mich gesagt?«, rief Arbie gekränkt aus.
»Erzähl mir jetzt nicht, er hätte sich an deiner Schulter ausge-
weint, Val.«

»Was bleibt ihm denn anderes übrig? Schließlich weiß er genauso gut wie ich, dass du faul bist«, entgegnete Val so taktlos
wie immer. »Er muss sich etwas einfallen lassen, um dich aus
deiner Trägheit aufzurütteln. Und ich habe versprochen, ihm
zu helfen.«

»Val«, protestierte Arbie mit schwacher Stimme gegen diesen
hinterhältigen Verrat.

»Tja, er war völlig am Boden zerstört, der arme Junge«, murmelte Val. Inzwischen war sie ein wenig verlegen, ein Zustand,

der ihr gar nicht gefiel. Es war wieder einmal typisch Arbie, sie so mit seinem Dackelblick anzusehen, dass sie ein schlechtes Gewissen bekam. »Los, Arbie, reiß dich zusammen. Du kannst doch nicht dein ganzes Leben im Müßiggang verbringen. Ich weiß, dass du bald das Erbe deiner Eltern bekommst und deshalb nie wieder einen Finger krummmachen musst. Aber es würde dir guttun, noch ein Buch zu schreiben.«

Arbie, der am nächsten Wochenende bei einem alten Schulfreund eingeladen war, mit ihm auf dessen Landgut an einem sehr hübschen Bach zum Fliegenfischen zu gehen und anschließend mit einem anderen Bekannten, der Hilfe beim Steuern seiner großen Jacht brauchte, einen Bootsausflug in die Broads unternehmen wollte, nuschelte etwas Unverständliches. Schließlich hatte er sich so darauf gefreut, am Wasser zu faulenzen und in den Tag hineinzuleben, weshalb es ihm gar nicht passte, dass Freunde und Nachbarn ihn nun unter Druck setzten.

Val betrachtete ihn ärgerlich. »Dann bis heute Abend«, sagte sie mit Nachdruck. »Um wie viel Uhr fängt so eine Geisterwache eigentlich an?« Inzwischen hatten sie die Church Lane erreicht, wo nur die Kirche, das Pfarrhaus und ganz am Ende der Sackgasse die Old Chapel standen. Dahinter führte ein Gatter mit fünf Querstangen zur Flussaue, auf der derzeit Kühe weideten. Diese endete unten am Ufer, wo sich der Onkel einen Bootssteg gebaut hatte. Niemand wusste, warum, denn er besaß nicht einmal ein Kanu.

»Natürlich nach Einbruch der Dämmerung«, antwortete Arbie mürrisch.

»Also gut«, erwiderte Val. »Holst du mich so gegen zehn ab?« Mit diesen Worten steuerte sie, ein zufriedenes Lächeln im Gesicht, auf das Pfarrhaus zu.

Arbie war schon fast an seiner eigenen Haustür, als es ihm wie Schuppen von den Augen fiel: Val wusste nicht, wann eine Geisterwache begann. Und das wiederum bedeutete, dass sie keine einzige Zeile seines Buches gelesen hatte!

Der Onkel war im Schuppen. Als Arbie vorbeikam, rief er ihm vergnügt zu: »Hallo, mein Junge, genau auf dich habe ich gewartet. Komm mal her und halt den Finger auf dieses Dingsda, während ich die Kurbel drehe, ja? Stell dich nicht an, es beißt nicht.« Dieser Zusatz erfolgte inzwischen automatisch, seit er Arbie vor knapp acht Jahren einen Elektroschock verabreicht hatte, von dem ihm fast zwei Stunden lang die Finger taub gewesen waren.

Diese vertrauten und doch wenig vertrauenerweckenden Worte sorgten dafür, dass Arbie zögernd das Reich seines Onkels betrat. Bei dem »Schuppen« handelte es sich genau genommen um ein Nebengebäude aus hellem Stein, das über große Fenster, einen Stromgenerator, fließend kaltes Wasser und ein zum Glück regenfestes Ziegeldach verfügte. In einer Ecke war vor dem größten der Fenster ein Podest aufgebaut, das seinem Onkel als Maleratelier diente. Doch diesmal wurde Arbie von seinem einzigen Angehörigen zu der langen Wand auf der anderen Seite gewinkt, wo die Werkbank stand.

Obwohl der Onkel durchaus einen Vornamen sein Eigen nannte, war dieser irgendwann im Nebel der Zeit untergegangen. Wie es manchmal eben in Dörfern geschieht, wurde der Mann selbst auf eine einzige Eigenschaft reduziert, bis er bei allen – und nicht nur bei seinem leiblichen Neffen – unter der Bezeichnung »Onkel« firmierte.

Der Onkel war Anfang sechzig, durchschnittlich groß, weder dick noch dünn und hatte schütteres graues Haar und graue

Augen. Für gewöhnlich war er recht fragwürdig gekleidet, das hieß entweder in seinen Malerkittel – so steif von Ölfarbe, dass er vermutlich von allein stehen blieb – oder in einen mit Öl verschmierten Overall – so übel riechend, dass sogar die Pferde Reißaus nahmen. Noch schlimmer wurde es, wenn der Onkel gezwungen war, das Theater zu besuchen oder auswärts zu speisen, da er dann einen aus der viktorianischen Ära übrig gebliebenen Frack mit Fliege trug.

Heute war der Overall an der Reihe, denn der Onkel arbeitete an einem Gegenstand, der aussah wie eine Mischung aus Standmotor und Messerschleifmaschine. Arbie wagte nicht zu fragen, welchem Zweck diese neueste Erfindung diente, da er sonst eine ausführliche Erklärung hätte über sich ergehen lassen müssen. Technische Einzelheiten gingen bei Arbie nämlich zu einem Ohr hinein und zum anderen wieder hinaus, ohne dabei den lästigen Umweg über das Gehirn zu nehmen. »Leg den Finger dort drauf und nimm ihn erst wieder weg, wenn ich es sage«, murmelte der Onkel und platzierte Arbies widerstrebenden Finger auf einen schmierigen Hebel.

Arbie seufzte auf und drückte den Hebel fest und geduldig nach unten, während sein Onkel sich eine Weile an dem Gerät zu schaffen machte. Dennoch blieb ihm Arbies Niedergeschlagenheit nicht lange verborgen.

»Welche Laus ist dir denn über die Leber gelaufen, mein Junge?«, fragte er schließlich grinsend. »Du machst ja ein Gesicht wie drei Tage Regenwetter.«

»Frauen«, entgegnete Arbie mürrisch.

»Ach. Du brauchst gar nicht weiterzureden«, sagte der Onkel. Also hielt Arbie den Mund.

KAPITEL VIER

»Wie viel Uhr ist es?«, flüsterte Val.

»Etwa sechs Minuten später als beim letzten Mal«, seufzte Arbie.

Sie saßen in der Vorhalle von Old Forge, wo die behäbig tickende Großvateruhr in der Ecke gerade surrend zum Leben erwacht war und halb zwölf schlug. Arbie ahnte schon, dass es eine lange Nacht werden würde. Bei seinen Recherchen für den *Leitfaden für den Gentleman* war er stets allein gewesen, hatte also die Möglichkeit gehabt, in Ruhe dazusitzen, ein Buch zu lesen oder sogar ein wenig zu dösen. Doch mit Val an seiner Seite, die mit weit aufgerissenen Augen ständig Ausschau nach geisterhaftem Treiben hielt (Arbies Erfahrung nach vergebliche Liebesmüh), konnte er die Hoffnung auf eine ungestörte Nacht wohl begraben.

»Hast du das gehört?«, zischte Val plötzlich und umklammerte mit Schraubstockgriff seinen Arm.

Arbie nickte. »Die Treppe hat geknarzt. Das geschieht häufig erst eine Weile, nachdem der letzte Hausbewohner zu Bett gegangen ist. Die ausgetretene Diele schnellt irgendwann in ihre Ausgangsposition zurück. Bei sehr alten Treppen denkt man dann, es käme gerade ein unsichtbares Wesen herunter, eine der Hauptursachen für die irrtümliche Meldung von Geistererscheinungen. Wenn du mein Buch gelesen hättest, würdest du das wissen.«

»Oh«, erwiderte Val kurz gekränkt und sank in ihrem Sessel zurück. »Außerdem *habe* ich dein Buch gelesen«, beteuerte sie, was auch beinahe der Wahrheit entsprach. Sie hatte damit angefangen, gleich nachdem das Werk erschienen war, und zwar in der Erwartung, dass Arbie die Angelegenheit wie immer gründlich vermasselt hatte. Allerdings musste sie feststellen, dass seine albernen Gespensterabenteuer sie zum Lachen brachten und dass die von ihm geschilderten Ferienorte tatsächlich ansprechend zu sein schienen – für sie ein Grund, die Lektüre sofort abzubrechen. Inzwischen hatte sie sich daran gewöhnt, dass Arbie ein gut aussehender Taugenichts war, den sie als unbedeutende Nebensache ihres Lebens abtun konnte. Dass sie ihn auf einmal in einem anderen Licht sehen sollte, war gelinde gesagt ein wenig überfordernd.

Als sie trotz der Dunkelheit in der Vorhalle Arbies vielsagenden Blick auf sich spürte, errötete sie schuldbewusst.

»Nun, zumindest teilweise«, murmelte sie.

Etwa anderthalb Minuten lang herrschte Schweigen, bis Val erneut anfing, unruhig herumzurutschen. »Ist es denn noch nicht Mitternacht?«, fragte sie etwa zwanzig Sekunden später.

»Nein«, entgegnete Arbie unglücklich.

»Stimmt es eigentlich, dass das Gespenstertreiben um die Geisterstunde am größten ist?«

»Nein«, antwortete Arbie wieder. »Wenn du mein Buch gelesen hättest, wüsstest du, dass ich niemals Zeuge tatsächlichen Gespenstertreibens geworden bin. Allerdings musste ich immer wieder erleben, dass Leute sich zum Narren gemacht haben. Und ja, dieser Mummenschanz konzentrierte sich zumeist auf die Zeit um Mitternacht herum.«

Val seufzte auf. »Damit war vermutlich zu rechnen.«

»Hmmm«, brummelte Arbie und fügte dann hinzu: »Eigentlich sollten wir still dasitzen und beobachten, Val. Geister lieben Ruhe und Frieden.« Was genau genommen auch für Arbie galt.

Vals Getuschel verstummte für etwa acht Minuten.

Draußen schrie eine Waldohreule, worauf eine Artgenossin antwortete. Von oben erklang gelegentlich ein leises Knarzen, wenn die Bewohner des alten Hauses sich in ihren Betten umdrehten. Obwohl das Wetter nun schon seit einer Weile jahreszeitgemäß warm war, hatte es heute Abend, typisch für die Wankelmütigkeit britischer Sommer, einen plötzlichen Temperatursturz gegeben. Allmählich bedauerte Arbie, dass er keine Jacke mitgebracht hatte.

»Arbie, dieser Schatten da bewegt sich«, stieß Val im nächsten Moment hervor.

Arbie, der die Augen geschlossen hatte, um heimlich ein Nickerchen zu halten, öffnete eines davon und warf einen Blick auf die gegenüberliegende Wand. »Draußen ist Vollmond. Er scheint durch das Gebüsch herein, dessen Zweige im Wind schwanken. Das vermittelt den Eindruck, als würde sich etwas bewegen. Achte einfach nicht darauf.«

»Oh.« Val vermutete, dass selbst jemand wie Arbie Swift irgendwann zum Fachmann wurde, wenn man ihm nur lange genug Zeit gab.

Endlich ließ sich die altersschwache riesige Uhr herab, die zwölfte Stunde zu schlagen. Val hielt den Atem an, während Arbie ein ganz leises Schnarchen von sich gab. Val betrachtete seine schlafende Gestalt und schüttelte verärgert den Kopf. Sie hätte es sich eigentlich denken können. Typisch für ihn, in so einer Situation einzuschlafen. Sie hätte ihr gesamtes – wenn auch recht geringes – Taschengeld darauf verwettet, dass er jede einzelne seiner Geisterwachen verschlafen hatte. Kein Wunder, dass *Die Geisterjagd: Ein Leitfaden für den Gentleman* kein einziges Beispiel für eine Begegnung mit einem wahrhaftigen Geist enthielt. Das war also der Lohn für ihre Vertrauensseligkeit! Wie nicht anders zu erwarten war, machte er einem weis, dass Treppen eben von selbst knarzten, der Wind Zeitungen vom Tisch wehte und Blumenvasen aufgrund menschlicher Nachlässigkeit über Nacht von Tischen oder Kaminsimsen fielen. Also war anzunehmen, dass er während der Arbeit geschlafen und einfach nicht richtig aufgep…

Im nächsten Moment schlug Val das Herz bis zum Halse. Irgendwo über ihrem Kopf ging jemand in der Dunkelheit herum. Das waren eindeutig Schritte, nicht nur Schatten an der Wand. Leise, verstohlene, vorsichtige Schritte. Sie packte Arbie am Arm.

Arbie schreckte aus einem schönen Traum auf, in dem er gerade dabei gewesen war, eine prachtvolle Forelle an Land zu ziehen, und fand sich nicht etwa in seinem gemütlichen Bett, sondern in einem unbequemen Sessel wieder. Und überdies in Gegenwart einer zweiten Person, die kräftig an ihm rüttelte. Doch dank der Anpassungsfähigkeit der Jugend war er fast sofort hellwach und wusste, wo er war und warum er sich nicht in seinem Bett befand. Mit finsterer Miene drehte er sich zu seiner lästigen Begleiterin um.

Aber ehe er auch nur einen Mucks von sich geben konnte, legte Val den Finger an die Lippen und zeigte nach oben. Da der Vollmond zu den Fenstern hereinschien, hatte Arbie seine unmittelbare Umgebung gut im Blick. Und er sah ganz deutlich, dass Vals zur Treppe weisender Finger zitterte.

Im nächsten Moment erkannte er selbst, was sie so ängstigte.

Eine hochgewachsene menschliche Gestalt kam langsam die Treppe hinunter. Sie war in ein weißes Gewand gehüllt, und auch ihr Kopf schien weiß zu sein. Allerdings hatte sie nicht die Statur eines kräftig gebauten Schmiedes mit lederner Schürze, dem der geisterhafte Geruch von Eisen und Rauch anhaftete. Außerdem fiel Arbie auf, dass die Gestalt darauf bedacht war, nur auf den äußeren Rand der Stufen zu treten und die am schlimmsten knarzenden Dielenbretter zu meiden.

Und warum, so lautete sein nächster Gedanke, sollte ein echter Geist so etwas tun? Mit einem leisen Seufzen stand er auf und schlich zum Fuß der Treppe. Als er erfreut feststellte, dass Vals hübscher Mund sich zu einem »O« formte, grinste er zufrieden. Gewiss hatte sie erwartet, dass er die Beine in die Hand und Reißaus nehmen würde, anstatt sich furchtlos dem unbekannten Feind entgegenzuwerfen. Nun, das würde sie lehren, nicht mehr an seiner Männlichkeit zu zweifeln!

An der Treppe angekommen, bemerkte er jedoch, dass Val ihm zur Seite geeilt war. Und kurz darauf war klar, wer ihnen da einen Besuch abstattete.

Amy Phelps trug ein weißes Nachthemd aus Flanell und darüber einen cremefarbenen Morgenmantel. Ihre langen grauen Locken waren sittsam unter einer weißen Nachthaube verborgen. Wortlos nickte sie den beiden zu und winkte sie in das nächstbeste Zimmer, das sich als Bibliothek entpuppte.

»Entschuldigen Sie die Störung, Mr. Swift, Miss Coulton-James. Ich konnte nicht schlafen und habe mich gefragt, ob sie schon Fortschritte gemacht haben«, flüsterte sie.

»Dafür ist es noch ein bisschen früh«, wies Arbie sie sanft zurecht. »Für gewöhnlich muss man sich bis in die frühen Morgenstunden gedulden, ehe man mit ... äh ... interessanten Ereignissen rechnen kann.«

Amy nickte. »Das habe ich mir schon gedacht«, erwiderte sie. »Ich fürchte, ich war etwas voreilig. Aber wenn man so allein im Bett liegt und grübelt ... nun, dann wird der Drang, etwas zu unternehmen, irgendwann übermächtig, finden Sie nicht?«

Arbie nickte. Val dicht auf den Fersen, führte er Amy zu einem Sessel, half ihr, sich zu setzen, und nahm neben ihr Platz. Dann beugte er sich geschmeidig vor, legte ihr sanft die Hand aufs Knie und schlug einen um Vertrauen heischenden Tonfall an. »Miss Phelps«, begann er, »bei unserem ersten Gespräch heute Vormittag haben Sie etwas gesagt, das mich seitdem nicht mehr loslässt.«

»Ach, wirklich?«, erwiderte Amy in förmlichem Ton.

»Ja«, beharrte Arbie. »Sie sagten ... zumindest habe ich es so im Gedächtnis ... dass der Geist Ihnen nicht wohlgesinnt ist.«

Amy richtete sich kerzengerade auf. »Wir wollen nicht um den heißen Brei herumreden, junger Mann«, tadelte sie. »Wenn ich mich richtig erinnere, sagte ich, dass er mich umbringen will.«

»Ja, äh, ganz recht«, antwortete Arbie ein wenig ratlos. »Eigentlich hatte ich gehofft, dass Sie das beim Tee ein wenig näher erläutern würden. Aber offenbar haben Sie es sich anders überlegt.«

Amy kicherte spöttisch. »Tja, derartige Dinge kann man wohl kaum in Gegenwart von Freunden und Angehörigen erörtern, oder, Mr. Swift?« Als sie den Kopf schüttelte, fing ihre Spitzenhaube an zu wippen. »Entweder hätten die mich für verrückt erklärt oder mir unterstellt, dass ich zu tief ins Glas geschaut habe.«

Arbie grinste in die Dunkelheit hinein. Eines musste man Miss Phelps lassen: Sie konnte sich auch selbst auf die Schippe nehmen.

»Ja, das ist durchaus vorstellbar«, räumte er taktvoll ein. »Aber da wir jetzt unter uns sind, könnten Sie vielleicht etwas mehr ins Detail gehen. Sicher wird Val es niemandem weitererzählen, oder, Val?«

»Natürlich nicht«, beteuerte Val, was ihr voller Ernst war. »Daddy sagt immer, Klatsch sei Teufelswerk«, fügte sie wohlanständig hinzu.

Amy Phelps seufzte auf, nickte aber. »Ja, mir ist bewusst, dass ich Ihnen weitere Informationen schuldig bin, insbesondere, weil Sie das hier für mich tun.« Sie beschrieb eine Handbewegung in Richtung der dunklen Vorhalle. »Die Sache ist nur, dass sich alles so an den Haaren herbeigezogen und unwirklich anhört, wenn ich es laut ausspreche. Es gibt das wahre Grauen, das mich seit etwa einer Woche begleitet, auch nicht ansatzweise wieder.«

»Schildern Sie uns einfach die Fakten, Miss Phelps. Das ist das Beste«, forderte Arbie sie auf.

»Gut. Also. Es fing damit an, dass ich einen von Wilburs Hämmern auf meinem Sessel vorgefunden habe. Den schweren«, erwiderte Amy. »Nun, natürlich hat mich das ein wenig erschreckt.«

»Verzeihung?«, musste Arbie sie unterbrechen. »Seinen *Hammer*?«

»Ja«, entgegnete Amy ein wenig ungeduldig. »Unsere Familie bewahrt Wilburs sämtliche Werkzeuge in der ehemaligen Schmiede auf. Das ist dort, wo heute das Automobil und die Gartengeräte stehen. Wie Sie sich sicher denken können, besaß Wilbur eine ganze Reihe an Werkzeugen, um Pferde zu beschlagen und weitere Schmiedearbeiten durchzuführen.«

»Aha, ich verstehe«, antwortete Arbie. »Es ist nur natürlich, dass Sie sich nicht von diesen Familienerbstücken trennen wollen. Aber warum, wenn Sie mir die Frage erlauben, hat es Ihnen einen solchen Schrecken eingejagt, eines davon auf Ihrem Sessel vorzufinden?«

»Nun, erstens einmal hatte es dort nichts zu suchen. Warum also lag es da? Und zweitens: Wer hat es dort hingelegt?«, entgegnete sie. »Nur die Mitglieder meines Haushalts hatten Zutritt zum Haus. Und Murray war da, um sich ein paar Erdbeeren aus dem Gewächshaus zu holen.«

Allmählich fühlte sich Arbie wie ein Zuschauer in einer Theatervorstellung, der auch nach der Hälfte des Stücks noch Mühe hat, in die Handlung hineinzufinden. »Verzeihung, dass ich Sie schon wieder unterbreche, Miss Phelps. Wann genau war das?«, fragte er, bemüht, sich seine Ungeduld nicht anmerken zu lassen.

»Ich glaube, am letzten Dienstag.«

»Nein, entschuldigen Sie, ich meinte eher die Uhrzeit. War es abends oder …«

»Ach so, es dämmerte gerade. Ich hatte Mrs. Brockhurst noch nicht gebeten, die Lampen anzuzünden.«

»Und Ihre Sommergäste waren alle beide im Haus?«, hakte er nach.

»Ich glaube, Reggie war im Atelier. Er verbringt so viel Zeit dort mit seinen Fotografien und Bildern. Also war nur Cora da. Und Murray, wie ich schon sagte. Er kam, als wir uns gerade zum Kaffee gesetzt hatten, und ging sofort ins Gewächshaus. Der gierige Junge pflückt immer mehr Erdbeeren, als ihm eigentlich zustehen. Als ich von meinem Sessel aufstand, weil es Abendessen gab, lag da noch nichts. Nach dem Essen kamen Cora und ich zurück … und da war er.«

»Aha«, stellte Arbie fest. »Und Mrs. Brockhurst?«

»Natürlich habe ich sie gefragt, ob sie etwas darüber wisse«, sagte Amy knapp. »Sie war genauso verdutzt wie wir alle.«

»Sie hat also abgestritten, dass sie den Hammer hingelegt hat?« Arbie nickte.

»Das hat sie, junger Mann, und ich glaube ihr. Um den Hammer auf meinen Sessel zu legen, hätte sie erst hinausgehen müssen, um ihn zu holen. Dabei hätte sie sich gewiss schmutzig gemacht, denn wie Sie sich bestimmt vorstellen können, ist dort alles voller Kohlenstaub, Motoröl und so weiter. Aber Mrs. Brockhurst war genauso sauber und adrett wie immer. Außerdem ist es in dem Schuppen so dunkel, dass sie eine Kerze gebraucht hätte, und in diesem Fall hätte sie nur eine Hand frei gehabt. Wegen des Gewichts des Hammers, der einen Stiel aus massivem Eichenholz und einen Kopf aus schwerem Eisen hat, hätte sie ihn vermutlich mit einer Hand gar nicht weit tragen können. Warum hätte sie das auch tun sollen?«

Darauf hatte Arbie keine Antwort. Denn welchen Grund konnte ein Mensch wohl haben, einen alten Hammer an einen anderen Ort zu bringen? Mit welchem Sinn und Zweck? »Und war das alles?«, erkundigte er sich mit sanfter Stimme.

»Natürlich nicht«, entgegnete Amy vorwurfsvoll. »Als Nächstes kam das Schüreisen.«

»Schüreisen?« Diesmal war es Val, die Amys Worte wiederholte.

»Ja. Das große Schüreisen, mit dem Wilbur sein Schmiedefeuer geschürt hat. Ein riesiges Ding mit einem gebogenen Griff, von Wilbur eigenhändig geschmiedet«, fügte Amy stolz hinzu.

»Und das haben Sie auch eines Tages auf Ihrem Sessel vorgefunden?«, fragte Arbie, wobei er hoffte, dass man ihm seine Ratlosigkeit nicht anhörte.

»Es war«, verbesserte Amy ihn anklagend, »wie ich eines Morgens nach dem Frühstück feststellen musste, in eines meiner Wollknäuel gebohrt.«

»Oh«, antwortete Arbie.

»Es war ein hübsches Pastellblau. Ich war nämlich gerade dabei, mir ein Bettjäckchen zu stricken. Das Schüreisen war nicht nur durch das Wollknäuel selbst gestoßen worden, sondern auch durch das Stück, das ich am Vortag bereits gestrickt hatte. Ich musste alles wieder auftrennen und von vorne anfangen«, fügte Amy ärgerlich hinzu.

Während Val ein Kichern unterdrückte, gelang es Arbie, keine Miene zu verziehen. »Aha. Und wieder hat sich niemand dazu bekannt? Wissen Sie, vielleicht war es ja ein übler Scherz …«

»Reggie und Cora halten nichts von solchen Mätzchen, das kann ich Ihnen versichern, Mr. Swift. Die sind eher etwas für junge und unreife Menschen. Murray hat zwar an besagtem Tag hier übernachtet, aber ich denke, das Alter für Schuljungenstreiche hat er inzwischen hinter sich.«

Arbie musste sich zu seinem Bedauern geschlagen geben. »Aber die Dorfkinder … die hätten sich doch ins Haus schleichen können …«

»Ich bezweifle, dass sie an den Adleraugen meiner Gärtner, geschweige denn denen von Mrs. Brockhurst, vorbeigekommen wären. Außerdem … das war noch nicht alles.« Furchtsam blickte Amy sich um. »Es geht eher um die Ereignisse kurz vor dem Auffinden dieser Gegenstände. Die haben mir das Blut in den Adern gefrieren lassen, denn sie scheinen zweifelsfrei zu beweisen, dass es einen Zusammenhang zu der Legende um meinen Urahn gibt.«

Das Zittern in ihrer Stimme war nicht zu überhören. Arbie erstarrte und warf Val rasch einen Blick zu. Dabei erkannte er in ihren leuchtenden blauen Augen dieselbe Aufregung, die auch er verspürte. Offenbar kamen sie der Sache nun endlich näher.

»Ja, Miss Phelps? Was genau ist passiert?«, hakte er mit sanfter Stimme nach.

Amy Phelps schluckte mühsam und zog den Morgenmantel fester um sich, dann beugte sie sich ein Stück vor. Als Arbie und Val ihrem Beispiel folgten, bildeten ihre drei zusammengesteckten Köpfe einen ordentlichen Kreis. Amy senkte theatralisch die Stimme. »Bevor ich auf Wilburs Warnungen stieß, habe ich jedes Mal etwas höchst Sonderbares und Bedrohliches gehört.«

»Was war es?« Vals Stimme überschlug sich beinahe.

Amy betrachtete sie nachsichtig. »Können Sie sich das nicht denken, meine Liebe? Ich habe klar und deutlich das Läuten eines Glöckchens wahrgenommen.«

Val klappte den Mund auf und zu. »Eines Glöckchens?«, wiederholte sie leise. »Meinen Sie so eines, wie man es Wilbur auf dem Friedhof an der Zehe festgebunden hat?«

»Genau. Und bevor Sie fragen, junger Mann«, fügte Amy mit einem strengen Blick in Arbies Richtung hinzu, »die Glocke klang nicht wie die einer alten Uhr oder wie eine, mit der man Dienstboten herbeiruft. Auch nicht wie die Fahrradglocke des Postboten, deren Schellen von der Straße vor dem Fenster hereingeweht sein könnte. Ich kenne die Geräusche aller Gegenstände in diesem Haus, und dieses Geräusch war eines, das ich noch nie zuvor gehört hatte. Es war das leise, schwache Bimmeln eines winzigen Glöckchens. Und außerdem bin ich der Sache jedes Mal sofort nachgegangen, ohne dass ich eine vernünftige Erklärung dafür gefunden hätte. Es war niemand da! Ich war allein.«

Mit einem nachdrücklichen Nicken lehnte Amy sich zurück. »Es ist wirklich nicht meine Art, mir solche Dinge einzubilden. Das erste Mal hörte ich es, bevor ich den Hammer auf meinem

Sessel überhaupt gefunden hatte. Wieso, um alles auf der Welt, hätte ich mir da ein Glöckchen oder etwas dergleichen ausdenken sollen?« Dieser Einwand war bestechend.

Arbie konnte ihn gut nachvollziehen.

»Ich verstehe, wieso Sie eine derart seltsame Verkettung von Umständen beängstigend finden, Miss Phelps«, erwiderte er in einfühlsamem Ton. Dann schwieg er einen Moment und dachte über ihre Worte nach. Ihre Beteuerung, sie habe sich umgehend auf die Suche nach der Geräuschquelle gemacht, konnte man getrost vernachlässigen. Beim ersten Mal hatte sie vermutlich – so wie die meisten Menschen an ihrer Stelle – angenommen, dass ihre Ohren ihr einen Streich spielten, anstatt sofort aufzuspringen und nachzusehen. Und später war ihr bewusst gewesen, dass jemand sie einzuschüchtern versuchte, weshalb man ihr ein kurzes ängstliches Abwarten nicht verdenken konnte, bevor sie Schritte unternahm, um den Übeltäter zu stellen. Miss Phelps mochte sich noch so unbesiegbar geben, sie war schließlich auch nur ein Mensch. Und auch die kleinste Verzögerung hätte einem Witzbold Gelegenheit gegeben, sein albernes Glöckchen zu schwenken und sich dann rasch und ungestört aus dem Staub zu machen. Deshalb war es auch nicht weiter verwunderlich, dass Miss Phelps keinen Schuldigen hatte entdecken können. Was Arbie allerdings noch immer nicht in den Kopf wollte, war, welchen Grund jemand haben könnte, eine Frau wie Miss Phelps zu ängstigen.

Allerdings musste er bei seiner Befragung Fingerspitzengefühl walten lassen, denn es wurde immer wahrscheinlicher, dass jemand aus ihrem nächsten Umfeld dahintersteckte. Miss Phelps war nämlich viel zu stolz, um so etwas zuzugeben.

Er beugte sich ein wenig vor. »Gewiss haben Sie in den letzten Tagen gründlich über diese Vorfälle nachgedacht, Miss Phelps«, begann er, was vermutlich eine gewaltige Untertreibung war. »Haben Sie irgendeinen Verdacht, welches Ziel damit verfolgt werden könnte?«

Amy zuckte ratlos die Achseln. »Es ergibt keinen Sinn«, entgegnete sie ein wenig schroff.

Arbie hüstelte diskret. »Und haben Sie ... äh ... irgendetwas getan, womit Sie den Unwillen Ihres verblichenen Urahns erregt haben könnten?«, versuchte er es mit einem anderen Ansatz. Falls er sie von ihrer Idee abbringen konnte, dass hier übersinnliche Kräfte am Werk waren, würden sie vielleicht endlich auf den Punkt kommen. »Wenn hier tatsächlich ein Geist sein Unwesen treibt, muss es einen Grund geben, warum die Toten unruhig geworden sind«, fügte er hinzu, ohne eine Miene zu verziehen.

Empört reckte Amy das Kinn. »Ganz gewiss nicht. Wie Ihnen bekannt sein dürfte, sind nicht mehr viele Mitglieder unserer Familie übrig. Ich empfinde es als meine Pflicht, den Namen Phelps und unser Erbe mit allen mir zur Verfügung stehenden Mitteln zu schützen. Deshalb habe ich auch nichts getan, woran Wilbur Phelps Anstoß nehmen könnte.« Sie brach ab, zuckte sichtlich zusammen, als sei ihr plötzlich etwas eingefallen, und schnaubte leise durch die Nase. »Möglicherweise habe ich mich vor Kurzem gezwungen gesehen, einem ... Mitglied der Familie die Leviten zu lesen. Doch das hatte der Betreffende ... der oder die Betreffende eindeutig verdient.«

Obwohl Val und Arbie schwiegen, um jetzt bloß nichts Falsches zu sagen, schüttelte sich Miss Phelps nur und stand auf. »Nun, ich habe Sie jetzt lange genug von der Arbeit abgehalten. Am besten gehe ich wieder zu Bett.«

»Ich begleite Sie, damit Ihnen unterwegs nichts zustößt«, erbot sich Val.

Nachdenklich blickte Arbie den beiden Frauen nach, als diese die Treppe hinaufstiegen. Dann kehrte er zu seinem angestammten Platz, dem Sessel in der Vorhalle, zurück. Inzwischen war ihm nicht mehr ganz wohl in seiner Haut, und er hoffte, dass er die Angelegenheit nicht noch verschlimmert hatte.

Als Val kurz darauf wieder da war und sich neben ihm in ihrem Sessel niederließ, platzte sie fast vor Aufregung. »Und was hältst du von der Sache?«

Arbie gähnte ausgiebig. »Nun, abgesehen davon, dass sie die Sorge fast umbringt, ihr Neffe könnte hinter dem Schlamassel stecken, weiß ich nicht so recht.«

»Oh«, erwiderte Val mit enttäuschter Miene. »Darauf bist du also auch schon gekommen?« Es war ihr deutlich anzuhören, wie sehr sie das wurmte, hatte sie sich doch so darauf gefreut, einem gebührend beeindruckten Arbie Swift ihre neuen Theorien zu erörtern. Nun fühlte sie sich eindeutig ausgebremst.

Arbie, der die schlagartig abgekühlte Stimmung gar nicht wahrnahm, gähnte noch einmal. »Sie hat betont, dass Murray zum Zeitpunkt beider Zwischenfälle im Haus war. Und dann war da auch noch der Versprecher, als sie meinte, das Familienmitglied, dem sie habe ›die Leviten lesen‹ müssen, sei männlich gewesen. Man muss wohl kaum Dr. Watson sein, um daraus zu schließen, dass ihrer Ansicht nach Murray dahintersteckt, oder?«

Val war noch immer verärgert, weil er ihr die Schau gestohlen hatte, denn sie war zu demselben Schluss gekommen. »Du wolltest wohl Sherlock Holmes sagen.«

»Was? Nein, ich meinte Dr. …« Arbie hielt inne, gab es aber dann auf. Eigentlich hatte er ihr erklären wollen, dass das ein Scherz gewesen sei. Die Vorgänge in Old Forge seien so leicht durchschaubar, dass selbst der berüchtigtermaßen wenig geistreiche Gehilfe des Meisterdetektivs ausnahmsweise dahintergekommen wäre. Doch irgendetwas sagte ihm, dass Val diese literarische Anspielung nicht zu schätzen wissen würde. »Ach, schon gut«, erwiderte er deshalb.

Die alte Großvateruhr in der Ecke schlug die halbe Stunde nach Mitternacht. »Und du sei still, Uhr«, schimpfte Val leise, »sonst baue ich dir das Pendel aus.«

Am nächsten Morgen kehrte Val steif gesessen und gelangweilt nach Hause zurück. Zum Glück wurde es im Sommer früh hell, sodass sie sich um fünf hatte loseisen können. Im alten Pfarrhaus waren noch nicht einmal die Dienstmädchen auf den Beinen. Val, die dringend eine Tasse Tee brauchte, steuerte auf die Küche zu, wo sie den Herd anzündete, den Teekessel füllte und sich verzagt auf den nächstbesten Stuhl fallen ließ, um zu warten, bis das Wasser kochte.

Als sie gerade übellaunig an ihrem Tee nippte, kam ihr Vater herein. »Na, irgendwelche Geister gesehen?«, erkundigte er sich freundlich.

»Ich fürchte nicht«, antwortete Val niedergeschlagen.

Ihr Vater sah nach dem Kessel und schnitt zwei Scheiben von einem recht harten Brotlaib ab. Dann kramte er die Toastgabel heraus, um sie fürs Frühstück zu rösten. »Ich begreife nicht, was in Miss Phelps' Kopf vor sich geht. Ausgerechnet Geister! Und dabei habe ich sie immer für eine sehr vernünftige und intelligente Frau gehalten«, fuhr er fort, während er das Brot an der Gabel über dem Herd hin und her schwenkte.

»Ach, keine Sorge, das ist sie immer noch. Ich bin gar nicht so sicher, ob sie selbst an ihren herumspukenden Schmied glaubt.«

»Nein? Warum hat sie sich dann an den jungen Mr. Swift gewandt?«

»Oh, Arbie war nicht sehr hilfreich«, höhnte Val. »Er saß nur in der Vorhalle herum und hat darauf gewartet, dass etwas passiert, aber natürlich ist nichts geschehen.«

Der Vater musterte kurz seine hübsche Tochter, und als er ihren gesenkten Blondschopf und die herabhängenden Mundwinkel bemerkte, verkniff er sich ein Schmunzeln. Er hatte schon lange den leisen Verdacht, dass das Mädchen größere Stücke auf einen gewissen Mann des Wortes hielt, als es je zugegeben hätte.

»Und wie geht es deinem Verehrer?«, fragte er deshalb. »Siehst du ihn nächste Woche beim Tanzabend bei den Andersons?«

Val verzog finster das Gesicht. Ihre Eltern versuchten mit allen Mitteln, sie unter die Haube zu bringen, bevor sie sich noch den demütigenden Ruf zuzog, eine alte Jungfer zu sein (schließlich war sie schon zweiundzwanzig). Deshalb hatten sie vor einiger Zeit angefangen, Gerald Handley-Forbes, den jüngeren Sohn eines Großgrundbesitzers, zum Tee oder zum Tennis einzuladen, in der Hoffnung, dass es zwischen den beiden jungen Leuten zu einem »Einverständnis« kommen würde. Val jedoch war von diesem jüngsten in ihren Augen ziemlich uninspirierenden Angebot wenig beeindruckt. Der Mann spielte Tennis wie eine gesengte Sau, und sein Kinn konnte man mit der Lupe suchen. Außerdem war der Versuch, ein interessantes Gespräch mit ihm zu führen, ungefähr so mühselig, wie mit einem Fingerhut eine Badewanne zu befüllen.

Mit einem leisen Aufseufzen spießte der Vikar von Maybury-in-the-Marsh das zweite Stück Brot auf, hielt es über die Glut und sah zu, wie es sich langsam bräunte. Seine liebe Frau hatte sich in den Kopf gesetzt, Valentina noch vor Jahresende zu verheiraten. Eine Hoffnung, die sich seiner Einschätzung nach nicht erfüllen würde.

Während Val im stillen Pfarrhaus Tee kochte, hatte Arbie sein Grundstück erreicht und dachte erschöpft über das Geschenk nach, das er seinem Onkel zum Geburtstag machen wollte, der demnächst bevorstand.

Die meisten Menschen hätten sich dieser Frage mit weniger Scheu gewidmet, doch Arbie und sein Onkel konnten in puncto verunglückte Geschenke auf eine bewegte Vergangenheit zurückblicken. Deshalb war es erforderlich, noch einmal sehr gründlich und lange über seine Idee nachzudenken. Als Geschenk kam nur etwas infrage, das er nicht bereits hatte und auch gebrauchen konnte. Außerdem musste es ihm Freude machen, ohne dabei gleich eine Katastrophe auszulösen oder Schande über sie beide zu bringen.

Sosehr Arbie seinen Onkel auch liebte, durfte er nicht vergessen, dass dieser über die bedauerliche Fähigkeit verfügte, auch mit den harmlosesten Dingen Chaos zu stiften. Mit Schaudern erinnerte sich Arbie daran, was sein Onkel vor vier Jahren mit dem wundervollen Kastendrachen angestellt hatte. Aber wer hätte auch gedacht, dass sich diese seltsam geformte Konstruktion so realistisch mit einer Aktdarstellung bemalen ließ? Ganz zu schweigen davon, in welch naturgetreuer Pose man ihn steigen lassen konnte! (Der Küster hatte sich noch immer nicht von dem Schrecken erholt und sprach seitdem kein Wort mehr mit ihnen beiden.)

Doch in diesem Jahr hatte Arbie die zündende Idee, davon war er fest überzeugt. Da das Gelände von Old Chapel im Süden an den Fluss grenzte, hatte er einen Teil seiner Buchhonorare in einen schnittigen kleinen Flusskreuzer investiert, der sich ausgezeichnet dafür eignete, sich fröhlich auf dem Wasser zu tummeln. Er wusste, dass der Onkel vor vielen Jahren *Drei Mann in einem Boot* gelesen hatte, begeistert gewesen war und immer wieder davon sprach, die Strecke auf der Themse eines Tages nachzufahren.

Allerdings hatte Arbie das über eine Kajüte verfügende Boot hauptsächlich für seinen Onkel als eine Art schwimmendes Atelier gekauft. Derzeit stand er in Verhandlungen mit einem Bootsbauer, der es ein wenig nach seinen Vorstellungen aufmöbeln sollte. Unter anderem musste ein Oberlicht her, damit es in der Kajüte heller wurde. Arbie war sicher, dass der Onkel begeistert sein würde, wenn das Boot erst einmal fertig war. Dann würde er draußen malen können, ohne sich wegen plötzlicher Windböen oder Regenschauer Gedanken machen zu müssen. Außerdem konnte er auf der Suche nach der zum Malen am besten geeigneten Flusslandschaft nach Belieben umherfahren. Und was sollte er auf einem kleinen Boot auf dem Fluss schon Schlimmes anstellen?

Als er die Tür zu dem gewaltigen Wohnzimmer seiner ungewöhnlichen Behausung öffnete, lag Basket, der träge Mischlingshund, in seinem Körbchen, wo er müde den struppigen Kopf hob und Arbie gleichmütig aus braunen Augen musterte. Er wedelte ein paarmal mit dem wuscheligen Schwanz, um zu zeigen, dass er kein Spielverderber war. Dann sank sein Kopf wieder nach unten, und ihm fielen die Augen zu.

Arbie betrachtete den Hund mit einer Mischung aus Zuneigung und Neid, ließ ihn weiterschlafen und schleppte sich ins Bett. Die letzte Nacht war offenbar ein Reinfall gewesen. Er sparte sich die Mühe, sich auszuziehen, und ließ sich einfach auf die Überdecke fallen. Schon wenig später schlief er tief und fest.

Eines war für ihn klar: In Old Forge gab es keine Geister, weshalb Miss Phelps sich auch keine Sorgen zu machen brauchte. Wahrscheinlich wollte ihr jemand einen Streich spielen. Da der

Übeltäter nun wusste, wie ernst sie das nahm, würde er vermutlich zu dem Schluss kommen, dass jetzt genug gespukt war, und sein Treiben einstellen.

Es drohte ihr nicht die geringste Gefahr.

KAPITEL FÜNF

In der Nacht darauf schreckte Amy Phelps, geweckt von einem Geräusch, in den frühen Morgenstunden hoch. Da sie das Ächzen und Knarzen des Hauses kannte und sich sonst davon nicht aus der Ruhe bringen ließ, musste es etwas Ungewöhnliches gewesen sein. Draußen hatte sich eine tief hängende Wolke vor den Mond geschoben, sodass es nun unangenehm dunkel im Zimmer war. Amy setzte sich auf und spitzte die Ohren. Doch es war nichts mehr zu hören.

Jedenfalls nicht das Bimmeln eines winzigen Glöckchens.

Sie war, ebenso wie ihr Neffe, früh zu Bett gegangen, während Cora und Reggie unten blieben und Karten spielten (wie angenehm, dass man bei Freunden, die man schon ein Leben lang kannte, so informell sein konnte). Amy war im Nu eingeschlafen und schlummerte nach den vielen unruhigen Nächten in letzter Zeit endlich einmal tief und fest. Nun saß sie auf der Bettkante und überlegte, ob sie wieder unter die Decke schlüpfen und versuchen sollte, noch ein wenig zu dösen. Aber das war aussichtslos, wie sie aus Erfahrung wusste. Sie würde die restliche Nacht nur hellwach im Bett liegen und immer unruhiger werden, während sie angestrengt horchte, ob ... irgendetwas eben.

Mit einem gereizten Aufseufzen griff sie nach der Streichholzschachtel auf ihrem Nachttisch und zündete, wie schon seit so vielen Jahren, den Docht der Kerze an, in deren Schein sie vor einigen Stunden zu Bett gegangen war. Es ärgerte sie, dass die Flamme leicht flackerte – ein stummer Beweis für ihre innere Aufgewühltheit –, als sie den Kerzenhalter mit zitternder Hand umfasste. Dann sah sie sich nach ihren Pantoffeln und dem Morgenmantel um und näherte sich der Schlafzimmertür, die sie vorsichtig öffnete. Sie spähte durch den nur wenige Zentimeter breiten Spalt hinaus.

Falls sich in diesem Teil des Hauses ein Tunichtgut herumtrieb, wollte sie ihn auf frischer Tat ertappen. Doch auf dem schmalen Flur regte sich nichts. Amy trat hinaus, schloss lautlos die Tür hinter sich und pirschte zur nächsten Treppe.

Dort blieb sie stehen und trat näher an das Geländer, das den Zweck hatte, einen Sturz hinunter in die Vorhalle zu verhindern. Amy hob die Kerze ein Stück und schaute sich um. Beinahe hätte sie einen Schreckensschrei ausgestoßen, als ihr Blick auf das Gesicht ihres verstorbenen Urahns, des berühmt-berüchtigten Wilbur Phelps, fiel. Der geisterhafte Schmied schien sie anzustarren. Doch schon im nächsten Moment hatte ihr verwirrter Verstand begriffen, was ihre Augen da sahen, und sie schlug erleichtert die Hand vor das wild pochende Herz.

Es war nur sein Porträt, das an der Wand über dem kleinen Absatz in der Kurve der Treppe hing. Amy schalt sich für ihre eigene Dummheit. Das Bildnis hatte bereits seit vielen Jahren dort seinen Platz, weshalb sie normalerweise gar nicht darauf achtete. Aber natürlich musste es ihr ausgerechnet jetzt auffallen, wo sie ohnehin schon nervös genug war.

Amy schmunzelte in sich hinein, und ihre kurze Angstattacke war ihr schon beinahe peinlich (was hätte wohl ihr Kinderfräulein dazu gesagt?). Also schickte sie sich an, wieder zu Bett zu gehen.

Doch in diesem Moment erschauderte sie, und ihr stellten sich die Nackenhaare auf. Plötzlich war sie ganz sicher, dass jemand sie beobachtete – und sich womöglich sogar an ihrer Angst weidete.

Rasch blickte sie sich um, doch die schwache Kerzenflamme beleuchtete nur einen kleinen Ausschnitt ihrer Umgebung. Falls sich wirklich jemand im dunklen Flur herumdrückte, würde sie nicht einmal seine Umrisse ausmachen können. Womöglich war es das Beste, zusätzliche Gaslampen in diesem Teil des Hauses anbringen zu lassen, wenn dieser Unsinn nicht bald aufhörte. Fast eine geschlagene Minute lang verharrte Amy reglos und spähte dabei hinter sich, bis sich ihre Augen an das schummrige Licht gewöhnt hatten und sie sicher war, dass dort niemand lauerte.

Danach überprüfte sie, ob das kleine Fenster, das auf die Dächer hinausging, wirklich fest geschlossen war.

Sei nicht albern, ermahnte sie sich.

Und da hörte sie es. Das leise Läuten eines Glöckchens. Kam es von draußen? Oder aus einem Zimmer irgendwo im Erdgeschoss? Doch ganz gleich, woher, es steigerte nicht nur ihre Angst, sondern machte sie auch sehr, sehr wütend. Eine Unverschämtheit ist das, mich so zum Narren zu halten, schimpfte sie. Ein empörendes Katz-und-Maus-Spiel in ihrem eigenen Haus! Sie würde der Sache sofort ein Ende bereiten.

Das Kinn gereckt und wild entschlossen, trat sie auf die erste Stufe. Und da spürte sie es. Etwas – zart, unsichtbar, aber eindeutig vorhanden – streifte sie an Stirn und Schläfe. Und dennoch war niemand außer ihr da. Mit einem Angstschrei griff Amy Phelps in die leere Luft und rechnete fast damit, im nächsten Moment eine geisterhafte Hand zu berühren.

Es war nicht weiter überraschend, dass die Kerze bei dieser

heftigen Erschütterung aus dem Kerzenständer geschleudert wurde und beim Aufkommen auf der Treppe verlosch. Es wurde stockfinster. Der Pantoffel an Amys linkem Fuß rutschte unter ihr weg, als sie schwankend an der Kante der nächsten Stufe balancierte. Verzweifelt ruderte sie mit den Armen und versuchte, das Gleichgewicht zu halten. Aber es war zwecklos. Amy Phelps stürzte ab ...

Sieben Stunden später beobachtete Cora Delaney von ihrem Schlafzimmerfenster aus, wie ihre Freundin hinaus zum wartenden Taxi hinkte, das sie ins Nachbardorf zum Bahnhof bringen sollte. Amy machte ein Gesicht, als würde jeden Augenblick ein Donnerwetter losbrechen. Aber wenigstens war sie noch gehfähig und fühlte sich wohl genug, wenn auch ein wenig steif und zerschlagen, um wegen einer plötzlich dringenden Angelegenheit in die Stadt zu fahren. Wie sie beim Frühstück verkündet hatte, handelte es sich bei dieser Angelegenheit um ihr Testament, an dem sie die ein oder andere Änderung vorzunehmen wünschte.

Mit diesen Worten hatte sie für einigen Aufruhr gesorgt. Da Amy sich geweigert hatte, diese Änderungen näher zu erläutern, wurde inzwischen wild spekuliert. Natürlich nicht laut, man war schließlich höflich.

Als Cora nachts von einem Aufschrei, gefolgt von einem Poltern, geweckt worden war, hatte sie keinen Gedanken an Gespenster oder andere Albernheiten verschwendet. Stattdessen war sie in ihren Morgenmantel geschlüpft, um der Sache auf den Grund zu gehen, denn sie tippte eher auf Einbrecher oder darauf, dass Empress Maud auf ihren nächtlichen Streifzügen eine Vase umgeworfen hatte, als auf eine Geistererscheinung. Als sie ihre Freundin schimpfend am Fuß der Treppe sitzend vorgefunden hatte, war zum Glück gleich Murray erschienen, denn alleine wäre es ihr nie gelungen, Amy aufzuhelfen und sie zurück in ihr Zimmer zu bringen. Eigentlich hatte Murray schon am Vortag abreisen wollen, doch der Freund, der ihn abholen wollte, hatte ausrichten lassen, er sei verhindert. Aber so hatte die arme Amy wenigstens nicht lange in der Dunkelheit liegen müssen.

Zu Coras Freude war Murray inzwischen ebenfalls fort, sodass sie ihren Plan gefahrlos in die Tat umsetzen konnte. Und am heutigen Vormittag lautete dieser, sich einmal gründlich umzusehen. Es war die erste Gelegenheit, die sich ihr seit der Ankunft zu ihrem kleinen Urlaub bot.

Obwohl sie schon ein Leben lang befreundet waren, gab Amy kaum etwas über sich und ihre Gefühle preis, was Cora zunehmend neugierig machte. Ja, sie wusste, dass Neugier, ganz gleich wie belanglos die gesammelten Informationen auch sein mochten, eines ihrer wenigen Laster war, war allerdings machtlos dagegen. In ihrer Studienzeit hatte ihr diese Wissbegier so manchen Vorteil verschafft, auch wenn sie sich mit dieser Eigenschaft bei ihren Freunden nicht unbedingt beliebt gemacht hatte, dessen war sie sich durchaus bewusst. Und so hatte Cora im Laufe der Jahre Mittel und Wege gefunden, heimlich herauszufinden, was die ihr nahestehenden Personen so trieben, stets darauf erpicht, möglichst viel Vertrauliches in Erfahrung zu bringen. Und dass sie Amys Haus nun für sich allein hatte, war eine Chance, die sie auf keinen Fall ungenutzt lassen durfte.

Außerdem steckt, wenn mich nicht alles täuscht, bestimmt mehr hinter dieser »Geistergeschichte«, dachte sich Cora, was ihr Gewissen ein wenig beruhigte. Nun platzte sie fast vor Wissensdurst und hielt es einfach nicht länger aus. Denn eines stand für Cora fest: Amy war viel zu vernünftig und logisch veranlagt, um tatsächlich an einen rachsüchtigen Ahnherrn zu glauben, der hier herumspukte. Und dennoch hatte sie den charmanten Mr. Swift gebeten, eine Geisterwache abzuhalten. Was wiederum Anlass zu der Frage gab, wovor ihre Freundin sich derart fürchtete.

In ihrer gemeinsamen Jugend hatte Amy die Rolle der Anführerin ihrer kleinen Clique aus Debütantinnen bekleidet. Sie war nicht die Hübscheste – das war die arme, so jung verstorbene Clementine D'Abry gewesen. Auch nicht die Reichste – das war Bertha Young-Smith, die einen Earl geheiratet hatte. Aber dafür war Amy die Mutigste und Durchsetzungsfähigste von ihnen allen. Und im Moment wiesen bei ihrer alten Freundin alle Zeichen darauf hin, dass sie etwas im Schilde führte.

Cora konnte es kaum erwarten, herauszufinden, worum es sich dabei handelte.

Nachdem sie sich vergewissert hatte, dass die Haushälterin unten in der Küche beschäftigt war, schlich Cora sich zu Amys Zimmer und öffnete vorsichtig die Tür. Dann trat sie ein, machte die Tür fest hinter sich zu und blickte sich zufrieden um. Zum ersten Mal war es ihr gelungen, sich Zutritt zum Allerheiligsten ihrer Freundin zu verschaffen. Es wunderte sie nicht, dass Amy ein gewaltiges Federbett besaß, denn Komfort hatte ihr schon immer viel bedeutet. Auch das Fehlen von rosafarbenen Rüschen und Blümchenmustern überraschte sie nicht. Amy legte zwar großen Wert auf ihr Äußeres, wie es sich für eine Dame gehörte, stellte ihre Weiblichkeit jedoch nie übertrieben zur Schau.

Über einen Mangel an Verehrern hatte sie nie klagen können, auch wenn sie sich, anders als Cora und die meisten ihrer Zeitgenossinnen, den Weg zum Altar erspart hatte. Ob sich die jungen Herren womöglich nur für das (nach den Maßstäben der besseren Gesellschaft!) neu erworbene Vermögen der Familie Phelps interessiert hatten? Oder hatte Amy einfach keine Lust gehabt, nach der Pfeife eines Mannes zu tanzen?

Zuerst frönte Cora ihrer Neugier, indem sie Amys Kleiderschrank erkundete, wobei sie ihre Freundin ein wenig um den reizenden Mantel beneidete, der von einem berühmten Pariser Modeschöpfer stammte. Ihre Schuhe hingegen waren nicht weiter der Rede wert. Cora war für ihre Schuhsammlung bekannt (sie war sehr stolz auf ihre zierlichen kleinen Füße), während Amy, wie erwartet, nichts besaß, was dem Inhalt von Coras Schuhschrank in Yorkshire hätte das Wasser reichen können.

Als Nächstes nahm Cora sich den kleinen Frisiertisch vor, wo sie sich setzte, nach einer Parfümflasche griff und nachdenklich daran schnupperte. Nein, diesen Duft kannte sie nicht, aber sicher handelte es sich um etwas Teures und Exklusives. Sie überlegte, ob sie sich ein Tröpfchen aufs Handgelenk tupfen sollte, entschied sich aber dagegen. Ihre Freundin mochte wegen des Sturzes erschüttert sein, aber mit ihrer Nase war alles in bester Ordnung. Wenn Amy herausfand, dass Cora in ihrem Zimmer herumgeschnüffelt hatte, würde sie ihr den Hals umdrehen.

Als Cora aus dem Fenster blickte, sah sie Reggie gerade aus dem Atelier kommen und, bewaffnet mit seiner unhandlichen, altertümlichen Kamera, auf den Fluss zusteuern. Der liebe Reggie mit seiner Menagerie aus verwaisten Tieren, seinen ziemlich schauderhaften Gemälden und seinen ständig wechselnden Hobbys. Sie wusste, warum er so häufig hier war. Er und Francis hatten sich sehr nahegestanden. Wahrscheinlich half ihm Old Forge, die Erinnerung an ihn lebendig zu halten.

Sie erinnerte sich an seine besorgte Miene, als sie ihm von Amys nächtlichem Sturz berichtet hatte, gefolgt von sichtlicher

Erleichterung bei der Nachricht, es sei nichts Schwerwiegendes geschehen. Amy selbst hatte seine Befürchtungen schroff abgetan und ihn aufgefordert, sich zu setzen und sein Frühstück zu essen, was Reggie ihr wie immer nicht krummnahm.

Cora zuckte die Achseln. Da ihr in Amys kleinem Heiligtum derzeit keine Gefahr drohte, zog sie in aller Ruhe am Griff einer der kleinen Schubladen, die den Spiegel des Frisiertischs flankierten. Sie stieß auf ein paar nicht sonderlich wertvolle Schmuckstücke und fand es spannend, dass sie selbst – das Vermögen der Phelps hin oder her – zu Hause in ihrem eigenen Frisiertisch genauso gute, wenn nicht gar bessere, Teile zu bieten hatte. In der nächsten Schublade gab es nur ein paar Briefmarken, unbenutzte Schreibfedern, Tinte und dazwischen einige Perlmuttknöpfe zu entdecken.

Die dritte Schublade war es, die sie aufmerken ließ, denn die schien sich leicht von den anderen zu unterscheiden. Cora überlegte, woran das liegen mochte, bis es ihr mit einem wehmütigen Schmunzeln einfiel: Etwas stimmte mit der Größe nicht. Was nur bedeuten konnte, dass sich dahinter ein Geheimfach verbarg. Ihre liebe Frau Mama hatte ein ganz ähnliches Fach in ihrem Sekretär gehabt. Cora erinnerte sich noch gut an ihre kindliche Freude, als Mutter ihr gezeigt hatte, wie es funktionierte. »Jede Dame braucht einen Ort, um ihre kleinen Geheimnisse zu verstecken, Cora«, hatte sie geraunt und die Kinderfingerchen zu dem kleinen hölzernen Riegel geführt, der sich unter dem Schlüsselloch verbarg.

Obwohl Amys Geheimfach natürlich auf andere Weise getarnt war, brauchte Cora nicht lang, um den Riegel zu finden, mit dem man das Versteck entsperrte. Beim Anblick des vom Alter vergilbten Papierbündels darin machte ihr Herz vor Aufregung einen Satz.

Sie war auf einen wahren Schatz gestoßen! Cora nahm den kleinen, mit einem rosafarbenen Band zusammengeschnürten Stapel Briefe heraus. Doch im nächsten Moment zögerte sie. Natürlich durfte sie diese Briefe nicht lesen – obwohl sie fast umkam vor Neugier. Schon jetzt spürte sie die tadelnden Blicke ihrer längst verstorbenen Eltern, Kinderfräulein und Gouvernanten strafend auf sich ruhen. Dass eine Dame die Privatkorrespondenz ihrer Freundin las, war nicht nur ungehörig, sondern schlicht skandalös.

Nein, sie musste sich mit dem Wissen begnügen, dass Amy, die Geheimniskrämerin, im Grunde ihres Herzens auch nur ein Mensch war. Wer hätte gedacht, dass eine eingefleischte Skeptikerin und Zynikerin wie sie alte Liebesbriefe aufbewahrte? Es war eine schöne Vorstellung, dass Amy, die verknöcherte alte Jungfer Amy, wenigstens einmal ...

Ihr etwas gönnerhafter Gedankengang kam jäh zu einem unsanften Ende, als ihr Blick an einem der Umschläge hängen blieb. Sie war machtlos dagegen, dass ihre Hand zitterte, denn sie erkannte die liebe, vertraute Handschrift sofort. Und für einen Moment war Cora Delaney, Witwe mit tadellosem Ruf und ehrbares Mitglied der besseren Gesellschaft, wieder achtzehn Jahre alt. Und so absolut leichtsinnig, bis über beide Ohren und himmelhochjauchzend verliebt. Es war, als wäre sie in eine andere Zeit und Welt katapultiert worden, weit entfernt von diesem ein wenig spartanisch eingerichteten Schlafzimmer.

Alle Tabus, was das Lesen fremder Briefe anging, waren mit einem Mal wie weggeblasen. Ebenso wie jeglicher Gedanke daran, was richtig und was falsch war, oder an die Verpflichtungen, die mit einer jahrzehntealten Freundschaft einhergingen. Denn nun beherrschte nur noch eine Frage Coras Denken:

Warum hatte ausgerechnet *er* an Amy Phelps geschrieben? Was mochte zwischen ihrer besten Freundin und Coras erster großer Liebe vor all den Jahren vorgefallen sein?

Mit leicht bebenden Fingern nahm Cora das Blatt Papier aus dem Kuvert und begann zu lesen.

KAPITEL SECHS

Vier Tage später fand Arbie zu seiner Überraschung ein Schreiben von Miss Phelps vor, in dem sie ihn und Val für den kommenden Samstag nach Old Forge zum Abendessen einlud.

Da er gerade mit seinem Onkel ein recht verspätetes Frühstück einnahm, reichte er diesem den Brief. Der Onkel nahm ihn und las ihn mit nachdenklicher Miene.

»Was mag die alte Schachtel nur von dir wollen?«, meinte er, ohne auch nur eine Spur von Respekt.

Arbie fragte sich, ob sein Blutsverwandter wohl so waghalsig sein würde, Miss Phelps tatsächlich so zu titulieren, und kam beklommen zu dem Schluss, dass die Antwort vermutlich Ja lautete. Mit einem tiefen Seufzer spießte er ein Stück Wurst auf. »Ich habe keine Ahnung. Vielleicht möchte sie sich ja dafür bedanken, dass ich gewissermaßen ihren Geist verscheucht habe.«

»Hmmm«, brummelte der Onkel. Er griff nach einer Scheibe Toast und butterte sie ausgiebig. »Ich an deiner Stelle würde mich vorsehen, mein Junge.«

Erstaunt hielt Arbie im Essen inne, sodass die Gabel mitten in der Luft stehen blieb, und zog die Augenbraue hoch. »Oh?«

»Ich habe nie erlebt, dass die Phelps etwas ohne Hintergedanken tun würden. Und normalerweise geht es dabei ums Geldverdienen«, stellte der Onkel bedächtig fest, während er die Aprikosenkonfitüre beäugte. »Ich habe noch nie eine so raffgierige Familie kennengelernt. Nicht, dass es ihnen viel genützt hätte. Sie sind mehr oder weniger ausgestorben. Wenn dieser Neffe nicht bald heiratet und einen Stammhalter in die Welt setzt, könnte das alte Mädchen bald ohne einen Erben für ihr Vermögen dastehen. Hör auf meinen Rat und halt dich von ihr fern. Diese Frau will etwas von dir, denk an meine Worte. Und für gewöhnlich setzt sie ihren Willen durch. Du brauchst dir nur anzuschauen, wie sie ihren bedauernswerten Bruder abserviert hat.«

»Welchen?«, hakte Arbie neugierig nach.

»Frankie haben wir ihn genannt, obwohl die Familie auf ›Francis‹ bestand. Sie haben dem armen Jungen keine Luft zum Atmen gelassen. Kein Wunder, dass er so viel gereist ist, die beste Methode, die Sippe loszuwerden. Allerdings hat das nicht ganz geklappt.«

»Was soll das heißen?«, erkundigte sich Arbie.

»Tja, zunächst einmal durfte der arme Teufel mit seinem Geld nicht machen, was er wollte. In der Kanzlei seines Familienanwalts gab es einen Rechtspfleger, der da so einiges aufgeschnappt hat. Ich habe ihn hin und wieder beim Buchmacher getroffen und ihm einen Tipp gegeben. Der Mann konnte einem leidtun, denn während der Bürozeiten hat er sich halb zu Tode gelangweilt. Kein Wunder also, dass er in seiner Freizeit meistens einen im Tee hatte und Dinge ausplauderte, die er mal lieber für sich behalten hätte. Wenn seine Arbeitgeber von seiner Redseligkeit gewusst hätten, hätten sie ihn sicher hochkant hinausgeworfen, darauf kannst du Gift nehmen. Jedenfalls hat er mir ein paar hübsche Geschichten erzählt, was die sogenannten feinen Leute so treiben. Da konnten einem die Haare zu Berge stehen«, fügte er mit wohligem Gruseln hinzu.

Arbie, der nur wenig Lust auf zu Berge stehende Haare hatte, war ein wenig erschrocken. »Und was hat das jetzt mit Francis Phelps zu tun?«, versuchte er, seinen Onkel zum eigentlichen Thema zurückzuführen.

»Oh, der hat ein Testament gemacht, in dem er einen Großteil seines Geldes seinem besten Freund Reggie Soundso vermacht hat. Doch Amy hat Wind davon bekommen und ihn so lange unter Druck gesetzt, bis er es geändert hat, damit die Familie alles bekam. Was, im Grunde genommen, auf sie selbst als Alleinerbin hinauslief, wenn sie alle überleben würde.«

»Ach, herrje«, erwiderte Arbie. »Das hat Reggie bestimmt nicht gefallen. Ich nehme doch an, dass er davon wusste.«

»Oh ja, offenbar schon.«

»Und trotzdem scheint er noch gut mit Miss Phelps befreundet zu sein«, merkte Arbie an. »Er besucht sie jeden Sommer und so weiter.«

Der Onkel zuckte die Achseln. »Versteh einer die Menschen. Jedenfalls beweist es, was ich gerade gesagt habe. Nimm dich vor den Phelps in Acht, denen kann man nicht über den Weg trauen.«

Arbie zuckte die Achseln. »Nun, es ist doch nur eine Einladung zum Abendessen«, wandte er ein. »Was kann es schon schaden, wenn ich hingehe? Außerdem verstehe ich nicht, welchen Einfluss meine Anwesenheit auf das Familienvermögen der Phelps haben sollte. Sie wird mich vermutlich nicht bitten, in ihre Automobilwerkstätten oder Gießereien zu investieren, oder? Schließlich ist allgemein bekannt, dass ich erst mit dreißig an mein Geld herankomme.«

Was den Tatsachen entsprach. Nach dem Tod von Arbies Eltern hatte der Onkel den Familienanwalt gebeten, die Erbschaft seines Neffen bis zu diesem großen Tag in einem unveräußerlichen Treuhandfonds anzulegen. Und wie es eben so ist, sprach sich dieser Umstand auf wundersame Weise im Dorf herum.

Manchmal fragte sich Arbie, ob sein Onkel diesen Schritt in einem seltenen Augenblick der Selbsterkenntnis gemacht hatte. Wohl wissend, dass er anderenfalls versucht sein könnte, das Erbe seines kleinen Neffen anzutasten, wenn die Zeiten schlecht waren, sich seine Bilder nicht verkauften oder einer seiner verrückten Erfindungen der Erfolg versagt blieb.

Andererseits hatte er vielleicht auch die Möglichkeit einberechnet, dass besagter kleiner Neffe zu einem Schwerenöter und Taugenichts heranwachsen würde, der alles mit Wein, Weib und Gesang – und nicht zu vergessen Glücksspiel – durchbrachte, noch ehe er fünfundzwanzig war.

Allerdings hatte Arbie bis jetzt nicht den Mut aufgebracht, ihn zu fragen, welche der möglichen Erklärungen nun zutraf.

Nicht, dass ihm die Angelegenheit großes Kopfzerbrechen verursacht hätte. Er wusste, dass sein Onkel sehr stolz auf seinen ersten literarischen Erfolg war. Und da Arbie nun eine glänzende, wenn auch nicht sonderlich erwünschte, berufliche Zukunft als Schriftsteller bevorstand, war es doch sinnlos, die Pferde scheu zu machen, indem er seinen liebsten Angehörigen mit dummen Fragen löcherte.

Nur von einem war Arbie felsenfest überzeugt: Miss Phelps hatte ihn ganz sicher nicht zum Essen eingeladen, um ihm Anteile an ihrem Familienimperium zu verkaufen. Und falls sie es doch versuchen sollte, würde er einfach antworten, das Honorar für den *Leitfaden für den Gentleman* sei bereits ausgegeben.

»Ob Val wohl auch kommt?«, sagte er, während er den Rest Blutwurst auf seinem Teller vertilgte und sich eine Scheibe Toast von dem silbernen Ständer schnappte, bevor sein Onkel sich alle unter den Nagel riss.

»Ein nettes Mädchen, diese Val«, stellte sein Onkel freundlich fest.

»Findest du wirklich?« Arbie klang ein wenig erstaunt.

Val, die ebenfalls eine schriftliche Einladung zum Abendessen in Old Forge erhalten hatte, stand am Samstagnachmittag lange bedrückt vor ihrem mager bestückten Kleiderschrank. Da ihr Vater mit seinem Gehalt eine große Familie ernähren musste, reichte das Geld nicht für allzu viele elegante Kleider, was hieß, dass die Auswahl recht kläglich war. Wenn sie sich nur bezahlte Arbeit hätte suchen können, dann hätte sie eigenes Geld gehabt. Doch das kam natürlich nicht infrage. Selbst wenn sie Unterricht im Maschineschreiben genommen und eine Stelle als Schreibkraft in einem seriösen Büro gefunden hätte, wäre ihre Mutter vermutlich vor Schreck in Ohnmacht gefallen. Und ihr lieber Papa hätte einen sehr bösen Brief vom Bischof erhalten.

Inzwischen waren alle ihre Geschwister, bis auf drei und sie selbst natürlich, verheiratet und hatten das Elternhaus verlassen. Weshalb sie sich nun in der unangenehmen Lage befand, die Älteste zu sein, die noch zu Hause wohnte. Ihre beiden jüngeren Brüder und das Nesthäkchen Abigail kamen zuerst, wenn es um die Verteilung des Familieneinkommens ging. Und Val würde nie bezweifeln, dass es so seine Richtigkeit hatte.

Nur dass es ein scheußliches Gefühl war, dass sie alle enttäuschte und ihren kleinen Geschwistern das Essen wegaß, bloß weil sie noch nicht den Richtigen gefunden hatte. Doch aus irgendeinem Grund hatte sie sich bis jetzt einfach nicht für einen Verehrer entscheiden können. Und während ihre Eltern sich noch in Geduld mit ihr übten, wurde Val selbst bisweilen von Panik ergriffen. Es war ihr größter Albtraum, dass sie eines Tages wie eine Schlafwandlerin zum Altar schreiten könnte, wo ein Fremder auf sie wartete und ihr Liebe, Ehrfurcht und Gehorsam abverlangte.

Val erschauderte und zwang sich, in die Gegenwart zurückzukehren.

Und so betrachtete sie missbilligend ein altmodisches elfenbeinfarbenes Kleid und seufzte tief auf. Das Problem in einem kleinen Dorf war, dass die Nachbarn einen unweigerlich in jedem Stück, das man besaß, schon einmal gesehen hatten. Wie schön wäre es gewesen, in einem neuen pfefferminzgrünen Abendkleid in Old Forge zu erscheinen! Einem Seidenkleid aus Paris mit einem elegant wehenden silberfarbenen Schal und …

Aber Tagträume brachten sie nicht weiter. Wenn sie sich nicht dem Druck ihrer Eltern beugte und sich bald und gut verheiratete, würde sie solche Luxusgüter wohl niemals besitzen.

Mit einem erneuten Seufzen griff sie nach dem Kleid, das die wenigsten Jahre auf dem Buckel hatte – vergissmeinnichtblauer Musselin –, und zog es an. Nachdem sie mit Unterstützung ihrer jüngsten Schwester (sie hatte ein Auge für solche Dinge) ihr Haar zu einem Knoten aufgesteckt und baumelnde Perlenohrringe aus dem Schmuckkästchen ihrer Mutter angelegt hatte, fand sie sich einigermaßen vorzeigbar.

Nicht, dass Arbie das bemerken würde, dachte sie ärgerlich. Denn ihm schien nie aufzufallen, was sie anhatte. Während sie sich ein Tröpfchen ihres kostbaren Parfüms hinter die Ohren tupfte, fragte sie sich, was es wohl mit dieser Einladung auf sich hatte. Es war sonderbar, dass Miss Phelps sie und Arbie noch einmal nach Old Forge bat. Ob wohl wieder etwas geschehen war? Vielleicht würde zwischen Suppe und Fischgang ja der lästige Geisterschmied erscheinen. Oder hatte Miss Phelps weitere bedrohliche Nachrichten erhalten? Wieder angekündigt von dem gespenstischen Läuten eines grausigen Glöckleins?

Val lachte nervös auf. Nun, ganz gleich, was hinter der Einladung steckte, zumindest war es eine willkommene Abwechslung in ihrem tristen Alltag. Also Schluss mit den Spekulationen, sie war doch nur bei einer Nachbarin zum Essen eingeladen. Wahrscheinlich würde der Abend sterbenslangweilig werden. Hoffentlich war wenigstens der Wein gut.

Der Abend war lau, als Val zu ihrem kurzen Fußmarsch nach Old Forge aufbrach. Als sie ein Stück voraus Arbie erkannte, rief sie seinen Namen. Arbie, der einen eleganten Abendanzug trug, drehte sich beim Klang ihrer Stimme um und wartete.

»Hallo, altes Mädchen. Also auf in die Schlacht«, begrüßte er sie vergnügt.

Val nickte. »Hast du eine Ahnung, worum es geht?«, fragte sie.

»Ich fürchte nein«, gab Arbie zu. Sie setzten ihren Weg in einvernehmlichem Schweigen fort. Als sie sich der Tür des Anwesens der Familie Phelps näherten, hörten sie Stimmen aus dem Garten, worauf sie wie auf ein Stichwort den Weg verließen und ums Haus herum gingen. Unter einem alten Apfelbaum hatte es sich eine kleine Gesellschaft bequem gemacht.

Der Duft blühender Rosen lag in der Luft. Reggie und Cora saßen nebeneinander auf einer Bank und beobachteten das Treiben einer Drossel, die sich mühte, einen Wurm aus dem Rasen zu ziehen. Ein paar Meter entfernt saßen Phyllis Thomas und ihr Cousin Murray auf schmiedeeisernen Stühlen an einem ebensolchen Tisch. Die beiden wechselten kein Wort miteinander, starrten die beiden Neuankömmlinge jedoch so eindringlich an, dass Val ein wenig unbehaglich wurde.

Arbie hingegen schien die angespannte Stimmung nicht wahrzunehmen. Stattdessen schlenderte er auf die beiden älteren Leute zu und ließ sich auf einer anderen Bank nieder, die im rechten Winkel zu ihrer stand. Val schloss sich ihm erleichtert an.

»Ach, unser berühmter Schriftsteller.« Reggie lächelte sie an, »und die reizende Miss Valentina. Ich darf Sie doch hoffentlich so nennen, meine Liebe?« Er wartete ihr freundliches Nicken kaum ab, sondern wandte sich wieder an Arbie. »Etwas zu trinken, alter Junge?«, schlug er vor. Erst jetzt bemerkte Arbie einen Krug mit einem kalten, vermutlich alkoholfreien Getränk und einige leere Gläser neben ihm im Gras.

»Ich glaube, ich warte noch ein wenig«, erwiderte er rasch, denn er war noch nie ein Freund von alkoholfreien Getränken gewesen. Val hingegen nahm das Glas, das Reggie ihr galant einschenkte.

»Ich wusste ja gar nicht, dass Sie uns heute Abend beehren werden, Mr. Swift, Miss Coulton-James«, sagte Cora mit einem förmlichen Lächeln. »Aber ich freue mich sehr. Unsere Gastgeberin ist in letzter Zeit recht verdrießlich, richtig, Reggie? Deshalb ist es nett, junge Leute im Haus zu haben, die uns ein wenig aufheitern.«

»Oh, hoffentlich ist sie nicht krank«, erwiderte Val höflich.

»Nein, zum Glück ist sie mopsfidel«, antwortete Reggie. »Natürlich zwickt und zwackt es noch nach ihrem kleinen Sturz, aber sie beklagt sich nicht. Es ist nicht Amys Art, viel Aufhebens um sich zu machen, oder, Cora?«

»Oh, nein«, murmelte Cora.

»Ein Sturz?«, hakte Val sofort nach.

»Ja. Sie ist letzte Woche kopfüber die Treppe hinuntergepurzelt«, erklärte Reggie. »Das hätte böse ausgehen können, aber Gott sei Dank hat sie nur ein paar Beulen und Schrammen abgekriegt.«

»Die *Treppe*?«, wiederholte Arbie und blickte zwischen Reggie, Cora und Val hin und her. »Ich muss sagen, dass mich das ziemlich erschreckt. Was genau ist denn geschehen?«

»Offenbar hat sie das Gleichgewicht verloren, behauptet sie jedenfalls«, entgegnete Reggie. Er ließ das Eis in seinem Glas klimpern und starrte nachdenklich hinein. Cora trank einen Schluck und schwieg.

»Aha«, meinte Arbie taktvoll. Ihm gefiel das überhaupt nicht. Dass ihre Gastgeberin so bald nach den sonderbaren Dingen, die ihr in letzter Zeit zugestoßen waren, einen Unfall gehabt haben sollte, erschien ihm höchst verdächtig.

Und außerdem war er ziemlich sicher, dass er gerade den Grund für die heutige Einladung erfahren hatte.

Nun stellte sich ihm nur noch die Frage, was er tun sollte, falls Amy Phelps ihn irgendwann im Laufe des Abends beiseitenahm und ihm mitteilte, eine geisterhafte Hand habe sie die Treppe hinuntergestoßen. *Die Geisterjagd: Ein Leitfaden für den Gentleman* war aus einer albernen Laune heraus geschrieben worden und sollte auch in dieser Geisteshaltung (man mochte ihm das Wortspiel verzeihen) gelesen werden. Jedenfalls machte dieses Buch Arbie noch lange nicht zu einem anerkannten Fachmann für das Übersinnliche.

Beklommen überlegte er, auf wen er diese Last wohl am besten abwälzen konnte. Ob ein Professor in Oxford vielleicht interessiert genug sein würde, um sich der Sache anzunehmen? Wen kannte er sonst noch, der dumm genug war …

»Hat man Ihnen gerade das Neuste über Tantchens nächtliches Abenteuer berichtet?« Murray Phelps kam vom Tisch herübergeschlendert und unterbrach Arbies inneren Monolog, indem er Val mit einem, wie er glaubte, charmanten Lächeln bedachte. Zumindest ihm war aufgefallen, dass ihr aufgesteckter Blondschopf einen weißen Hals und hübsche Ohren freigab.

»Das alles klingt ziemlich besorgniserregend«, antwortete Val. Im nächsten Moment fiel ihr ein, dass Amy ihrer und Arbies Ansicht nach diesen Mann für den Übeltäter hielt, weshalb sie kühl hinzufügte: »Eine Frau sollte nicht einfach so die Treppe hinunterfallen.«

»Oh, da muss ich Ihnen beipflichten«, erwiderte Murray lässig. »Ich selbst habe sie oft gewarnt. Zum Glück waren es nur ein oder zwei Stufen, sodass sie nicht schwer verletzt wurde. Oder?« Die Frage war offenbar an die beiden älteren Anwesenden gerichtet.

Reggie nickte, während Cora das Wort ergriff. »Oh, um unsere Amy umzubringen, ist sicher mehr nötig als ein Treppensturz«, meinte sie nur, wobei weder Stimme noch Tonfall etwas zu entnehmen war.

»Sollten wir nicht langsam hineingehen?«, rief Phyllis ungeduldig vom Tisch herüber, wo ihr Cousin sie einfach sitzen gelassen hatte, ohne sich zu entschuldigen. »Tantchen fragt sich bestimmt schon, wo wir stecken«, ergänzte sie tadelnd.

Daraufhin setzten sich alle gehorsam in Bewegung in Richtung Haus, wo das Abendessen wartete.

Mrs. Brockhurst hatte sich mit dem Menü selbst übertroffen und sich jedes Gericht sorgfältig überlegt. Sie wusste, dass ihre Arbeitgeberin Wert auf »gute Hausmannskost« legte, ein Zugeständnis an die bescheidenen Anfänge ihrer Vorfahren. Dabei bestand sie jedoch auf die Verwendung hochwertiger Zutaten, zubereitet mit dem »gewissen Etwas«, um ihren Gästen das Gefühl zu geben, dass sie zur Feier des Tages ganz besonders verwöhnt wurden.

Deshalb sollte der erste Gang aus einer schlichten, aber delikaten Kräutercremesuppe bestehen, gekocht aus den besten Kräutern, die in dem ummauerten Küchengarten wuchsen. Dazu würde es köstliches Brot geben, das Mrs. Brockhurst nach einem geheimen Rezept ihrer Großmutter gebacken hatte. Die Butter dazu war erst an diesem Morgen auf einer Farm ganz in der Nähe hergestellt worden.

Zum Fischgang war ein gebackener Barsch vorgesehen, zu dem man zwischen einer Sauce mit Estragon und einer mit Dill wählen konnte. Der Fisch war erst an diesem Nachmittag vom besten Fischhändler Cheltenhams geliefert worden und so frisch, dass er praktisch noch schwamm.

Zum Hauptgang würde sie eine gebratene Lammkeule auftischen, begleitet von neuen Kartoffeln in Minze, den ersten Erbsen aus dem Garten und einer braunen Sauce, bei der es sich ebenfalls um ein Geheimrezept aus der Familie Brockhurst handelte. Die Haushälterin war nämlich schon in den Anfängen ihrer beruflichen Laufbahn zu der Erkenntnis gekommen, dass nahezu alle Gentlemen eine Schwäche für braune Sauce hatten.

Zum Nachtisch sollte es dann Beeren der Saison geben, angerichtet in einer prachtvollen Schale aus Kristallglas. Die selbst gemachte Eiscreme aus Holunderblüten und weißer Schokolade würde in einer kleineren, dazu passenden Schale serviert werden. Da Amy Phelps Pfefferminzplätzchen verabscheute, würde man nach dem Essen weder diese noch Pralinés reichen. Doch Mrs. Brockhurst war überzeugt, dass nach einem solchen Festmahl niemand Süßigkeiten vermissen würde.

Da sie sich wie immer die Unterstützung eines Mädchens aus dem Dorf gesichert hatte, sah sie keinen Grund zu der Befürchtung, dass ihre Arbeitgeberin oder die Gäste etwas an Speisen oder Bedienung auszusetzen haben könnten.

Während die Köchin und Haushälterin in Personalunion nun in der Küche stand und geduldig auf das Läuten wartete, das ihr sagte, dass sich alle am Tisch versammelt hatten, schaute sie müde aus dem Fenster, das auf den Garten hinausging. Den ganzen Tag hatte sie geschuftet wie ein Galeerensklave und war inzwischen so erschöpft, dass sie das Ende dieses Abends kaum erwarten konnte. Als sie den Blick über den idyllischen Garten schweifen ließ, bemerkte sie, dass sich die Tür öffnete, die hinaus auf die Gasse hinter dem Haus führte.

Durch den Türspalt spähte eine hübsche junge Frau hinein und zum Haus hinüber. Ein tückisches Lächeln zeichnete sich auf ihrem Gesicht ab.

Jane Brockhurst presste missbilligend die Lippen zusammen und trat hinaus. Das Mädchen zögerte, sichtlich unangenehm überrascht, weil sie entdeckt worden war. Als die Haushälterin auf sie zumarschierte, verzog sie ärgerlich das Gesicht.

Doreen Capstan war ein zierliches Geschöpf mit rotbraunem Haar und großen blauen Augen. Obwohl sie, wie die Haushälterin wusste, schon mindestens vierundzwanzig war, sah sie aus, als sei sie dem Jugendalter kaum entwachsen. Von dem Moment an, in dem Doreen von Amy als Dienstmädchen eingestellt worden war, hatte Jane Brockhurst gewusst, dass sie nichts als Ärger machen würde.

Und leider hatte sie sich nicht geirrt. Schon nach einem knappen Jahr hatte Miss Phelps das Mädchen ohne Referenzen vor die Tür setzen müssen. Die kleine Miss Capstan war aus allen Wolken gefallen, hatte sie sich doch mit ihrem reizenden Gesicht und ihrer Verschlagenheit für unangreifbar gehalten.

Nun reckte die junge Dame kampfeslustig das Kinn und wich keinen Zentimeter zurück, als Mrs. Brockhurst dicht vor ihr stehen blieb. »Hallo, Mrs. Brockhurst«, sagte sie frech und offenbar fest entschlossen, ihren Willen durchzusetzen. »Ich bin nur hier, um ...«

Aber die Haushälterin war nicht bereit, sich von dieser Göre auf der Nase herumtanzen zu lassen. »Ich kann mir schon denken, was Sie hier wollen, Frolleinchen. Aber da haben Sie sich geschnitten. Die Familie hat sich gerade zum Essen gesetzt und ...«

»Ach, das weiß ich doch längst«, fiel Doreen ihr unhöflich und mit triumphierendem Ton ins Wort. »Murray hat mir alles erzählt. Er sagte, dass ich vorbeikommen soll, weil er mit mir reden will.« Sie hatte einen Heidenspaß daran, Mrs. Brockhurst Kontra zu geben. Dabei ließ sie keinen Zweifel daran, dass diese, ganz im Gegensatz zu ihr, Doreen, nichts weiter als eine niedere Dienstbotin war. Sie setzte eine herablassende Miene auf und gebärdete sich tatsächlich so, als sei sie ein geladener Gast.

Doch die Haushälterin stemmte nur kopfschüttelnd die Hände in die Hüften. »Eines Tages, junge Dame, wird Ihnen noch die Zunge schwarz und fällt ab, von all den Lügen, die Sie hier erzählen. So etwas würde Mr. Murray niemals tun.« Er weiß genau, dass seine Tante ziemlich ungehalten wäre, dachte Mrs. Brockhurst ärgerlich. Außerdem war Mr. Murray sicher nicht so dumm, seinen Hang zum Hauspersonal unter Amy Phelps' Augen auszuleben.

»Und jetzt verschwinden Sie. Aber ein bisschen plötzlich! Oder haben Sie allen Ernstes geglaubt, ich würde Sie ins Haus lassen?«, fügte sie unversöhnlich hinzu.

Bei diesen Worten schleuderte Doreen frech ihr Haar zurück. Dann machte sie mit einem hinterhältigen Grinsen kehrt und stolzierte davon. Wenn diese vertrocknete alte Schachtel dachte, dass sie, Doreen, ihre Erlaubnis brauchte, um das Haus zu betreten, war sie schief gewickelt. Während ihrer Zeit als Dienstmädchen war sie nämlich auf einen alten, längst vergessenen Schlüssel zu einem nicht mehr benutzten Kohlenkeller gestoßen. Man erreichte ihn über eine mit Moos bewachsene Treppe, die zu einer morschen Holztür an der Rückseite des Hauses führte. Hinter dem Kohlenkeller befand sich eine Spülküche im Keller des Hauses selbst, was hieß, dass sie nach Belieben kommen und gehen konnte, solange sie sich vorsah. Murray hatte das manchmal als amüsant, dann auch wieder als lästig empfunden. Außerdem hatte er sie vor dem Donnerwetter gewarnt, das losbrechen würde, falls seine Tante herausfinden sollte, dass sie sich heimlich zu ihm schlich.

Allerdings war Doreen noch nie bei einem ihrer Ausflüge erwischt worden, und das würde auch so bleiben. Sie musste einfach warten, bis die Luft rein war – vermutlich nach Einbruch der Dunkelheit –, um sich zu einem Rendezvous mit ihrem Geliebten ins Haus zu pirschen.

Ein wenig später beobachtete Arbie erfreut, wie der riesige Fisch aufgetragen wurde. Die Haushälterin und ein in Ehrfurcht erstarrtes junges Mädchen, offenbar die Aushilfe, fingen an, den Fisch zu filetieren und auf Teller zu verteilen.

»Es duftet köstlich«, stellte Reggie fest und lächelte die Haushälterin strahlend an. »Ich muss zugeben, liebe Amy, dass, abgesehen von deiner charmanten Gegenwart, Mrs. Brockhursts Küche einer der Höhepunkte meiner kleinen Urlaube ist. Dein Bruder wäre begeistert gewesen«, fügte er wehmütig hinzu.

Amys Blick wurde weicher, so wie immer, wenn sie an den Verstorbenen dachte. Sie nickte. Dann wandte sie sich an ihre Nichte. »Phyllis, mein Kind, nimm dir doch etwas von der Sauce. Welche möchtest du denn?« Sie wies auf die hübsch verzierten Saucieren aus Spode-Porzellan. Doch die junge Frau schüttelte lächelnd den Kopf. »Murray?«, drehte sie sich danach zu ihrem Neffen um, der sich ausgiebig an der Dillsauce bediente.

»Meine liebe Cousine achtet vermutlich auf ihre Figur, Tante«, meinte er herablassend. »Ist das heutzutage nicht das Leid der meisten Damen? Wenn ich richtig im Bilde bin, muss eine Frau inzwischen dünn wie ein Strich sein, um in die neuste Mode zu passen.« So unschuldig diese Bemerkung auch klingen mochte, sorgte sie aus irgendeinem Grund dafür, dass Phyllis vor Zorn rot anlief.

Val, die spürte, dass da offenbar ein alter Streit sein hässliches Haupt regte, unterbrach den aufkommenden Disput, bevor Phyllis sich noch zu einer Antwort hinreißen ließ, die sie später bereuen würde. »Ach, meinen Sie diese Etuikleider, die man mit Unmengen von langen Perlenketten trägt? Ich habe letztens beim Zahnarzt in einer Modezeitschrift aus London gelesen und muss sagen, dass das wirklich wunderbar aussieht. Ebenso wie diese hübschen Stirnbänder mit Federn und so weiter. Auch wenn ich nie den Mut hätte, so etwas zu tragen.«

»Oh, aber es würde Ihnen sicher ausgezeichnet stehen, meine Liebe«, merkte Reggie galant an.

»Murray benimmt sich nur wieder einmal wie ein Scheusal, mein lieber Reggie. Achte einfach nicht auf ihn«, meinte Phyllis lässig. »Er hänselt mich eben gern«, fügte sie mit einem gezwungenen Lächeln hinzu.

»Ich erkläre mich für nicht schuldig«, schlug Murray grinsend zurück. »Ich habe dich nämlich letztens in Oxford bei *Madame Fifi's* herauskommen sehen, und zwar mit einer ziemlich großen und ausgebeulten Einkaufstüte. Und da ich von der Frau eines guten Freundes weiß, dass Madame nur die neusten Moden und Schnitte feilbietet, muss deine plötzliche Abkehr vom Futtertrog triftige Gründe haben.«

Val, die nur zu gerne in dem besagten äußerst teuren Laden eingekauft hätte, was für sie jedoch absolut unerschwinglich war, kämpfte wie eine Löwin gegen den aufsteigenden Neid und hätte beinahe gewonnen.

»Murray, sei nicht vulgär«, wies Amy ihn nachsichtig zurecht. »Dieses moderne Gerede heutzutage gefällt mir überhaupt nicht. Es ist sicher recht geistreich und soll vermutlich amüsant sein, aber ich möchte dich bitten, es dir an meinem Tisch zu verkneifen. Deine Cousine ist doch kein Pferd! Futtertrog, das ist ja wohl die Höhe!«

»Entschuldige, Tante«, erwiderte Murray zerknirscht und lächelte sie spöttisch an. Allerdings schien er gar nicht erfreut über den Tadel. Außerdem entging keinem der Anwesenden das leicht schadenfrohe Grinsen seiner Cousine ob dieser Rüge.

Wie anstrengend muss es sein, dachte Arbie, wenn man der Gnade einer reichen Verwandten ausgeliefert ist. Wenn man sich bei ihr einschmeicheln musste, damit man bei der albernen Veranstaltung namens Testamentseröffnung nicht leer ausging. Gewiss war es grauenhaft lästig. Allerdings hatte Miss Phelps, wenn die Gerüchteküche nicht irrte – und das tat sie eigentlich nie –, vor Kurzem ihren Anwalt aufgesucht, um ihr Testament zu ändern. Arbie rettete die Anwesenden vor einer kurzen, wenn auch peinlichen Gesprächspause, indem er eine Begebenheit aus einem beliebten Badeort schilderte, wo er unlängst Zeuge geworden war, wie ein recht bekannter Politiker – erfolglos – versucht hatte, das Schwimmen zu lernen. Die Anekdote überbrückte die Zeit bis zum Fleischgang, als Murray gebeten wurde, den Braten anzuschneiden, wie es seiner Position als offizielles Familienoberhaupt gebührte. Er hatte sichtlich Freude an dieser Aufgabe und bugsierte die Scheiben auf eine silberne Platte, die dann von Mrs. Brockhurst herumgereicht wurde, damit jeder sich so viel, oder so wenig, nehmen konnte, wie er wollte.

Froh, dass der Wein sich tatsächlich als ausgezeichnet erwies, versuchte Val, ein Gespräch mit Cora zu beginnen, was erstaunlicherweise ein schwieriges Unterfangen zu sein schien. Die sonst so kluge und freundliche Frau wirkte aus irgendeinem Grund bedrückt. Also wandte sich Val an Reggie, der auf ihrer anderen Seite saß, nur zu gerne freundschaftlich mit ihr schäkerte und ihr sein jüngstes Steckenpferd, das Fotografieren von Landschaften und Pflanzen, erläuterte.

Unterdessen tat Arbie sich an Lamm und Kartoffeln gütlich, jedoch ohne dabei die Gastgeberin aus den Augen zu lassen. Abgesehen von einem verblassenden Bluterguss an der Wange schien ihr Missgeschick folgenlos geblieben zu sein. Ja, sie machte sogar einen entspannten Eindruck und genoss offenbar die Gesellschaft ihrer Gäste. Als, begleitet von freudigem Aufseufzen in der Runde, das Dessert aufgetragen wurde, verfolgte Amy aufmerksam, wie die Haushälterin die Beeren verteilte, nahm sich eine Portion Eiscreme und verspeiste sie mit sichtlichem Appetit.

Wie in den meisten Fällen streifte das Tischgespräch verschiedene Themen wie zum Beispiel die Eröffnung der British Empire Exhibition im Wembley-Stadion durch den König und wanderte dann zum Russell-Skandal. Dem bereitete Amy allerdings rasch ein Ende. So etwas eigne sich nicht für unschuldige Ohren wie die von Miss Coulton-James, sagte sie. Das wiederum verärgerte Val sehr, da sie im Pfarrhaus die Zeitungsartikel darüber nicht hatte lesen dürfen. Nun platzte sie fast vor Neugier und wollte unbedingt wissen, was denn so skandalös daran sein mochte, dass Mrs. Russell vom Verdacht des Ehebruchs freigesprochen worden war.

Schließlich wurden im Salon Kaffee und Tee serviert. Amy erhob sich und begleitete Cora, Val und Phyllis hinaus, damit die Herren ungestört Brandy und Zigarren genießen konnten.

Kurz vor Mitternacht löste sich die Gesellschaft allmählich auf. Phyllis und Murray planten, in Old Forge zu übernachten. Arbie stand bereits in der Vorhalle und war gerade im Begriff, Val nach Hause zu bringen, als Miss Phelps zuschlug.

Sie nickte Val entschuldigend zu, nahm Arbie beiseite und flüsterte ihm etwas ins Ohr. Val, die Arbie mit Argusaugen beobachtete, stellte fest, dass ein leicht verdatterter Ausdruck, gefolgt von Schicksalsergebenheit, über sein freundliches Gesicht huschte. Er lächelte, nickte, verbeugte sich zum Abschied vor seiner Gastgeberin und gesellte sich zu Val, die ihn an der Tür erwartete.

Draußen in der Eiche neben dem Pub riefen zwei Uhus. »Was für ein netter Abend«, sagte Val, als sie den kurzen Weg die Old Mill Lane entlang zu ihren aneinander angrenzenden Behausungen gingen. »Das Essen war lecker, findest du nicht?«

»Erste Sahne«, erwiderte Arbie geistesabwesend. Val merkte nichts dazu an, als sie in die Church Lane einbogen und er sie mit einem knappen »Nächtchen, Val« vor dem Pfarrhaus stehen ließ.

»Gute Nacht, Arbie«, antwortete sie beiläufig. Doch nachdem sie ein paar Meter auf dem Kiesweg zurückgelegt hatte, huschte sie über den Rasen und versteckte sich hinter dem nächsten Baum, wo sie schweigend wartete, beobachtet von einem gleichmütigen Vollmond. Die Schritte hätte sie beinahe überhört, weil ein Igel grunzend im Laub herumschnupperte. Allerdings wirklich nur beinahe.

Als sie vorbei waren, verließ Val auf Zehenspitzen ihren Garten und spähte die Straße entlang. Genau wie sie gedacht hatte!

Einige Meter vor sich erkannte sie die hochgewachsene, elegante Gestalt von Mr. Arbuthnot Swift, der sich zweifellos auf dem Rückweg nach Old Forge befand.

Val sah es ihm stets an, wenn er etwas im Schilde führte. Und diesmal war nicht schwer zu erraten, worum es ging: Amy Phelps hatte ihn darum gebeten, noch eine Geisterwache abzuhalten.

Nun, diesen Spaß würde sie sich nicht entgehen lassen! Also schlich sie zurück ins Haus und hinterließ einen Zettel, auf dem stand, wo sie war und warum. Dabei vergaß sie nicht zu erwähnen, dass es auf Bitte von Miss Phelps geschah, was ja irgendwie auch stimmte. Dann zog sie Rock, Bluse und feste Schuhe an und trat aus dem stillen Pfarrhaus.

Inzwischen war Arbie wieder in Old Forge, wo seine Gastgeberin ihn durch die Terrassentür hereinließ.

»Danke, dass Sie das für mich tun, Mr. Swift«, sagte Amy Phelps knapp. Sie mochte es nämlich gar nicht, wenn sie jemandem etwas schuldig war, was sie hinter einer brüsken Art zu verbergen versuchte. »Ich habe Anlass zu der Befürchtung, dass … äh … der Geist sich heute zeigen könnte.«

Ach ja? dachte Arbie zweifelnd. Doch es war ein geringer Preis, wenn er ihr dadurch half, ihren Seelenfrieden wiederzufinden. Und sofern ihr Neffe oder sonst jemand im Haus für den Treppensturz verantwortlich sein sollte, würde er den Übeltäter womöglich bei der Vorbereitung des nächsten »Unglücks« ertappen. Was, wenn er nicht völlig auf den Kopf gefallen war – und im Gegensatz zur allgemeinen Auffassung traf das mitnichten zu –, genau das war, was Miss Phelps vermutete.

Er blickte der einsamen Gestalt seiner Gastgeberin nach, als diese die Treppe hinaufging. Plötzlich wurde ihm klar, dass sie trotz Geld und Einfluss eigentlich ein trauriger Mensch war.

Eine Frau, niedergedrückt von Sorgen, nachts allein auf einer dunklen Treppe.

Er sah, dass sie oben, wo die Gaslampen an den Wänden endeten, einen Kerzenleuchter von einem Beistelltischchen nahm und die Kerze anzündete. Offenbar war das ein allnächtliches Ritual, damit sie in dem unbeleuchteten Teil des Hauses, wo sie schlief, auch den Weg zu ihrem Zimmer fand.

Er konnte nur hoffen, dass Miss Phelps der Haushälterin mitgeteilt hatte, dass er in der Vorhalle Wache halten würde. Nicht, dass er selbst noch zum Auslöser einer weiblichen Panikattacke würde, wenn die Frau herunterkam, um die Lampen zu löschen und abzuschließen.

Wie beim letzten Mal nahm er müde in einem Sessel Platz. Von irgendwoher wehten gedämpfte Frauenstimmen heran, und er fragte sich, wie lange Mrs. Brockhurst und ihre Helferin wohl zum Saubermachen brauchen würden. Ob er sich erbieten sollte, das Mädchen aus dem Dorf nach Hause zu begleiten?

Noch immer dachte er über diese Frage nach, als er rechts von sich verstohlene Schritte hörte. Sein Kopf fuhr herum, und er schnappte erschrocken nach Luft, denn im durch die Bleiglasscheiben des Fensters hereinströmenden Mondlicht erkannte er einen silbrigen menschlichen Umriss, der sich bewegte.

Die Gestalt näherte sich langsam und vorsichtig. »Hallo, ich dachte, ich leiste dir Gesellschaft«, sagte Val. Offenbar hatte sie die Terrassentür unverschlossen vorgefunden und war seinem Weg ins Haus gefolgt. »Habe ich dir Angst gemacht?«, fragte sie erwartungsvoll.

Arbie achtete nicht auf das heftige Pochen seines Herzens. »Hmmm?«, brummelte er ausweichend. »Oh, nein, überhaupt nicht. Setz dich, altes Mädchen. Ich habe das Gefühl, dass es heute eine sonderbare Nacht wird.«

Ein wenig enttäuscht (denn schließlich wäre es ein Riesenspaß gewesen, einen berühmten Fachmann für Geister so richtig zu erschrecken, ein Erlebnis, von dem sie noch jahrelang hätte zehren können) nahm Val Platz. »Warum? Spürst du irgendwelche geisterhaften Schwingungen oder so?«

»Oder so«, erwiderte Arbie knapp. »Ich glaube, unsere Miss Phelps erwartet, dass ihr gespenstischer Urahn heute irgendwelche Kapriolen schlägt.«

Doch wie sich herausstellte, hatte Amy Phelps sich geirrt. In jener Nacht störte nichts den Frieden in Old Forge, sodass Val und Arbie ganz vergebens abwechselnd Wache hielten.

KAPITEL SIEBEN

Wie immer stellte Mrs. Brockhurst das kleine Tablett auf dem Tischchen vor Miss Phelps' Zimmer ab, klopfte einmal an und griff dann nach dem Türknauf. Doch anders als sonst ließ sich dieser nicht drehen.

Nach einem kurzen Zögern klopfte die Haushälterin noch einmal an. Obwohl die Herrin des Hauses bis jetzt noch nie ihre Zimmertür abgeschlossen hatte, wunderte sich Jane Brockhurst eigentlich nicht. Seit ihrem Treppensturz verhielt sich Miss Phelps nämlich höchst sonderbar. Sie war viel ängstlicher als gewöhnlich, und offenbar hatte ihr Selbstbewusstsein Schaden genommen. Es war, als rechne sie ständig damit, dass etwas Unerfreuliches geschah, und schien fest entschlossen, sich davor zu schützen. Die abgeschlossene Tür war nur ein weiterer Beweis dafür. Ebenso wie die Tatsache, dass sie Mr. Swift gebeten hatte, eine zweite »Geisterwache« abzuhalten.

»Miss Phelps, ich bin es nur«, sagte sie laut. »Ich bringe Ihren Morgentee«, rief sie durch die Tür und wartete dann ab. Eigentlich hätte sie jetzt das Drehen des Schlüssels im Schloss hören müssen. Oder Miss Phelps' Stimme, die sie um Geduld bat.

Doch nichts geschah.

Also klopfte sie erneut und rief noch lauter. Genau genommen so laut, dass kurz darauf Arbie neben ihr erschien. Val folgte ihm auf den Fersen.

»Schwierigkeiten?«, erkundigte sich Arbie und kam sich ein wenig albern vor, sobald diese dumme Frage heraus war. Schließlich war nicht zu übersehen, dass etwas nicht stimmte. »Sie kriegen Miss Phelps wohl nicht wach, was?«, hakte er besorgt nach.

»Nein, Mr. Swift. Und dabei hat sie einen so leichten Schlaf.« Allmählich war die Haushälterin ein wenig blass um die Nase.

Arbie nickte und hämmerte mit der Faust an die Tür. Aber als sich nach einigen Sekunden noch immer nichts gerührt hatte, schüttelte er den Kopf. »Haben Sie einen Ersatzschlüssel für diese Tür?«

»Nein, Sir. Normalerweise ist sie nicht abgeschlossen. Genau genommen ist es das erste Mal«, erwiderte die Haushälterin, wobei es ihr fast gelang, das Zittern ihrer Stimme zu unterdrücken.

Ein rascher Blick zu Val verriet Arbie, dass ihr die Sache ebenso wenig gefiel wie ihm. Er wandte sich wieder an die Haushälterin. »Haben Sie denn nicht irgendwo einen Generalschlüssel für Notfälle?«

»Nein, Sir. Und ich glaube auch nicht, dass ein anderer Zimmerschlüssel hier passen würde. Ich weiß, dass die Schlüssel in manchen Häusern austauschbar sind. Aber Old Forge ist so zusammengeschustert, dass vermutlich jede Tür mit einem eigenen Schloss angefertigt wurde. Wie Sie sich bestimmt denken können, haben die Phelps sämtliche Metallarbeiten hier als Einzelstücke ausgeführt und nie genormte Teile, wie zum Beispiel Schlösser, bei einem Eisenwarenhändler gekauft.«

Das wäre in einer Familie von Schmieden wahrscheinlich als Hochverrat gewertet worden, dachte Arbie und seufzte.

»Außerdem geht Miss Phelps sehr achtsam mit ihren Schlüsseln um und verteilt sie nicht wie so viele an irgendwelche Leute. Nur sie und ich haben Schlüssel für die Außentüren des Hauses«, fuhr die Haushälterin fort. Offenbar machte die Angst sie gesprächig.

»Dann gibt es keine andere Möglichkeit: Du musst die Tür aufbrechen, Arbie«, drängte Val. »Am besten mit der Schulter!«

Arbie betrachtete die massive Eichentür mit den noch massiveren und (natürlich!) handgeschmiedeten eisernen Türangeln und seufzte noch einmal tief auf. »Meine liebe Val, mit so einer Aktion würde ich mir zweifellos jeden Knochen im Oberkörper zerschmettern. Doch im Schuppen gibt es sicherlich eine Axt oder etwas Ähnliches, das ich benutzen könnte.«

Jane Brockhurst hüstelte diskret. »Wäre es nicht einfacher, mit einer Leiter zum Fenster hinaufzusteigen und hineinzuklettern?«, schlug sie vor.

Arbie zuckte zusammen. »Ja, vermutlich haben Sie recht«, murmelte er verlegen. »Wissen Sie, wo ich hier eine Leiter finde?«

»Sicher im Schuppen, Sir«, antwortete Mrs. Brockhurst hilfsbereit und mit bemerkenswerter Geduld.

Arbie nickte. »Sie bleiben hier und warten, Mrs. Brockhurst. Ich lasse Sie herein, sobald ich im Zimmer bin. Val ...« Doch diese steuerte bereits auf die Treppe zu.

»Ich komme mit«, sagte sie überflüssigerweise.

Die beiden hasteten die Treppe hinunter und durch die Vorhalle und entdeckten nach einer Weile die Leiter in einem Geräteschuppen. Es handelte sich um ein ausziehbares Modell, das Arbie zu voller Länge ausfuhr, bevor er die robusten Beine in die Erde eines bis jetzt makellosen Blumenbeets unter dem mutmaßlich richtigen Fenster rammte und zu klettern begann.

»Halt sie fest, altes Mädchen«, wies er Val an, während er sich gelenkig wie ein Affe emporarbeitete. Er war in Oxford zwar zu faul zum Rudern gewesen, hatte jedoch sein Leben lang Kricket gespielt, weshalb der Aufstieg keine große sportliche Herausforderung bedeutete. Oben am Fenster angekommen, musste er allerdings feststellen, dass dieses fest geschlossen und zudem verriegelt war, was sich als nicht zu vernachlässigendes Problem erwies. Sein rascher Blick ins Zimmer fiel auf ein großes Bett mit einer kleinen Wölbung darin, allem Anschein nach die Hausherrin. Sie rührte sich nicht.

»Verdammt«, murmelte er und stieß einen leisen Schrei aus, als nur wenige Zentimeter unter ihm eine Stimme mit »Was?« antwortete.

Als er sich umdrehte, bemerkte er auf Höhe seiner Knie Vals Gesicht. Offenbar war es, wie er schicksalsergeben dachte, zu viel verlangt gewesen, von Val zu erwarten, dass sie brav unten blieb und die Leiter sicherte. Nun, wenn diese jetzt ins Kippeln geriet, sodass sie beide kopfüber in den Rhododendron purzelten, war das ganz allein ihre Schuld!

»Das Fenster ist nicht nur zu, sondern auch von innen verriegelt«, erwiderte er knapp. »Ich dachte, jetzt im Sommer würde es weit offen stehen.«

»Nicht alle Menschen sind Frischluftfanatiker«, entgegnete Val spitz. »Alte Leute frieren eben leicht, und frühmorgens ist es noch immer recht kühl.«

Arbie seufzte auf. »Wir müssen eine Scheibe einschlagen«, verkündete er und betrachtete missmutig das Schiebefenster. »Du hast nicht zufällig daran gedacht, einen Stein mitzubringen, oder?«

»Sehr witzig«, gab Val kühl zurück. »Sei ein Mann, wickle dir einfach den Hemdsärmel um die Faust und tu es.«

Der Blick, mit dem Arbie das Fenster musterte, wurde noch missmutiger. »Danke für den Tipp, aber das klappt nur in Büchern oder im Kino«, lautete seine herablassende Abfuhr. »Im wirklichen Leben weiß jeder Idiot, dass man sich bei einer abgrundtiefen Blödheit wie dieser nur die Hand lädiert.« Nach kurzer Überlegung hob er den rechten Fuß. »Zieh mir bitte den Schuh aus und gib ihn mir, wenn es nicht zu viel Mühe ist. Der Absatz ist ziemlich hart.«

Val murmelte etwas, das wie »Mimöschen« und »zartes Pflänzchen« klang, was Arbie geflissentlich überhörte. Nachdem sie ihm den Schuh gereicht hatte, holte er zum Schlag aus.

»Duck dich und dreh das Gesicht weg, Val. Es könnten Scherben herunterfallen«, warnte er. Aber als er auf einen strategisch gleich neben dem Riegel gelegenen Ausschnitt der Scheibe schlug, landete das Glas zum Glück im Zimmer. Sorgfältig trennte er die ganze Scheibe mit dem Absatz heraus und griff dann vorsichtig hinein, um den Riegel zurückzuschieben. Dabei beglückwünschte er sich dazu, dass es ihm gelungen war, sich an den noch im Rahmen steckenden Glassplittern keinen einzigen Kratzer zuzuziehen. Nachdem das erledigt war, fegte er mit dem Schuh die Scherben vom Fensterbrett, sodass sie drinnen auf dem Fußboden aufkamen, und öffnete dann das Fenster so weit wie möglich. Nun hatten sie genug Platz, um einzusteigen.

Erst als sie im Zimmer waren und Arbie hastig seinen Schuh wieder angezogen hatte, sah er sich gründlicher im Raum um. Das Schlafzimmer war groß und ansprechend eingerichtet. Ein kleines Oberlicht am anderen Ende des Zimmers ließ zusätzlichen Sonnenschein herein. Obwohl Arbies Erfahrung mit den Schlafzimmern von Damen begrenzt war, fiel ihm sofort das völlige Fehlen einer weiblichen Note auf. Er wollte schon zur

Tür gehen, um die dort wartende Haushälterin hereinzulassen, als er sah, dass Val sich dem Bett näherte.

»Miss Phelps!«, rief sie, doch der Kopf auf dem Kissen bewegte sich nicht. Zögernd streckte Val die Hand aus und berührte die Frau an der Schulter, um ihr keinen Schreck einzujagen, nur für den Fall, dass sie tief und fest schlief. Aber die Schulter fühlte sich so sonderbar steif an, dass sie die Hand ruckartig wegzog. Dann stützte sie ein Knie auf die Matratze, hielt sich mit einer Hand am Nachttischchen fest und beugte sich vor, damit sie Miss Phelps' Gesicht besser sehen konnte.

Der Anblick ließ sie vor Entsetzen erstarren. Offenbar hatte sie auch leise aufgeschrien, denn Arbie, der schon fast an der Tür war, wirbelte herum und lief zu ihr hinüber. Dabei bemerkte er, dass Val aschfahl geworden war und zu schwanken begann. Ihre Augenlider flatterten.

»Val!«, rief er warnend aus, und es gelang ihm gerade noch, sie vom Bett wegzuziehen, bevor sie noch auf die dort Liegende fiel. Er schleppte die halb besinnungslose Val zum Fenster, durch das Sonne und frische Luft hereinkamen. Dort setzte er sie auf einen reizenden Stuhl im Queen-Anne-Stil, wo sie, den Kopf zwischen den Knien, mit den Tränen kämpfte.

»Alles in Ordnung, altes Mädchen?«, fragte er.

Es passte so gar nicht zu Val, plötzlich die Fassung zu verlieren, denn schließlich hielt sie sich viel auf ihre Selbstbeherrschung und ihren starken Charakter zugute. Deshalb war er sehr erleichtert, als sie wegwerfend mit der Hand wedelte. »Gleich geht es wieder«, flüsterte sie nach einer Weile benommen. »Mir ist nur gerade ein wenig komisch geworden. Aber ich fühle mich schon viel besser. Oh, Arbie, sie ist tot!«

»Ja, darauf bin ich auch schon gekommen«, murmelte er niedergeschlagen.

Er war machtlos dagegen, dass ihn etwas hin zum Bett zog, wo er zunächst überall sonst hinschaute, um bloß Amy Phelps nicht ansehen zu müssen. Er stellte fest, dass ihre Bettwäsche kaum zerwühlt war und ihre Pantoffeln wie immer geduldig wartend und dienstbereit vor dem Bett auf dem Boden standen. Arbie wandte seine Aufmerksamkeit dem Nachttischchen zu. Es handelte sich um ein rundes Tischchen aus Walnussholz mit erhöhtem Rand, auf dem sich eine heruntergebrannte Kerze in einem Kerzenhalter aus Messing, eine Haarbürste und eine Brille mit aufgeklappten Bügeln befanden. Ein aufgeschlagenes Buch lag mit dem Einband nach oben da, als habe die Leserin es nur kurz weggelegt, um die Lektüre bald fortzusetzen. Auf der Zwischenetage des Tischchens stand eine Waschschüssel mit hübschem blauweißem Weidenmuster. Sonst war nichts zu sehen.

Arbie, der es nun nicht länger hinausschieben konnte, warf einen kurzen Blick auf Miss Phelps' blau angelaufenes Gesicht und schluckte. Ihre vor Grauen weit aufgerissenen Augen und der offene Mund sorgten dafür, dass er sich rasch wieder abwandte.

Bei dieser Bewegung spürte er, wie sich sein Kopf zu drehen begann. Die Kehle schwoll ihm zu, sodass er glaubte, keine Luft mehr zu bekommen. Da er befürchtete, dass es schlimmer werden könnte, stand er auf und ging zu Val und dem offenen Fenster hinüber. Er brauchte dringend frische Luft. Nur über seine Leiche hätte er zugegeben, dass ihm ebenfalls »komisch« geworden war!

»Fühlst du dich besser, Val?«, fragte er, wobei er hoffte, dass seine Stimme nicht so zittrig klang, wie er sich fühlte.

Val stöhnte zwar auf, nickte aber tapfer. »Ich habe mich nicht geirrt, sie ist wirklich tot, oder?«

»So tot wie der viel zitierte Türnagel, fürchte ich.«

»Oh, Arbie. Die Sache gefällt mir gar nicht. Wenn man bedenkt, was in letzter Zeit geschehen ist, bin ich sicher, dass sie ermordet wurde!«, rief Val verzweifelt aus.

Bei diesen Worten fuhr Arbie erschrocken zurück. »Val, altes Haus, ich glaube, das ist jetzt ein bisschen voreilig.«

Val bedachte ihn mit einem ihrer »Blicke«. »Du glaubst es doch auch«, entgegnete sie prompt. »Das weiß ich, ich merke es dir an.«

Das durfte Arbie nicht auf sich sitzen lassen. »Da weißt du aber eine ganze Menge«, erwiderte er ausweichend. »Ich glaube überhaupt nichts dergleichen«, log er. »Aller Wahrscheinlichkeit nach hatte sie ein schwaches Herz oder etwas Ähnliches. Schließlich war sie nicht mehr die Jüngste. Ältere Menschen sterben ständig friedlich in ihren Betten.« Doch noch während er diese Worte aussprach, war ihm klar, dass sie ihn selbst nicht überzeugten. Auch Val schien zu bezweifeln, dass es sich hier um einen der oben erwähnten Fälle handelte.

»Du willst nur alles unter den Teppich kehren und den Kopf in den Sand stecken wie ein Vogel Strauß«, zischte Val wütend. »Und wehe, du sagst jetzt, der Satz wäre metaphorisch überfrachtet«, fügte sie hinzu, als Arbie den Mund öffnete, um genau das zu sagen. »Du versuchst nur wieder einmal, dich zu drücken, was typisch für dich ist. Nur dass ich es diesmal nicht zulasse.«

»*Diesmal?*«, stieß Arbie hervor. Wann hatte Val je Gnade mit ihm gehabt?

»Du und ich, Arbuthnot Swift, werden der Sache auf den Grund gehen«, verkündete Val mit Nachdruck. »Das sind wir der armen Miss Phelps schuldig. Schließlich hat sie uns um Hilfe gebeten. Insbesondere *dich*«, verbesserte sie sich und blickte ihn dabei drohend an.

Arbie, der sich fühlte wie ein aufgespießter Schmetterling auf einem Stück Pappe, konnte nur kläglich nicken. Natürlich hatte Val recht. Falls jemand Miss Phelps in die ewigen Jagdgründe befördert hatte, durfte der Täter nicht ungestraft davonkommen.

»Also gut«, seufzte er. »Dann werden wir uns eben unter die Amateurdetektive einreihen und uns diesen Belgier mit den Gamaschen zum Vorbild nehmen müssen.«

»Wie wer?«, fragte Val, für einen Moment abgelenkt.

»Du weißt schon, der aus den Büchern, der ständig von seinen grauen Zellen redet.«

Val stöhnte auf. »Arbie, du schweifst schon wieder ab. Gib mir einfach nur dein Ehrenwort, dass wir den Fall aufklären werden, ganz gleich, was die Leute auch sagen und was wir dafür tun müssen.«

Während Arbie feierlich ein Kreuzzeichen über seinem Herzen beschrieb, wurde laut an die Tür geklopft. Sie hatten ganz vergessen, dass Jane Brockhurst noch draußen wartete. Sicher hatte sie ihre Stimmen gehört und wusste, dass sie sich schon vor einiger Zeit Zutritt verschafft hatten. Schuldbewusst eilte er zur Tür, wo er erleichtert feststellte, dass der Schlüssel im Schloss steckte. Er wusste nicht, ob seine Nerven es mitgemacht hätten, wenn er ihn hätte suchen müssen. Er drehte den Schlüssel um, öffnete die Tür und ließ die Haushälterin herein.

Diese musterte eindringlich sein Gesicht. »Ist sie …«, fragte sie zögernd, »… nicht mehr bei uns?« Ihr Blick huschte für einen Moment zum Bett.

»Ja, ich fürchte, so ist es, Mrs. Brockhurst«, antwortete Arbie mit sanfter Stimme.

»Bestimmt war es ihr Herz«, antwortete die Haushälterin mit dem Brustton der Überzeugung. »Ich rufe den Arzt.«

Arbie nickte nur und blickte ihr mit nachdenklicher Miene hinterher. Bildete er es sich nur ein, oder war die Haushälterin, was die Todesursache ihrer Arbeitgeberin betraf, mit einem Urteil nicht sehr vorschnell bei der Hand gewesen?

Val unternahm keinerlei Anstalten, von ihrem Stuhl aufzustehen; ihr Schweigen verhieß nichts Gutes.

Arbie schlenderte zur anderen Seite des Zimmers und spähte hinauf zum Oberlicht. Es war klein, viereckig und verschlossen. Er glaubte nicht, dass jemand – allerhöchstens ein sehr kleines Kind – dort hindurchgepasst hätte. Und selbst dann hätte derjenige erst über das Dach klettern ...

Er hielt inne und fragte sich, warum er eigentlich an einen Eindringling dachte. Eine ältere Dame, die in letzter Zeit unter großem Druck gestanden hatte, war in ihrem Bett gestorben. Die Tür war von innen abgeschlossen. Dasselbe galt für das Fenster. Der einzig andere Weg ins Zimmer war ein Oberlicht, das selbst für Raffles, den berüchtigten Fassadenkletterer und Juwelendieb, zu eng gewesen wäre. Gewiss war Miss Phelps einfach im Schlaf gestorben, aller Wahrscheinlichkeit nach an einem Herzanfall, genau wie die Haushälterin gesagt hatte.

Langsam ging er zu Val hinüber. »Weißt du, altes Mädchen, wenn wir jetzt anfangen, in der Sache herumzustochern, könnten wir ... äh ... schlafende Hunde wecken. Irgendetwas ist hier eindeutig faul.«

»Diesen Eindruck habe ich auch«, flüsterte Val. »Oh, Arbie, hast du dir ihr Gesicht angeschaut?«

»Ja, habe ich.«

»Fandest du nicht auch, dass sie ... erschrocken aussah. So als hätte sie ...« Val brachte es nicht über sich, es auszusprechen, aber das war auch nicht nötig.

»Ja. Aber pass auf, Val. Niemand glaubt allen Ernstes an Geister und Gespenster. Nicht wirklich. Nicht einmal meine Leser«, beteuerte Arbie. Im nächsten Moment seufzte er kopfschüttelnd auf. »Wir müssen abwarten, was der Arzt sagt. Möchtest du nach Hause?«, fragte er leise und betrachtete ihren traurig gesenkten Blondschopf.

Val hob ihr bleiches Gesicht. »Oh ja, Arbie. Bitte bring mich nach Hause. Ich fand Miss Phelps' Gruselgeschichten amüsant und dachte, es würde ein Spaß werden.« Sie schluckte. »Doch jetzt ist es zu einer Tragödie gekommen. Ich hasse dieses Zimmer. Hier drinnen kriege ich keine Luft!«

Arbie verstand sie nur allzu gut. Auch ihm schnürten Anspannung und Nervosität noch die Brust zu. Und so flüchteten sie sich nicht sehr würdevoll aus dem Zimmer und hinunter in die Eingangshalle. Dort begegneten sie der Haushälterin, die gerade von der Tür kam.

»Ich habe das Küchenmädchen zu Dr. Beamish geschickt«, sagte sie nur.

Arbie nickte erleichtert. Wie er wusste, konnte man sich darauf verlassen, dass der Dorfarzt in wenigen Minuten hier sein würde. »Ich bringe Miss Coulton-James nach Hause«, verkündete er. Als er das stumme Flehen in den Augen der Haushälterin bemerkte, fügte er mit einem müden Lächeln hinzu: »Und dann komme ich natürlich zurück und helfe, so gut ich kann.«

»Danke, Mr. Swift«, erwiderte die Haushälterin.

Arbie nickte und ging mit Val hinaus.

Vals Eltern waren gar nicht erfreut, als ihre Tochter nach einer unerwartet aushäusig verbrachten Nacht in einem völlig aufgelösten Zustand bei ihnen abgeliefert wurde. Doch nachdem sie sich Arbies und Vals gestammelte Erklärung angehört hatten, änderten sich die Dinge rasch.

Vals Mutter erbot sich sofort, loszugehen und Mrs. Brockhurst bei der Aufbahrung und den Vorbereitungen zu helfen. Der Vikar fügte hinzu, er werde später nachkommen, um den Angehörigen und Freunden der bedauernswerten Verblichenen beizustehen, die noch gar nichts von der Tragödie ahnten. Ein Vorteil der verwinkelten Bauweise und der meterdicken Steinmauern von Old Forge bestand nämlich darin, dass alle die morgendlichen Ereignisse zum Glück verschlafen hatten.

Arbie lief rasch nach nebenan, um seinem Onkel Bericht zu erstatten. Dabei bemerkte er nicht, dass dieser ihm besorgt und zweifelnd nachblickte, als er sich wieder auf den Weg machte.

Auf dem Fußmarsch zum Haus der Phelps hing Arbie unerfreulichen Gedanken nach. Sein (schon immer recht ausgeprägter) Selbsterhaltungstrieb riet ihm, nur das absolut Nötigste zu tun und sich dann elegant aus dem Staub zu machen. Je weniger er sich einmischte, desto besser, das war von jeher seine Devise gewesen. Leider jedoch hatte Arbie im Laufe seines Lebens außerdem ein Gewissen und einen gesunden Sinn für Gerechtigkeit entwickelt, die offen gestanden ziemlich lästig sein konnten.

Denn im Moment beharrten diese beiden Instinkte übereinstimmend darauf, dass er den Tod von Amy Phelps nicht einfach hinnehmen durfte, ohne die Hintergründe aufs Genaueste zu untersuchen. Was bedeutete, in den Privatangelegenheiten einer Familie herumzuschnüffeln und damit sicher den Zorn aller Beteiligten über sich heraufzubeschwören. Und dabei war Arbie ein Mensch, der immer bestrebt war, das Heraufbeschwören von Zorn unter allen Umständen zu vermeiden.

Wenn es zum Schlimmsten kam und er auf unlautere Machenschaften stieß, musste überdies die Polizei hinzugezogen werden. Das wiederum würde unweigerlich genau zu dem Skandal führen, den die Betroffene selbst unter allen Umständen hätte verhindern wollen. Schließlich war ihr der gute Ruf der Familie stets über alles gegangen – insbesondere jetzt, da nur noch so wenige Abkömmlinge des Hauses Phelps übrig waren.

Oder zermarterte er sich womöglich grundlos das Hirn?

Der Arzt war offenbar – wie Arbie ein paar Minuten später daraus schlussfolgerte, dass dessen Automobil nicht in der Auffahrt stand – zu Fuß nach Old Forge geeilt. Nun sprach er in der Vorhalle leise mit Mrs. Brockhurst. Durch die offene Küchentür konnte Arbie die beschwichtigende Stimme der Pfarrersfrau hören, die dem Küchenmädchen sanft, aber streng ins Gewissen redete. Die Gute neigte nämlich zu lautstarken Weinkrämpfen.

Dr. Beamish begrüßte Arbie freundlich wie immer und mit dem diesem tragischen Anlass gebührenden Ernst. Der Dorfarzt war ein rundlicher, sympathischer Mann Anfang vierzig und strahlte eine hemdsärmelige Tüchtigkeit aus, die auf seine vielen Patienten sehr beruhigend wirkte. Diese behandelte er entweder in seinen eigenen vier Wänden, wo er sich eine Praxis eingerichtet hatte, oder in Form von Hausbesuchen. Ein Aufenthalt im nächstgelegenen Hospital war etwas, das man sich besser ersparte, da waren sich Arzt und Patienten einig.

Offenbar war der Doktor auch gerade erst eingetroffen, denn er steuerte auf die Treppe zu, um einer seiner ältesten und geschätztesten Patientinnen den traurigen letzten Dienst zu erweisen. Arbie und Mrs. Brockhurst blieben ein wenig ratlos zurück.

»Vermutlich sollten wir es jetzt den anderen sagen«, schlug Arbie schließlich vor. »Wie ich annehme, ist noch niemand aufgestanden und zum Frühstück angekleidet, oder?«

»Nein. Miss Phelps war immer eine Frühaufsteherin. Ich brachte ihr stets ihren Tee nach oben, wenn die anderen noch in den Betten lagen. Miss Phyllis steht für gewöhnlich erst spät auf, ihr Cousin ebenfalls. Aber Miss Cora sollte inzwischen wach sein. Außerdem kommt Mr. Bickersworth sicher bald aus dem Atelier herüber, um zu frühstücken.«

»Das Atelier befindet sich nicht im Haus?«

»Oh nein, es ist in einem eigenen Nebengebäude unterge-bracht, wo Miss Phelps' Mutter sich eine Art Atelierwohnung eingerichtet hatte.«

»Besitzt Mr. Bickersworth einen Haustürschlüssel?«

»Nein. Er verlässt das Haus normalerweise nach dem Bridge und kehrt erst morgens zurück, wenn er sicher sein kann, dass alle schon aufgestanden sind.« Falls die Haushälterin es son-derbar fand, dass Mr. Swift sich so eingehend nach den Auf-stehgewohnheiten im Hause erkundigte, ließ sie sich das nicht anmerken.

»Und Mr. Phelps und Miss Thomas, der Neffe und die Nichte, übernachten die häufig hier?«, bohrte Arbie weiter.

»Sie kommen regelmäßig, bleiben jedoch nur hin und wieder über Nacht.«

Arbie nickte. »Und die beiden haben wirklich keinen Haus-schlüssel?«

»Nein«, erwiderte Mrs. Brockhurst zögernd. »Miss Phelps legte großen Wert auf ihre Privatsphäre«, fügte sie hinzu. »Es hätte ihr gar nicht gefallen, wenn sie gewusst hätte, dass Miss Phyllis …« Sie brach ab und errötete. »Oh, Sir, bitte vergessen Sie, dass ich das gesagt habe«, flehte sie. »Ich bin so außer mir, dass ich dummes Zeug rede.«

Arbie war nicht so schwer von Begriff, wie die meisten seiner Mitmenschen glaubten. Also scheute die Nichte aus irgendei-nem Grund nicht davor zurück, heimlich das Zimmer ihrer Tante zu betreten. Er fragte sich zwar warum, zuckte dann jedoch in Gedanken die Achseln. Vermutlich gab es dafür eine völlig harmlose Erklärung, zum Beispiel, um sich ein Paar Strümpfe auszuleihen, weil die eigenen eine Laufmasche hatten. Ein Tupfer teures Parfüm vielleicht? Oder die Befriedigung eines anderen weiblichen Bedürfnisses? Nein, er durfte sich davon nicht ablenken lassen.

Arbie wippte auf den Absätzen und schob die Hände tief in die Taschen seiner weiten Bundfaltenhose. »Ich werde absolutes Stillschweigen bewahren, Mrs. Brockhurst. Ihr Geheimnis ist bei mir sicher«, versprach er ihr. »Und Miss Cora …?«

»Hat auch keinen Schlüssel«, beteuerte Mrs. Brockhurst.

Arbie nickte. »Nun, dann sagen wir am besten allen Bescheid«, murmelte er, nur wenig begeistert. »Ich schlage vor, dass ich die Männer übernehme und Sie die Frauen.«

Mrs. Brockhurst nickte zustimmend. Sie stiegen nebeneinander die Treppe hinauf und trennten sich auf dem ersten Treppenabsatz, nachdem die Haushälterin Arbie den Weg zu den Zimmern der Herren erklärt hatte.

Arbie klopfte an, worauf Murray Phelps ihm halb bekleidet öffnete. Er wirkte gereizt und war überrascht, Arbie vor seiner Tür zu sehen, wozu er auch allen Grund hatte. Nachdem dieser ihm stammelnd die Nachricht vom Dahinscheiden seiner Tante überbracht hatte, fiel Murray die Kinnlade herunter. Einen Moment lang schien er wie erstarrt und sagte kein Wort. Doch dann schüttelte er sich, nahm sich zusammen und verkündete, er werde nach unten kommen, sobald er fertig angezogen sei. Arbie nickte und machte rasch kehrt, um zu verhindern, dass ihm die Tür vor der Nase zugeknallt wurde.

Draußen auf dem kopfsteingepflasterten Hof drängte sich ein Sammelsurium von Nebengebäuden, umschwirrt von einigen weißen Tauben aus dem nahe gelegenen Taubenschlag. Arbie

folgte dem Geräusch eines Radios zum »Atelier«, wo er feststellte, dass dieses einmal ein zweistöckiges Häuschen mit vier
Zimmern gewesen war. Offenbar hatte es als Unterkunft für die
Arbeiter der Schmiede gedient, bestand aus Eisenstein und besaß ein graues Schieferdach. Als er anklopfte, öffnete sich ein
Fenster über der Tür, und Reggie streckte den Kopf heraus. Das
Haar stand ihm zu Berge, und seine obersten beiden Hemd-
knöpfe waren offen. Anscheinend war er gerade erst aufgewacht
und musste erst noch seine Morgentoilette erledigen.

»Ach, hallo, da ist ja mein junger Freund Arbie Swift! Ich
habe mich schon gefragt, wer um diese Uhrzeit an meine Tür
klopft. Sie haben doch nicht etwa endlich einen Geist gesehen?«,
fragte er grinsend.

»Nein, Sir. Ich fürchte, ich bringe schlechte Nachrichten«, erwiderte Arbie ernst. »Es geht um Miss Amy Phelps.«

»Ist sie vielleicht wieder gestürzt? Das kommt öfter vor, wenn
man erst mal in einem gewissen Alter ist. Auf den ersten Fall
folgt meist eine Reihe weiterer. Ich hatte einen Großonkel,
der ...«

»Leider ist es ernster als das, mein Freund«, unterbrach Arbie
in bedauerndem Ton die Anekdote, die ziemlich langatmig zu
werden drohte. Als er nach oben in das fröhliche Gesicht des alten Herrn blickte, tat es ihm sehr leid, dieses Lächeln vertreiben
zu müssen. »Ich fürchte, Miss Phelps ist heute Nacht verstor-
ben«, sagte er leise. »Wir haben sie vor einer Weile tot in ihrem
Bett aufgefunden.«

Er wusste, dass er die Todesumstände friedlicher und natür-
licher dargestellt hatte, als es der Wahrheit entsprach, und er
hatte Mühe, das Bild ihres blau angelaufenen Gesichts beiseitezuschieben, das sich in sein Bewusstsein zu drängen drohte.
Allerdings hielt er es für rücksichtsvoller, den Mann in einem

falschen, aber beruhigenden Glauben zu wiegen, als ihn mit den grausigen Tatsachen zu belasten. Es war sicher sehr schwer, jemanden zu verlieren, den man sein Leben lang gekannt hatte, weshalb ein wenig Fingerspitzengefühl angebracht war.

Prompt stellte er fest, dass die Unterlippe des alten Herrn kurz zu zittern begann, auch wenn er sich im nächsten Moment zusammennahm. Die über den Fensterrahmen ragenden mageren Schultern strafften sich sichtlich, und Reggie hüstelte leicht. »Ich verstehe. Ach, was für ein Jammer. Es ist entsetzlich. Ich … äh … ich bin sofort unten.« Beim Sprechen drehte er sich zu dem Haupthaus um. Arbie, der seinem Blick folgte, erkannte, dass das Nebengebäude mit der ursprünglichen Schmiedewerkstatt verbunden war und an die Schmalseite des Hauses angrenzte. Allerdings hatte Reggie von hier aus Miss Phelps' Schlafzimmerfenster nicht in Sicht, was gewiss ein Segen war.

Schließlich hätte es dem armen Mann gerade noch gefehlt, direkt in das Fenster zu schauen, hinter dem seine alte Freundin nun leblos lag.

Taktvoll wandte Arbie sich ab, schlenderte ein wenig hin und her und trat ab und zu nach einem Stein, während er auf Reggie wartete. Dieser erschien etwa fünf Minuten später. Er war bleich, wirkte erschüttert und schien sogar ein wenig geschrumpft zu sein. Offenbar stand Arbie das Erschrecken ins Gesicht geschrieben, denn Reggie zwang sich zu einem Lächeln. »Verzeihung, aber das war ein ziemlicher Schlag. Die Amys dieser Welt hält man eben für unsterblich, finden Sie nicht?«

Doch Arbie sah das anders, was Reggie ihm sofort anmerkte. Allerdings war das verständlich, denn was wusste die Jugend schon von der Sterblichkeit? Warum sollte sie auch?

»Ich erinnere mich noch an sie, als sie etwa in Ihrem Alter war. Damals war sie ein beeindruckender Anblick, das können

Sie mir glauben«, fuhr Reggie leise fort, als sie langsamen und widerstrebenden Schrittes zum Haus zurückkehrten. »Temperamentvoll, strotzend vor Tatendrang und fest entschlossen, das Leben bei den Hörnern zu packen und es zu bezwingen. Das war unsere Amy.«

Als sie in die Vorhalle traten, hörten sie gerade noch, dass Dr. Beamish etwas sagte. Phyllis Thomas saß lautlos weinend in einem der Sessel. Cora hatte neben ihr Platz genommen und tätschelte ihr verlegen die Hand. Unterdessen stand Murray aufmerksam lauschend neben dem Arzt.

»Also war es ihr Herz, richtig, Doktor?«, fragte er.

»Wie ich schon sagte, Mr. Phelps, muss der Tod sehr plötzlich gekommen sein. Die Bettwäsche war kaum zerwühlt. Also hat sie, wie ich glaube, wohl nicht mehr gelitten.«

Arbie dachte an das blau angelaufene Gesicht und vermutete, dass der Arzt nur die Gefühle der Familie schonen wollte.

»Also ein Herzanfall?«, bohrte Murray weiter.

Allerdings schien der Arzt nicht gewillt, sich bedrängen zu lassen. »Aller Wahrscheinlichkeit nach«, antwortete er deshalb nur ausweichend.

Arbie, der gar nicht froh war, sein Stichwort zu hören, nahm seinen ganzen Mut zusammen, um sich an den Arzt zu wenden und ihm, ganz im Vertrauen, mitzuteilen, dass er eine weitere Untersuchung für angebracht hielt. Doch zu seinem Erstaunen – nicht zu vergessen, zu seiner Freude – war da jemand schneller als er.

»Meiner Ansicht nach sollten Sie eine Autopsie durchführen.«

Zur allgemeinen Überraschung war es Reggie, der liebe, ein wenig zerstreute und freundliche Reggie, der das Wort ergriffen hatte, und zwar mit einer für ihn ungewöhnlichen Vehemenz.

Nicht nur Arbie starrte ihn verdattert an. Dr. Beamish musterte ihn zwar eindringlich, schien jedoch nicht sehr verwundert. Ob der taktisch geschickte Arzt wohl selbst Zweifel bezüglich der Todesursache hatte? Mrs. Brockhurst zuckte zusammen, schwieg aber. Phyllis war so überrascht, dass sie sogar für eine Schrecksekunde zu weinen aufhörte. Murray rief etwas und schien im Begriff, dem alten Herrn Beschimpfungen an den trotzig gereckten Kopf zu werfen.

Doch sie alle kamen zu spät.

Denn es war Cora, die von ihrem Platz aufsprang. Ihr Gesicht war vor Empörung gerötet. »Oh nein! Amy wäre strikt dagegen gewesen!«, verkündete sie. »Niemals hätte sie es geduldet, von fremden Leuten aufgeschnitten und wie ein Stück Kabeljau auf einem kalten Tisch seziert zu werden. Niemals!«

Als dieses drastische Bild sich schwerelos in die kühle Morgenluft erhob, erstaunte es niemanden mehr so richtig, dass Phyllis Thomas in Ohnmacht fiel. Es war kein theatralischer Auftritt. Sie gab einfach nur ein leises Stöhnen von sich, rutschte aus ihrem Sessel und landete anmutig auf dem Fußboden der Vorhalle.

Die Haushälterin und auch der Arzt hasteten sofort zu ihr hinüber, während Reggie hilflos mit den Armen rudernd an Ort und Stelle verharrte.

Arbie war der Einzige, der Murray Phelps nicht aus den Augen ließ. Dieser schien ... überrascht. Was wiederum Arbie überraschte, denn er hätte mit einem völlig anderen Gesichtsausdruck gerechnet.

KAPITEL ACHT

Dr. Beamish blieb, bis die Leiche ins Krankenhaus abtransportiert worden war, wo man »weitere Untersuchungen« durchführen würde. Phyllis und Cora standen wortlos und bleich in der Tür und blickten dem Fahrzeug nach. Mrs. Brockhurst, die sich anfangs abfällig über den unnötigen Aufwand geäußert hatte, machte inzwischen auf Arbie einen recht nachdenklichen und geistesabwesenden Eindruck. Murray Phelps schwieg ebenfalls und verschwand nach einer Weile irgendwo in den Tiefen des Hauses.

Falls der Neffe der Verstorbenen wegen der Untersuchungsergebnisse groß in Sorge war, ließ er sich das nicht anmerken.

Nach der traurigen Abfahrt der Hausherrin verschlug es die anderen schließlich ins Frühstückszimmer, wo Murray bereits mit den Tageszeitungen beschäftigt war. Phyllis setzte sich ihm gegenüber und tat, als läse sie ebenfalls, warf ihrem Cousin jedoch immer wieder ängstliche Seitenblicke zu.

Arbie, der nicht ganz sicher war, was jetzt von ihm erwartet wurde, hielt sich im Hintergrund. Da er nur auf Miss Phelps' Wunsch hier war, fühlte er sich nun durch ihre Abwesenheit ziemlich fehl am Platz, weshalb er begann, seinen taktvollen Rückzug zu planen.

»Denkst du, ich sollte besser gehen?«

Wieder war es Reggie, der das Wort ergriffen hatte, was Arbie kurz zu der Frage hinriss, ob der Mann wohl hellseherische Fähigkeiten besaß und seine Gedanken lesen konnte. Im nächsten Moment wurde ihm klar, dass Reggie mit Cora Delaney, der zweiten Besucherin, sprach. »Ich meine, schließlich ist das hier jetzt ein Trauerhaus und ...« Mit einem wehmütigen Lächeln hielt er inne. »Mein eigenes Haus ist zwar bis September vermietet, aber es gibt ja genügend Gasthöfe, wo ich mein müdes Haupt zur Ruhe betten kann. Vielleicht hat ja eines von denen, die Mr. Swift in seinem wunderbaren Buch empfiehlt, noch ein Zimmer frei«, fügte er hinzu. Als sein Blick den von Arbie traf, zwang er sich zu einem Lächeln.

Bei diesen Worten merkte Phyllis auf. »Oh, ich bin sicher, die liebe Tante Amy hätte das nicht gewollt, Reggie. Du bist praktisch unser Onkel ehrenhalber und verbringst den Sommer schon immer hier. Deshalb finden wir es völlig in Ordnung, wenn du bleibst, richtig, Murray?«, fragte sie ein wenig spitz.

Murray spähte über den Rand seiner Zeitung hinweg und lächelte rasch. »Natürlich musst du bleiben, alter Junge. Du auch, Cora, wenn du das möchtest«, ergänzte er gleichmütig.

»Oh, ich weiß nicht so recht ...«, murmelte Cora. Anders als Reggie konnte sie schließlich jederzeit in ihr Haus zurückkehren, war sich jedoch nicht sicher, ob sie das wollte. Zumindest noch nicht. »Wenn es dich auch bestimmt nicht stört, mein Kind«, wandte sie sich an Phyllis. »Immerhin steht eine Beerdigung an, und du könntest Hilfe gebrauchen ... bei ... den Erledigungen ...« Ihre Stimme erstarb. »Deshalb bleibe ich selbstverständlich gern, wenn ich mich nützlich machen kann. Aber natürlich möchte ich mich nicht aufdrängen, und da Amy nicht mehr hier ist ...«

Schlagartig wurde Arbie klar, warum alle ein wenig ratlos waren: Niemand wusste genau, was in Miss Phelps' Testament stand und wer nun der rechtmäßige Eigentümer des Hauses war. Wer hatte das Recht zu entscheiden, wer bleiben durfte und wer gehen musste? Vermutlich würde Murray Phelps als letzter männlicher Erbe den Löwenanteil erhalten. Oder gar alles? An dem selbstbewussten Lächeln, das um die Lippen des fraglichen Herrn spielte, erkannte er, dass dieser zweifellos davon ausging. Und wahrscheinlich hatte er allen Grund dazu. Eine Frau wie Amy Phelps, die sich der Familie und der männlichen Erbfolge verpflichtet fühlte, hatte ganz sicher ein Testament im Sinne der Tradition hinterlassen.

Und dennoch ... Arbie war da nicht ganz so sicher. Wie alle wussten, hatte Miss Phelps ihr Testament ändern wollen. Dabei konnte es sich um die Anpassung einer Klausel und ein zusätzliches kleines Vermächtnis an eine weitere Person handeln. Andererseits war durchaus möglich, dass sie es von Grund auf umgeschrieben hatte.

»Danke, Cora, das wäre wirklich sehr nett von dir«, nahm Phyllis Coras Vorschlag mit einem Lächeln an. »Es ist schrecklich, jetzt an so etwas denken zu müssen, aber irgendwann werden wir Tantchens Sachen sichten müssen. Nicht, dass sie viel Schmuck oder Ähnliches besaß«, fügte sie beiläufig hinzu. »Sie hielt nichts von Schnickschnack. Und Reggie, es ist immer schön, in solchen Zeiten einen Mann im Haus zu haben. Also glaube bitte nicht, dass du störst.«

Reggie seufzte mit ziemlich offensichtlicher Erleichterung auf. »Nun, wenn ihr alle sicher seid, bleibe ich natürlich auch.«

»Tja, ich glaube, ich werde hier nicht mehr gebraucht«, packte Arbie die Gelegenheit beim Schopf, sich zu verdrücken.

Er wandte sich zur Tür, wo bereits die Freiheit lockte, als diese ihm jäh wieder entrissen wurde.

»Aber Sie kommen doch heute Abend wieder, alter Junge?«, fragte Murray. Und als Arbie seinen spöttischen Blick mit einem aufrichtig erstaunten erwiderte, grinste sein Gegenüber breit. »Ich dachte, dass Sie gewiss noch eine Geisterwache abhalten wollen, oder? Für Ihr nächstes Buch? Schließlich hätte Amy das so gewollt. Und von Ihrer Warte aus betrachtet, könnte es keinen besseren Zeitpunkt geben, oder? Sind die Schwingungen jetzt nicht ganz besonders stark?«

Phyllis schnappte nach Luft, und Cora schrie entsetzt auf, während Reggie Murray empört ansah. »Das war eine äußerst geschmacklose Bemerkung, junger Mann. Deine Tante wäre schockiert.«

Murray schien sein Fauxpas nicht im Mindesten peinlich zu sein. »Immerhin war es meine Tante, die an diesen Hokuspokus geglaubt hat, wenn ich mich recht entsinne«, entgegnete er kühl. »Deshalb wäre es doch sehr rücksichtslos von uns, dem alten Mädchen nicht die Gelegenheit zu geben, unserem Mr. Swift aus dem Jenseits eine Botschaft zukommen zu lassen. Denn falls sie so etwas vorhat, wäre heute Nacht der ideale Zeitpunkt. Oder ist das für unseren berühmten Schriftsteller zu nah an der Wirklichkeit?«

Nun, was sollte Arbie tun, nachdem man ihm auf diese Weise den Fehdehandschuh hingeworfen hatte? Außerdem wusste er, dass Val es ihm nie verzeihen würde, wenn er die Gelegenheit verstreichen ließ, ihre Untersuchung von Amys Tod weiter voranzutreiben. Deshalb erwiderte er den herablassenden Blick des Mannes und verbeugte sich steif. »Ich bin kurz vor Einbruch der Dunkelheit hier. Was heißt, dass ich jetzt wirklich losmuss, wenn ich noch etwas Schlaf abkriegen will.« Er sah Phyllis an und verbeugte sich wieder. »Mein tief empfundenes Beileid.« Sein Blick schloss auch Reggie und Cora mit ein, strafte den unerträglichen Neffen jedoch mit Nichtachtung. Als er ging, kochte er innerlich vor Wut.

Jane Brockhurst blickte Arbie nach und seufzte tief auf. Die Ereignisse dieses Tages hatten sie stark mitgenommen, sodass sich ihre Glieder nun bleiern anfühlten. Außerdem war sie den Tränen nah und musste gegen ihre Antriebslosigkeit ankämpfen, als sie sich zum Herd schleppte, um sich einen dringend benötigten Tee zu kochen.

Während das Wasser im Kessel heiß wurde, starrte sie mit leerem Blick aus dem Fenster in den Garten hinaus. Und als sie sah, dass sich das Tor in den Garten öffnete und eine vertraute weibliche Gestalt hereinschlüpfte, erschien es ihr wie ein Déjà-vu. Zorn und Angst stiegen in ihr hoch, und schon im nächsten Moment stürmte sie zur Tür hinaus und marschierte festen Schrittes über den Rasen, um sich der Person in den Weg zu stellen.

Das Mädchen, das gerade auf die Seite des Hauses zuhuschte, bemerkte sie und blieb ruckartig stehen. Ärger und vielleicht auch ein Hauch von Verlegenheit röteten ihre Wangen. Da hat sich das junge Dämchen aber gründlich verrechnet, dachte Mrs. Brockhurst erbost. Ausgerechnet heute hier herumzuschleichen! Sicher führte sie etwas im Schilde.

»Hallo, Doreen. Ich fürchte, heute ist es sehr ungünstig. Vielleicht wissen Sie es ja noch nicht, aber wir sind in Trauer«, verkündete sie spitz. Wenn das kleine Flittchen glaubte, dass heute ein guter Tag für ein Stelldichein mit Mr. Murray war, hatte es sich geschnitten. Ihre arme verstorbene Arbeitgeberin wäre außer sich gewesen, wenn sie gewusst hätte, was die beiden hinter ihrem Rücken so trieben. Und nun war sie tot und für immer fort, was das Verhalten dieses Mädchens nur umso empörender machte.

»Also stimmt es?«, entgegnete Doreen und reckte trotzig das Kinn, als die Haushälterin sich vor ihr aufbaute und ihr den Weg zum Haus versperrte. »Ich habe im Dorf gehört, dass die alte Kuh endlich den Löffel abgegeben hat. Als Ma es mir erzählte, habe ich meinen Ohren nicht getraut. Sie hatte es vom Milchmann«, fügte sie hinzu und schleuderte ihr Haar zurück.

Die Haushälterin ging nicht weiter auf die derbe Wortwahl ein, denn sie vermutete ganz richtig, dass diese nur den Zweck verfolgte, sie zu schockieren. Was war von dieser billigen Schlampe auch anderes zu erwarten? Die Capstans wohnten eng zusammengedrängt in einem winzigen Häuschen. Der Vater war Tagelöhner, während die Mutter bei einigen wohlhabenden Familien putzen ging. Der Rest der riesigen Sippe schlug sich so gut wie möglich durch. Und obwohl bis jetzt keines ihrer Mitglieder tatsächlich mit dem Gesetz in Konflikt geraten war, wusste jeder, dass einige Wildereien und kleine Diebstähle auf das Konto der Capstans gingen. Doch sosehr der Dorfpolizist auch versuchte, einen von ihnen in flagranti zu ertappen, waren sie einfach zu schlau für ihn.

Insbesondere Doreen war zu gerissen, um eine Gefängnisstrafe zu riskieren. Da sie ihre Stelle hier im Haus verloren hatte, war sie nun gezwungen, sich in einer von Hitze und übel riechenden Dünsten erfüllten Keksfabrik krumm zu schuften, worüber sie ziemlich erbost war, denn nicht nur ihr Lohn, sondern auch ihr gesellschaftliches Ansehen hatten durch diesen Abstieg gelitten. Mrs. Brockhurst wusste nur zu gut, dass Doreen schon immer höher hinaus gewollt hatte, als es ihr Stand zuließ. Und auch, dass sie nicht davor zurückschreckte, ihr Äußeres einzusetzen, um dieses Ziel zu erreichen.

Die Haushälterin, die sich besser im Leben auskannte, als es ein Gänschen wie Doreen Capstan je tun würde, hätte dem kleinen Flittchen erklären können, dass sein Vorhaben, Murray Phelps in den Hafen der Ehe zu locken, von vornherein zum Scheitern verurteilt war. Eher würde sich eines der Schweine des alten Sid Copper plötzlich über dem Kirchturm in die Lüfte erheben. Miss Phelps' nichtsnutziger Neffe mochte einen Hang zum Hauspersonal haben, doch wenn es ans Heiraten ging, würde er sich für eine Braut aus einer guten und nicht zuletzt wohlhabenden Familie entscheiden.

»Wie ich Ihnen schon gestern gesagt habe, kann ich Ihnen nur raten, sich von diesem Haus fernzuhalten«, verkündete Jane Brockhurst barsch.

»Sie haben kein Recht, mir Vorschriften zu machen. Schließlich arbeite ich nicht mehr hier«, entgegnete Doreen frech und warf herausfordernd die prachtvollen tizianroten Locken zurück. »Ich bin gekommen, um Murray mein Beileid auszusprechen.«

»*Mr.* Murray ist beschäftigt«, antwortete die Haushälterin schroff. »Seine Tante ist gerade gestorben. Er hat familiäre Verpflichtungen und muss einiges erledigen. Für Ihresgleichen hat er jetzt wirklich keine Zeit. Also verschwinden Sie.«

Doreen lächelte tückisch. Doch als ihr klar wurde, dass die Haushälterin sich nicht von der Stelle rühren würde, machte sie auf dem Absatz kehrt. »Meinetwegen. Aber ich komme wieder«, warnte sie, fest entschlossen, das letzte Wort zu haben.

Und wahrscheinlich wird sie das auch, dachte Mrs. Brockhurst, gleichzeitig zornig und mitleidig, ein Gefühl, das wieder Erschöpfung in ihr auslöste. Sie kehrte zurück in die Küche, wo

sie den kochenden Kessel vom Herd retten musste, und ließ
sich matt auf einen Stuhl fallen. Dann dachte sie an die Frau,
die heute gestorben war.

Jane hatte fast ihr ganzes Erwachsenenleben lang für sie gearbeitet.

Und sie hatte sie nie sehr gemocht.

Als Arbie nach Hause kam, stellte er fest, dass vor der Atelier-
tür seines Onkels ein fremder Mann herumlungerte. Sein Onkel verkaufte zwar regelmäßig Bilder als »Souvenirs« an einige
ortsansässige Galerien, doch dabei handelte es sich wohl kaum
um Werke, die Kunstliebhaber oder gar Diebe anlockten. Zumindest hoffte Arbie das.

Außerdem hatte er im Augenblick nicht die geringste Lust,
den Helden zu spielen und den Wohnsitz der Familie gegen
Eindringlinge zu verteidigen. Er war nämlich hundemüde und
in etwa von demselben Tatendrang erfüllt wie ein welkes Sa-
latblatt. Deshalb war er beinahe geneigt, dem Fremden einfach
freie Bahn zu lassen. Sollte er doch den Schuppen seines Onkels
plündern. Nur dass genau dort das Problem lag. Wer wusste
schon, was sein Onkel da unter Verschluss hielt? Wie Arbie ihn
kannte, konnte es sich durchaus um Flaschen mit schwarz ge-
branntem Schnaps oder um irgendwelche Edelmetalle handeln,
die er für seine Experimente benötigte.

Jedenfalls stand eines fest: Der ausgesprochen dubios wirkende Zeitgenosse bot Anlass zu den schlimmsten Befürchtungen. Arbie war nämlich in großer Sorge, dass der Onkel sich
irgendwann ernsthaft in Schwierigkeiten bringen würde. Der
Dorfpolizist war zugegebenermaßen alles andere als ein Genie,
allerdings auch nicht so auf den Kopf gefallen, wie die Einwohner von Maybury vermuteten. Arbie achtete zwar sorgfältig

darauf, nichts über die manchmal verrückten Geschäftsideen seines Vormunds zu wissen, hatte aber nur wenig Lust, den alten Gauner im Kittchen zu besuchen.

Offenbar war er mit seinem Missfallen über diese zufällige Begegnung nicht allein, denn der Fremde schien sogar noch unangenehmer berührt zu sein als Arbie.

Gerade wollte dieser den Stier bei den Hörnern packen und den Mann nach seinem Anliegen fragen, als sein Onkel aus dem Atelier trat, die Tür hinter sich schloss und dem Mann freundschaftlich den Arm um die Schulter legte, eine Geste, bei deren Anblick sich Arbie sichtlich entspannte. Als der Onkel seinen forschenden Blick bemerkte, zog er in einer wortlosen Frage die Augenbraue hoch, eine sparsame Geste, um in Erfahrung zu bringen, ob Arbie etwas brauchte.

Doch der schüttelte hastig den Kopf und schleppte sich ins Haus. Der Ruf seines Bettes war so durchdringend wie die Stimme einer Sirene, die einen Seefahrer in den sicheren Tod an den Felsen lockte. Außerdem wollte er lieber gar nicht erfahren, was sein Onkel mit dem Fremden zu besprechen hatte.

Der Onkel blickte seinem ins Haus trottenden Neffen nach und wandte sich dann wieder an seinen Freund. »So, Peter, alter Junge«, meinte er zum Sehr Ehrenwerten Peter Forbes-Bowright in dem vertraulichen Ton, der sich für alte Schulkameraden gehörte. »Wie schon gesagt, habe ich den Stubbs in etwa einem Monat fertig.«

»Du rettest mir wirklich den Hals, Streaky«, erwiderte dieser, wobei er den Spitznamen des Onkels aus Internatstagen verwendete. Der Onkel wusste nicht mehr genau, wie er dazu gekommen war. Vielleicht wegen seiner Fähigkeit, stets blitzschnell wie ein Schatten die Beine in die Hand zu nehmen, bevor der Erdkundelehrer ihn zu fassen kriegte, falls er wieder einmal den Namen eines Fjords oder Bergs nicht nennen konnte. Der Schulmeister hatte ihn nicht einmal dann erwischt, wenn er den Stock nach ihm warf, anstatt wie üblich damit seinen Hosenboden zu bearbeiten.

»Wenn meine Frau je herausfindet, dass ich ihn verkaufen musste ...« Sein Freund Peter war wirklich ein anständiger Kerl, allerdings mit dem Rückgrat einer Qualle ausgestattet. Nun wischte er sich mit einem Taschentuch die Stirn ab und schüttelte den Kopf.

Der Onkel seufzte mitleidig. »Ein nettes Mädchen, obwohl sie manchmal ein Drachen sein kann«, antwortete er und überließ seinem Freund die Entscheidung, ob seine Gattin gerade gelobt oder beleidigt worden war.

Doch der ehrenwerte Herr war so froh, einen Ausweg aus seinem jüngsten Dilemma gefunden zu haben, dass er sich nicht mit derartigen Gedanken belastete. »Wenn Dogs Breakfast die Nase nur ein paar Zentimeter weiter vorne gehabt hätte, hätte ich genug gewonnen, um das neue Dach zu bezahlen«, jammerte er, als er seinem alten Freund den Kiesweg entlang zum Tor folgte.

Der Onkel, der dem Sehr Ehrenwerten Peter in seiner Jugend genug Geld beim Glücksspiel abgenommen hatte, um während seiner ganzen Internatszeit ein Leben in Saus und Braus zu führen, zuckte in ehrlicher Anteilnahme die Achseln. Schon als Kind war sein Freund ein besessener Spieler gewesen, bereit, sein letztes Zitronenbonbon auf das Ergebnis eines Schneckenrennens zu setzen oder darauf zu wetten, wer heute als Letzter zum Frühstück kommen würde. Leider fehlte ihm jedoch dafür das Händchen. Und so wunderte es den Onkel nicht weiter, dass sein Schulkamerad, den er seit über zwanzig Jahren nicht gesehen hatte, plötzlich mit einem Bild, einer tragischen

Geschichte und betretener Miene vor seiner Tür erschienen war.

»Ich glaube, Stubbs wäre amüsiert gewesen«, sagte der Onkel nun. Er klopfte Peter auf die Schulter und wies mit dem Kopf auf sein Atelier, wo eines der unbedeutenderen Werke des Malers, das Porträt eines nicht minder unbedeutenden Reitpferdes, nun wohlbehalten stand.

»Hä?«, fragte Sir Peter.

Der Onkel grinste. Sein Freund war nicht der Schlaueste in dem kleinen Internat gewesen, wo sie viele gemeinsame Jahre verbracht hatten, offenbar ohne auch nur etwas entfernt Nützliches zu lernen. »Darüber, dass eines seiner Bilder gefälscht wird, weil ein Pferd – und Pferde waren doch seine Lieblingsmotive – versagt hat«, erklärte der Onkel.

»Oh. Ja! Hahaha!« Sein Begleiter lachte leise auf, verfiel jedoch gleich darauf wieder in Trübsinn. »Aber niemand wird merken, dass es nicht das Original ist, oder, Streaky?«, hakte er besorgt nach.

»Natürlich nicht!« Der Onkel versuchte, diese Kränkung an sich abperlen zu lassen. »Es hat doch nicht etwa Beschwerden gegeben?«, erkundigte er sich erstaunt.

Die furchtsam gerunzelte Stirn seines Freunds glättete sich bei diesen Worten, und er nickte zufrieden. Ja, Streaky hatte recht. Schließlich hatte er es von Lord Horace-Brough persönlich, dass – und auch warum – Streaky genau der richtige Mann war, wenn man in der Klemme steckte und dringend eine kleine Finanzspritze brauchte. Und der musste es wissen. Schließlich hatte noch niemand im Hause Cough-Brough die Echtheit der dort hängenden Reynolds und anderer Bilder angezweifelt.

»Also, noch mal vielen Dank, alter Junge«, verkündete Peter Forbes-Bowright forsch und schüttelte dem Onkel kräftig die Hand. »Ach, ist dein Neffe, den ich da gerade gesehen habe, nicht der Verfasser dieses Geisterbuches? Der alte Buffers im Club hat mir erzählt, du hättest einen Verwandten unter deine Fittiche genommen, der mit einem nützlichen Büchlein ganz groß rausgekommen ist.«

»*Die Geisterjagd: Ein Leitfaden für den Gentleman*, meinst du? Ja, das ist er«, erwiderte der Onkel mit stolzgeschwellter Brust.

»Ein wirkliches Lesevergnügen. Ich habe ein paarmal laut losgelacht. Mein Butler hat in einem der empfohlenen Gasthöfe in Margate übernachtet. Oder war es in Minehead? Tja, irgendwo eben«, fügte er wegwerfend hinzu. »Und er war sehr zufrieden mit der Unterkunft.«

Der Onkel strahlte übers ganze Gesicht, und beide Männer hatten das Gefühl, an diesem Vormittag etwas vollbracht zu haben.

Während sein Freund zu seinem von einem Chauffeur gesteuerten Bentley ging, hörte der Onkel hinter sich auf dem Kiesweg das Fahrrad des Briefträgers und blieb stehen, um auf seine Post zu warten. Allerdings war der freudigen Miene des Postboten deutlich anzumerken, dass er nicht nur Briefe, sondern auch Neuigkeiten mitbrachte, die gewiss interessanter waren als der Inhalt der Kuverts in seiner Hand.

»Guten Morgen, Onkel«, sagte Fred fröhlich. Vermutlich hatte der Briefträger den Onkel noch nie mit seinem Familiennamen angesprochen. Und wenn doch, hatte er ihn längst vergessen. »Haben Sie schon gehört, was in Old Forge geschehen ist?«

Der Onkel nickte, und seine gute Laune wegen Peters Auftrag war plötzlich wie weggeblasen. »Ja. Schlechte Nachrichten. Die Frau war ja gewissermaßen eine Institution.«

Der Briefträger seufzte auf. »Ich kann nicht behaupten, dass sie ein einfacher Mensch war, aber Sie haben recht. Old Forge wird schon seit Jahrhunderten von den Phelps bewohnt. Wer weiß, was jetzt werden wird?«

»Sie glauben also nicht, dass der Neffe einzieht?«, fragte der Onkel, wie immer voller Neugier auf die Stimmung im Dorf und die jüngsten Gerüchte.

»Der ganz bestimmt nicht!«, entgegnete Fred abfällig. »Er ist inzwischen ja praktisch ein Stadtmensch. Außerdem interessiert er sich eher für die Automobilwerkstätten und will expandieren. Ins Dorf ist er eigentlich nur gekommen, um die alte Dame bei Laune zu halten. Die Vergangenheit bedeutet ihm nichts.«

Der Onkel nickte. »Pferde werden immer beschlagen werden müssen, und die Leute werden auch weiterhin jemanden brauchen, der Gegenstände aus Metall repariert. Er wäre ein Narr, diesen Teil des Unternehmens verkümmern zu lassen. Seine Tante mag ihre Fehler gehabt haben, hat aber darauf bestanden, dass alle Schmieden im Geschäft bleiben müssen.« Abgesehen natürlich von der allerersten direkt neben dem Wohnhaus der Familie. Schließlich hatte niemand Lust, tagtäglich Lärm und Hitze ausgesetzt zu sein.

»Ach, sie war eine Frau, die ihren eigenen Kopf hatte. Gott sei ihrer Seele gnädig«, sagte der Briefträger ehrfürchtig.

Offenbar hat sich noch nicht im Dorf herumgesprochen, dass sie meinen Neffen zu Hilfe gerufen hatte, um einen lästigen Geist loszuwerden, dachte der Onkel. Allerdings war er sicher, dass es nicht mehr lange dauern würde. Für sein neues Buch war es bestimmt keine schlechte Werbung.

»Das ganze Dorf wird sie vermissen«, erwiderte der Onkel pietätvoll. Er hatte zwar noch nie etwas mit Amy Phelps zu tun gehabt und würde sie ganz und gar nicht vermissen, aber in einer kleinen Gemeinde wie dieser gehörten derartige Lippenbekenntnisse eben zum guten Ton. »Eine beachtliche Frau, auch wenn sie gern die Hosen anhatte«, konnte er sich den Zusatz nicht verkneifen.

Der Postbote grinste. »Stimmt. Man hätte nie gedacht, dass sie in ihrer Jugend eine echte Schönheit war.«

Als der Onkel ihn aufrichtig erstaunt ansah, hätte der Briefträger sich vor Stolz fast in die Brust geworfen. Denn es gab nur eines, was ihm mehr Vergnügen bereitete als ein Gewinn beim Dartspiel, und das war, über Wissen zu verfügen, das außer ihm niemand hatte. Und es dann brühwarm weiterzuerzählen.

»Wirklich?«, fügte der Onkel auffordernd hinzu.

»Wenn man dem alten Verney glauben kann, und der ist ja selbst dabei gewesen.« Der Briefträger nickte eifrig. »Damals, die alte Königin lebte noch, soll sie eine wirklich beeindruckende Erscheinung gewesen sein. Oh, keine Skandale, wir wissen ja, wie es zu Viktorias Zeiten zuging. Aber Gerüchten zufolge soll sie es faustdick hinter den Ohren gehabt haben. Sie wusste, was sie wollte, und hat dafür gesorgt, dass sie es auch kriegte, wenn Sie verstehen, was ich meine.« Bei diesen Worten tippte er sich vielsagend an den Nasenflügel. »Der alte Verney erzählt, dass sie irgendwann Pech gehabt hat. Die ganze Grafschaft redete darüber, dass ihr aus nicht näher bekannten Gründen eine gute Partie durch die Lappen gegangen sein soll.«

»Darauf wäre ich nie gekommen«, antwortete der Onkel und bedauerte, dass er Miss Amy Phelps nicht mehr zu schätzen gewusst hatte.

Nachdem die beiden Männer noch eine Weile vergnügt miteinander geplaudert hatten, musste der Briefträger seine Runde fortsetzen, um die Nachricht auch im Nachbardorf zu verbreiten. Unterdessen zog sich der Onkel in sein Atelier zurück, um Peters unbedeutenden Stubbs kritisch zu begutachten.

Eine alte Leinwand in genau der richtigen Größe aufzutreiben, stellte kein Problem dar. Der Onkel besuchte regelmäßig Haushaltsauflösungen in irgendwelchen Herrensitzen, wo er die schauderhaften Werke irgendwelcher Sonntagsmaler für gerade solche Zwecke erwarb. Allerdings musste er bei der Auswahl der Farben Sorgfalt walten lassen. Obwohl sein alter Schulfreund das Original still und heimlich im Ausland verkaufen würde, musste der Ersatz, den der Onkel für ihn anfertigen würde, absolut einwandfrei sein. Man wusste ja nie, ob nicht irgendwann ein kunstbeflissener Möchtegernexperte zu einer Feierlichkeit eingeladen wurde und Lust bekam, eine Probe seines Wissens abzuliefern.

Das nächste Krankenhaus war weder das größte der Grafschaft noch zog es die Besten der Besten an, wenn es um das Anwerben des ärztlichen Personals ging. Auch der Pathologe stand kurz vor der Pensionierung und hatte es versäumt, sich in den neusten medizinischen Entwicklungen weiterzubilden. Hinzu kam, dass die Pathologie eine undankbare Aufgabe war, bei der man sich kaum Lorbeeren verdienen konnte, ein Grund, warum nur wenige Ärzte sich für diese Fachrichtung entschieden. Wenn es doch einer tat, dann häufig unter dem sanften Druck der Herren Kollegen, die fanden, dass er bei bereits toten Patienten nicht mehr viel Schaden anrichten konnte.

Doch selbst der unerfahrenste Neuling hätte das Vorhandensein einer gewissen körperfremden Substanz in Amy Phelps' Leiche nicht übersehen können. Schließlich handelte es sich weder um einen seltenen Stoff noch um einen, der allzu schwer aufzuspüren gewesen wäre, denn er war der Menschheit schon seit vielen Jahren in den unterschiedlichsten Darreichungsformen bekannt. Während man ihn hauptsächlich zur Vernichtung von Ungeziefer in Häusern und auf Schiffen einsetzte, bot er auch noch einige weitere Verwendungsmöglichkeiten.

Es handelte sich um Zyanid, das jemand dazu eingesetzt hatte, Miss Amys Abschied aus der Welt der Lebenden zu beschleunigen.

Und so machte sich der Pathologe beschwingten Schrittes daran, einen Bericht für die Polizei aufzusetzen. Da es an diesem Morgen nur wenig zu tun gab, hatte er die Untersuchung der Frauenleiche gleich oben auf seine Tagesordnung gesetzt und war stolz darauf, mit welcher Geschwindigkeit er die Todesursache ermittelt hatte. Wofür er gebührend gelobt werden wollte. Außerdem war es eine willkommene Abwechslung von den alltäglichen Sterbefällen durch Herzversagen, Stürze, Missgeschicke bei der Arbeit und einen gelegentlichen Tod durch Ertrinken.

Als sein Bericht auf dem Schreibtisch von Inspector Bernard Gorringe in Cheltenham landete – gefolgt von einer Anweisung seines Vorgesetzten, doch so gut zu sein, sich der Sache anzunehmen –, musste der Polizist zuerst seine Landkarten hervorkramen und den winzigen Punkt mitten in den Cotwolds suchen, der Maybury-in-the-Marsh hieß.

Sein zweiter Gedanke galt der Frage, ob es dort einen anständigen Pub gab.

Als Arbie nach sechs dringend benötigten Stunden Schlaf erwachte, war es kurz vor drei. Da er wusste, dass Mrs. Privett, die Zugehfrau, die sie versorgte, vermutlich schon mit der Hausarbeit fertig war und erst später wiederkommen würde, um das Abendessen zu kochen, durchsuchte er die Küche nach Resten. Er fand eine kalte Hühnerkeule und ein Stück Käse und schnitt sich dazu eine Scheibe Brot ab. Dann machte er sich in seinem (meistens) zuverlässigen schwarzen Avis Saloon auf den Weg zum Bootsbauer, wo das Geburtstagsgeschenk für seinen Onkel gerade generalüberholt wurde.

Die Werkstatt des Bootsbauers bestand aus einem kleinen Hafenbecken, einem Trockendock und einer riesigen Wellblechbaracke. Die drei alten Männer und der Junge, die dort arbeiteten, machten einen ziemlich gelangweilten Eindruck. Der Junge betrachtete Arbie mitleidig, als dieser sich vorstellte und sagte, er habe gerade ein kleines Boot gekauft, das er hier »ein wenig aufmöbeln« lassen wolle. Dennoch begleitete er ihn pflichtschuldig zum Trockendock. Dort war Marcus Finch gerade damit beschäftigt, etwas Unaussprechliches vom Rumpf eines kleinen weißen Boots abzukratzen, das Arbie als seine Neuerwerbung erkannte.

»Ach, hallo, Mr. Finch? Ich bin Mr. Swift. Wir haben deswegen korrespondiert.« Mit dem Kopf wies er auf das fragliche Boot. »Ich wollte nur mal schauen, wie es vorangeht.«

»Hä?«, erwiderte der alte Mann, kletterte jedoch sofort vom Boot herunter und wischte sich die Hände an einem Lappen ab. Rasch stellte Arbie sich noch einmal vor, wobei ihm klar wurde, dass sein Gegenüber schwerhörig war. In den nächsten zehn Minuten musste er praktisch schreien, um sich verständlich zu machen.

Als die Männer ihre Beratungen beendet hatten, waren beide dennoch mit dem Ergebnis zufrieden. Auch wenn Arbie jetzt vor lauter Gebrüll der Hals wehtat, gefiel ihm der Farbton der neuen Lackierung. Außerdem hatte er sich vergewissert, dass die zusätzlichen Fenster des kleinen Bootes genug Licht hereinließen, damit sein Onkel malen konnte. Also schüttelte er dem Bootsbauer die Hand und versprach, er werde sich melden, sobald ihm ein neuer Name für das Boot eingefallen sei (er glaubte nicht, dass der putzige Name *Rasende Rosie* bei seinem Onkel auf Gegenliebe stoßen würde). Und so machte sich Arbie froh auf den Nachhauseweg.

Zum ersten Mal, seit er sich Geschenke für seinen Vormund einfallen lassen musste, war er überzeugt, dass er genau das Richtige gefunden hatte. Deshalb pfiff er auch vergnügt vor sich hin – bis er bemerkte, wer ihn da im Garten vor dem Haus erwartete.

»Hallo, Val«, begrüßte er sie aufgesetzt fröhlich und stieg aus. »Fühlst du dich inzwischen besser?«

Val schüttelte den Kopf. »Nicht wirklich«, entgegnete sie knapp. »Wie ich sehe, hast du es noch nicht gehört.«

»Was gehört?«

»Es war tatsächlich Mord. Also jagen wir jetzt einen Mörder?«

»Hä?«

»Miss Phelps. Oh, Arbie, inzwischen ist ein Inspector von der Polizei eingetroffen, und er will mit uns allen sprechen. Ist das nicht entsetzlich?«

»Hä?«

»Miss Phelps: Sie soll vergiftet worden sein!«, rief Val aus.

»Hä?«

»Oh Arbie, musst du denn unbedingt rumstehen und ein Gesicht machen wie ein Fisch auf dem Trockenen?«, schimpfte Val und schien kurz davor, mit dem Fuß aufzustampfen. »Und fällt dir Klotzkopf dazu nichts Besseres ein als immer nur ›hä‹?«

Arbie schluckte heftig. »Ich muss sagen, Val, dass die Angelegenheit ziemlich ernst zu werden scheint«, brachte er mühsam heraus. Obwohl er sich von Val zu diesen Ermittlungen hatte überreden lassen, wurde ihm bei der Vorstellung, dass die alte Dame wirklich ermordet worden war, ein wenig flau.

Val betrachtete ihn schicksalsergeben und seufzte tief auf. »Los. Am besten kommst du mit ins Pfarrhaus. Vater will mit dir reden«, fügte sie drohend hinzu.

Arbie schluckte wieder. Noch heftiger als vorhin. Aber wenigstens gelang es ihm, sich ein »Hä?« zu verkneifen.

KAPITEL NEUN

Der Vikar von Maybury-in-the-Marsh saß in seinem Arbeitszimmer am Schreibtisch und musterte seine Tochter und Arbie Swift mit strenger Miene. Anfangs erwiderte Val noch entschlossen seinen Blick, doch nachdem das tadelnde Schweigen eine Weile angehalten hatte, senkte sie die Augen und betrachtete ausgiebig ihre Fußspitzen.

Der nach wie vor gestrenge Blick des Geistlichen wanderte daraufhin zu Arbie, was eigentlich überflüssig war, weil dieser ohnehin schon verlegen von einem Fuß auf den anderen trat.

»Ich muss mich aufrichtig bei Ihnen entschuldigen, Sir«, begann er, dem Rat seines Onkels folgend, dass man am besten in die Defensive ging, wenn man in Schwierigkeiten steckte. Dass er sich ausgerechnet jetzt an die Empfehlung seines Onkels hielt, war ein klarer Hinweis auf den Grad seiner Verzweiflung. »Ich hatte keine Ahnung, dass das alles … so … tja … ich weiß nicht … Eigentlich war ich von Anfang an gegen die Geisterwache«, beteuerte er schließlich, denn er fühlte sich ziemlich ungerecht behandelt. »Wenn Miss Phelps mich nicht darum gebeten hätte, hätte ich nicht im Traum daran gedacht, mich einzumischen. Und, tja, Val war dabei, als sie mich gefragt hat, ob ich eine meiner Geisterwachen abhalten könnte, also …« Seine

Stimme erstarb, und er stellte bedrückt fest, dass ihm schlicht und ergreifend die Worte fehlten.

Nur dass der Vikar beim letzten Satz tief aufseufzte, was von einem hilflosen Nicken begleitet wurde. Da er seine Tochter nur allzu gut kannte, gelang es ihm mühelos, sich die Szene vorzustellen. Val hatte gewiss an den Lippen der alten Dame gehangen. Und die Aussicht auf Geister und ein harmloses kleines Abenteuer hatte sie sicher so begeistert, dass selbst ein couragierterer Mensch als der junge Mr. Swift nicht in der Lage gewesen wäre, seine Tochter zu bremsen. Nur dass sie es nicht länger mit einem harmlosen Abenteuer zu tun hatten.

»Zyanid«, stellte er knapp fest.

Es kostete Arbie eine heroische Kraftanstrengung, nicht wieder mit »Hä?« zu antworten. Stattdessen begnügte er sich mit einem raschen Blinzeln. Denn er hatte, als der Vikar das Wort an ihn richtete, mit allem Möglichen gerechnet, nur nicht mit dieser Reaktion.

Wie immer war Val die Schnellere von ihnen beiden. »Ist das der Name des Gifts, das verwendet wurde, Papa? Und woher weißt du das?«, fügte sie neugierig hinzu.

»Von Miss Perkins, und die beschäftigt dieselbe Zugehfrau wie die Gattin unseres Wachtmeisters«, gab ihr Vater spöttisch zurück.

»Aha«, antwortete Val, denn jede weitere Erklärung erübrigte sich. Sobald jemand in diesem Dorf etwas erfuhr, wussten es die übrigen Einwohner etwa zehn Sekunden später. Und wenn die Quelle derart zuverlässig war … »Oh, das ist ja entsetzlich! So ein gemeines Verbrechen.«

Der Vikar musste ihr da zustimmen. Dass eines seiner Schäfchen vergiftet worden war, war an sich schon schrecklich genug. Doch dass seine eigene Tochter, wenn auch nur am Rande, in den Fall verwickelt war, schlug dem Fass den Boden aus. »Die Leute werden reden«, verkündete er, was eine gewaltige Untertreibung war. Val, die ihren Vater so gut kannte wie umgekehrt, brauchte nur einen Moment, um zu verstehen, dass er nicht auf den Mord anspielte. Ihm ging es vielmehr um die Tatsache, dass sie und Arbie sich in den Tagen vor der Tat im Haus aufgehalten hatten. Was bedeutete, dass sich ihre »Geisterwache« früher oder später herumsprechen würde. Die Gerüchteküche würde nur so brodeln.

»Entschuldige, Papa«, sagte Val kläglich. Sie warf einen Blick auf Arbie, in der Erwartung, dass er ihre Gefühle teilte. Doch zu ihrem Erstaunen stellte sie fest, dass er tief in Gedanken versunken schien, ein Gesichtsausdruck, den sie bei ihm nicht oft erlebte. Genau genommen geschah es sogar so selten, dass ihr der Satz »Woran denkst du gerade?« herausrutschte.

»Zyanid«, wiederholte Arbie das Wort, das ihr Vater gerade gebraucht hatte. »Ich habe den einen oder anderen Kriminalroman gelesen – haben wir das nicht alle? Mrs. Christie ist ja ziemlich bewandert in Giften und ähnlichen Dingen. In ihren Büchern räumen die Leute einander ständig mit diesem Zeug aus dem Weg.«

»Und?«, fragten Val und ihr Vater ungeduldig und im Chor.

»Tja, wenn man diesen Schriftstellern glauben kann, wirkt das Gift recht schnell. Manchmal sogar sehr schnell, abhängig davon, wie und wann es verabreicht wurde, und auch von der Dosis. Und das heißt … falls Miss Phelps tatsächlich vergiftet wurde, muss es kurz vor ihrem Tod passiert sein, oder?«

Val schluckte erschrocken, als ihr die Tragweite seiner Worte klar wurde. »Soll das heißen, während wir alle beim Essen saßen?«

Ihr Vater fuhr entsetzt zusammen. »Wenn dem Täter ein Fehler unterlaufen wäre, hätte es genauso gut dich treffen können«, stieß er mühsam hervor. Er lehnte sich zurück und musterte seine Tochter forschend. »Fühlst du dich auch wirklich wohl, Valentina?«, erkundigte er sich besorgt. Dass er sie mit ihrem vollen Namen ansprach, war ein deutlicher Hinweis auf seine Angst.

»Oh, bei uns ist sicher alles bestens, Sir. Ansonsten hätten wir inzwischen wohl den Löffel abgegeben«, sagte Arbie mit erfrischender Taktlosigkeit. »Das Zeug wirkt auf jeden Fall tödlich.«

Val warf ihm einen lodernden Blick zu, der für ihre nächste Begegnung unter vier Augen nichts Gutes verhieß. Ihr Vater hingegen war versöhnlicher gestimmt, denn schließlich hatte Arbie ihn, wenn auch in recht derben Worten, von einer großen Sorge befreit.

»Also, Val«, begann er. Da er nun über den ersten Schrecken hinweg war, schien er fest entschlossen, ein elterliches Machtwort zu sprechen und ihr zu verbieten, sich weiter mit der Familie Phelps und diesem Mordfall zu befassen.

Doch ehe er zu Wort kam, schüttelte Arbie heftig den Kopf. »Unsinn!«, rief er laut aus. »So kann es nicht gewesen sein.« Er schrie beinahe, sodass Val und ihr Vater ihn fassungslos anstarrten. »Versteht ihr denn nicht? Sie kann unmöglich beim Abendessen vergiftet worden sein. Das ist schlicht und ergreifend nicht machbar.« Er wirkte beinahe verärgert.

Vater und Tochter wechselten einen erstaunten Blick. Es geschah nicht oft, dass sich der sonst so ruhige und eher zur Trägheit neigende Mr. Arbuthnot Swift zu einem derartigen Gefühlsausbruch hinreißen ließ.

»Belastet Sie etwas, junger Mann?«, fragte der Vikar in mildem Ton und zugleich leicht amüsiert. Noch vor wenigen Minuten hatte er diesem Burschen ordentlich die Leviten lesen wollen, weil er seine Tochter in einen Skandal hineinzog. Doch inzwischen war er ebenso neugierig wie Val, was da wohl im Gehirn des jungen Mannes herumspukte. »Wenn es sich, wie Sie gesagt haben, um ein schnell wirkendes Gift handelt, lautet die vernünftigste Erklärung doch, dass die arme Frau es mit ihrer letzten Mahlzeit zu sich genommen haben muss.«

»Genau das ist ja das Problem, Sir. So kann es sich nicht abgespielt haben!«, widersprach Arbie und wandte sich wieder an Val. »Erinnere dich an den gestrigen Abend, Val. Wir sind angekommen und haben die anderen im Garten angetroffen, richtig?«

»Richtig«, stimmte Val zu. »Doch dann sind wir alle zu Tisch gegangen. Wie Papa sagte, muss es dort geschehen sein, und zwar genau vor unserer Nase.«

»Aber das ist nicht möglich, Val«, beharrte Arbie. »Überleg mal: Was gab es als ersten Gang?«

»Suppe. Irgendetwas mit Gemüse.«

Arbie, der legierte Kräutersuppe sehr gerne aß, insbesondere dann, wenn sie so gut zubereitet war wie am gestrigen Abend, musste angesichts dieser abfälligen Beschreibung ein Zusammenzucken unterdrücken. »Ja. Mrs. Brockhurst hat sie in einer großen Terrine mit Schöpfkelle serviert und für jeden von uns eine Schale gefüllt.«

»Also hätten alle Anwesenden etwas von dem Gift zu sich genommen, wenn es in der Suppe gewesen wäre«, meinte der Vikar mit einem Nicken, merkte aber im nächsten Moment auf. »Außer, es war bereits in der Schöpfkelle.« Er schien sehr zufrieden mit sich. »Wurde die Hausherrin vielleicht zuerst bedient?«

»Ich fürchte nicht, Sir«, musste Arbie ihn leider enttäuschen. »Wie ich beobachtet habe, wurde Murray Phelps, der als ›Familienoberhaupt‹ am Kopf der Tafel saß, immer als Erster bedient. Vermutlich handelte es sich um eine Anweisung von

Miss Phelps selbst.« Er seufzte auf. »Sie war eben dem viktorianischen Denken verhaftet.«

»Oh«, erwiderte der Vikar bedauernd. »Allerdings wäre, wenn ich recht hätte, die Haushälterin die Mörderin, denn sie konnte als Einzige das Gift vorab in die Schöpfkelle geben. Und dabei ist mir Mrs. Brockhurst wirklich sympathisch. Ich habe sie immer für eine sehr nette Frau gehalten.«

»Außerdem«, merkte Val an, »hätte sich das Gift in der gesamten Suppe verteilt, sobald sie die Schöpfkelle in die Terrine tauchte, um den ersten Gast zu bedienen. Dann wären wir alle krank geworden.«

»Oh, ja natürlich«, musste der Vikar widerwillig zustimmen. Schließlich war er selbst ein Freund von Kriminalromanen und gefiel sich in der Rolle des Sherlock Holmes. Die Erkenntnis, dass die Dinge im wahren Leben ein wenig komplizierter lagen, war ein schwerer Schlag für ihn.

»Und was gab es als nächsten Gang?«, erkundigte er sich mit einem neugierigen Blick auf seine Tochter und schob seine Selbstzweifel beiseite.

»Fisch«, entgegnete Val.

»Aha, da hätten wir ja …«, begann der Vikar, doch Val musste ihn schon wieder enttäuschen.

»Ich fürchte nicht, Papa. Es war ein ganzer Barsch, der im Stück auf einer Platte serviert wurde. Er wurde am Tisch filetiert und auf die einzelnen Teller verteilt. Wir alle haben dabei zugesehen.«

»Genau«, ergänzte Arbie. »Es gab keine Einzelportionen. Also hätte der Mörder keine Gelegenheit gehabt, nur einen Teller zu vergiften.«

»Zum Hauptgang wurde dann Lamm gereicht, das Murray am Tisch tranchiert hat«, berichtete Val weiter.

»Alle Beilagen wurden in großen Schüsseln aufgetragen, aus denen wir uns selbst Gemüse, Kartoffeln und andere Beilagen genommen haben«, fügte Arbie hinzu. »Dasselbe war es mit der Sauce.«

»Sauce?«, wiederholte der Vikar voller Hoffnung.

»Zwei Sorten, glaube ich. In zwei Saucieren, sodass wir es uns aussuchen konnten«, sprach Val weiter. »Kein Mörder hätte wissen können, für welche Miss Phelps sich entscheidet.«

»Und selbst wenn der Mörder sie gut genug gekannt hätte, um es zu erraten, hätte sich auch jeder andere an dieser Sauce bedienen können«, sagte Arbie. »Und solange er nicht bereit war, willkürlich auch jeden anderen zu vergiften, der das Pech hatte, von dieser Sauce zu essen, kann sie auch nicht schuld sein. Sie ist es sogar auf keinen Fall, denn wenn ich mich recht entsinne, habe ich dieselbe Sauce gegessen wie Miss Phelps, und ich fühle mich quietschfidel.« Bei diesen Worten verspürte er zwar ein leichtes Zwicken in der Magengegend, schob dieses jedoch auf seine blühende Fantasie.

»Dann bleibt nur noch das Dessert übrig«, verkündete der Vikar fröhlich. »Das wurde doch sicher in einzelnen Portionen serviert. Was war es? Eiscreme? Sorbet? Kuchen in Stücken?«

»Sommerbeeren mit Eiscreme«, erwiderte Arbie beklommen.

»Aufgetragen in einer großen Schale aus Kristallglas«, ergänzte Val noch beklommener.

»Ach, Kreuzdonnerwetter!«, rief der Vikar aus, was für seine Verhältnisse ein unflätiger Fluch war. »Aber Moment mal, was ist mit den Getränken?« Seine Miene erhellte sich sichtlich.

»Der Wein wurde bei Tisch geöffnet und für alle aus derselben Flasche eingeschenkt«, erklärte Val, die sich erinnerte, wie freudig überrascht sie von der Qualität gewesen war, was sie ihrem Vater gegenüber natürlich unerwähnt ließ.

»Kaffee?«, hakte der Vikar neugierig nach.

»Ich glaube, im Salon wurde welcher serviert«, antwortete Arbie mit einem fragenden Blick in Vals Richtung. »Ich bin wie die anderen Herren am Tisch sitzen geblieben, wo Brandy und Zigarren gereicht wurden. Aber als wir uns später zu den Damen gesellten, habe ich da nicht auf dem Tisch eine große Kaffeekanne gesehen?«

»Ja. Die Haushälterin brachte sie und schenkte die Tassen vor unseren Augen voll«, erwiderte Val. Inzwischen wirkte sie ebenso ratlos wie Arbie vorhin.

»Aha. Val, ist es vielleicht möglich, dass Miss Phelps als Einzige Milch genommen hat?«, erkundigte sich Arbie, ohne sich große Hoffnungen zu machen.

Val kniff die Augen zusammen und überlegte angestrengt. Die beiden Männer, die sie aufmerksam beobachteten, mussten feststellen, dass sie bald die Schultern hängen ließ. »Das ist es auch nicht. Miss Phelps hat ihren Kaffee mit Milch und Zucker getrunken. Ich hatte Milch, aber keinen Zucker. Und Cora hatte, glaube ich, Zucker, aber keine Milch. Phyllis hatte Milch und Zucker wie ihre Tante.«

»Also kann es auch nicht am Kaffee gelegen haben«, schlussfolgerte der Vikar. »Aber was war es dann? Gab es anschließend noch einen Umtrunk?«, hakte er nach.

»Nein«, erwiderte Val. »Ich glaube, es wurden keine alkoholischen Getränke mehr serviert, oder?«

Arbie schüttelte den Kopf. »Nein. Ich hatte den Eindruck, dass Miss Phelps keine große Freundin von Alkohol war. Murray wirkte ziemlich enttäuscht, weil er auf einen Schlummertrunk verzichten musste, verkniff sich jedoch einen Kommentar. Wahrscheinlich war er das von seiner Tante schon gewöhnt.«

Kurz senkte sich Stille über den Raum. »Hat sie womöglich eine Tasse Kakao oder ein Glas Milch mit nach oben genommen?«, fragte der Vikar schließlich.

Wieder ein Kopfschütteln von Arbie, der sich daran erinnerte, wie seine Gastgeberin in der letzten Nacht ihres Lebens die Treppe hinaufgegangen war. »Auf dem Weg nach oben hatte sie eine Hand am Treppengeländer, die andere hing frei herunter«, antwortete er niedergeschlagen. »Sie hat nur oben nach ihrer Kerze gegriffen.«

»Ob ihr die Haushälterin später noch etwas gebracht hat?«, klammerte sich der Vikar verzweifelt an seine Theorie.

»Auf ihrem Nachttisch stand weder eine Tasse noch ein Glas.« Arbie seufzte. Als Val ihn erstaunt ansah, errötete er leicht. »Das ist mir aufgefallen, als wir sie gefunden haben«, fügte er ein wenig rechtfertigend hinzu.

»Das heißt nicht, dass die Haushälterin ihr nicht doch etwas gebracht hat. Und später, nachdem ihre Arbeitgeberin ausgetrunken hatte, hat sie die Beweise entfernt und alles gespült«, schlug Val vor. »Das ist doch die einzige vernünftige Erklärung, oder etwa nicht?«, fuhr sie, beobachtet von den beiden Männern, nachdenklich fort.

»Aber warum sollte Mrs. Brockhurst ihre Arbeitgeberin umbringen wollen? Auf diese Weise verliert sie auf einen Schlag ihre Stelle und ihr Zuhause«, wandte Arbie ein.

»Außer, sie wusste, dass sie im Testament erwähnt wird«, meinte Val zweifelnd.

Der Vikar seufzte auf. »Sie können sie nur fragen, ob Miss Phelps die Angewohnheit hatte, sich vor dem Schlafengehen noch etwas zu trinken aufs Zimmer bringen zu lassen«, meinte er, den Blick fest auf Arbie gerichtet.

Dieser machte vor Schreck einen Satz. »Äh? Wer? Ich?«

»Ja, Sie, junger Mann«, entgegnete der Vikar in strengem Ton. »Da Sie sich und meine Tochter in diese Angelegenheit verwickelt haben, ist es Ihre Pflicht, etwas zur Aufklärung des Kuddelmuddels beizutragen. Je früher jemand wegen dieses grausamen Verbrechens verhaftet wird, desto schneller ist Schluss mit den Gerüchten.«

»Aber ich kann doch Mrs. Brockhurst nicht einfach über die Trinkgewohnheiten ihrer Arbeitgeberin aushorchen«, rief Arbie aus, dem allein bei der Vorstellung mulmig wurde. »Bestimmt wird ihr sofort klar sein, warum ich das wissen will und welche Hintergedanken ich damit verfolge!«

»Ich habe gerade das Wort Trinkgewohnheiten vernommen«, erklang da eine Frauenstimme. Sie gehörte Vals Mutter, die in der Tür stand. Diese war eine ältere, ein wenig blassere Version ihrer Tochter, allerdings ohne deren spitze Zunge zu besitzen. »Ich wollte nur Bescheid geben, dass ich jetzt gehe. In der Speisekammer steht Mohnkuchen«, sagte sie freundlich.

»Wir haben gerade über Amy Phelps gesprochen, Liebling. Darüber, ob sie die Angewohnheit hatte, sich vor dem Zubettgehen etwas zu trinken aufs Zimmer bringen zu lassen«, erklärte der Vikar.

»Oh, das weiß ich«, erwiderte Mrs. Coulton-James bedächtig und ohne zu ahnen, dass ihre Antwort einschlagen würde wie eine Bombe. »Hatte sie nicht. Sie lehnte so etwas rundheraus ab, und zwar mit der Begründung, ein heißes Getränk im Bett sei proletarisch. Keine Ahnung, wie sie auf diesen Gedanken kam.«

Erstaunt blickte sie in drei Augenpaare, die sie ihrerseits anstarrten, und zog eine Braue hoch. »Was ist denn los, um Himmels willen? Habe ich etwas Falsches gesagt?«

»Woher weißt du das, Mutter?«, erkundigte sich Val.

»Von unserem Blumenkränzchen. Miss Phelps führte ein strenges Regiment und hielt uns Damen häufig Vorträge darüber, was sich gehörte und was nicht. Und zwar nicht nur zu dem Thema, wann man am besten Staudenastern verwendet und warum Gladiolen in einer Kirche absolut nichts zu suchen haben. Ich kann mich nicht erinnern, wann sie uns ihre Zubettgehrituale geschildert hat. Ich glaube, ihre Worte lauteten: ›Eine wahre Dame frühstückt niemals im Bett‹ und ›Der Esstisch ist der einzige Ort, an dem man Mahlzeiten einnimmt‹ oder so ähnlich. Ihrer Ansicht nach führte das Essen und Trinken im Schlafzimmer zu grauenhaften Verdauungsstörungen sowie zur moralischen Zerrüttung. Oder so ähnlich. Wie dem auch sei«, fügte diese wahrhaftige Dame mit einem eleganten Achselzucken hinzu. »Sie konnte manchmal so verknöchert sein, dass es schon wieder komisch war. Aber jetzt muss ich zum Bibelkreis, sonst werden die Damen rebellisch.«

Mit dieser mysteriösen Feststellung eilte sie davon.

Die drei anderen blickten einander völlig ratlos an.

Es war Arbie gar nicht recht, so bald nach Old Forge zurückzukehren, aber Val ließ ihm keine andere Wahl.

»Ich dachte, wir hätten beschlossen, dass wir es Miss Phelps schuldig sind, herauszufinden, was geschehen ist«, begann sie zornig, sobald sie das Pfarrhaus hinter sich gelassen hatten.

»Schon, aber ich wage zu behaupten, dass die Polizei einen Großteil ...«, versuchte Arbie, den Redefluss mit einem vernünftigen Einwand zu unterbrechen, kam jedoch wie immer nicht zu Wort. Wenn er eines schon begriffen hatte, noch bevor er laufen konnte, dann, dass es absolut zwecklos war, Val von einem einmal gefassten Entschluss abzubringen. Dennoch gab er die Hoffnung nicht auf.

»Außerdem hat Papa recht: Im Dorf werden sie sich die Mäuler über unsere Geisterjagd zerreißen«, fuhr sie gnadenlos fort. »Also müssen wir uns behaupten und allen zeigen, dass wir nichts zu verbergen haben. Du kennst ja die Leute. Wenn wir nicht aufpassen, sind wir für sie im Nu die Hauptverdächtigen.«

»Was meinst du mit *unsere* Geisterjagd?«, wandte Arbie spöttisch ein. Das war typisch für Val: Wenn man ihr den kleinen Finger gab, war auch die ganze Hand verloren. »Ich bin immer noch der Ansicht, dass wir uns aus diesem Schlamassel raushalten sollten, Val«, flehte er. »Der Onkel würde uns gewiss den Rat geben, uns bloß nicht einzumischen.«

Val drehte sich, die Hände in die Hüften gestemmt, zu ihm um. »Dein Onkel«, begann sie. Doch noch ehe sie etwas Abfälliges (und vermutlich Wahres, das den Onkel sehr amüsieren würde) von sich geben konnte, wurden sie unterbrochen.

Denn als sie in die Old Mill Lane einbogen, erklang eine vertraute Stimme. »Ahoi, Leute! Arbie, alter Junge! Moment mal!« Sie drehten sich um und stellten fest, dass Walter Greenstreet heftig winkend auf sie zuhastete.

Arbies alter Freund und Abgesandter seines Verlages war ein wenig außer Atem, als er sie endlich eingeholt hatte. Doch das erfreute Funkeln in seinen Augen war unverkennbar. »Stimmt es wirklich? Ist einer deiner Geister tatsächlich in Aktion getreten? Als der alte Pethering mir erzählte, dass in dem Nest, in dem du wohnst, ein Mord stattgefunden hat, habe ich meinen Ohren nicht getraut. Also bin ich sofort in den Schnellzug nach Bampton gestiegen und so schnell wie möglich hergekommen. Jetzt werden sie uns die Fortsetzung des *Leitfadens für den Gentleman* aus den Händen reißen!«

Arbie bedachte seinen Freund mit einem missbilligenden

Blick. »Wer hat denn etwas von einer Fortsetzung gesagt?«, fragte er argwöhnisch.

»Ach, Arbie, verstehst du denn nicht? Es wäre für uns beide ideal«, rief Val hocherfreut. »Alle Welt rechnet mit einem zweiten Band. Und wir hätten einen ausgezeichneten Vorwand, uns weiter im Haus der Phelps umzuschauen und Nachforschungen anzustellen. Nicht einmal die Leute im Dorf können etwas dagegen haben, dass du Maybury-in-the-Marsh wegen einer Geistererscheinung berühmt machst.«

»Ja, Arbie, ich würde auf deine reizende Freundin hören«, stimmte Walter zu, während er Val mit Wohlwollen betrachtete. »Sie weiß offenbar genau, was gut für uns, ich meinte natürlich für *dich*, ist«, verbesserte er sich rasch.

Arbie seufzte auf, wohl wissend, dass er überstimmt war. Die drei mussten einem Lastkarren, beladen mit Waren für den Dorfladen, Platz machen. Das alte graue Pferd, das ihn zog, trottete geduldig und mit gesenktem Kopf weiter. Ganz im Gegensatz zum Kutscher, der die jungen Leute, insbesondere Walter, der ja ein Fremder im Dorf war, neugierig musterte.

Wie Arbie sehr wohl wusste, würde die Nachricht von Walters Ankunft die Runde machen, sobald der Mann den Dorfladen erreichte. Er fragte sich, in welche Rolle die Dorfbewohner seinen alten Freund wohl stecken würden. Zeitungsreporter? Zeuge? Verdächtiger? Ein verschollener Sohn von Amy Phelps, zurückgekehrt, um sein Erbe einzufordern? Einigen etwas fantasiebegabteren Nachbarn war ein solcher Unsinn durchaus zuzutrauen.

Nach einer Weile steuerten die drei wie magisch angezogen auf Old Forge zu, wobei Walter Val hingerissen anschmachtete. Die Tochter des Vikars erwiderte schamlos sein Werben. Arbie wusste, dass der Vikar erpicht darauf war, all seine Töchter (und natürlich auch seine Söhne) verheiratet zu sehen, und den noch unverheirateten deshalb in den Ohren lag, sich doch endlich passende Partner zu suchen. Jedenfalls hätte es ihn, Arbie, diebisch gefreut, wenn Mr. Walter Greenstreet dem Charme einer heiratswütigen Val erlegen wäre.

Was gewissermaßen die gerechte Strafe dafür wäre, dass er hergekommen war, um Arbie allen Ernstes zur Arbeit zu nötigen.

In Old Forge angekommen, trafen sie allerdings auf ein unerwartetes Hindernis in Form eines Constables, der am Gartentor stand und ihnen den Zutritt verwehrte.

Die Aussicht, dass er nun von einer Amtsperson abgewiesen werden würde, besserte Arbies Laune schlagartig. Doch als Val dem Polizisten ziemlich herablassend ihre Namen nannte, wurde dieser merklich zugänglicher. »Miss Coulton-James und Mr. Swift, sagten Sie? Das ist ein Glück, denn der Inspector möchte Sie beide gern sprechen. Wenn Sie kurz hier warten könnten, gebe ich ihm Bescheid, dass Sie da sind.« In seinen Worten schien die unausgesprochene Drohung mitzuschwingen, dass sie anderenfalls zu Hause abgeholt und in Handschellen abgeführt werden würden.

Arbies Stimmung sank ins Bodenlose.

»Arbie, Arbie, was hast du denn nun schon wieder angestellt?«, fragte Walter besorgt. Während gegen Bekanntheit nichts einzuwenden war und ein spannender Mordfall ausgezeichnete Reklame bedeutete, konnte es peinliche Folgen haben, wenn ein Autor des eigenen Verlags in einen Skandal verwickelt wurde.

»Nichts!«, stieß Arbie entsetzt hervor und sah seinen wetterwendischen Freund verzweifelt an. »Wahrscheinlich ist es nur Routine.«

»Tja, ich glaube, der Inspector wird für mich keine Verwendung haben«, versuchte Walter, sich aus der Affäre zu ziehen. »Schließlich war ich letzte Nacht viele Kilometer weit weg von hier und lag unschuldig schlafend in meinem Bett. Ich ziehe mal los, sage deinem Onkel guten Tag und warte dann bei dir zu Hause, einverstanden?«

»Mach dir meinetwegen keine Mühe«, knurrte Arbie und blickte seinem davoneilenden Freund mit einem ärgerlichen Aufseufzen nach.

Val schnaubte verächtlich. »Was für ein Feigling, Arbie! Sind alle Verleger so?«

»Oh ja, ich denke schon«, antwortete Arbie mürrisch. Im nächsten Moment machte er vor Schreck einen Satz, denn der lange Arm des Gesetzes senkte sich auf ihn herab und klopfte ihm kräftig auf die Schulter. Der Constable sah ihn mit einem breiten Grinsen an. »Sie können jetzt rein. Inspector Gorringe ist bei der Familie im Frühstückszimmer.«

Arbie schluckte und lächelte zittrig. Dann ging er zögernden Schrittes den Gartenweg hinauf, während Val forsch neben ihm hermarschierte. Die bevorstehende Vernehmung schien ihr nicht die geringste Sorge zu bereiten. Arbie fragte sich, wie es wohl sein mochte, ein derart reines Gewissen und eine so arglose Weltsicht zu haben wie sie, sann er doch bereits darüber nach, wie er verhindern konnte, dass sich die Wege dieses Inspectors und die seines Onkels jemals im Leben kreuzten.

»Kopf hoch, es wird sicher interessant«, meinte Val mit einem Hauch von Ungeduld. »Wir machen es wie die Figuren in den Kriminalromanen, die du so gerne liest.«

»Aber die meisten von ihnen werden im Laufe der Handlung grausam ermordet«, klärte Arbie sie mit Grabesstimme auf.

Sie betrachtete ihn argwöhnisch. »Arbie, du hast doch nicht etwa Geheimnisse vor mir?«, fragte sie anklagend. »Damit ich außen vor bleibe?«

Arbie war gekränkt. »Aber niemals!«, entgegnete er empört. »Du weißt alles, was ich weiß, Ehrenwort«, beteuerte er. Im nächsten Moment verspürte er den Anflug eines Zweifels, und es dauerte nicht lang, den Grund für sein Unbehagen aufzuspüren. »Oh ... äh ... habe ich eigentlich schon erwähnt, dass Mrs. Brockhurst sich verplappert hat? Phyllis, die Nichte, hat offenbar die Angewohnheit, sich unerlaubt ins Zimmer ihrer Tante zu schleichen«, fügte er gleichmütig hinzu.

Val bedachte ihn mit einem finsteren Blick. »Nein, hast du nicht. Hast du sie deshalb schon zur Rede gestellt?«

»Wer, ich?«, stieß Arbie entsetzt hervor. »Selbstverständlich nicht. Ein Mann darf einer Dame doch keine so indiskreten Fragen stellen.«

»Ach, Arbie, manchmal könnte ich dich erwürgen«, stöhnte Val auf. »Wenn wir herausfinden wollen, wer die arme Miss Phelps umgebracht hat, müssen wir *allen* Hinweisen nachgehen.«

Wie um ihre aufmüpfige Miene Lügen zu strafen, war Val heute ganz besonders unscheinbar gekleidet und hatte das lange blonde Haar zu einem hübschen französischen Zopf geflochten, sodass sie wirkte wie das Sinnbild von Mädchenhaftigkeit und Unschuld. Arbie konnte nur hoffen, dass der Inspector sie rasch durchschauen und sofort von den Ermittlungen ausschließen würde. Ein weiser Schritt, wenn ihm sein Leben lieb war. Und dann konnte Arbie in aller Ruhe weiterermitteln, ohne sich ständig mit Vals Kapriolen herumschlagen zu müssen.

KAPITEL ZEHN

In einem selten genutzten Salon in Old Forge hatte der Inspector gerade die Nichte der Toten vernommen, die darauf beharrte, nichts gesehen und nichts gehört zu haben und auch nichts zu wissen.

Nun war der Neffe an der Reihe. Murray Phelps kam herein. Er wirkte entspannt und so, als habe er alles im Griff. Der Inspector wartete mit einem höflichen Lächeln ab, bis er Platz genommen hatte, und begann mit der Befragung.

Wie schon mit seiner Cousine vor wenigen Minuten ging er mit Murray die Ereignisse des vergangenen Abends – das Essen, die Wege seiner Tante im Haus und ihr Verhalten – durch und füllte sein Notizbuch fast bis auf die letzte Seite. Als sie fertig waren, glaubte der Inspector, ein ziemlich umfassendes Bild vom gestrigen Abend gewonnen zu haben.

Erst auf seine freundliche Frage: »Und könnten Sie mir auch sagen, was Sie getan haben, nachdem Ihre Tante zu Bett gegangen war?«, spürte er, wie sein Gegenüber ihm auswich.

»Ich? Tja, wie die anderen Ihnen sicher berichtet haben, sind wir noch ein wenig aufgeblieben und haben geplaudert und Karten gespielt. Sie kennen das ja. Anschließend bin ich zu Bett gegangen.«

Während Murray diese Worte aussprach, wanderte sein Blick

in Richtung Bücherregal, wo er in demonstrativer Gleichmütigkeit verharrte. Der Inspector hüstelte diskret. »Ich verstehe, Sir. Und haben Sie die ganze Nacht durchgeschlafen?«

Bei dieser Frage fing das Bein des Mannes leicht zu zucken an. Er sah dem Inspector in die Augen, verzog das Gesicht und zupfte verlegen am Revers seiner Jacke. »Ja, ich war sofort weg«, versicherte er Gorringe. Dieser malte neben Murrays Namen ein großes Fragezeichen in sein Notizbuch.

Als der Polizist sich erkundigte, ob Miss Phelps seines Wissens nach in jüngerer Zeit mit jemandem Streit gehabt habe, wurde Murray wieder lockerer und so selbstbewusst wie zuvor. Er versicherte Gorringe, seine Tante sei von allen hoch geachtet worden. Er könne sich nicht vorstellen, dass jemand ihr den Tod gewünscht habe.

Der Inspector nickte bedächtig. Doch Murray Phelps ließ sich nicht so leicht täuschen. Er wusste genau, dass er nicht sehr überzeugend gewirkt hatte. Und deshalb war er sehr erleichtert, als der Polizist meinte, sie seien jetzt fertig, sodass er sich wieder zu seiner Cousine gesellen könne. »Oh, und wären Sie bitte so freundlich, das Küchenmädchen hereinzuschicken?«

Murray ließ sich gnädigerweise dazu herab.

Das Küchenmädchen, das keinen Tag älter aussah als vierzehn, war ein ängstliches, nah am Wasser gebautes Geschöpf. Sie schwor, sie habe die Küche oder Mrs. Brockhursts Rockzipfel kaum verlassen. Und da sie nicht im Haus wohnte, entsprachen ihre furchtsamen Beteuerungen, sie habe keinerlei Kontakt zur Familie, gewiss der Wahrheit. Sie schwor, sie würde es niemals wagen, das Wort an die feinen Herrschaften zu richten, und wisse auch nichts über sie. Inspector Gorringe verbrachte nicht viel Zeit mit ihr. Beim Eintreffen der Neuankömmlinge hatte er sich bereits wieder zur Familie ins Frühstückszimmer gesellt.

Alle hoben neugierig die Köpfe, als eine missbilligend dreinblickende Mrs. Brockhurst Arbie und Val hereinführte. Der unbekannte Mann, der nun vom Sofa aufstand, ließ Arbie sofort aufmerken.

Er war Anfang fünfzig, kräftig gebaut und hatte schütteres, hellbraunes, grau meliertes Haar. Seine tüchtige, aber nicht aufdringliche Art wies auf viele Jahre Polizeidienst hin, in denen er sich weder groß hervorgetan hatte noch unangenehm aufgefallen war. Der Inspector trug einen gut geschnittenen braunen Anzug, der farblich zu seinen Augen passte. Diese Augen richteten sich nun auf Val, und zwar mit einem mitfühlenden Ausdruck. Arbie wurde von Enttäuschung ergriffen. Gewiss würde sich der Inspector als der liebende und nachsichtige Vater zahlreicher Töchter entpuppen. Val würde ihn mühelos um den Finger wickeln. Und dann konnte sie nichts mehr bremsen.

Der Blick, mit dem der Inspector ihn bedachte, fiel um einiges bohrender und forschender aus.

»Das ist also der berühmte Schriftsteller«, sagte er. Diese Worte wirkten nicht besonders aufmunternd, fand Arbie, hatte er sich doch die erste Begegnung mit dem für den Fall zuständigen Beamten ganz anders vorgestellt. »Mr. Phelps hat mir gerade erzählt, Sie hätten die Nacht in der Vorhalle verbracht und Ausschau nach Geistern gehalten. *Angeblich.*«

Das letzte Wort gefiel Arbie ganz und gar nicht, denn es klang auf beängstigende Weise danach, als würde der Mann ihm nicht glauben. Was genau hatte Murray Phelps, dieser grässliche Zeitgenosse, nur über ihn gesagt? Und was sollte er, Arbie, nach Auffassung von Inspector Gorringe getrieben haben, während die Herrin des Hauses ermordet wurde? Sämtliche Warnungen seines Onkels, was die unangenehme und argwöhnische Natur von Polizisten anging, schossen Arbie durch den Kopf, und die Vorstellung, wie er in Handschellen abgeführt und wegen Mordes angeklagt wurde, ließ ihm den Mund trocken werden.

Also, so dachte er, war nun eindeutig der richtige Zeitpunkt gekommen, um sich aus der Schusslinie zu bringen. Er hüstelte leise und scharrte kläglich mit den Füßen. »Tja, äh, was soll ein Mann anderes tun, Inspector?«, flehte er. »Ich meine, wenn eine Dame einen um Hilfe bittet, hat man doch die Pflicht, sich auf sein weißes Ross zu schwingen und das Schwert zu zücken. Oder?«

Diese jämmerliche Darbietung brachte ihm einen abfälligen Blick von Val ein. Arbie bemühte sich, nicht darauf zu achten. Für sie war ja alles in Butter, wie er ärgerlich dachte. Niemand würde auch nur im Traum daran denken, die Tochter eines Vikars des Mordes zu bezichtigen. Ihm konnte es hingegen nur recht sein, wenn dieser Polizist ihn für einen Idioten hielt.

»Ja«, erwiderte Inspector Gorringe und betrachtete Arbie mit nachdenklicher Miene. »Mr. Phelps hat mir gerade berichtet, seine Tante sei überzeugt gewesen, ein Familiengeist wolle ihr etwas mitteilen.« Sein Tonfall hätte nicht abfälliger und spöttischer sein können. »Und sind Sie diesem Gespenst zufällig irgendwann in den frühen Morgenstunden begegnet?«

Murray Phelps wandte sich ab und schaffte es nur unzureichend, ein Grinsen zu unterdrücken, was ihm einen tadelnden Blick von Phyllis einbrachte.

»Das kann ich nicht behaupten«, antwortete Arbie ausweichend. »Allerdings geschieht das häufig. Geister können erstaunlich starrsinnig sein. Das ist mir schon aufgefallen, während ich mein Buch schrieb. Man konnte alles noch so gut vorbereiten und die Kamera im Anschlag haben, um die Erscheinung, das Ektoplasma oder was auch immer zu fotografieren. Und dann: Fehlanzeige.« Beredt breitete er die Hände aus. »Und zwei Tage nach der Abreise bekommt man dann einen Brief von seinem Gastgeber, der schreibt, er sei seitdem wieder von Geistern geplagt worden.«

»Das ist gewiss sehr lästig, Sir«, entgegnete der Inspector. Es zuckte um seine Lippen.

»Mr. Swift ist sehr tüchtig, Inspector, das kann ich Ihnen versichern.« Val machte Arbies Bemühungen, sich zu drücken, nach Kräften zunichte, indem sie hinzufügte: »Er ist eine anerkannte Autorität auf diesem Gebiet. Sein Verlag hat ihn sogar gerade erst mit einem Nachfolgewerk des *Leitfadens für den Gentleman* beauftragt. Der Geist im Hause Phelps soll als erster Fall vorgestellt werden. Ist das nicht richtig, Arbie?«

Arbie stöhnte auf.

»Ja, Inspector, eigentlich wollte ich Sie noch warnen.« Es war ausgerechnet Murray, der ihm nun zu Hilfe kam. »Ich fürchte, ich habe Mr. Swift mehr oder weniger die Erlaubnis erteilt, hier seine Geisterwache abzuhalten, wann immer er will.«

Der durchdringende Blick des Inspectors richtete sich auf Murray. »Wirklich, Sir? Ich muss sagen, dass mich das ziemlich überrascht.« Eigentlich war Inspector Gorringe davon ausgegangen, den Mann durchschaut zu haben. Dass der zukünftige Hausherr von Old Forge auch eine großzügige Ader hatte, hätte er ihm gar nicht zugetraut.

»Es war eine Art Wette. Oder eine Mutprobe, wenn Sie so wollen«, fügte Murray der Erklärung halber hinzu.

»Aha, ich verstehe«, erwiderte der Inspector. *Tja, das Kind im Manne,* sagte seine Miene unmissverständlich, was sowohl Murray als auch Arbie ziemlich erboste. »Nun, Ihre … äh … Geisterjagd wird einige Tage warten müssen, Mr. Swift. Wir werden uns noch eine Weile hier im Haus aufhalten, um Zeugen zu befragen und Ermittlungen durchzuführen. Und dabei können wir es überhaupt nicht gebrauchen, dass Sie uns im Weg herumstehen.«

»Oh, ach natürlich!«, erwiderte Arbie, und zwar so offensichtlich erleichtert, dass sich nun der Inspector rasch wegdrehen musste, damit man ihm sein Grinsen nicht ansah. »Wenn das *so* ist, gehen wir wohl besser, Val.«

»Einen Moment, nicht so schnell, Sir«, widersprach der Inspector. »Wenn Sie schon einmal hier sind, würde ich gerne Ihre Aussage aufnehmen, was den fraglichen Zeitraum betrifft.«

»Meine auch?«, erkundigte sich Val. »Schließlich war ich bei der Geisterwache dabei.«

»Ja, Miss, Ihre auch«, antwortete der Inspector mit nachsichtiger Miene. »Miss Thomas«, wandte er sich an Phyllis, »dürfte ich für meine Vernehmung noch einmal eines Ihrer Zimmer benutzen?«

»Ja, selbstverständlich. Der Salon eignet sich wohl am besten?« Sie zog eine Augenbraue hoch und blickte ihren Cousin an, der nur die Achseln zuckte. »Hier entlang«, fügte sie hinzu, stand auf und eskortierte die Besucher den Flur entlang bis zu dem kleinen, behaglichen Raum.

»Danke, Miss Thomas, das passt wunderbar«, antwortete Inspector Gorringe. »Ich werde Sie und Mr. Phelps rufen, wenn ich Sie brauche. Kein Grund zur Sorge«, fügte er hinzu, als Phyllis leise aufschrie. »Wir beißen nicht, Miss«, fuhr er mit einem gönnerhaften Lächeln fort. »Aber wir müssen genau wissen, wo sich jeder von Ihnen zwischen gestern Abend und heute Morgen aufgehalten hat. Dafür haben Sie doch sicher Verständnis.«

Phyllis lächelte ängstlich. »Ich begreife immer noch nicht, dass Tantchen nicht einfach an Herzschwäche oder etwas Ähnlichem gestorben sein soll. Bestimmt ist das alles nur ein Irrtum. Wer, um alles in der Welt, hätte ihr denn schaden wollen?«, stieß sie hervor und floh schniefend aus dem Zimmer.

Nachdem sich die Tür hinter ihr geschlossen hatte, warf Arbie Val einen beklommenen Blick zu.

Doch natürlich starrte diese den Inspector aus großen Augen an. Ein Ausdruck höchster Konzentration zeichnete sich auf ihrem Gesicht ab. Sie hatte so offensichtlich Spaß an der Angelegenheit, dass Arbie sie am liebsten getreten hätte.

»Also, Sie beide«, begann Inspector Gorringe und drehte sich zu ihnen um. »Nehmen Sie doch Platz, damit wir gleich zur Sache kommen können.«

Arbie und Val beantworteten Inspector Gorringes Fragen nach bestem Wissen und Gewissen. Allerdings konnten sie nicht viel Erhellendes beitragen. Zuerst hatten sie zu Abend gegessen (wie Arbie annahm, war dem Inspector die Tatsache, dass sie sich alle aus gemeinsamen Schüsseln und Servierplatten bedient hatten, bereits bekannt). Später war Arbie zurückgekehrt und hatte beobachtet, wie Amy Phelps mit leeren Händen die Treppe hinaufgestiegen war, um zu Bett zu gehen. *In ihren Tod.* Val und er hatten die Nacht in der Vorhalle verbracht und nichts Außergewöhnliches – weder gespenstischer noch weltlicher Natur – gesehen oder gehört.

»Und Sie haben in der Nacht wirklich keine sonderbaren Geräusche wahrgenommen? Einen Schrei zum Beispiel?«, beharrte der Inspector.

»Nein, habe ich nicht«, erwiderte Arbie. »Und während einer Geisterwache spitze ich stets aufmerksam die Ohren, das können Sie mir glauben.«

»Geister?«, wiederholte der Inspector schmunzelnd.

»In der Mehrzahl der Fälle irgendein Witzbold, der mir einen Streich spielen will«, antwortete Arbie grinsend.

»Aber diesmal nicht?«

»Nein«, sagte Arbie ernst. »Zumindest habe ich nichts gehört. Du vielleicht, Val?«

Diese schüttelte den Kopf. »Nein. Sonst hätte ich es dir doch erzählt. Alles war still.«

Inspector Gorringe seufzte. »Aber Sie müssen anfangs doch gehört haben, wie die Leute hin und her gingen und sich bettfertig machten. Türenklappern? Das Rauschen von Wasser in den Badezimmern? Eine einlaufende Wanne?«, hakte der Polizist nach. Als er die wunderbare Nachricht erhalten hatte, zwei unabhängige Zeugen hätten die ganze Nacht in der Vorhalle verbracht, war er freudig überrascht gewesen. Inzwischen hatte er seine Zweifel.

Arbie zuckte hilflos die Achseln. »Ich weiß nicht, ob Sie schon Zeit hatten, das gesamte Haus in Augenschein zu nehmen, Sir. Es ist sehr solide gebaut und verzweigt sich in alle Richtungen. Selbst wenn irgendwo eine Bodendiele knarzen würde, wäre es sicher unmöglich festzustellen, woher das Geräusch genau kommt. Das ganze Gebäude ist wie ein Labyrinth. Überall führen Treppen hierhin und dorthin, die Etagen befinden sich auf verschiedenen Höhen, und die Flure beschreiben ständig rechtwinklige Kurven.«

»Ja, es ist ein wenig zusammengestoppelt«, pflichtete Val ihm treu bei.

»Und jetzt zu dieser Sache mit dem Geist.« Der Inspector seufzte auf und bedachte Arbie mit einem strengen Blick. »Für mich klingt das alles ein wenig wie Hokuspokus. Nehmen Sie das wirklich ernst?«, fragte er den gut aussehenden jungen Mann, der ihm da gegenübersaß, neugierig. »Sie haben doch in Oxford studiert und müssen deshalb ein gebildeter Bursche sein. Also sagen Sie schon, es bleibt auch unter uns.«

Aber Arbie zuckte nur die Achseln. »Viele Menschen nehmen das Übersinnliche ernst, Inspector. Und das gilt nicht nur für Literaten, sondern auch für Männer der Wissenschaft.« Er würde sich nicht zu einer Äußerung hinreißen lassen, die sein Verleger ihm übel nehmen könnte.

»Ich dachte, viele dieser sogenannten Medien seien schon vor Jahren als Scharlatane enttarnt worden. Das Tischerücken und das ganze andere Abrakadabra. Schließlich leben wir nicht mehr zur Zeit von Königin Victoria«, verkündete der Inspector mit Nachdruck. »Heutzutage sind wir weniger leichtgläubig. Ihr Buch ist ja sehr amüsant, das muss ich Ihnen lassen, und die Reiseempfehlungen sollen, wie man mir sagt, wirklich hilfreich sein. Doch mal ganz unter uns: Haben Sie Miss Phelps tatsächlich ernst genommen, als sie Sie bat, ihr wegen ihres Familiengeists behilflich zu sein?«

Als der Inspector seinen Zeugen forschend musterte, stellte er fest, dass dieser zögerte. Deshalb wunderte es ihn auch nicht, dass die beiden jungen Leute kurz darauf einen fragenden Blick wechselten, der ihn aufmerken ließ.

»Tja, Inspector, offen gestanden nein, das habe ich nicht«, erwiderte Arbie schließlich. »Aber nur, weil ich, oder besser wir, das heißt, Val und ich, nun, weil wir zu dem Schluss gekommen sind, dass Miss Phelps offenbar selbst nicht an den Geist glaubte. Richtig, Val?«

Als Val nickte, runzelte der Inspector die Stirn und beugte sich ein Stück vor. »Ich bin nicht sicher, ob ich Ihnen folgen kann, Sir«, stellte er fest. »Könnten Sie das bitte näher ausführen?«

Arbie nickte schicksalsergeben und schilderte dem Inspector die Gespräche mit Miss Phelps. Er erläuterte ihm die Familienlegende und was es mit dem geisterhaften Schmied, seinem Glöckchen und den sogenannten Warnungen auf sich hatte. Und zu guter Letzt beschrieb er die zwiegespaltene Haltung des Opfers selbst zu all diesen Ereignissen. Als er fertig war, wirkte der Inspector besorgt.

»Mir war nicht klar, dass wir es mit einer tatsächlichen Bedrohungssituation zu tun haben«, merkte er mit finsterer Miene an. »Ich dachte, Miss Phelps hätte eben nur Mäuse in der Holzvertäfelung gehört, worauf die Fantasie mit ihr durchgegangen sei. Doch was Sie mir hier erzählen, klingt ziemlich unangenehm. Offenbar wollte jemand der armen Frau Angst einjagen.«

Arbie nickte. »Das dachen wir auch«, stimmte er zu. »Nicht, dass Miss Phelps ein ängstlicher Mensch gewesen wäre.«

»Aber dann kam der Treppensturz«, wandte Val ein.

»Ach ja, sie ist die Treppe hinuntergefallen.« Der Inspector nickte. »Ihre Nichte hat uns davon erzählt. Zum Glück hat sie sich nur ein paar Beulen geholt. Vermuten Sie, dass sie gestoßen wurde?«, fragte er unvermittelt.

Arbie zuckte zusammen. »Nein«, antwortete er wie aus der Pistole geschossen, denn mit dieser Frage hatte er nicht gerechnet. Er hielt inne und überlegte. »Nein, ich weiß nicht, wie das passiert sein könnte. Miss Phelps hat außerdem keine zweite Person erwähnt«, fügte er hinzu.

Allerdings kamen ihm im nächsten Moment Zweifel. Hätte sie etwas gesagt, wenn sie den Angreifer gesehen hätte? Ganz gewiss, und zwar laut und voller Empörung, falls es jemand vom Personal gewesen wäre. Aber bei einem Mitglied ihrer eigenen Familie?

Im nächsten Moment fiel ihm etwas ein. »Inspector, was wenn jemand eine Schnur oder etwas Ähnliches quer über die Treppe gespannt ...«

»An der obersten Stufe auf Knöchelhöhe, damit sie stolpert?«, erkundigte sich der Inspector mit einem Funkeln in den Augen, worauf der junge Mann die Schultern hängen ließ. »Ja, als man mir von dem Vorfall erzählte, habe ich mich tatsächlich gefragt, ob jemand zu diesem alten Trick gegriffen haben könnte. Deshalb habe ich das Treppengeländer sehr sorgfältig untersucht, Sir.«

»Und?«, hakte Val neugierig nach.

»Ich habe jede Menge Holzwurmlöcher gefunden«, entgegnete der Inspector knapp. »Nichtsdestotrotz glaube ich nicht, dass es genügt hätte, einfach eine Schnur festzubinden. Um jemanden zu Fall zu bringen, wären auf beiden Seiten solide Schrauben nötig gewesen, und die hätten größere Löcher hinterlassen als ein Holzwurm.«

»Außerdem hätte der Täter die Spuren rasch beseitigen müssen. Aber wir wissen, dass Miss Phelps zwar einen Schreck erlitten, aber nicht das Bewusstsein verloren hat. Also hätte sie es bemerkt, wenn sich jemand am Unfallort verdächtig verhalten hätte«, ließ sich Arbie vernehmen. Er hätte sich ohrfeigen können, als der Polizist prompt seinen nachdenklichen Blick auf ihn richtete.

»In der Tat, Sir. Ein kluger Einwand«, lobte der Inspector.

»Wirklich?«, erwiderte Arbie in gespieltem Erstaunen. Doch im nächsten Moment wurde ihm klar, dass es zu spät war, sich dumm zu stellen. »Murray Phelps war als Erster vor Ort, richtig?«, fragte er stattdessen mit Unschuldsmiene.

Der Inspector nickte bedächtig.

»Das ist einer der Gründe, warum wir glauben, dass der Neffe die Hand im Spiel hat, Inspector«, hörte er im nächsten Moment laut und deutlich Vals Stimme. Er warf ihr einen entsetzten Blick zu. »Oder, Arbie?«, beharrte Val und sah ihn unverwandt an.

Verzweifelt fuhr Arbie sich mit der Hand durchs dunkle Haar. Eines Tages würde dieses Mädchen sie beide in so große Schwierigkeiten bringen, dass nicht einmal ihm mehr ein Ausweg einfallen würde. »Ja, Val, ich stimme dir zu. Aber du kannst nicht einfach wild mit solchen Anschuldigungen um dich werfen! Schließlich gibt es Dinge wie den Straftatbestand der üblen Nachrede! Wir haben nicht den geringsten Beweis dafür, dass Murray Phelps oder sonst jemand für Miss Phelps' Tod verantwortlich ist.«

»Ich habe nie behauptet, dass er der *Mörder* ist«, protestierte Val schmollend. »Damit wollten wir nur sagen, dass Murray unserer Ansicht nach hinter dem Gespenstertreiben steckt. Damit meine ich das alberne Glöckchenläuten, die herumliegenden Schmiedewerkzeuge und so weiter.«

»Und warum halten Sie Mr. Phelps für den Übeltäter?« Inzwischen war der Polizist wirklich neugierig geworden.

Wieder wechselten Val und Arbie einen Blick. Arbie stöhnte auf. Nachdem Val ihnen die Suppe eingebrockt hatte, war es nun offenbar seine Aufgabe, sie auszulöffeln. »Hauptsächlich deshalb, weil Miss Phelps selbst ihn im Verdacht hatte, Inspector«, antwortete er widerstrebend. Er fügte hinzu, dass sie eigens erwähnt hatte, die »geisterhaften« Warnungen hätten stets während eines Besuches ihres Neffen stattgefunden.

»Aha«, sagte der Inspector. »Und hatte Miss Phelps Ihrer Ansicht nach recht mit ihren Schlussfolgerungen?«, fragte er und blickte dabei ein wenig amüsiert zwischen dem erfolgreichen Schriftsteller und seiner hübschen Begleiterin hin und her.

Arbie zuckte die Achseln. »Nun, wenn wir ehrlich sind, bleiben nicht viele Kandidaten für die Rolle des Witzbolds übrig, oder?«, gab er herausfordernd zurück. »Warum sollte sich die Haushälterin nach einer Ewigkeit in den Diensten der Phelps plötzlich zum Narren machen? Und ich kann mir nicht vorstellen, dass Phyllis schwere Werkzeuge aus Eisen herumschleppt. Cora verbringt, wie ich glaube, nur ihre Sommerfrische hier. Und Reggie kommt, wenn ich richtig informiert bin, jeden Sommer und wohnt und arbeitet dann im Atelier. Welchen Grund hätten diese alten und engen Freunde von Miss Phelps, plötzlich den Familiengeist wiederauferstehen zu lassen?«

»Und welchen Grund hätte der Neffe?«, wandte der Inspector nachvollziehbarerweise ein.

Arbie konnte nur die Achseln zucken. »Wenn Sie wasserdichte Beweise von mir verlangen, kann ich die, wie ich fürchte, nicht liefern«, räumte er ein. »Allerdings …« Er zögerte.

»Ja?«

»Es entstand manchmal der Eindruck, dass Miss Phelps andeuten wollte …«, sprang Val für ihn in die Bresche. »Ich weiß nicht so recht … dass es irgendwelche … Spannungen mit ihrem Neffen gegeben habe. Vielleicht einen Streit? Eine Meinungsverschiedenheit? Ach, es ist so schwer in Worte zu fassen.«

Der Inspector nickte und betrachtete den gut aussehenden jungen Mann in der weiten Bundfaltenhose, der eine täuschend verständnislose Miene zur Schau trug. »War das auch Ihr Eindruck, Mr. Swift?«

»Hmmm? Oh, ja, ganz recht«, stimmte er zu und bedachte den Inspector mit einem sehr ausweichenden Lächeln. Wie der Polizist belustigt feststellte, brachte ihm das einen missbilligenden Blick von seiner hübschen Begleiterin ein.

»Gut. Das war alles sehr interessant. Und nun beschäftigen wir uns am besten mit den lästigen Details, was geschah, als die Haushälterin herunterkam, nachdem sie versucht hatte, Miss Phelps zu wecken, aber niemand auf ihr Klopfen antwortete ...«

Seufzend machten Val und Arbie sich auf eine gründliche Vernehmung gefasst.

KAPITEL ELF

Während Arbie und Val dabei waren, die Ereignisse dieses grässlichen Morgens noch einmal zu durchleben, trat Mrs. Brockhurst gerade aus dem Dorfladen. Ihr Weidenkorb war bis zum Rand mit den heutigen Einkäufen gefüllt. Es wunderte sie nicht weiter, dass sie sofort von einer neugierigen Nachbarin angesprochen wurde.

Da Enid Richardson eine alte Bekannte war, hatte Jane Brockhurst keine andere Wahl, als stehen zu bleiben und mit ihr zu plaudern. Sie wusste, dass die Nachricht vom Tod ihrer Arbeitgeberin sich inzwischen im ganzen Dorf herumgesprochen hatte. Und weil sie nun einmal in Old Forge wohnte, würde sie wohl nicht darum herumkommen, eine Schilderung der Ereignisse aus erster Hand beizutragen. Vermutlich war das nicht das letzte Mal, dass man sie abfangen würde, um ein »kleines Schwätzchen« zu halten.

Aber Enid würde, wie Jane annahm, zumindest Fingerspitzengefühl walten lassen. Außerdem war sie, Jane Brockhurst, immerhin diejenige, die über das neueste Wissen verfügte, was ihrem Gegenüber sicherlich Respekt einflößen würde.

»Ach, Jane, ich habe gehofft, dich zu treffen. Wie geht es dir, meine Liebe? Bestimmt war es ein schrecklicher Schock für dich. Die Vorgänge in Old Forge, meine ich.«

»Mit mir ist alles in Ordnung, Enid. Wie du dir sicher vorstellen kannst, kam alles sehr überraschend. Ganz recht, es war ein schrecklicher Schock.« Die abgedroschenen Phrasen strapazierten ihre Geduld beträchtlich.

»Und es heißt, du hättest sie gefunden?«, bohrte Enid nach. Sie war einige Jahre älter als Jane und trug wie immer einen Rock mit ausgeleiertem Saum und eine gestärkte weiße Bluse mit rundem Kragen. Ihr langes stahlgraues Haar hatte sie mit einer Unmenge von Haarnadeln zu einem ständig von Auflösung bedrohten Dutt zusammengefasst, der aber erstaunlicherweise stets die Stellung hielt. Sie war seit einigen Jahren Witwe und wetteiferte mit der Ladeninhaberin um den Posten der weisen Frau des Dorfes.

»Nicht ganz«, seufzte Jane. »Genau genommen war das der junge Mr. Swift. Natürlich musste ich sie anschließend für die Beerdigung herrichten. Wir hatten ja keine Ahnung, dass etwas im Argen liegt, und dachten nur, die Ärmste hätte nachts irgendeinen Anfall erlitten und sei im Schlaf gestorben«, fügte sie hinzu, bemüht, sich ihre Ungeduld nicht anmerken zu lassen. Schließlich musste sie nach Hause, um mit den Vorbereitungen fürs Abendessen zu beginnen. Frauen wie Enid mochten Zeit haben, den ganzen Tag tratschend auf der Straße herumzustehen. Sie hingegen hatte das Haus voller Leute, die versorgt werden wollten.

»Ach, der letzte traurige Dienst, den du ihr erweisen konntest«, erwiderte Enid pietätvoll. »Hoffentlich sah sie … friedlich aus.«

Beim Anblick der neugierigen Miene ihrer Freundin hätte Jane am liebsten verzweifelt den Kopf geschüttelt. Die Leute waren alle gleich. Sensationslüstern, einer wie der andere. Tja, ihr blieb wohl nichts anderes übrig, als das alte Klatschweib zufriedenzustellen.

»Ja ... schon«, antwortete sie deshalb zögernd. »Aber die Arme wäre entsetzt, wenn sie diesen Wirbel noch erleben müsste. Du weißt ja, dass Miss Phelps sehr viel Wert auf ihre Privatsphäre gelegt hat. Sie fände es schrecklich, im Mittelpunkt eines Skandals zu stehen.«

»Oh ja«, sagte Enid mit einem Schniefen. »Glaubst du, sie war so zurückhaltend, weil sie etwas zu verbergen hatte? Ganz bestimmt hatte sie das. Sie war doch sicher keine Heilige, oder?« Enid blickte sich um und vergewisserte sich, dass niemand belauschte, wie sie schlecht über eine Tote sprach. »Man braucht sich nur anzuschauen, wie sie dich nach deinem kleinen Malheur behandelt hat. Meine Mutter sagte immer, es sei eine Schande, wie sie ...«

Jane wurde gleichzeitig heiß und kalt. Sie musste diese alberne Person zum Schweigen bringen, bevor sie noch tatsächlich jemand reden hörte. »Ach, diese alte Geschichte. Lockt die wirklich noch jemanden hinter dem Ofen hervor?«, erwiderte sie mit, wie sie hoffte, genau dem richtigen Grad an abgeklärter Herablassung. Dann legte sie ihrer Bekannten sanft die Hand auf den Unterarm und fügte leise hinzu: »Außerdem ist das jetzt schon so lange her. Es müssen mindestens dreißig Jahre sein. Meine Devise ist, dass man die Vergangenheit ruhen lassen soll, nicht wahr?«

Enid nickte bedächtig. »Ja, wahrscheinlich hast du recht«, sagte sie, allerdings mit einem argwöhnischen Blick in Janes Richtung. »Hat die Polizei denn schon einen Verdacht, wer ...?« Ihre Stimme erstarb diskret. »Es war Gift, richtig?«, fügte sie mit einem verschwörerischen Raunen hinzu.

Sobald die Todesumstände feststanden, hatte Jane gewusst, in welcher Gefahr sie schwebte. Wer konnte denn verdächtiger sein als sie, die Herrscherin über die Küche von Old Forge, aus der sämtliche Speisen und Getränke stammten? Die Polizei hatte jeden Krümel mitgenommen, der vom gestrigen Abendessen übrig geblieben war. Außerdem hatte man Jane eingehend zur Zubereitung der Speisen befragt. Bis jetzt hatte sie jedoch nicht den Eindruck, dass die Polizei sie für verdächtiger hielt als alle anderen, die zum fraglichen Zeitpunkt im Haus gewesen waren. Doch wie lange würde es wohl dauern, bis der Spruch »Kein Rauch ohne Feuer« im Dorf die Runde machte und man hinter ihrem Rücken zu tuscheln begann?

Nicht lange, wenn man die Leute hier kannte. Und das tat Jane Brockhurst aus dem Effeff. Da sie wusste, dass ihre Mitmenschen ihr das Leben zur Hölle machen würden, wenn sie sich erst einmal auf sie eingeschossen hatten, zermarterte sie sich das Hirn nach jemandem, der als Sündenbock herhalten konnte. Und sie brauchte nicht groß zu überlegen. Als sie näher an Enid heranrückte und die Stimme senkte, fingen die Augen ihres Gegenübers in freudiger Erwartung an zu leuchten.

»Ja, die Polizei hat mich bereits vernommen. Sie wollten wissen, ob sich zur Abendessenszeit vielleicht jemand ums Haus herumgedrückt hätte, der dort nichts zu suchen hatte. Ich musste es ihnen einfach sagen.«

»Nein! Wer war es?«, bohrte die Frau nach, wobei sie Janes Arm förmlich umklammerte.

»Was glaubst du?«, entgegnete Jane und schaute sich hastig um. »Wer taucht denn ständig bei uns auf, obwohl sie nichts mehr im Haus verloren hat, und macht auch sonst nichts als Ärger?«

Enid kniff kurz die Augen zusammen. Als ihr die Erkenntnis kam, schnappte sie nach Luft. »Oh! Du meinst das kleine Flittchen? Doreen Capstan? Ich kann nicht behaupten, dass mich das wundert«, fügte sie mit einem pikierten Schniefen hinzu.

»Ganz und gar ungeeignet als Dienstmädchen. Diese Capstans sind ohnehin eine Schande für unser Dorf. Eigentlich war ich erstaunt, dass du sie überhaupt eingestellt hast, Jane.«

»Das war nicht meine Entscheidung, ganz sicher nicht«, erwiderte Jane. »Miss Phelps hatte das letzte Wort. Ich hätte ihr gleich sagen können, dass es nur Schwierigkeiten geben wird, weil Mr. Murray so oft zu Besuch kommt. Doreen ist eben ein hübsches kleines Ding und verdreht den Männern den Kopf, da beißt die Maus keinen Faden ab.«

Enid seufzte auf und schüttelte abgeklärt den Kopf. »Männer«, stellte sie fest. »Wenigstens war Miss Phelps so klug, sie vor die Tür zu setzen, als sie ihr auf die Schliche gekommen ist. Und sie drückt sich weiter ums Haus herum, um ihn zu sehen?«

»Ja. Ich habe sie ein oder zwei Mal dabei erwischt, wie sie sich in den Garten schleichen wollte, als Mr. Murray hier war. Zum Beispiel, während ich gerade in der Küche war, um für die Abendeinladung zu kochen«, verkündete Jane. »Natürlich bin ich sofort hinausgegangen und habe sie davongejagt. Doch wie du dir sicher bei einem solchen Anlass vorstellen kannst, bin ich ständig zwischen Küche und Speisezimmer hin- und hergelaufen. Und die Küchentür war bis zur Schlafenszeit nicht abgeschlossen.« Sie nickte vielsagend.

»Ach du meine Güte!« Enids Augen weiteten sich erschrocken. »Hast du das auch der Polizei erzählt?«

»Oh ja«, beteuerte Jane. Selbstverständlich hatte sie das. Und nun würde Enid es hoffentlich im ganzen Dorf verbreiten. Dass die Capstans nicht sonderlich beliebt waren und als wenig vertrauenswürdig galten, konnte in diesem Zusammenhang nicht schaden.

Allerdings war es sicher ratsam, noch ein paar weitere Zweifel zu säen. Also tat sie, als blicke sie sich besorgt um, und senkte die Stimme zu einem Flüstern. Das wiederum hatte zur Folge, dass Enid noch dichter an sie heranrückte, voller Vorfreude auf die spannenden Einzelheiten, die sie nun in Erfahrung bringen würde. »Aber sagt die Polizei nicht, dass man in derartigen Fällen immer zuerst ans Geld denken sollte? Wer profitiert am meisten? Für mich klingt das logisch. Schließlich wird der Großteil der grässlichen Verbrechen, von denen man in der Zeitung liest, des Geldes wegen begangen.«

»Ja, das ist richtig. Haben sie dich denn nach dem Testament gefragt?« Inzwischen ging Enids Atem ein wenig schwer.

»Haben sie.« Jane nickte feierlich. »Nicht, dass ich ihnen viel hätte sagen können. Ich habe zu Miss Phelps' Lebzeiten nie über ihre Privatangelegenheiten geredet, und werde es jetzt, nach ihrem Tod, auch nicht tun«, fügte sie mit Nachdruck hinzu. »Aber du weißt ja so gut wie ich, dass Miss Phelps große Stücke auf die Tradition gehalten hat. Und nach dem Weltkrieg und der Grippeepidemie ist ja nur noch ein männlicher Verwandter übrig, richtig?«

Als sich plötzlich ein wissender Ausdruck auf Enids Gesicht abzeichnete, ließen ihre eigenen Befürchtungen merklich nach. »Ach, soll das heißen … dass *er* alles bekommt? Der Neffe?«

Doch Jane nutzte die Gelegenheit, nach ihrem Korb zu greifen und einen Schlussstrich unter dieses unerfreuliche Gespräch zu ziehen. »Eigentlich sollte ich jetzt nichts mehr sagen«, meinte sie. »Die Polizei hat mich gebeten, nicht über den Fall zu sprechen«, ergänzte sie, wobei sie den falschen Eindruck vermittelte, dass die Polizei ihr vertraute und auf ihre Verschwiegenheit baute. Als sie den ehrfürchtigen Blick ihrer Bekannten bemerkte, nickte sie und wünschte der alten Klatschbase einen guten Morgen.

Über kurz oder lang würde sich im ganzen Dorf herumgesprochen haben, dass der Neffe die alte Dame wegen des Erbes umgebracht hatte. Womöglich sogar mit tatkräftiger Unterstützung des gekündigten Küchenmädchens Doreen. Die Leute werden das bereitwillig schlucken, dachte Jane höhnisch. Was hieß, dass wenigstens *sie* nun aus dem Schneider war.

Reggie hatte seine uralte Kamera auf ein Büschel prachtvoll blühender Disteln gerichtet und hoffte, dass ihm einige gute Aufnahmen von Bienen und Schmetterlingen glücken würden. Er hatte nämlich die Absicht, einen kleinen Band über die Fauna und Flora der Cotswolds zu schreiben und auch zu veröffentlichen, sofern er einen Verlag dafür fand, und zwar illustriert mit seinen eigenen Fotografien. Außerdem war er froh über die Möglichkeit, sich von den jüngsten Ereignissen ablenken zu können.

Und so stand er, eine dicke schwarze Decke über Kopf und Schultern, da, betrachtete einen durch die Kameralinse auf den Kopf stehenden Falter mit dem Namen Rotbraunes Ochsenauge, betätigte den Auslöser und zählte die Belichtungszeit herunter. Als er wieder aus seiner Verdunkelung auftauchte und vor einem höchst interessierten Arbie Swift stand, besserte sich seine Stimmung schlagartig. Der junge Mann kam ihm gerade recht! Ein erfolgreicher Schriftsteller wie er kannte doch gewiss einen Verleger, der sich seines naturkundlichen Werks annehmen würde.

Aber Arbie ergriff das Wort, bevor er etwas sagen konnte. »Hallo, Mr. Bickersworth. Ich hatte ja keine Ahnung, dass Sie eine Kamera bei sich haben. Und noch dazu so ein ... äh ... Schmuckstück«, fügte er hinzu und betrachtete, ein entschlossenes Lächeln auf den Lippen, das viktorianische Modell. Die Kamera sah aus, als stamme sie noch aus der Arche Noah und konnte seiner Sico nicht das Wasser reichen. Arbies Kamera, ein Schweizer Fabrikat, war erst ein Jahr alt. Eigentlich hatte ihn zunächst das ungewöhnlich geformte Holzgehäuse angezogen. Doch inzwischen wusste er auch die recht kompakte Form und Zuverlässigkeit zu schätzen. Das Gerät, mit dem man 30x40-Millimeter-Aufnahmen mit einer Blendengeschwindigkeit von 1–300 anfertigen konnte, war bei seiner Arbeit am *Leitfaden für den Gentleman* häufig zum Einsatz gekommen.

»Natürlich handelt es sich um eine Antiquität, aber sie macht noch immer ausgezeichnete Fotos«, merkte Reggie an, obwohl ihm das Ungetüm ein wenig peinlich war. Offen gestanden war es in seinen Besitz gekommen, als ein Freund seinen Speicher ausgemistet hatte, und er konnte es sich eben nicht leisten, einem geschenkten Gaul ins Maul zu schauen.

Allerdings war Arbie, anders als die meisten annahmen, nicht völlig gefühllos und bemerkte, dass sich der alte Herr für seine Ausrüstung schämte. Als er darüber nachdachte, wie er am besten nett zu Reggie sein konnte, fiel ihm – er war nun einmal der geborene Glückspilz – eine Lösung ein, von der auch er selbst profitieren würde. »Ich könnte Sie nicht vielleicht dazu überreden, für mich ein paar Fotos von Old Forge zu machen?«, erkundigte er sich, was ein schlauer Schachzug war. Denn es wurde wirklich langsam Zeit, dass er mit seinem neuen Buch anfing (offenbar hatte sich alles derart gegen ihn verschworen, dass er wohl nicht darum herumkommen würde). Was also sprach dagegen, den Großteil der Arbeit auf jemand anderen abzuwälzen?

»Mit dem allergrößten Vergnügen, alter Junge, wirklich mit dem allergrößten Vergnügen.« Für einen Moment vergaß Reggie seine Sorgen und strahlte übers ganze Gesicht. »Wie ich annehme, heißt das, dass Sie tatsächlich eine Fortsetzung zum *Leitfaden für den Gentleman* verfassen werden. Wie aufregend!«

»Ja, ich plane diesmal, mich auf touristische Ziele im Landesinneren wie den Peak District und den Lake District zu konzentrieren. Und natürlich dürfen auch die Cotswolds nicht fehlen. Auch in Oxford gibt es jede Menge Geister, weshalb es durchaus sein kann, dass ich in meine alten Jagdgründe zurückkehre.« Noch während Arbie das aussprach, freute er sich beinahe darauf. »Außerdem habe ich gerade eine wundervolle Filmkamera erworben. Eine Hewit-Beaufort, ein absolutes Prachtstück mit einem kleinen ausfahrbaren Sucher. Man kann sogar die Blende einstellen. Wer weiß? Mit ein wenig Glück gelingt es mir vielleicht sogar, etwas Interessantes auf Film festzuhalten, was ich zu einem kleinen Filmvortrag ausbauen kann«, fügte er ausweichend hinzu, obwohl er nicht die geringste Absicht hatte, etwas dergleichen zu tun. Schon allein deshalb, weil es sicher seinen Angelausflügen in die Quere kommen würde. Außerdem wollte er in Walter und seinem Verlag keine falschen Hoffnungen wecken, denn die würden dann vermutlich von ihm verlangen, dass er auch noch auf Lesereise ging, um die Buchverkäufe anzukurbeln.

»Ausgezeichnet«, sagte Reggie, der seinen Neid auf ein solches Wunderwerk der Technik tapfer verbarg. »Ein Mann braucht eine Beschäftigung, sage ich immer. Er muss etwas Neues ausprobieren. Nehmen Sie nur mich«, fügte er mit einem freundlichen Nicken in Richtung seines Fotoapparats auf seinem Stativ hinzu. »Ich beabsichtige, eine bebilderte Naturgeschichte dieser Gegend zu schreiben. So habe ich wenigstens etwas zu tun.«

Arbie ahnte, wie die nächste Frage lauten würde, nämlich, ob er seinen Verleger überreden könne, einen Blick auf das fertige Manuskript zu werfen. Und da er sich Walters herablassende Bemerkung denken konnte, sollte er ihm Reggies gewiss ambitioniertes, jedoch eher nicht sehr fesselndes Werk vorlegen, suchte er nach einem Weg, ihm zuvorzukommen. »Klingt wie eine umwerfende Idee. Aber warum zeichnen oder malen Sie Ihre Motive eigentlich nicht selbst? Schließlich sind Sie doch Künstler.«

Sein Gegenüber ließ sich damit wie gewünscht ablenken. »Oh, ich bin nicht sicher, ob meine Klecksereien sich für eine Veröffentlichung eignen«, erwiderte er niedergeschlagen. »Sie sind eher ein Steckenpferd. Ein Mann muss seine Zeit sinnvoll verbringen, sage ich immer, Mr. Swift. Als ich in Ihrem Alter war, hatte ich natürlich breit gefächerte Interessen und war eher sportlich orientiert. Auch wenn Sie es nicht glauben, ich war sogar einmal Pfadfinderführer!«

Arbie glaubte ihm das sehr wohl, obwohl die Höflichkeit ihm verbot, das laut auszusprechen. Er selbst war, wie er sich erinnerte, aus der Pfadfindertruppe des Dorfes ausgeschlossen worden, und zwar wegen eines unbedeutenden Fehltritts, der bei seinem Onkel einen Lachanfall ausgelöst hatte. Er hatte ihn sogar zur Feier des Tages zu einem Schokoladenkuchen eingeladen.

»Und davor war ich ein begeisterter Bergsteiger«, fuhr Reggie fort. Als er die ehrliche Überraschung des jungen Mannes bemerkte, besserte sich seine Laune sichtlich. »Oh, ich habe keine Achttausender bezwungen«, fügte er der Wahrheit halber hinzu. »Dafür aber die Klippen und kleineren Gipfel hier in Großbritannien. Das würde man mir jetzt nicht mehr zutrauen, was?« Reggie schmunzelte. »Schon gut, geben Sie es ruhig zu. Inzwischen bin ich ein alter Kauz geworden.«

»Ganz und gar nicht«, antwortete Arbie galant. »Vermutlich haben Sie in meinem Alter nichts anbrennen lassen«, ergänzte er schmeichelnd.

Reggie nahm das Kompliment mit einem leisen Auflachen zur Kenntnis, worauf Arbie, seine gute Tat des Tages erledigt, ihm freundlich einen schönen Tag wünschte und sich wieder auf den Weg machte. Wenigstens hatte er den alten Knaben ein bisschen aufgeheitert.

Während Reggie sich wieder der Aufgabe zuwandte, das Kreuchen und Fleuchen im Distelbusch mit der Kamera festzuhalten, marschierte Arbie in Richtung Dorf. Dabei ging ihm so einiges im Kopf herum: Er besaß zwar einige Erfahrung im Fotografieren, hätte sich aber niemals als Fachmann bezeichnet. Seine Abzüge ließ er deshalb stets von einem Bekannten im Dorf entwickeln.

Aber verwendeten Fotografen bei diesem Entwicklungsprozess nicht Gifte? Er hatte noch undeutlich im Gedächtnis, dass Quecksilber und ... ja ... Zyanid daran beteiligt waren. Außerdem fragte er sich, ob Reggie seine Fotos zum Entwickeln in ein Labor schickte. Oder erledigte er das selbst in seinem Atelier? Hatte er dort eine Dunkelkammer? Denn wenn ja, gab ihm das einen ungehinderten Zugriff auf Gifte.

War es möglich, dass Reggie all die Jahre lang gewartet hatte, um sich an Amy dafür zu rächen, dass sie ihren Bruder Francis zur Änderung seines Testaments überredet hatte? Denn anderenfalls hätte Reggie jetzt im Alter ein bequemes Auskommen gehabt. Aber aus welchem Grund hätte er sich so viel Zeit lassen sollen? Francis war nun schon seit einigen Jahren tot. Außerdem hatte es auf ihn so gewirkt, als hätten Amy und Reggie einander sehr gerngehabt.

Arbie seufzte auf. Er konnte sich nur schwer vorstellen, dass Reggie, zerstreut wie er war, jedes Mal daran dachte abzuschließen, wenn er das Haus verließ. Und da alle Mitglieder des Haushaltes vermutlich bestens über Reggie und seine Hobbys

Bescheid wussten – was vermutlich auch für das ganze Dorf galt –, hätte sich jeder nach Lust und Laune am Giftschrank bedienen können.

Selbst ein Außenstehender hätte das Gerücht aufschnappen können, dass ein Amateurfotograf im Atelier sein Lager aufgeschlagen hatte. Mit dem naheliegenden Schluss, dass dort Gifte herumstanden, die regelrecht danach schrien, stibitzt und benutzt zu werden.

Alles in allem kein sehr angenehmer Gedanke.

KAPITEL ZWÖLF

Am nächsten Morgen stand Arbie wie immer spät auf. Gerade setzte er sich an den Tisch, um das Rührei mit Speck zu verspeisen, das Mrs. Privett ihm wortlos hingestellt hatte, als er das Telefon läuten hörte. Er ließ sich nicht von Baskets braunen Augen erweichen, die sich flehend auf den Teller richteten. Nach einer strengen Warnung an den Hund, dass es mächtig Ärger geben würde, sollte er sich an Arbies Frühstück vergreifen, schob er seinen Stuhl zurück und erhob sich.

Der Einbau dieser in Mrs. Privetts Worten »neumodischen Höllenmaschine« war auf Anregung seines Onkels geschehen und traf bei Arbie ausnahmsweise auf volle Zustimmung. Hastig stopfte er einen Bissen Ei in den Mund und eilte in die Vorhalle, wohl wissend, dass Mrs. Privett das Telefon nicht mit der Beißzange anfassen würde. Immer noch kauend, griff er nach der Sprechmuschel. »Ja? Hier Swift. Arbie am Apparat«, nuschelte er mit vollem Mund.

Es ertönte ein Rauschen und Klappern, und schließlich erklang eine Stimme, die ihm ein wenig vertraut erschien. Allerdings gehörte sie nicht einem seiner vielen Freunde. »Mr. Swift, sind Sie das?«, fragte die Stimme zögernd.

Arbie, dem klar wurde, dass er es offenbar mit einem Telefonneuling zu tun hatte, bestätigte das geduldig, auch wenn er die Stimme noch immer nicht einordnen konnte. Dem Akzent nach tippte er eher auf einen Einheimischen als auf ein Mitglied der besseren Gesellschaft aus seiner Zeit in Oxford. Im nächsten Moment fiel es ihm wie Schuppen von den Augen: der alte Bootsbauer.

»Oh, sind Sie das, Mr. ... äh ...« Arbie, der morgens nicht in bester Form war, zermarterte sich das Hirn nach dem Namen des Anrufers. Zum Glück kam er dann doch drauf: »Mr. Finch, richtig?«

»Hä?«

Seufzend erinnerte sich Arbie, dass der alte Mann ja schwerhörig war. »Mr. Finch?«, brüllte er in die Sprechmuschel. Dabei blickte er besorgt aus dem Fenster. Doch zu seiner Erleichterung war sein Onkel in sicherer Entfernung mit der Reparatur eines Motorrades beschäftigt. Arbie wäre bei diesem Anblick wohl zu Tode erschrocken, hätte er letzte Nacht nicht beobachtet, wie ein junger Bursche es, begleitet von der üblichen tragischen Geschichte, vorbeigebracht und seinen Onkel gebeten hätte, etwas zu »unternehmen«.

Das ganze Dorf wusste, dass der Onkel mehr oder weniger alles wieder instand setzen konnte. Ansonsten hätte Arbie Grund zu der Befürchtung gesehen, sein Vormund könnte auf den Gedanken gekommen sein, die Straßen im Sattel einer Clyno oder einer Enfield mit Zweitaktmotor zu erkunden. Kein Fußgänger oder Radfahrer wäre seines Lebens mehr sicher gewesen.

»Ist mein Boot fertig?«, brüllte Arbie, der vermutete, dass nur das der Grund des Bootsbauers sein konnte, ihn anzurufen.

»Wahrscheinlich morgen«, war wieder leise die Stimme zu hören. Als Arbie jemanden im Hintergrund ein Bier bestellen hörte, schloss er – mit einem gewissen Grad von Neid – daraus, dass Marcus Finch offenbar das Telefon im Pub seines Dorfes benutzte. »Aber der Schildermaler kommt gleich und muss wissen, wie Sie das Boot nennen wollen. Haben Sie sich inzwischen entschieden, Sir?«

»Äh, ja. Das habe ich«, antwortete Arbie.

»Hä?«

Arbie seufzte wieder. Nachdem er sich noch einmal vergewissert hatte, dass sein Onkel außer Hörweite war, schrie er den Namen in die Sprechmuschel.

Am anderen Ende der Leitung entstand kurz Schweigen. »Ein komischer Name, Mr. Swift«, sagte der Bootsbauer schließlich. »Sind Sie sicher, dass Ihnen *Flussnixe* oder etwas Ähnliches nicht besser gefällt?«

Der langweilige und wenig originelle Vorschlag war empörend. *Flussnixe*, das sollte wohl ein Scherz sein! »Ja, vollkommen sicher«, entgegnete Arbie.

»Hä?«

Arbie seufzte ein drittes Mal und brüllte wieder den Namen seiner Wahl. »Mein Onkel ist Künstler. Also passt der Name großartig«, fügte er zur Erklärung hinzu.

»Aha, ich verstehe«, antwortete Marcus Finch zweifelnd. »Ich habe schon gehört, dass die Herren Künstler sich von uns Normalsterblichen unterscheiden.« Auf diese geheimnisvolle Feststellung folgte seinerseits ein schwerer Seufzer. »Also gut, Mr. Swift. Dann sage ich dem Schildermaler, dass er anfangen soll. Aber es wird ihm gar nicht gefallen, so viel steht fest. Wollen Sie wirklich nichts Hübscheres nehmen, Sir? Einen Mädchennamen, die sind zurzeit sehr beliebt. Oder wie heißt denn die Frau Ihres Onkels?«

»Mein Onkel ist nicht verheiratet«, erwiderte Arbie.

»Hä?«

»Schon gut! Liefern Sie das Boot an unsere Adresse, wenn es fertig ist?«, schrie er. »Wir liegen am Fluss und haben einen Bootssteg.«

»Ja, Sir, das geht«, sagte Marcus Finch und hängte unvermittelt auf. Unter gewöhnlichen Umständen hätte Arbie das ziemlich unhöflich gefunden, doch er ging davon aus, dass es sich bei diesem Telefonat um die erste Fernsprecherfahrung des Mannes handelte. Deshalb war ihm vermutlich auch nicht klar, dass man seinen Gesprächspartner üblicherweise mit einem »Bis bald« oder Ähnlichem vorwarnte, ehe man auflegte.

Also dachte Arbie sich nichts weiter dabei, legte ebenfalls auf und kehrte zu seinem erkaltenden Frühstück zurück. Basket, der noch immer voller Hoffnung neben seinem Stuhl wartete, wurde mit einem Stück Speckkruste belohnt.

Nach dem Essen schlenderte Arbie ins Dorf. Auf den Feldern wurde gearbeitet, und an den zahlreichen übel riechenden schwarzen Häufchen auf der Straße war allzu deutlich zu erkennen, dass gerade eine Schafherde quer durchs Dorf getrieben worden war.

Geschickt überwand Arbie das für Schuhe höchst gefährliche Minenfeld und fand sich zu guter Letzt vor dem Dorfladen wieder. Gerade wollte er hineingehen, um sich eine Zeitung zu kaufen und seinen Zigarettenvorrat aufzufüllen, als ihn ein Ausruf innehalten ließ.

»Mr. Swift! Genau Sie habe ich gesucht.«

Als Arbie herumwirbelte, sah er sich Inspector Gorringe gegenüber, der ihn nachdenklich musterte.

»Ach, wirklich?«, erwiderte Arbie mit einem mulmigen Gefühl im Bauch.

»Ja. Ich komme gerade vom Haus.«

Arbie war sicher, dass damit Old Forge gemeint war. »Ach, wirklich?«, wiederholte er, während das mulmige Gefühl wuchs.

»Ja. Die Haushälterin würde gern mit Ihnen sprechen.« Diese Mitteilung erfolgte mit unbewegter Miene, wobei der Inspector sich fragte, ob der junge Mann wohl zum dritten Mal mit »Ach, wirklich?« antworten würde.

Vielleicht hatte Arbie das ja gespürt, denn er setzte sein bestes verdutztes Lächeln auf. »Ich kann mir gar nicht vorstellen, was sie von mir will.«

Der Polizist, der die Faxen allmählich dicke hatte, ruckte nur mit dem Kopf, ein Zeichen, dass Arbie ihm folgen sollte. Dann steuerte er entschlossenen Schrittes auf Amy Phelps' früheres Zuhause zu. Offenbar war er nicht in der Stimmung, die Unterhaltung fortzusetzen, und nachdem sie ein Stück des Wegs schweigend zurückgelegt hatten, hielt Arbie es nicht mehr aus.

»Wissen Sie, Inspector, eigentlich ist es gar nicht schlecht, dass wir einander begegnet sind«, begann Arbie, der beschlossen hatte, den Stier bei den Hörnern zu packen und es hinter sich zu bringen. »Ich habe mich gefragt, ob Ihnen bekannt ist, dass Mr. Bickersworth sich nicht nur als Sonntagsmaler, sondern auch als Fotograf betätigt.« Als er an das viktorianische Ungeheuer dachte, das man ihm gestern vorgeführt hatte, fügte er der Ehrlichkeit halber hinzu: »Nun, gewissermaßen sozusagen.«

»Nein, das hat niemand erwähnt«, räumte der Inspector ein.

Arbie wartete darauf, dass der Mann weitersprach. Als das nicht geschah, blieb ihm nichts anderes übrig als fortzufahren. »Also es ist so, dass ich ... äh ... hin und wieder selbst das ein oder andere Foto mache ...«

»Für Ihr Gespensterbuch? Ja, Sir, das tun Sie gewiss«, stimmte der Inspector zu.

Arbie fragte sich, ob ihm das Licht wohl einen Streich spielte. Oder hatte es gerade fast unmerklich um die Lippen des Inspectors gezuckt? Doch da er nun schon einmal angefangen hatte, musste er die Sache auch zu Ende bringen.

»Es ist so, dass ich meine Fotoplatten zum Entwickeln schicke. Aber, neugierig, wie ich nun mal bin, halte ich oft ein Schwätzchen mit dem Burschen, den ich damit beauftrage. Und deshalb kann ich einfach nicht anders, als dies und das aufzuschnappen ... und ... äh ...«

»Zum Beispiel, dass beim Entwickeln von Fotografien verschiedene giftige Substanzen zum Einsatz kommen?«, fiel der Inspector ihm lächelnd ins Wort.

»Aha«, meinte Arbie ein wenig enttäuscht. Es hatte ihn einige Überwindung gekostet, den armen alten Reggie womöglich in Verdacht zu bringen. Und nun stellte sich heraus, dass er sich ganz umsonst das Gewissen zermartert hatte. »Dann wissen Sie also Bescheid?«

Inzwischen hatten sie das Gartentor erreicht. Der Inspector hielt es auf und ließ Arbie den Vortritt. »Wir geben uns bei der Polizei redlich Mühe, mit der Zeit zu gehen, Sir«, erwiderte er mit einem spöttischen Nicken.

Arbie spürte, dass er errötete. »Verzeihen Sie, dass ich Sie darauf angesprochen habe, Inspector«, entgegnete er steif.

Bei diesen Worten wurde die Miene des Inspectors ein wenig versöhnlicher. »Offen gestanden wäre es mir das Liebste, wenn Sie mich weiter auf derartige Dinge ansprechen würden, Sir. Da ich nun über Mr. Bickersworths Steckenpferd im Bilde bin, werde ich diskret ein Wort mit ihm wechseln und nachsehen, ob er Chemikalien in seinem Atelier aufbewahrt und wenn ja, welche.«

»Ausgezeichnet«, antwortete Arbie wenig begeistert, schließlich wollte er nicht, dass Reggie seinetwegen einem Verhör unterzogen wurde. Allerdings machte es ganz den Eindruck, als ob der Inspector ihn nicht allzu streng ins Gebet nehmen würde. Arbie konnte nur hoffen, dass der Mörder von Amy Phelps sein abscheuliches Gift selbst mitgebracht hatte. Doch falls sich, wie er vermutete, herausstellen sollte, dass sich hinter den unverschlossenen Türen von Reggies Atelier etwas Gefährliches verbarg, musste die Polizei davon erfahren.

Drinnen im Haus begleitete der Inspector Arbie zur Küche, wo Jane Brockhurst ihn bereits erwartete. Dann entschuldigte er sich und machte sich auf den Weg nach draußen, um Reggie in seinem Atelier abzufangen.

»Eine Tasse Tee, Mr. Swift?«, fragte die Haushälterin. »Danke, dass Sie gekommen sind. Als ich zum Inspector sagte, ich hoffte, Ihnen bald über den Weg zu laufen, war das wirklich nicht als Aufforderung gedacht, Sie sofort herzubringen. Was hat dieser unmögliche Mensch sich nur dabei gedacht? Hoffentlich hat es niemand beobachtet und die falschen Schlüsse daraus gezogen.«

»Ach, zerbrechen Sie sich nicht den Kopf darüber«, erwiderte Arbie galant. »Bestimmt hat niemand angenommen, dass ich verhaftet worden bin.«

Das schonungslose Wort ließ die Haushälterin leicht zusammenzucken. Sie sank auf einen Stuhl. »Ach, herrje, es ist alles so schrecklich, finden Sie nicht? Ich kann immer noch nicht fassen, dass sie tot ist. Und dazu noch *ermordet*. Nie hätte ich gedacht …« Sie verstummte und schüttelte den Kopf. »Verzeihen Sie, Mr. Swift. Wir müssen Haltung bewahren, nicht wahr?« Die Haushälterin stand auf, um den pfeifenden Kessel vom Herd zu nehmen.

Als die stärkenden Tassen Tee vor ihnen standen, tranken sie eine Weile in pietätvollem Schweigen, bis die Haushälterin schließlich auf den Punkt kam. »Mr. Swift, wenn ich es richtig verstanden habe, beabsichtigen Sie, Ihre ... äh ... Untersuchungen für Ihr nächstes Buch fortzusetzen, oder?«, begann sie zögernd.

Arbie fuhr erschrocken zusammen. »Also hat es sich schon im Dorf herumgesprochen«, stellte er ärgerlich fest. Dann ließ er schicksalsergeben die Schultern hängen. »Ach, ja, da mein Verleger und der Vikar es beide von mir verlangen und Mr. Phelps mir die Erlaubnis gegeben hat, bleibt mir wohl nichts anderes übrig«, seufzte er.

Die Haushälterin betrachtete ihn mit einer Mischung aus Anteilnahme und einem Anflug von Erstaunen. »Wie ich sehe, sind Sie nicht sehr begeistert davon, Mr. Swift.«

»Bin ich auch nicht, Mrs. Brockhurst, so viel steht fest. Aber ...« Er zuckte beredt die Achseln.

Die Haushälterin nickte und beugte sich ein wenig vor. »In gewisser Weise bin ich sogar froh, dass Sie es tun werden, Mr. Swift.«

»Wirklich?«, hakte Arbie aufrichtig überrascht nach. Er hätte gedacht, dass die Bewohner von Old Forge es kaum erwarten konnten, ihn endlich los zu sein.

»Ja. Wissen Sie, Miss Phyllis ist heute Morgen nach Hause gefahren, was man ihr nicht verübeln kann. Die Polizei im Haus zu haben ... tja, für eine junge Dame ist das ziemlich unschön.«

»Ganz recht«, antwortete Arbie wie aus der Pistole geschossen. Für ihn war es nicht minder unschön, wenn die Polizei ihn im Dorf aus dem Hinterhalt überfiel.

»Und Mr. Murray ist ins Büro und in seine Stadtwohnung zurückgekehrt. Was heißt, dass Miss Cora und ich nun allein im Haus sind. Und, tja ... Wissen Sie, Mr. Swift, einen Mann im Haus zu haben, würde unsere Nerven ein wenig beruhigen. Mr. Bickersworth ist zwar gleich nebenan in seinem Atelier, aber *nachts* hält er sich nicht im Haupthaus auf. Verstehen Sie, was ich meine?«

»Oh, natürlich. Ja. Gut«, sagte Arbie etwas resigniert. »Ich werde in naher Zukunft bestimmt eine weitere Geisterwache abhalten. Allerdings bin ich nicht sicher, ob der Inspector einverstanden sein wird. Womöglich legt er sogar sein Veto ein«, fügte er hoffnungsvoll hinzu.

»Oh, er und seine Männer sammeln nun schon Beweise, seit Miss Phelps von uns gegangen ist. Heute Morgen hat er mich informiert, sie seien fast fertig und würden bald abziehen, sodass wir unseren Alltag wieder aufnehmen könnten«, erklärte die Haushälterin.

»Aha«, lautete Arbies Kommentar.

»Außerdem war Miss Val schon hier«, fuhr die Haushälterin fort. Diesmal war Arbie beinahe sicher, dass es um *ihre* Lippen zuckte. »Sie meinte, sie werde Ihnen bei Ihrer Geisterwache Gesellschaft leisten.«

»Oh, meinte sie das?«, entgegnete Arbie mit finsterer Miene. Obwohl sie mit ihren Mordermittlungen im Fall Amy Phelps offenbar auf der Stelle traten, war ihm nicht wohl bei dem Gedanken, dass Val sich daran beteiligte. Was, wenn sie der Wahrheit unwissentlich zu nah kamen? Und wenn der Mörder davon erfuhr? Und was, wenn es ihnen tatsächlich gelang, den Täter zu enttarnen? Würde er, Arbie, Val beschützen können, falls der Mörder von Amy Phelps beschloss, ein weiteres Opfer zu fordern?

»Ja, dann ist es also abgemacht, oder?«, erkundigte sich Mrs. Brockhurst zufrieden.

Als die Tassen geleert waren und Arbie spürte, dass seine Anwesenheit in der Küche nicht mehr verlangt wurde, schlenderte er in die Vorhalle hinaus, um sich aus dem Staub zu machen. Beim Anblick der Treppe jedoch wurde sein Schritt langsamer, bis er schließlich stehen blieb.

Seit der Inspector ihm mitgeteilt hatte, dass weder ein Stück Schnur noch ein Seil oben am Geländer befestigt gewesen war, um Amy Phelps in der Nacht ihres Treppensturzes zu Fall zu bringen, ließ ihn ein Gedanke nicht mehr los.

Da die Luft rein war, nutzte er die Gelegenheit und huschte die Treppe hinauf. Auf halber Höhe verharrte er auf dem Treppenabsatz und schaute sich um. Über ihm führten sechs weitere Stufen in die obere Etage. An der Wand neben ihm hing ein ziemlich nichtssagendes Gemälde, das einen gleichermaßen nichtssagenden Menschen darstellte. Sonst konnte er nichts erkennen.

Die Treppe war mit jeweils fünf Zentimetern Abstand zu Wand und Geländer mit einem Läufer belegt. Mit den Messingstäben, die diesen am Verrutschen hinderten, schien alles in Ordnung zu sein. Allerdings war es nicht die Möglichkeit, dass Amy über eine Teppichfalte gestolpert sein könnte, die ihm zu schaffen machte.

Langsam stieg Arbie die sechs Stufen empor. Dabei war sein Blick nicht etwa auf den Boden, sondern auf die Decke gerichtet, die hier verhältnismäßig niedrig war. Wie so oft in uralten Häusern wies der Putz an manchen Stellen Unebenheiten auf. Arbie bedauerte, dass er keine Taschenlampe mitgebracht hatte. Allerdings konnte er die Decke dank des durch das einzige Fenster hereinströmenden Lichts mühelos begutachten, wenn er sich auf die Zehenspitzen stellte.

Es dauerte zwar ein paar Minuten, doch dann sah er seine

Vermutung bestätigt: An der Decke, gleich oberhalb der ersten der sechs Stufen, fand er ein winziges Loch, das offenbar von einer Reißzwecke stammte.

Arbie nickte wissend. So war der Täter also vorgegangen. Er ließ sich auf die oberste Stufe sinken und spähte nachdenklich nach unten. Die Treppe mit dem Läufer beschrieb kurz vor dem mittleren Treppenabsatz eine Kurve. Es wunderte ihn nicht, dass Miss Phelps sich bei dem Sturz nicht schwer verletzt hatte. Hätte die Treppe einen geraden Verlauf genommen und wäre die Bedauernswerte die gesamte Strecke hinuntergefallen, hätte das *möglicherweise* tödliche Folgen gehabt. Auch bei einer Steintreppe wäre das Ergebnis sicherlich fatal gewesen. Selbst eine Holztreppe ohne Teppich hätte die Wahrscheinlichkeit einer schweren Verletzung vermutlich erhöht. Insbesondere dann, wenn das Opfer eine ältere Dame mit brüchigen Knochen war.

Aber nur sechs Stufen und überdies eine Treppe mit Läufer? Wenn der Täter Miss Phelps wirklich hätte umbringen wollen, hätte er seine Falle unmittelbar hinter dem Treppenabsatz anbringen müssen, das heißt *hinter* der Biegung, damit das Opfer eine größere Anzahl von Stufen hinunterfiel. Und außerdem auf dem harten Fliesenboden der Vorhalle landete.

Mit was für einer Art von Mörder hatten sie es hier zu tun? Einem Vollidioten? Oder einem Menschen, der ungeheuer schlau zu Werk ging?

»Was, um alles in der Welt, ist hier passiert?«, murmelte Arbie leise.

Während Arbie auf Amy Phelps' Treppe stand und sich ratlos am Kopf kratzte, trat Murray Phelps in eine Teestube in Cheltenham und ließ, auf der Suche nach einem vertrauten Gesicht, den Blick durch den Raum schweifen. Rasch hatte er es entdeckt und straffte die Schultern, denn ihm stand eine heikle Unterredung bevor.

Doreen Capstan, ehemals Dienstmädchen seiner Tante, trug ihr bestes Sonntagskleid und hatte an diesem Morgen einen Teil ihres letzten Geldes beim Friseur ausgegeben, um sich das Haar richten zu lassen. Als Murray sich ihr gegenüber niederließ, schenkte sie ihm ein kokettes Lächeln und lauschte gleichermaßen begierig und beglückt, als er ein ausgiebiges Mittagessen für zwei Personen bestellte. Nachdem das erledigt war, blickte sie sich zufrieden um. Schließlich hatte sie nicht oft Gelegenheit, auswärts zu essen, und sie war fest entschlossen, es in vollen Zügen zu genießen.

»Nett hier, findest du nicht?«, sagte sie und beäugte die geblümten, gerüschten Polster und die appetitlichen Kuchen auf der Theke.

Die Schusterpalmen, die in großen Töpfen aus glasierter Keramik auf den Fensterbrettern standen, und die kleinen Blumensträußchen auf den Tischen konnten Murray nur ein gleichmütiges Achselzucken entlocken. Außerdem wimmelte es in dem Lokal von alten Schachteln, die ihren Tee tranken und ihm und seiner hübschen Begleiterin vielsagende Blicke zuwarfen. Offen gestanden löste das ganze Café ein Grauen in ihm aus. Allerdings wusste er, dass keiner seiner Bekannten auch nur über seine eigene Leiche eine solche Teestube betreten hätte, was genau der Grund war, warum er sich hier mit Doreen traf. Das und der Umstand, dass sie nun weit weg von Maybury-in-the-Marsh und den Augen neugieriger Polizisten waren. Und neugieriger Nachbarn.

Murray beschloss, sofort zum Punkt zu kommen. Er räusperte sich und beugte sich mit verschwörerischer Miene über den Tisch. »Hör zu, Doreen. Sicher ist dir bewusst, dass der Tod meiner Tante uns in eine unangenehme Lage gebracht hat«, begann er in dem ruhigen, sachlichen Ton, den er stets anschlug, wenn eine Frau drohte, ihm lästig zu werden.

»Ach, wirklich?«, unterbrach Doreen ihn schnippisch.

Murray seufzte auf. Zum Teufel mit dem kleinen Miststück. Schon an den entschlossen zusammengepressten Lippen und dem trotzig gereckten Kinn erkannte er, dass ihm Ärger bevorstand. Offenbar ahnte sie bereits, was er gleich sagen würde, und war verständlicherweise gar nicht erfreut darüber. Dennoch musste er ihr Vernunft beibringen. Daran führte kein Weg vorbei.

»Ja. Wir haben …« – er lehnte sich noch weiter vor und senkte die Stimme zu einem Flüstern – »… die Polizei im Haus. Begreifst du denn nicht? Sie schnüffeln im Dorf herum und stellen Fragen. Und wer weiß, was die grässlichen Nachbarn meiner Tante ihnen erzählen werden.«

»Über uns meinst du?«, erwiderte Doreen und schleuderte ihr hübsches Köpfchen zurück. »Tja, wen kümmert das? Darauf brauchen wir doch nicht zu achten, oder? Schließlich wird das ganze verdammte Dorf von uns erfahren, wenn wir uns erst miteinander verloben«, schloss sie triumphierend.

Als Murray bei diesen Worten ungeduldig aufseufzte, wurde ihr Blick argwöhnisch. »Wir werden uns doch verloben, oder?«, hakte sie nach. »Das hast du versprochen. Sobald die alte Kuh tot ist, hast du gesagt. Du hast mir dein Wort gegeben. Wir waren uns nur darüber einig, es geheim zu halten, weil sie dich sonst enterbt hätte. Die Alte hat mich völlig grundlos vor die Tür gesetzt«, zischte sie hasserfüllt. »Und der hochwohlgeborene Mr. Murray Phelps sollte bloß nicht wagen, zu vergessen, warum ich das überhaupt getan habe. Nämlich, weil du es von mir verlangt hast!«

Und falls er jetzt denkt, mich so einfach abservieren zu können, hat sich der feine Herr geschnitten, dachte Doreen zornig. Nun war er endlich frei und außerdem ein reicher Mann. Sie würde ihn nicht entwischen lassen, da half alles Sträuben nichts.

Murray rang den Drang nieder, ihr an die Gurgel zu gehen, und atmete einmal tief durch, um sich zu beruhigen. Angesichts der derzeitigen Lage blieb ihm offenbar nichts anderes übrig, als gute Miene zum bösen Spiel zu machen. Denn dass sie jetzt einen Skandal lostrat, hätte ihm gerade noch gefehlt. »Ja, Liebling, ich weiß, und ich bin dir auch wirklich sehr dankbar. Aber es ist nicht so einfach, wie du glaubst.«

»Ach? Und warum nicht?«, entgegnete Doreen zweifelnd.

Die beiden Damen mittleren Alters am Nachbartisch ahnten offenbar, dass sich hier gerade ein höchst spannender Zank unter Liebenden anbahnte, und lehnten sich neugierig hinüber. Als Doreen ihnen einen drohenden Blick zuwarf, fuhren sie entrüstet zurück.

Murray, dem die kleine Szene nicht entgangen war, senkte die Stimme noch weiter. »Wenn sie an einem Herzanfall oder an Grippe gestorben wäre, würde es für uns jetzt anders aussehen, das muss ich dir doch nicht eigens erklären«, raunte er. Als er ihre abwehrende Miene bemerkte, versuchte er es weiter. »Als Haupterbe stehe ich für die Polizei sicher ganz oben auf der Liste der Verdächtigen. Gebrauch deinen Verstand, Doreen! Im Moment ist es nötig, dass wir uns diskret verhalten, bis wieder Ruhe eingekehrt ist. Aufmerksamkeit können wir überhaupt nicht gebrauchen. Ein Glück, dass dich niemand in der Todesnacht im Haus gesehen hat. Und dieses Glück wollen wir nicht aufs Spiel setzen, indem wir jetzt das Augenmerk auf dich lenken. Sag, dass du das verstehst.«

Doreen machte ein finsteres Gesicht. Sie hatte einen Riecher dafür, wenn ein Mann versuchte, sich aus der Affäre zu ziehen, und sie war nicht bereit, Mr. Murray Phelps vom Haken zu lassen. Andererseits besaß sie auch einen stark ausgeprägten Selbsterhaltungstrieb, und der sagte ihr nun, dass Murrays Einwand etwas für sich haben könnte.

»Wir wollen also vermeiden, dass die Polizei *uns* zu gründlich unter die Lupe nimmt. Zumindest jetzt«, antwortete sie. »Natürlich verstehe ich das«, stimmte sie zu und musste innerlich grinsen, als seine verkrampften Schultern sich sichtlich lockerten. »Aber vergiss nicht, dass wir ihnen, falls sie uns zu sehr auf die Pelle rücken sollten, jederzeit erzählen könnten, was deine unschuldige kleine Cousine so getrieben hat. Das würde sie nämlich von uns ablenken.«

»Ja. Vielleicht«, erwiderte Murray nachdenklich. »Doch das sparen wir uns für den Ernstfall auf. Also sprich bloß mit niemandem darüber«, warnte er sie.

»Keine Sorge, das werde ich nicht«, beruhigte sie ihn. »Aber nur, wenn *du* nicht vergisst, was *ich* für dich getan habe«, wandte sie ein, beugte sich vor, legte die Hand auf seine und grub die Nägel schmerzhaft in seine Fingerknöchel. »Schließlich hattest du gegen meine Hilfe nichts einzuwenden, als sie dir in den Kram gepasst hat.«

Murray befreite sich sanft, aber bestimmt. »Ich werde es nicht vergessen«, antwortete er leise.

»Und außerdem solltest du immer daran denken, dass ich plötzlich Lust kriegen könnte, der Polizei mein Herz auszuschütten. Falls du jetzt schon Fracksausen hast, stell dir nur vor, was passiert, wenn ich erst richtig auspacke.«

»Sei nicht albern!«, zischte er. »An dir würde dann sicher auch etwas hängen bleiben. Halt dir nur immer vor Augen, dass auch du ein gutes Motiv gehabt hättest, meine Tante zu beseitigen, mein Schatz. Als sie dich rausgeworfen hat, hast du Zeter und Mordio geschrien und gedroht, du würdest dich an ihr rächen! Außerdem genießt du nicht den allerbesten Ruf, richtig? Die Polizei würde sich sehr über eine Gelegenheit freuen, endlich ein Mitglied der Capstan-Sippe aus dem Verkehr zu ziehen.«

Zornig lehnte Doreen sich zurück. »Schon gut, schon gut, du brauchst nicht gleich gemein zu werden«, murmelte sie. Dann seufzte sie auf und bedachte ihn mit einem schmelzenden Blick. »Oh, Murray, wir wollen nicht streiten«, flötete sie und war auf einmal wie ausgewechselt. »Wir müssen einfach nur warten, so wie du es gesagt hast. Und dann, nach einer Weile, können wir dieses Drecksnest hinter uns lassen und nach London ziehen, wie du es dir immer gewünscht hast. Wir könnten dort zusammen wohnen, so haben wir es doch geplant. Theater. Restaurants. Kreuzfahrten. Auslandsreisen. Wäre das nicht wundervoll?«

Murray lächelte, bemüht, sich seine Verachtung für diese Frau nicht anmerken zu lassen. »Ja, das wäre traumhaft. Aber in der nächsten Zeit dürfen wir uns nicht sehen. Einverstanden?«

Doreen betrachtete ihn wie eine Katze ein Mauseloch. »Ganz wie du möchtest, Murray«, erwiderte sie gehorsam. »Doch nachdem das Testament eröffnet, die alte Schachtel beerdigt und die Angelegenheit abgeschlossen ist, werden wir heiraten. Glaub nur nicht, dass ich dich aus deinem Versprechen entlasse. Das kannst du nämlich vergessen.«

Während Murray Phelps das hübsche, habgierige, verschlagene Geschöpf musterte, das ihm da gegenübersaß, verwandelte sich sein Lächeln in ein ziemlich gefährliches Grinsen. »Was für eine kleine Schlange du doch bist, mein Schatz.«

»Halt dir das immer vor Augen«, warnte Doreen, ohne die

unausgesprochene Drohung in seiner Miene zu beachten. Sie war kein schwächliches Dämchen, das sich von einem Gentleman wie Murray Phelps ins Bockshorn jagen ließ. Außerdem hatte sie ja einen Vater und einige Brüder, die ihr nötigenfalls zur Seite stehen würden.

Also konnte ihr nicht viel geschehen.

Cora Delaney war gemächlich die Dorfstraße entlang und über die Brücke spaziert und saß nun auf der Bank mit Blick auf den Fluss, wo sie geistesabwesend die Enten und ein wild entschlossenes Schwanenpaar fütterte. Als Val und Reggie auf sie zukamen, blickte sie auf.

»Hallo. Schau, wem ich auf der Suche nach einem Jakobskrautbären begegnet bin«, verkündete Reggie und wies auf die lächelnde Val.

»Hallo, Miss Coulton-James«, erwiderte Cora freundlich. »Bitte setzen Sie sich doch zu mir.« Auffordernd klopfte sie neben sich auf die Holzbank. »Reggie, mein Schatz, du musst, wie ich fürchte, mit dem Gras vorliebnehmen.«

Reggie gehorchte galant, wenn auch ein wenig steif. Nachdem er seine schlaksigen Gliedmaßen zu seiner Zufriedenheit sortiert hatte, pflückte er ein Gänseblümchen und musterte es nachdenklich. Während Val den gereckten Hals des männlichen Schwans ängstlich betrachtete, hielt Cora dem Vogel ohne Furcht eine Brotkruste hin.

»Ich meinte gerade zu Miss Coulton-James, dass ich gar nicht weiß, wie ich mich heute Nachmittag verhalten soll«, merkte Reggie bedächtig an. »Schließlich erwartet die Familie den Anwalt zur Testamentseröffnung«, fügte er hinzu, als seine alte Freundin ihn verständnislos ansah.

»Oh, das war mir ganz entfallen.« Cora nickte.

»Denkst du, es wäre das Beste, wenn wir uns diskret nach Oxford oder nach Cheltenham verdrücken?«, fragte Reggie besorgt. »Man will in solchen Zeiten ja nicht aufdringlich sein.«

Coras Blick war voller Zuneigung. »Das ist meiner Ansicht nach überflüssig, Reggie. Ich weiß, dass Amy mir in ihrem Testament eine Kleinigkeit vermacht hat, denn es freute sie, mich daran zu erinnern. Wiederholt«, fügte sie mit leicht spitzem Unterton hinzu. »Und wie ich annehme, hat sie auch dich bedacht, Reggie. Es würde gar nicht zu Amy passen, wenn du völlig leer ausgehen würdest. Schließlich gefiel sie sich in der Rolle der Wohltäterin, richtig?« Das Letzte kam ein wenig säuerlicher heraus als beabsichtigt, weshalb sie rasch weitersprach. »Also wird der Anwalt vermutlich auch auf unsere Anwesenheit Wert legen. So spart er sich jedenfalls die Mühe, uns zu schreiben«, merkte sie knapp an.

Reggie seufzte auf. »Ja, du hast sicher recht. Nun, da du es erwähnst, haben Francis und ich stets das Gemälde bewundert, das den Kirchturm inmitten eines Ulmenhains darstellt. Ihre Mutter hat es im Jahr 1898 gemalt. Amy sagte immer, dass ich es einmal bekommen sollte, weshalb sie es mir vermachen würde. Ich weiß schon genau, wo bei mir zu Hause ich es aufhängen werde«, fügte er mit einem Lächeln in Vals Richtung hinzu.

Cora legte ihm die Hand auf die Schulter. »Du vermisst Francis noch immer sehr, oder?«, fragte sie leise.

Reggie nickte und schien sogar Tränen in den Augen zu haben. »Ja, ich wünsche mir jeden Tag, dass er noch bei mir wäre.«

Val, die Coras wissenden Blick bemerkte, begriff schlagartig und spürte, wie sie errötete. *So* hatten die beiden also zueinander gestanden! Natürlich durfte sie als Tochter eines Vikars nichts über Dinge wie »besondere Freundschaften« zwischen Männern wissen. Aber schließlich hatte sie Brüder, die Internate besucht und einen Heidenspaß daran gehabt hatten, sie mit ihrer Weltläufigkeit zu schockieren. Zumindest erklärte das, warum Reggie sein Leben lang Junggeselle geblieben war.

»Ach, kümmern Sie sich nicht um mich, Miss Coulton-James, ich bin wieder einmal rührselig«, sagte Reggie, dem Vals Gesichtsausdruck nicht entgangen war, und straffte sichtlich die Schultern. »Im Alter wird man eben sentimental, und die Erinnerung an verstorbene liebe Freunde gewinnt zunehmend an Bedeutung.«

Val nickte und lächelte ihm mitfühlend zu. »Gewiss, Mr. Bickersworth. Und ich bin sicher, Miss Phelps würde wollen, dass Sie heute Nachmittag dabei sind. Es war offensichtlich, dass sie Sie sehr gernhatte«, merkte sie aufmunternd an.

Reggie nickte. »Das wäre also geklärt. Ich frage mich, ob dieser Anwalt auch weiß, wann die Familie die Beerdigung abhalten kann? Die Umstände machen es wirklich höchst unangenehm, aber ich hoffe, dass es nicht mehr lange dauert.«

»Ich glaube, bei Mor... in solchen Fällen kann es sich ziemlich hinziehen«, versuchte Val, es ihm schonend beizubringen. »Manchmal sogar Monate.«

»Nein! Tatsächlich? So lang?«, erwiderte Reggie entsetzt. Dann seufzte er auf. »Nun ja, ganz gleich, was passiert, ich werde da sein. Amys Beerdigung darf ich nicht verpassen. Kommst du auch, Cora?«, erkundigte er sich beiläufig.

Cora Delaney warf dem vorwitzigsten Blesshuhn das letzte Stück Brot zu und erhob sich. »Oh ja«, verkündete sie mit Nachdruck. »Amys Beerdigung würde ich mir um nichts in der Welt entgehen lassen.« Sie blickte sich um und holte tief Luft. »Nun, ich glaube, ich mache mich auf den Nachhauseweg, bevor es zu warm wird. Bis später, Reggie, mein Schatz. Miss Coulton-James.«

Val nickte, während Reggie nur träge mit der Hand wedelte. Eigentlich hätte die Etikette von ihm verlangt, dass er sich aufrappelte und stehen blieb, bis sie fort war. Allerdings wusste er, dass es die gute alte Cora nicht stören würde, wenn er weiter seine alten Knochen ausruhte.

»Miss Delaney scheint den Tod ihrer Freundin sehr gut zu verkraften«, meinte Val nachdenklich.

»Hmmmm? Cora?«, fragte Reggie, der gerade ein Waldbrettspiel aus der Familie der Edelfalter entdeckt hatte und sich fragte, ob es sich lohnte, seine sperrige Kamera hierher zwischen die Bäume zu schleppen. »Oh ja, aber lassen Sie sich nicht davon täuschen. Sie trauert genauso wie wir anderen. Nur dass Cora eine Anhängerin der alten Schule ist. Stets Haltung bewahren. Sie war schon immer sehr beherrscht.« Zu Vals Überraschung tippte er sich wissend mit dem Finger an die Schläfe. »Sie hat Verstand und war vermutlich die Klügste in unserer Clique. Sie hat sogar in Oxford studiert, Somerville, wissen Sie.«

Vals Lippen kräuselten sich zu einem bedauernden Grinsen, denn als Frau hatte man Cora gewiss nicht gestattet, eine Abschlussprüfung abzulegen. »Ach ja? Was hat sie denn studiert?«, fragte sie beiläufig.

»Hm, Mathematik, glaube ich«, antwortete Reggie und warf das Gänseblümchen ins Gras. »Nein, falsch, es war Chemie. Marie Curie war ihre Heldin.«

KAPITEL DREIZEHN

Cora war noch nicht weit gekommen, als sie hinter sich Schritte hörte. Sie drehte sich um und war nicht weiter erstaunt zu sehen, dass die Tochter des Vikars ihr nacheilte. Sobald Val feststellte, dass sie bemerkt worden war, verfiel sie in eine manierlichere Gangart und winkte der älteren Dame fröhlich zu.

»Einen Augenblick, bitte. Reggie hat mir gerade erzählt, dass Sie an der Universität waren«, sagte Val, riss die Augen auf und blickte ihr Gegenüber so bewundernd wie möglich an. »Ich wünschte, ich wäre auch klug genug dafür.« Allerdings war ihr durchaus bewusst, dass ihren Eltern auch in diesem Fall das Geld gefehlt hätte, ihr ein Studium zu finanzieren. »Er sagte, Sie hätten Chemie studiert?«, fügte sie hinzu.

»Ja«, erwiderte Cora. »Welches Fach würden Sie denn belegen wollen?«

»Ach, nichts so Schwieriges«, antwortete Val in gespielter Bescheidenheit. »Literatur vielleicht. Oder Kunst. Aber Chemie klingt wirklich faszinierend.«

Cora nickte ausweichend. »Könnten Sie sich denn nicht bewerben?« Ihr gefiel es, wenn Frauen es in der Welt zu etwas brachten. Außerdem fand sie diese energische, tüchtige junge Dame recht sympathisch, weshalb sie sie dazu ermutigen wollte, etwas aus ihrem Leben zu machen.

»Nein, ich fürchte, daraus wird nichts.« Val seufzte auf. »Meine Eltern möchten unbedingt, dass ich einen passenden jungen Mann kennenlerne und heirate«, ergänzte sie, ohne sich einen unwilligen Unterton verkneifen zu können.

»Aha«, sagte Cora diplomatisch, denn es ging nicht an, dass sie sich in diesen Familienstreit hineinziehen ließ. »Aber gewiss freuen Sie sich doch darauf, einen Mann und eigene Kinder zu haben.«

»Es geht so«, erwiderte Val zweifelnd. »Mutter sagt immer, Kinder seien ein Segen.«

»Nicht immer.« Diese spöttische Bemerkung war Cora einfach so herausgerutscht. »Fragen Sie doch Mrs. Brockhurst.« Nun ist aber genug mit den Scherzen, schalt sie sich. Unglücklicherweise war sie machtlos dagegen. Wenn sie auf Ahnungslosigkeit und Unschuld, insbesondere vereint in ein und derselben Person, traf, konnte sie manchmal der Versuchung nicht widerstehen, eine kleine Sprengladung aus Erfahrung und Wissen zu zünden und zu schauen, was wohl dabei herauskam.

»Die Haushälterin? Oh, aber ich dachte, dass sie nur höflichkeitshalber mit ›Mrs.‹ angesprochen wird«, erwiderte Val ziemlich überrascht.

»Ja, das ist richtig«, stimmte Cora zu. »Doch Sie würden sich wundern, wie oft vom Pech verfolgte oder leichtfertige junge Mädchen für fünf Monate ›fortgehen‹ müssen, damit die Leute sich nicht die Mäuler zerreißen. Für gewöhnlich heißt es, sie müssten eine kranke Verwandte pflegen.«

Im ersten Moment starrte Val Cora verständnislos an. Dann jedoch weiteten sich ihre Augen, und ihre Wangen nahmen eine rosige Tönung an. »Oh! Meinen Sie etwa …« – Val sah sich um und senkte die Stimme zu einem Flüstern – »… dass sie ein *Baby bekommen* hat? *Ohne* verheiratet zu sein?«

»Aber hängen Sie das bloß nicht an die große Glocke, mein Kind«, mahnte Cora, die ihre Worte inzwischen ein wenig bereute. »Ich bin sicher, dass Jane Brockhurst im Laufe der Jahre bitter für ihre Sünde gebüßt hat. Obwohl Amy eine gläubige Christin war und sie in Diensten behalten hat – die meisten hätten sie wohl vor die Tür gesetzt –, war sie im Alltag nicht unbedingt einfach zu nehmen. Außerdem musste sie darauf bestehen, dass Jane das Baby zur Adoption freigab. Also ruinieren Sie jetzt bloß nicht den Ruf dieser armen Frau.«

»Ich werde kein Sterbenswörtchen verraten«, schwor Val. Und sie meinte es ernst. Nun, mit Ausnahme von Arbie vielleicht, doch das zählte nicht, denn schließlich war das wichtig für ihre Ermittlungen.

Es gab also eine zweite Person in Old Forge, die womöglich einen Grund gehabt hatte, Miss Phelps umzubringen.

Cora nickte zustimmend und verabschiedete sich dann rasch von dem jungen Mädchen. Auch wenn einige sie dafür tadeln mochten, dass sie die Tochter des Vikars schockiert hatte, konnte es ihrer Ansicht nach nicht schaden, unschuldige Seelen hin und wieder auf die raue Wirklichkeit hinzuweisen.

Val blickte Cora Delaney nach, bis diese verschwunden war, und lief dann los, um Arbie von ihrer jüngsten Entdeckung zu berichten. Erst viel später fiel ihr ein, dass sie Cora eigentlich gefolgt war, um sie auszuhorchen, um in Erfahrung zu bringen, wie gut sie sich als Chemikerin mit Giften auskannte. Allerdings hatte die alte Dame sie so gründlich von ihrem Vorhaben abgelenkt, dass tödliche Substanzen überhaupt nicht zur Sprache gekommen waren.

Mr. Alfred Mulligan erschien pünktlich. Schließlich war es Ehrensache, dass er als einer der Seniorpartner der Kanzlei Ramsbottom, Mulligan, Mulligan und Trent den jüngeren

Mitarbeitern stets mit gutem Beispiel voranging. In seinen über dreißig Berufsjahren hatte er seinen Mandanten noch nie einen Grund zur Beschwerde geliefert.

Nun, zumindest fast nie.

Als er seinen bescheidenen, aber seriös wirkenden Morris an einer schattigen Stelle der mit Kies bestreuten Auffahrt parkte und nach seinem Aktenkoffer griff, war er in Gedanken selbstverständlich bei einer ganz bestimmten Mandantin, und zwar der verstorbenen Miss Amy Phelps.

Es hatte ihn bis ins Innerste seines braven Bürgerherzens erschüttert, von der Polizei erfahren zu müssen, dass ihr Tod keine natürliche Ursache hatte. Deshalb war er auch sofort bereit gewesen, das Testament in Gegenwart der Beamten zu eröffnen. Er konnte nur hoffen, dass die Anwesenheit eines Polizisten sämtlichen Gefühlsausbrüchen und unangemessenen Äußerungen vonseiten der Familie einen Riegel vorschieben würde. Auch wenn er zugeben musste, dass ihm selbst nicht recht wohl bei dieser Angelegenheit war. Nein, ganz und gar nicht.

In seinen Jahren als Anwalt hatte Mr. Mulligan zahlreiche Testamentseröffnungen geleitet, bei denen es zu teilweise schockierenden Szenen gekommen war. Wie er zu seinem Bedauern hatte feststellen müssen, waren auch die Angehörigen wohlhabender und gesellschaftlich angesehener Stände nicht gegen derartige Ausfälle gefeit.

Ein wenig steif quälte er sich aus seinem Auto, eine hagere, in strenges Schwarz gekleidete Gestalt mit einer Melone fest auf dem Kopf. Die Nachmittagssonne brannte heiß auf ihn herab, als er, den Henkel seiner Aktentasche mit Schraubstockgriff umklammernd, auf das Haus zumarschierte. Ihm graute vor der nächsten halben Stunde, denn ihm widerstrebte es zutiefst, ein Mordopfer zur Mandantin zu haben. Das allein schon hatte etwas Zwielichtiges, und er fragte sich, was wohl der verstorbene Mr. Ramsbottom dazu gesagt hätte. Hinzu kam noch, dass er, wenn er mit den Bewohnern des Hauses sprach, das Wort unwissentlich auch an den Mörder richten würde.

Eine höchst unerfreuliche Situation.

Allerdings, so überlegte er scharfsinnig, lag es auch im Bereich des Möglichen, dass eine nicht der Familie Phelps oder ihrem unmittelbaren Umfeld angehörige Person für das plötzliche Ableben der Dame verantwortlich war. Nur dass Mr. Mulligan, der sich gern für einen Mann von Welt hielt, dieser Theorie nicht viel abgewinnen konnte. Nicht, wenn Gift im Spiel war. Und auch nicht, wenn die Verstorbene ein derart hohes Vermögen hinterließ. Gift war ein Hinweis darauf, dass jemand dem Opfer nah genug kommen konnte, um es ihm zu verabreichen. Was wiederum hieß, dass der Täter die Gewohnheiten und Vorlieben der Ermordeten gut gekannt haben musste. Und was das Geld betraf – tja, die Leute spielten regelrecht verrückt, sobald es um ein großes Vermögen ging. Und genau ein solches hatte Miss Phelps nun zu vererben.

Als Mr. Mulligan sich der Haustür näherte und den idyllischen Garten im warmen Schein der Sommersonne betrachtete, wünschte er sich, er sei irgendwo an einem anderen Ort, beim Forellenangeln vielleicht. Aber weit gefehlt: Die Pflicht rief, und er musste folgen.

Entschlossen streckte er die Hand aus und betätigte den schweren Klingelzug aus Schmiedeeisen. Schon im nächsten Moment wurde die Tür geöffnet, jedoch nicht von der Haushälterin, sondern von einem Mann, den der Anwalt sofort als Polizeibeamten erkannte.

Inspector Gorringe überraschte ihn noch einmal, als er vor das Haus trat, anstatt Mr. Mulligan ins verhältnismäßig kühle

Innere des Gebäudes zu bitten, und die Tür fest von außen zuzog. »Ach, Sie sind gewiss Mr. Ramsbottom«, begann er und stellte sich vor. Sein Sergeant hatte den Ablauf des Nachmittags mit Amy Phelps' Anwalt abgestimmt und war so umsichtig gewesen, ihm einen Zettel mit dem Namen der Kanzlei zu hinterlassen.

»Mr. Ramsbottom weilt schon seit einigen Jahren nicht mehr unter uns, Inspector«, entgegnete der Anwalt ein wenig pikiert. »Ich bin Alfred Mulligan. Zu Ihren Diensten.« Er verbeugte sich förmlich.

Unterdessen hatte Val nach ihrer Begegnung mit Cora und Reggie keine Zeit verloren und sofort Arbie aufgesucht, um ihm alles brühwarm zu berichten. Die beiden (gut, zugegebenermaßen eher Val als Arbie) waren zu dem Schluss gekommen, dass sie, wenn sie zufällig am Haus vorbeikommen sollten, während der Anwalt zu Besuch war, und anschließend, völlig unbeabsichtigt natürlich, einem Mitglied des Haushalts begegneten, rein der Höflichkeit halber ein wenig mit dem Betreffenden plaudern könnten. Vielleicht ließ sich auf diese Weise ja das eine oder andere in Erfahrung bringen.

Und so kam es, dass sich die beiden in eindeutiger Absicht ums Haus herumdrückten. Der Klang zweier Männerstimmen ließ sie überrascht innehalten, und zwar direkt hinter der Hecke, die an das Haupttor angrenzte. Sie erkannten die sonore Stimme des Inspectors und waren sich ohne große Worte einig, dass ihnen ein Donnerwetter drohte, wenn er sie beim Herumlungern ertappte. Deshalb verhielten sie sich mucksmäuschenstill und suchten Deckung im dichten Grün.

Nichts von seinem Publikum ahnend, wandte sich der Inspector mit einem beschwichtigenden Lächeln an den Anwalt. Er hatte Erfahrung mit Menschen seines Schlages und wollte den wackeren Juristen auf keinen Fall gegen sich aufbringen. Der konnte nämlich mühelos dafür sorgen, dass er den ganzen Tag hier verplempern würde. »Ich muss mich bei Ihnen entschuldigen, Mr. Mulligan. Hoffentlich verzeihen Sie mir, dass ich Sie so überfalle«, begann er, klang dabei offen gestanden jedoch nicht, als täte es ihm sonderlich leid. »Aber ich würde vor dem ... äh ... offiziellen Teil gerne noch ein paar Worte mit Ihnen wechseln.«

»Das ist eigentlich regelwidrig, Inspector«, entgegnete Alfred Mulligan mit einem argwöhnischen Blick. Seiner Ansicht nach erfüllten Regeln nämlich einen Sinn und Zweck.

»Eine unübliche Situation verlangt, wie Sie sicher einräumen werden, nach unüblichen Maßnahmen, Mr. Mulligan«, gab der Inspector schlagfertig zurück. »Wie Ihnen bekannt ist, habe ich das Einverständnis der Familie, bei der Verlesung des Testaments anwesend zu sein. Allerdings würde ich den Inhalt von Miss Phelps' Vermächtnis gerne kennen, bevor ich die Bibliothek betrete, wo alle versammelt sind.« Er führte seine Gründe zwar nicht näher aus, vermutete jedoch, dass sich dieser verknöchert wirkende Vertreter seines Berufsstandes trotz seiner ehrpusseligen Art sehr wohl denken konnte, worauf er hinauswollte. Falls das Testament irgendwelche Überraschungen bereithielt, wollte der Inspector die liebsten Angehörigen der Verstorbenen bei der Verlesung genau im Auge behalten. Und zwar ohne, dass unerwartete Ereignisse ihn davon ablenkten.

»Ich verstehe.« Alfred stellte, eine wortlose Geste der Zustimmung, den Aktenkoffer ordentlich neben seine elegant beschuhten Füße. »Was genau möchten Sie wissen?«

»Zunächst würde mich ein kurzer Abriss der Familiengeschichte interessieren. Soweit mir bekannt ist, ist diese recht kompliziert«, begann der Inspector.

In ihrem Versteck hielten Val und Arbie den Atem an und hofften, nicht ausgerechnet jetzt von neugierigen Passanten entdeckt zu werden. Denn dann würden sie nie erfahren, was der Anwalt zu sagen hatte. Zum Glück war es so brütend heiß, dass die meisten Leute offenbar lieber zu Hause blieben.

»Ja und nein, Inspector«, erwiderte Alfred, erleichtert, dass das Vordach der Veranda genügend Schatten spendete. Ansonsten hätte er womöglich noch zu transpirieren begonnen. »Die Phelps haben, wie so viele unserer bedeutenden Familiendynastien, im Weltkrieg und wegen der darauf folgenden Spanischen Grippe große Verluste erlitten. Da sie nie eine sehr kinderreiche Familie waren, führte das dazu, dass Miss Phelps als eine der letzten Abkömmlinge übrig blieb.« Er hielt inne, förderte ein Taschentuch zutage und begann, seinen Kneifer zu polieren.

»Ihr Vater Clive hatte das Unternehmen von seinem Vater Cuthbert geerbt, der wiederum der älteste Sohn des Firmengründers war und deshalb bereits den Großteil des Vermögens erhalten hatte. Allerdings zerstritt sich Cuthbert mit seinem Bruder Victor und veranlasste deshalb, dass nur die Firmenanteile gleichmäßig unter den wenigen männlichen Erben aufgeteilt wurden, denn viel anderes blieb ihm nicht übrig. Das meiste Bargeld sowie die flüssigen Vermögenswerte gingen an seinen Lieblingssohn Clive von ihm an dessen Nachkommen über.«

»Und nicht an Victor und seine Nachkommen?«, hakte der Inspector ein wenig verwirrt nach. »Ja … äh … Verzeihung, Sir, ich glaube, ich kann Ihnen nicht ganz folgen.« Damit war der Inspector nicht allein. Auch Arbie konnte sich darauf keinen Reim machen. »Soweit ich es meinen Gesprächen mit der Familie entnommen habe, ist Mr. Murray Leiter des Unternehmens, richtig?«

»Richtig. Als Nachkomme von Victor und inzwischen einziger *männlicher* Erbe des ursprünglichen Gründers führt er nun sämtliche Unternehmen der Phelps-Gruppe. Das heißt, er ist der größte Anteilseigner. Allerdings dürfen Sie dabei nicht vergessen, dass diese Anteile sich nur auf das Unternehmen selbst beziehen. Die Fabrikgebäude, die Liegenschaften, die Maschinen und so weiter. Also die Schrauben und Muttern der Eisenwerke und der angegliederten Firmen. Jedoch«, fuhr der Anwalt fort, »sind diese Vermögenswerte nicht so hoch, wie sie einem Außenstehenden erscheinen mögen. So wurde zum Beispiel der Großteil der Fabrikgebäude mithilfe von Krediten errichtet, die noch nicht abbezahlt sind. Die Maschinen sind gemietet. Die Liegenschaften, wie Werkstätten, Eisenwarenhandlungen und so weiter, sind ebenfalls alle gepachtet. Und so weiter und so fort. Genau genommen gehört dem Unternehmen selbst nur sehr wenig. Aus steuerlichen Gründen, wenn Sie verstehen, was ich meine ...«, fügte er mit einem diskreten Hüsteln hinzu.

»Wollen Sie damit etwa sagen, dass die Phelps gar nicht so reich sind, wie alle glauben?«, wunderte sich der Inspector. »Droht vielleicht sogar ein Bankrott?«

»Nein, nein, Inspector, Sie haben mich nicht richtig verstanden«, erwiderte Alfred bemüht geduldig. »Das Unternehmen ist genauso kerngesund wie eh und je. Mr. Murray Phelps ist ein sehr angesehener Geschäftsmann und führt die Firma gut, das kann ich Ihnen versichern. Weder er persönlich noch die Firma haben Schwierigkeiten mit der Bank. Allerdings ist das private Vermögen von Mr. Phelps verglichen mit dem von Miss Amy Phelps nahezu verschwindend gering. Ich glaube, es besteht fast ausschließlich aus seinem Gehalt. Dieses ist zwar gewiss beträchtlich, kann jedoch dem Vermögen seiner Tante nicht das Wasser reichen. Da sie, wie Sie sich sicher noch erinnern, als seine Tochter eine direkte Nachfahrin von Clive war, hat sie den Großteil seines ... sagen wir mal Bargeldes geerbt. Sowohl Cuthbert als auch sein Sohn Clive waren ihren Ehefrauen und Kindern gegenüber sehr großzügig. Allein vom Gesamtwert der Pelze und des Schmucks würde dem Durchschnittsbürger schwindelig werden. Ganz zu schweigen von den Privathäusern, Gemälden und so weiter und so fort.«

»Oh, jetzt verstehe ich.« Die Falten auf Gorringes Stirn glätteten sich. »Mr. Murray hat das Geschäft geerbt, Miss Amy das wahre Vermögen.«

»Genau«, erwiderte der Anwalt erleichtert und bückte sich nach seinem Aktenkoffer. »War das alles?«

»Nicht ganz«, entgegnete der Inspector zwar höflich, aber bestimmt.

Sobald Gorringe der Fall übertragen worden war, hatte er seine Leute mit den üblichen Ermittlungen beauftragt. Allerdings konnte man in den Resten der letzten Mahlzeit des Opfers keine Spur von Gift entdecken. Bis jetzt hatte auch niemand eine schlüssige Erklärung dafür, wie die Frau das tödliche Mittel zu sich genommen haben könnte, denn alle beteuerten, sie habe nach dem Abendessen nie etwas gegessen oder getrunken. Sogar der viel versprechende Hinweis dieses interessanten jungen Mannes namens Arbuthnot Swift, das Gift könnte sich zwischen den Fotoutensilien in Mr. Bickersworths Atelier verbergen, hatte sie nicht weitergebracht.

Reggie war zwar leichenblass geworden und hatte zugegeben, dass er in seinem Atelier Chemikalien aufbewahrte, sonst jedoch nicht viel Erhellendes beitragen können. Er wisse nicht, wie viel – oder ob – etwas von den gefährlichen Substanzen fehle. Außerdem schlösse er, wie er beinahe unter Tränen gestand, die Tür seines kleinen Urlaubsdomizils niemals ab, ja, nicht einmal bei Nacht. Wieso auch? Und das bedeutete, dass sich praktisch jeder ungehindert hätte bedienen können.

Die Routinebefragungen der Dorfbewohner dauerten zwar an, hatten jedoch noch keine sachdienlichen Hinweise ergeben. Was den Polizisten zu dem Schluss brachte, dass er seine altbewährte Methode einsetzen musste, wenn er dieses Verbrechen jemals aufklären wollte: die Ohren spitzen und auf seinen Bauch hören.

Und da kam ihm der Familienanwalt gerade recht, weshalb er ihn ein wenig weiter aushorchen wollte.

»Aus den Berichten der Familie in den letzten Tagen habe ich geschlossen, dass Miss Phelps ziemlich altmodisch war. Ihr sei sehr daran gelegen gewesen, den guten Ruf der Familie und die Traditionen zu bewahren. Aus diesem Grund waren alle übereinstimmend der Ansicht, dass der Neffe der Haupterbe sein würde. Genau genommen hat Miss Phelps selbst daraus nie ein Geheimnis gemacht.«

»Ich verstehe, wie sie zu diesem Ergebnis kommen konnten«, antwortete der Anwalt diplomatisch.

»Können Sie mir bestätigen, dass Miss Phelps die eben genannten Bedingungen in ihrem Testament festgelegt hat?«, fragte der Inspector, allerdings nur der Form halber, denn der Anwalt würde das sicher bejahen.

»Ich kann bestätigen, dass das Testament, das sie zu Mr. Murray Phelps' einundzwanzigstem Geburtstag aufsetzen ließ, ihn als Haupterben benannte, das ist richtig«, erwiderte der Anwalt ausweichend.

Hinter der Hecke packte Val Arbie aufgeregt am Arm. Obwohl sie in einiger Entfernung standen, war nicht zu überhören, dass der Anwalt sich seine Worte äußerst sorgfältig zurechtlegte.

Inspector Gorringe erstarrte wie ein Apportierhund, der gerade beobachtet, wie ein Fasan vom Himmel fällt. »Und ist dieses Testament noch gültig, Mr. Mulligan?«, hakte er schließlich nach.

»Das ist es nicht«, entgegnete Alfred Mulligan knapp und mit einem Anflug von Selbstgefälligkeit, den man ihm nicht verübeln konnte. Er wäre kein Mensch gewesen, wenn er es nicht genossen hätte, hin und wieder im Rampenlicht zu stehen. Und daran, dass er nun die ungeteilte Aufmerksamkeit des Inspectors hatte, bestand nun einmal kein Zweifel.

»Aha«, sagte dieser leise und nickte. Nun wurde es endlich interessant. »Also hat sie ein neues Testament gemacht?«

»Ja, Inspector, das hat sie.«

»Wann?«

»Wenige Tage vor ihrem Tod«, antwortete Alfred, um einen neutralen Tonfall bemüht.

»Gut.« Der Inspector atmete tief durch. Jetzt kam doch noch Bewegung in den Fall. Und dabei hatte er die Hoffnung schon fast aufgegeben. »Könnten Sie mir diese Änderungen kurz umreißen, bevor wir hineingehen und mit dem offiziellen Teil beginnen?«

Alfred Mulligan tat das Gewünschte.

Hinter der Hecke schnappten Arbie und Val heftig nach Luft.

Im Inneren des Hauses war es einige Grad kühler als draußen. Mrs. Brockhurst hatte die Tür gehört und trat aus der Küche, um die beiden Männer förmlich zu begrüßen. »Guten Tag, Sir, Inspector«, sagte sie. »Die Familie hat sich in der Bibliothek versammelt. Miss Cora und Mr. Bickersworth ebenfalls. Ich habe gerade eisgekühlte Limonade serviert. Möchten Sie vielleicht auch etwas? Es ist genug da.«

»Das klingt einfach himmlisch.« Alfreds Worte kamen von Herzen. Dann blickte er die Haushälterin an. »Da Ihre ehemalige Arbeitgeberin Ihnen ebenfalls etwas vermacht hat, wäre es wohl das Beste, wenn Sie auch dabei sind, Mrs. Brockhurst.«

Jane Brockhurst öffnete den Mund, ob vor Überraschung oder in Protest, war nicht festzustellen. Doch nach einem Moment nickte sie nur und ging wortlos voraus zur Bibliothek, aus der gedämpfte Stimmen heranwehten.

Als sie hereinkamen, richteten sich mehrere Augenpaare auf sie. Murray, in einen dunklen Geschäftsanzug gekleidet, stand, einen Arm lässig auf den Sims gestützt, am kalten Kamin und rauchte einen Zigarillo. Er blickte den Inspector zwar argwöhnisch an, schwieg aber.

Phyllis Thomas thronte hoch aufgerichtet am einen Ende des Sofas. Sie hatte das Haar zu einem strengen französischen Knoten aufgesteckt und trug ein leichtes Twinset in einem schmeichelnden Pfirsichton. Am anderen Ende des Sofas saß Cora Delaney und musterte die Neuankömmlinge mit fragender Miene. Ihr langer Sommerrock aus Musselin hatte ein Rankenmuster und wurde von einer schlichten weißen Bluse mit rundem Kragen ergänzt.

Reggie hatte es sich in einem Sessel neben dem Klavier bequem gemacht. Da er in Gedanken versunken aus dem Fenster schaute, bemerkte er als Letzter, dass jemand hereingekommen war.

Die Haushälterin entschied sich für einen Stuhl, der ein wenig abseits an der Wand stand, und versuchte, sich unsichtbar zu machen.

Der Inspector lehnte sich neben der Tür an die Wand, ein Posten, von dem aus er alle Anwesenden im Blick hatte.

Wie so oft bei solchen Gelegenheiten fühlte sich der Anwalt

wie ein Schauspieler auf einer kleinen Bühne. Er räusperte sich, ging zu einem großen Tisch aus Walnussholz hinüber und stellte seinen Aktenkoffer ab. Als er sich einen Stuhl zurechtrückte, verursachte dieser in der plötzlich eingetretenen angespannten Stille ein unangenehm lautes Scharren.

»Guten Tag, Ladys und Gentlemen«, begann er und schickte ein rasches Lächeln in die Runde, bevor er seinen Aktenkoffer aufklappte, um ihm ein mit dem für Urkunden üblichen rosafarbenen Band zusammengehaltenes Dokument zu entnehmen. »Wie Sie wissen, haben wir uns heute zur Verlesung des Letzten Willens und Testaments von Amy Elizabeth Eleanor Phelps zusammengefunden.« Darauf folgte wie immer eine kurze Einleitung, welche die Gültigkeit der Beurkundung, die Namen der Zeugen und den vorgeschriebenen Zusatz enthielt, dass dieses neueste Testament alle vorangegangenen nichtig machte. Danach kam er umgehend auf den Punkt.

Es dauerte nicht lange, bis die Ersten unter den Anwesenden erschrocken aufmerkten. Genau genommen waren es bereits seine ersten Worte, das Datum der Testamentserrichtung nämlich, die für Reaktionen sorgten.

Schlagartig breitete sich im Raum Unruhe aus. Also war es wahr: Amy Phelps hatte tatsächlich ihr Testament geändert.

»Ich, Amy Elizabeth Eleanor Phelps …«

Es wunderte niemanden, dass es Murray war, der dem Anwalt ins Wort fiel. »Verzeihung, Mr. Mulligan, aber ich glaube, ich spreche im Namen aller, wenn ich Sie bitte, uns diese juristischen Floskeln zu ersparen. Die meisten von uns verstehen sie ohnehin nicht«, fügte er spitz hinzu, worauf seine Cousine ihm einen vernichtenden Blick zuwarf, vermutete sie doch, dass dieser Seitenhieb ihr galt. »Fassen Sie einfach das Wichtigste für uns zusammen, das würde die Dinge enorm beschleunigen.

Gewiss entspricht es auch dem allgemeinen Wunsch, die Angelegenheit nicht unnötig hinauszuzögern.«

Den anderen Anwesenden war klar, dass er um einiges mehr Grund hatte als sie, die Änderungen in Amys Testament so bald wie möglich in Erfahrung bringen zu wollen. Er war zwar noch immer überzeugt davon, dass seine Tante ihn als Haupterben eingesetzt hatte, fragte sich aber dennoch, ob inzwischen womöglich Bedingungen daran geknüpft waren, denn schließlich hatte Amy als ziemlich eigenwillig gegolten. Wäre es nicht drollig, wenn sie die Erbschaft von der Voraussetzung abhängig gemacht hätte, dass er Doreen *nicht* heiratete? Als Murray sich den Wutanfall seiner Geliebten ausmalte, konnte er ein Auflachen nicht unterdrücken.

Cora beäugte Murray so abfällig wie einen widerwärtigen Tausendfüßler, der ihr gerade über den Schuh gekrochen war. Reggie wandte peinlich berührt den Blick ab. Die Haushälterin und der Inspector trugen unbewegte Mienen zur Schau. Und Phyllis seufzte tief auf.

Alfred Mulligans Kopf war weiter über die Papiere gebeugt. »Gut, wenn das der allgemeine Konsens ist«, erwiderte er knapp. Er deutete das darauf folgende Schweigen als Zustimmung und nickte. »Dann beginne ich nun mit den Vermächtnissen.«

Das Bild, wie seine Mandantin, noch immer leicht hinkend nach ihrem Sturz, in seiner Kanzlei erschienen war, um ihr Anliegen vorzubringen, stand ihm deutlich vor Augen. Er war ein wenig erstaunt gewesen, denn das alte Testament stand schon seit vielen Jahren fest. Außerdem hatte ihn ihr Ansinnen ein wenig beunruhigt, denn schließlich gehörte sie nicht zu den Leuten, die ständig ihren Letzten Willen änderten. Ganz im Gegensatz zu einigen anderen seiner Mandanten, die Freude daran zu haben schienen, ihre Verwandtschaft zappeln zu lassen.

Doch nachdem sie ihm alles erklärt hatte, war er wieder beruhigt gewesen. Wenn reiche ältere Damen plötzlich anfingen, an ihrem Testament herumzustreichen, war nämlich nicht selten ein gut aussehender junger – oder nicht mehr so junger – Mann im Spiel. Doch Amy Phelps' Ausführungen hatten ihn davon überzeugt, dass ein solcher Fall hier nicht vorlag.

Alfred Mulligan riss sich aus seinen Erinnerungen und widmete sich erneut seiner Aufgabe.

»Meiner langjährigen Haushälterin Jane Brockhurst«, begann er mit dem gebührenden Ernst, »vermache ich Tithe Cottage, dreihundert Pfund und eine lebenslange Pension, ausgezahlt von den durch mich bestimmten Vermögensverwaltern. Außerdem möchte ich diese Gelegenheit nutzen, um ihr für die vielen Jahre treuer Dienste zu danken.«

Er verstummte, blickte auf und sah die Haushälterin an. »Wenn ich Miss Phelps richtig verstanden habe, ist Ihnen das Häuschen bekannt. Sie hätten also nichts dagegen einzuwenden, selbst dort zu leben oder es zu vermieten und eine andere Wohnung zu beziehen?« In dieser Frage schwang ein wenig bange Erwartung mit, denn zwischen den Vorstellungen des Verstorbenen und den Wünschen der Hinterbliebenen lagen häufig Welten.

»Oh nein, Sir!«, antwortete die Haushälterin wie aus der Pistole geschossen. Sie wirkte froh und sehr erleichtert, und das mit gutem Grund, denn schließlich hatte sie gerade erfahren, dass ihre Zukunft abgesichert war. Das Gespenst der Altersarmut war für immer gebannt.

Der Anwalt seufzte seinerseits erleichtert auf, nickte Jane Brockhurst freundlich zu und richtete den Blick wieder auf die Urkunde vor seiner Nase. »Meinem lieben Freund Reginald Bickersworth vermache ich das Gemälde mit dem Titel *Kirche am*

Abend, das derzeit im großen Salon hängt. Außerdem meine Sammlung Erstausgaben von Thackeray und die Summe von fünfhundert Pfund, in der Hoffnung, dass er viel Freude daran haben wird.«

Reggie schluckte heftig. »Ach, die Gute«, murmelte er, an niemanden im Besonderen gewandt.

Murray, noch immer am Kamin stehend, gab ein ungeduldiges Seufzen von sich und warf einen vielsagenden Blick auf die Wanduhr. Alfred verstand diesen Wink, war aber nicht gewillt, sich davon hetzen zu lassen, und verlas den nächsten Posten.

»Meiner alten Schulfreundin Cora Delaney hinterlasse ich meinen Peridotschmuck, bestehend aus Armband, Kette, Ohrringen und Diadem, außerdem meine Kette mit Granaten und Lapislazuli und den Ring mit Saphiren und Diamanten, den sie immer so bewundert hat. Ich weiß, dass sie diese Schmuckstücke mit viel mehr Eleganz tragen wird, als es mir je möglich war.«

Cora lachte überrascht auf, schüttelte den Kopf und verfiel dann wieder in grüblerisches Schweigen.

Rasch ging Alfred die Liste der Spenden durch, die Amy wohltätigen Zwecken wie der Kirche, der Heilsarmee und verschiedenen Missionen in Afrika zugedacht hatte. Dann kamen die Zuwendungen an Dienstboten, die zwar nicht mehr im Hause tätig, aber deshalb nicht in Vergessenheit geraten waren.

Zu guter Letzt räusperte der Anwalt sich bedeutungsvoll und atmete tief durch.

»Den Rest meines Vermögens, einschließlich Old Forge, meine übrigen Liegenschaften und die Gelder, die sich derzeit auf meinen diversen Bankkonten befinden, sowie sämtliche Aktien, Wertpapiere, meinen restlichen Schmuck, die Pelze und die gesamte persönliche Habe vermache ich meiner Nichte Phyllis Thomas.«

An dieser Stelle hob Alfred den Kopf und fügte hinzu, dass es sich um den letzten Punkt des Testaments von Amy Phelps handelte. Dann blätterte er um und wollte das Dokument wieder in seinem Aktenkoffer verstauen.

Im Raum herrschte Totenstille.

Inspector Gorringe gab sich Mühe, sowohl Phyllis als auch Murray nicht aus den Augen zu lassen.

Phyllis saß da wie vom Donner gerührt. Ihr Mund stand offen, und ihre Augen waren leicht geweitet. Als der Inhalt der Botschaft endlich zu ihr durchgedrungen war, breitete sich ein strahlendes Lächeln auf ihrem Gesicht aus. Nun war sie eine schwerreiche Frau, und ihre überschwängliche Freude war nicht zu übersehen. Der Inspector konnte ihr das nicht verübeln. Schließlich erfuhr man nicht alle Tage, dass sich das eigene Leben gerade für immer und überdies zum Vorteil verändert hatte.

Außerdem war er ziemlich sicher, dass Phyllis völlig ahnungslos gewesen war und bestimmt nichts von den Änderungen im Testament ihrer Tante gewusst hatte. Ansonsten hätte sie eine ungewöhnlich begabte Schauspielerin sein müssen, was man natürlich nie ausschließen konnte.

Der Blick des Inspectors wanderte zu Murray, den er nun mit Argusaugen beobachtete. Im ersten Moment hatte sein Gesichtsausdruck auf ans Unheimliche grenzende Weise dem seiner Cousine geähnelt. Auch ihm war die Kinnlade heruntergefallen, und dazu hatte er weit die Augen aufgerissen. Nur dass darauf weder Freude noch Glückseligkeit folgten. In seinen Zügen spiegelte sich eher blankes Entsetzen, was nicht weiter verwunderlich war. Zorn und Fassungslosigkeit standen ihm ins Gesicht geschrieben, als er sich mit einem Ruck aufrichtete und den Anwalt ungläubig ansah.

»Was?«, rief er mit beinahe überschnappender Stimme. »Das muss ein Irrtum sein. Ich erhebe Einspruch.«

Reggie, der noch immer neben dem Klavier saß, rutschte verlegen in seinem Sessel herum. Cora, die bis jetzt leicht amüsiert gewirkt hatte, schien angewidert. »Reggie, ich glaube, du und ich sollten einen Spaziergang im Garten unternehmen. Es ist so ein schöner Tag«, schlug sie zögernd vor. Sie hatte den Satz noch nicht beendet, als Reggie schon aufsprang. Er blickte betreten drein, denn Familienzwist und heftige Wortwechsel jedweder Art waren ihm ein Gräuel.

»Oh, ganz deiner Ansicht. Sollen wir gleich die Terrassentüren nehmen?«, erwiderte er. Dabei handelte es sich nicht nur um den nächstgelegenen Ausgang, sondern auch um eine Möglichkeit, sich nicht quer durchs Zimmer schleichen zu müssen wie unartige Kinder, die auf einer Feier nichts verloren hatten.

Die Haushälterin, die ihnen nachblickte, erkannte, dass sich gerade eine günstige Gelegenheit zur Flucht bot. Also stand sie einfach auf, ging zur Tür und verschwand.

Alfred packte weiter seine Sachen zusammen. Als die Schließen des Aktenkoffers zuschnappten, schien das Geräusch Murray zur Weißglut zu reizen.

»Nicht so schnell, wenn ich bitten darf! Ich will das Dokument sehen«, forderte er in herrischem Ton und marschierte mit ausgestreckter Hand auf den Anwalt zu, der beim Anblick seines kreidebleichen Gesichts erstarrte.

»Ich versichere Ihnen, Mr. Phelps, dass alles seine Richtigkeit …«

»Zeigen Sie her. Sofort!«, brüllte Murray.

Alfred straffte die Schultern. Dass seine Fachkundigkeit auf diese Weise infrage gestellt wurde, war eine Unverschämtheit. Doch das vor Wut verzerrte Gesicht seines Gegenübers brachte ihn zu dem Schluss, dass der Klügere besser nachgab.

Seufzend öffnete er noch einmal seinen Aktenkoffer und entnahm ihm die Urkunde, die ihm sofort aus der Hand gerissen wurde. Murray blätterte bis zur letzten Seite und betrachtete die Unterschrift.

Dann die Unterschriften der Zeugen.

Schließlich las er das gesamte Dokument von vorne bis hinten durch.

Unterdessen schaute der Inspector zwischen Phyllis und ihrem Cousin hin und her. Während Phyllis übers ganze Gesicht strahlte, war das von Murray rot vor Zorn. Und das verriet alles.

»Ich begreife nicht, wie sie so etwas tun konnte«, sagte Murray erbost, womit er die Echtheit des Dokuments einräumte. »Hat sie Ihnen bei ihrem Besuch in Ihrer Kanzlei einen Grund für ihren Sinneswandel genannt?«, wollte er wissen und wedelte dem Anwalt mit der Urkunde des Anstoßes vor der Nase herum. Inzwischen wirkte er aufrichtig bestürzt.

»Nein, Mr. Phelps, das hat sie nicht«, entgegnete Alfred knapp und entwand ihm das Testament. Obwohl ihm der Empfänger der Hiobsbotschaft in gewisser Hinsicht leidtat, hielt er es nicht für seine Aufgabe, den Seelentröster zu spielen.

»Aber Sie müssen sie doch gefragt haben, guter Mann«, empörte sich Murray. »Ist es denn nicht Ihre Pflicht, auf das Wohl der Familie zu achten? Schließlich ist Ihre Kanzlei schon lange genug für uns tätig! Haben Sie ihr denn nicht erklärt, dass sie das Familienvermögen zusammenhalten muss, indem sie es mir als dem ältesten und einzigen männlichen Nachkommen vermacht?«

Alfred betrachtete den gut aussehenden zornigen Mann, der sich vor ihm aufgebaut hatte. »Nein, Mr. Phelps, das habe ich nicht«, erwiderte er unter Aufbringung all seiner Geduld und Nachsicht. »Als Anwalt habe ich die Pflicht, die Wünsche meiner Mandanten auszuführen. Und Miss Phelps hat diese Wünsche nicht nur eindeutig, sondern auch bei klarem Verstand geäußert. Nun, wenn sie vorgeschlagen hätte, das Vermögen an eine Person außerhalb der Familie zu übertragen ...« – er hielt diplomatisch inne und zuckte fast unmerklich die Achseln – »hätte ich vielleicht versucht, sie ... äh ... mit höchster Zurückhaltung dazu aufzufordern, es sich noch einmal zu überlegen. Aber da das nicht der Fall war ...«

Hinter ihm war Phyllis plötzlich aufgestanden. »Ganz recht, es war *nicht* der Fall, lieber Cousin, denn schließlich bin ich genauso eng blutsverwandt mit ihr wie du. Etwas, das du offenbar vergessen hast«, fügte sie leise hinzu. »Allem Anschein nach warst du wohl doch nicht ihr Lieblingsneffe.«

Murray fuhr herum, doch es gelang ihm, die hasserfüllten Worte zurückzudrängen, die ihm auf der Zunge lagen. Stattdessen rang er um Fassung – zum Glück mit Erfolg. Sein wacher Verstand erholte sich bereits langsam von dem Schrecken und begann, fieberhaft zu arbeiten. Während er nachdachte, fixierte er seine Cousine mit einem durchdringenden Blick, fast als sehe er sie zum ersten Mal so, wie sie wirklich war.

Es war ein Blick, der Phyllis' Entschlossenheit ins Wanken zu bringen schien.

»Mag sein«, antwortete er langsam. »Und allmählich frage ich mich, liebste Cousine, warum das so ist.«

Inspector Gorringe beobachtete weiter die beiden Cousins, und zwar so konzentriert wie ein Wissenschaftler, der eine besonders interessante Entwicklung in einer Petrischale betrachtet. Phyllis näherte sich allmählich dem mittleren Alter. Sie war zwar keine Schönheit, aber auf ihre Weise recht attraktiv und konservativ gekleidet. Ihr Gesicht war leicht gerötet, und sie reckte das Kinn, eine trotzige Geste, die anscheinend neu für sie war. Das bis jetzt so unauffällige Mitglied der Familie Phelps wies offenbar ungeahnte Tiefen auf.

Murray hingegen bot, gut aussehend und im maßgeschneiderten Anzug, das Sinnbild eines erfolgreichen Geschäftsmanns. Er, der es gewohnt war, Macht und Einfluss auszuüben, war nun eindeutig ins Hintertreffen geraten. Und das schmeckte ihm überhaupt nicht.

Phyllis hielt den Kopf zwar noch ein wenig höher, doch dem gerissenen Inspector entging nicht, dass sie die Hände fest zu Fäusten zusammenballte. So draufgängerisch sie sich auch geben mochte, wurde Gorringe das Gefühl nicht los, dass sie sich gerade ziemlich vor ihrem Cousin fürchtete. »Das müsstest du wohl besser wissen als ich, Murray«, entgegnete sie kühl. »Was magst du wohl angestellt haben, um sie so zu verärgern? Doch ganz gleich, was es war, offenbar hast du dich gründlich verrechnet, oder?«, flötete sie.

Dieser ominöse Vorwurf führte dazu, dass Alfred sich hastig verabschiedete und den Rückzug antrat.

Die Cousins achteten nicht auf seinen überstürzten Aufbruch und standen einander gegenüber wie zwei kämpfende Katzen.

»Oh, ich habe die Irrtümer nicht gepachtet«, entgegnete Murray drohend und mit leiser Stimme. »Ich mag ein wenig schwer von Begriff sein, aber inzwischen habe ich kapiert, wie der Hase läuft. Du brauchst dich keinen falschen Hoffnungen hinzugeben. So leicht kommst du mir nämlich nicht davon.«

Phyllis konnte Murrays feindseligem Blick nicht standhalten. Auch wenn sie jetzt reich war und bereits das wundervoll befreiende Gefühl verspürte, dass der Wohlstand sie von nun an vor den Fallstricken dieser Welt bewahren würde, war sie gegen Einschüchterungsversuche noch nicht immun.

»Ich habe keine Ahnung, wovon du redest«, antwortete sie leise. Ihr zuckersüßer und spöttischer Ton von vorhin war wie weggeblasen. »Ich glaube, du solltest jetzt besser gehen«, fügte sie ängstlich hinzu und schluckte.

»Ach, es ist ja jetzt dein Haus«, zischte Murray und ließ höhnisch den Blick durch die Bibliothek schweifen. »Herrin in deinem eigenen Reich. Das glaubst du wenigstens.« Ohne auf den Inspector zu achten, machte er auf dem Absatz kehrt und marschierte zur Tür. Nachdem er sie geöffnet hatte, drehte er sich noch einmal um. »Ich kann dir nur raten, es zu genießen, solange du es kannst. Denn wenn ich erst einmal bewiesen habe, was du getan hast, wird dieses Testament nicht mehr das Papier wert sein, auf das es geschrieben ist.«

Eine kleine Falte entstand auf der sonst so glatten Stirn von Phyllis Thomas. »Wovon, um alles in der Welt, redest du, Murray?«, fragte sie erschrocken. Gorringe konnte nicht feststellen, ob Zorn oder Angst aus ihr sprach.

Doch ihr Cousin schüttelte nur den Kopf. »Das weißt du genau, meine liebe Phyllis. Ein *Geist*, dass ich nicht lache!«, zischte er. Und mit dieser überraschenden – und eigentlich auch völlig zusammenhanglosen – Bemerkung auf den Lippen stolzierte er hinaus und knallte die Tür hinter sich zu.

Das Geräusch sorgte dafür, dass Phyllis einen Satz machte. Erst jetzt schien sie sich an die Anwesenheit des Polizisten zu erinnern. Sie drehte sich zu ihm um und breitete in einer weltweit verstandenen Geste der Hilflosigkeit beide Hände aus.

»Ich weiß wirklich nicht, was er von mir will«, sagte sie leise.

Der Inspector lächelte höflich. »Nein? Gut, dann würde ich mir an Ihrer Stelle auch nicht den Kopf darüber zerbrechen. Ihr Cousin war eben ziemlich aufgebracht. Nachvollziehbar angesichts der Umstände, finden Sie nicht?«, ergänzte er.

»Hmmm? Umst… Oh, ja. Ja, natürlich«, stammelte sie und ließ sich völlig erschöpft wieder aufs Sofa sinken. Froh, aber besorgt. Glücklich und dennoch beklommen.

Und wer kann ihr diesen aufgewühlten Gemütszustand zum Vorwurf machen? sagte sich der Inspector. Obwohl ihm die beiden aufgeweckten jungen Leute die Legende vom Familiengeist erzählt hatten, kam er um die Frage nicht herum, weshalb Mr. Murray Phelps diesen ausgerechnet jetzt hatte erwähnen müssen. Was mochte er mit seinen letzten Worten gemeint haben, abgesehen davon, dass sie eine unmissverständliche Drohung enthielten? Warum also hatte dieser zornige und enttäuschte Mensch den Familiengeist der Phelps aufs Tapet gebracht?

Denn eines stand fest: Die Person, die am meisten von Amy Phelps' Tod profitierte, war inzwischen ihre Nichte Phyllis Thomas. Und schon allein aus diesem Grund stand sie jetzt ganz oben auf Gorringes Liste der Verdächtigen.

KAPITEL VIERZEHN

Der Inspector brauchte nicht lange nach Murray zu suchen. Er stand im Schatten einer hohen Rosskastanie im westlichen Teil des Gartens, wo er zornig an einer Zigarette zog. Beim Anblick des Inspectors machte der junge Mann ein wütendes Gesicht.

Auch Gorringes erste Worte trugen nicht gerade dazu bei, seinen hasserfüllten Blick zu besänftigen: »Wie ich annehme, hat es Sie überrascht, dass Sie nun keinen Penny erben, Sir?«, begann der Inspector freundlich.

Murrays höhnisches Schnauben ging in einen Hustenanfall über. Er warf die Zigarette weg und trat sie mit einer unwirschen Bewegung aus, wobei es ihm sichtlich Genugtuung bereitete, den Stummel unter seinem Absatz zu zermalmen. »Sie konnten es wohl kaum erwarten, mir einen Tritt zu verpassen, obwohl ich sowieso schon am Boden liege, was? Hoffen Sie etwa, dass ich mich verplappere? Ich bin kein Idiot, Inspector«, herrschte Murray ihn an. »Ich weiß genau, dass ich für Sie und alle anderen der Mordverdächtige Nummer eins bin. Und diese Sache mit dem Testament macht es nur noch schlimmer. Sie brennen wohl schon darauf, mir Handschellen zu verpassen, oder?«, fügte er herausfordernd und mit einem abfälligen Blick auf den Inspector hinzu.

»Tja, Sir, wenn Sie es aus meiner Warte betrachten«, sagte Gorringe in nachsichtigem Ton. Nur dass Murray nicht in der richtigen Stimmung war, irgendetwas aus der Warte eines anderen Menschen als aus seiner eigenen zu sehen.

»Ach, zum Teufel mit Ihnen«, brach es nun aus ihm hervor. »Nur zu Ihrer Information: Für den Mord an meiner Tante habe ich zufällig ein Alibi. Also! Was sagen Sie jetzt?«

Der Inspector war recht überrascht und erwiderte, er fände diese Information höchst interessant, weshalb er sich freuen würde, wenn Murray das näher ausführen könne.

Murray zündete sich eine neue Zigarette an und seufzte tief auf. Dann zuckte er die Achseln. »Ach, es hat ja keinen Sinn. Sie werden mir sowieso nicht glauben. Bei meiner Pechsträhne würde ich damit alles nur noch schlimmer machen.« Denn bei genauerer Überlegung wurde er das Gefühl nicht los, dass der Inspector ihn nur umso mehr verdächtigen würde, wenn er zugab, dass er und Doreen fast die ganze Nacht gemeinsam in seinem Zimmer verbracht hatten. Er würde ihm einfach unterstellen, er und seine Geliebte hätten das Verbrechen zusammen geplant.

»Ach, vergessen Sie es«, fuhr er den Inspector deshalb an und drehte sich einfach weg. Gorringe musterte ihn noch einmal nachdenklich, bevor er seiner Wege ging.

Ein Stückchen weiter entfernt im Garten war es natürlich Reggie, der Arbie und Val alles brühwarm erzählte.

Val, die beobachtet hatte, wie Cora und Reggie aus dem Haus traten, hatte die beiden lässig begrüßt und sich, sehr zu Arbies Verlegenheit, mehr oder weniger selbst eingeladen. Und so war ihm nichts anderes übrig geblieben, als sich ebenfalls den beiden älteren Leuten anzuschließen, mit denen sie nun im Schatten eines Baums saßen und sich leise unterhielten.

Cora, die der Höflichkeit halber eine Weile geblieben war, entschuldigte sich bald mit der gemurmelten Begründung, sie müsse noch Briefe schreiben. Reggie, nun ihres mäßigenden Einflusses ledig, war machtlos dagegen, dass die Tochter des Vikars ihn mit viel Fingerspitzengefühl aushorchte.

Offen gestanden konnte Arbie es dem Mann nicht verübeln, dass er seiner Begleiterin auf den Leim ging. Selbst er musste einräumen, dass Val heute im warmen Sonnenschein ganz besonders hinreißend aussah. Das weiße Sommerkleid stand ihr ausgezeichnet, und sie hatte das lange blonde Haar mit einem grün-weißen Band zusammengefasst. Kurz gesagt, sie war das Sinnbild einer englischen Rose.

Reggie war eindeutig Wachs in ihren Händen, und so dauerte es nicht lang, bis der alte Herr den beiden berichtete, dass Phyllis, nicht Murray, Amys Vermögen geerbt hatte. Dann schilderte er ihnen das Drama in der Bibliothek Szene für Szene.

»Und da haben wir beschlossen, uns aus dem Staub zu machen«, schloss Reggie. »Schließlich will man sich nicht aufdrängen, wenn gleich ein Familienstreit ausbricht, richtig? Der arme Murray sah wirklich aus, als würde er gleich Feuer und Lava spucken wie ein Vulkan.«

»Das kann ich mir vorstellen«, erwiderte Arbie spöttisch. Eigentlich war es ihm rätselhaft, warum die Menschen stets so viel Freude am Unglück anderer hatten. Dennoch gelang es ihm beim besten Willen nicht, einen arroganten Pinkel wie Murray zu bemitleiden. Außerdem wurde er ein unangenehmes Gefühl nicht los.

Viele Jahre lang hatte Murray – scheinbar in allgemeiner Übereinkunft – die Rolle des Familienerben bekleidet und diese auch genossen. Arbie war sicher, dass Phyllis in Amys ursprünglichem Testament reichlich versorgt gewesen war und sich vermutlich nicht darüber beschwert hätte, dass ihr nicht das Haupterbe zufiel. Und trotzdem hatte Amy nach dem Treppensturz einen Grund gesehen, ihr Testament so grundlegend zu ändern.

Der Zusammenhang lag auf der Hand: Sie hatte Murray in Verdacht, der Urheber der »gespenstischen« Streiche zu sein. Wahrscheinlich gab sie ihm auch die Schuld an ihrem »Unfall«, der sie gewiss nicht amüsiert hatte.

Was Arbie sehr gut nachvollziehen konnte.

Allerdings war da etwas, das ihm seltsam erschien: Wieso sollte Murray, der doch nur darauf zu warten brauchte, dass seine Tante irgendwann ihr irdisches Dasein beendete, plötzlich auf den Gedanken kommen, ihr das Leben zur Hölle zu machen? Der Treppensturz war sorgfältig geplant worden, und zwar um sie zu verletzen, nicht zu töten. Das ergab von Murrays Standpunkt aus noch weniger Sinn, denn er konnte nicht gewinnen, wenn er Amy Phelps Gelegenheit gab, ihm auf die Schliche zu kommen. Für ihn wäre es doch das Einfachste gewesen, sich bei ihr beliebt zu machen.

Und das bedeutete … Tja, die unausweichliche Schlussfolgerung lautete, dass Murray doch nicht hinter dem Treppensturz steckte. Und auch nicht hinter den Gespensterstreichen. Was wiederum hieß … Nun, da blieb logischerweise nur Phyllis übrig, oder? Schließlich war sie die große Gewinnerin.

»Ach, herrje, da geht er hin«, merkte Reggie bedrückt an, womit er Arbie aus seiner gedanklichen Detektivarbeit riss. Als der sich umdrehte, sah er gerade noch, wie Murray zornig die Auffahrt hinunter und davonmarschierte. »Ich fürchte, er ist schrecklich wütend. Hoffentlich kehrt er in die Stadt zurück. Wenn er bleibt, wird die Stimmung im Haus unerträglich werden. Das wird er doch sicher nicht tun, oder?«, erkundigte Reggie sich ängstlich.

»Oh, bestimmt sieht er dazu keinen Anlass«, erwiderte Val beschwichtigend. »Ich frage mich nur, ob ...«

Doch ehe sie ihren Satz beenden konnte, trat Inspector Gorringe aus dem Haus. Bei seinem Anblick wurde Reggie kreidebleich.

»Ich glaube, ich verschwinde am besten in mein Atelier«, sagte er rasch. »In Anwesenheit des Inspectors werde ich immer so nervös. Seit er meine Entwicklerchemikalien zur Überprüfung mitgenommen hat, fühle ich mich einfach schrecklich. Ich kann nur hoffen und beten, dass die arme Amy nicht durch ein Mittel aus meinem Bestand umgekommen ist.«

»Ach, Reggie, wie entsetzlich!« Val tätschelte ihm die Hand. »Ich bin sicher, dass sich das nicht so verhält. Und selbst wenn, dürfen Sie sich keine Vorwürfe machen. Jeder hätte das Gift an sich nehmen können. In Maybury schließt niemand seine Türen ab. Warum auch?«

Reggie nickte und lächelte tapfer. Doch als der Inspector die drei im Schatten des Baumes bemerkte und auf sie zusteuerte, sprang der alte Herr auf und ergriff beinahe panisch die Flucht.

Arbie und Val blickten ihm nach und sahen einander amüsiert und gleichzeitig ein wenig besorgt an. Dann strafften sie die Schultern, während der Hüter des Gesetzes sich auf einem Gartenstuhl neben ihrer Bank niederließ und die in blank poliertes braunes Leder gehüllten Füße, schätzungsweise Größe sechsundvierzig, bequem von sich streckte. Er betrachtete die beiden jungen Leute nachdenklich.

»Mr. Swift, Miss Coulton-James«, begann der Inspector mit einem angedeuteten Lächeln. »Sie sind wohl gerade zufällig vorbeigekommen, richtig?«

Val errötete schuldbewusst. Sie war machtlos dagegen, schließlich war sie Pfarrerstochter.

Arbie hingegen seufzte nur auf. Anders als Val war er von einem Onkel großgezogen worden, dessen Respekt vor Autoritäten – ganz gleich welcher Art – gewissermaßen bei null lag. »In der Tat. Ich habe gehofft, ein paar Worte mit Miss Thomas wechseln zu können«, schwindelte er freundlich lächelnd. »Vielleicht haben Sie es ja schon gehört, dass die Familie mich gebeten hat, die geisterhaften Umtriebe hier weiter zu untersuchen. Für mein nächstes Buch.«

»Ach ja, der Familiengeist«, antwortete Gorringe bedächtig und mit einem fast feierlichen Unterton, der Arbie aufmerken ließ. Murray Phelps' rätselhafte, an seine Cousine gerichtete Bemerkung nach der Testamentseröffnung hatte sein Interesse an dem Familiengeist der Phelps beträchtlich gesteigert.

Zu Anfang war der Inspector davon ausgegangen, dass es sich bei Miss Phelps' Furcht vor ihrem toten Urahn um reine Einbildung handelte. Um nichts weiter als eines jener harmlosen Hirngespinste, denen Damen zuweilen anhingen. Bis zu diesem Moment hatte er niemals ernsthaft in Erwägung gezogen, dass der Geist etwas mit Amy Phelps' Tod zu tun haben könnte.

Schließlich rechnete auch niemand damit, dass Gespenster herumschlichen und Leute vergifteten.

»Da Sie nun schon einmal hier sind, Mr. Swift, möchte ich Sie gern etwas fragen«, begann er. »Sind Sie, was den geisterhaften Schmied betrifft, zu irgendwelchen Schlussfolgerungen gelangt? Ich meine, denken Sie, dass es ihn wirklich gibt?«

Arbie sah den Polizisten tadelnd an. »Ach, lassen Sie das, Inspector«, protestierte er mit Nachdruck, womit er Val vielleicht zum ersten Mal beeindruckte, ohne es zu ahnen. »Sie glauben doch genauso wenig an Geister wie daran, dass hier im Garten Feen wandeln.«

Gorringe grinste. Irgendwie wurde ihm dieser junge Bursche immer sympathischer. »Es geht nicht darum, was *ich* glaube, Sir. Die Frage ist eher, ob Miss Amy Phelps daran geglaubt hat. Oder ein anderes Mitglied ihres engsten Kreises, wenn wir so wollen.«

Der Name der Verstorbenen ließ Arbies herausfordernden Blick versöhnlicher werden. Die letzten Lebenswochen der Bedauernswerten waren von unschönen Zwischenfällen geprägt gewesen, was ziemlich tragisch war, wenn man genauer darüber nachdachte. Jedenfalls durfte man es nicht auf die leichte Schulter nehmen. »Jaja. Ich weiß. Ich habe mich nämlich gerade dasselbe gefragt. Es ergibt keinen Sinn, finden Sie nicht?«

Der Inspector musterte ihn forschend. »Was genau ergibt keinen Sinn?«

»Dass Murray hinter den Streichen und dem Gespenstertreiben gesteckt haben soll. Obwohl Miss Phelps meiner Ansicht nach davon überzeugt war«, erklärte Arbie.

»Haben Sie denn einen besseren Kandidaten vorzuschlagen?«, hakte Gorringe aufrichtig interessiert nach.

»Nun ja, wenn Sie schon fragen, angesichts der jüngsten …«

»Oh, Arbie, schau, da ist Phyllis«, unterbrach Val ihn rasch und ein wenig zu laut. Sie vermutete nämlich ganz richtig, dass Arbie gerade im Begriff war, sich zu verplappern. Beinahe hätte er zugegeben, dass sie bereits im Bilde waren: Murray war enterbt worden, während Phyllis den Löwenanteil bekommen hatte. Val hätte es gerade noch gefehlt, dass der Inspector ihren Vater aufsuchte und verlangte, er solle seiner Tochter die Einmischung in polizeiliche Ermittlungen untersagen. »Wolltest du sie nicht wegen der Geisterwache heute Nacht um Erlaubnis fragen?«, sagte sie mit einem warnenden Blick.

Arbie, dem nichts ferner gelegen hatte, starrte sie verwundert an. Als er über ihre Schulter spähte, stellte er fest, dass Phyllis tatsächlich vor der offenen Terrassentür stand und zweifelnd zu ihnen hinüberschaute.

»Nun, falls Sie mit Ihren … äh … Geisterwachen fortfahren möchten, habe ich keine Einwände, Sir«, meinte Gorringe leutselig. »Meine Männer sind mit dem Sichern der Fingerabdrücke und weiterer Beweismittel fertig.« Was sich als vergebliche Liebesmüh entpuppt hatte. Die Haushälterin hatte das Schlafzimmer der Toten gründlich geputzt, da sie anfangs nicht von einem Mord ausgegangen war. Auch im restlichen Haus hatte man nichts Verdächtiges entdeckt. Keine Einbruchspuren, kein Fläschchen mit Resten eines Gifts in einem der Mülleimer. Nein, überhaupt nichts, was sie auch nur einen Schritt weitergebracht hätte.

Nun ja, das war eben das Los eines Polizisten. Gorringe schickte sich zum Gehen an, hielt aber noch einmal inne. »Ach, und falls Ihnen in der Ausübung Ihrer Pflicht der geisterhafte Schmied über den Weg laufen sollte, Sir«, sagte er freundlich, »könnten Sie ihn bitte in meinem Namen fragen, was zum Teufel er mit diesem Theater beabsichtigt. Wären Sie so gut?«

»Ich werde es nicht vergessen, Inspector«, erwiderte Arbie, ohne mit der Wimper zu zucken. »Und sollte Miss Phelps sich persönlich blicken lassen, richte ich ihr Ihre besten Wünsche aus.«

Diese Retourkutsche brachte den Inspector zum Schmunzeln. Er nickte dem hübschen Mädchen zu, dessen bewundernder Blick wieder auf seinem gut aussehenden Begleiter ruhte, und wünschte den beiden jungen Leuten einen schönen Tag.

»Wie ich zugeben muss, Arbie, mein Freund, war das ziemlich schlagfertig von dir«, räumte Val widerstrebend ein. »Das wird den Inspector lehren, von nun an den Mund nicht mehr so voll zu nehmen. Aber was sollte die Andeutung, da gäbe es einen besseren Kandidaten? Das habe ich nicht ganz verstanden«, beklagte sie sich.

Arbie zuckte die Achseln. »Wie ich gerade anmerken wollte, ist Miss Thomas nur deshalb jetzt eine reiche Frau, weil Miss Phelps Murray als Urheber des Gespenstertreibens in Verdacht hatte. Und das Ergebnis war sehr lohnend für unsere Phyllis, findest du nicht?«

Als Val dämmerte, worauf er hinauswollte, weiteten sich ihre Augen.

»Meinst du ... denkst du, dass *sie* hinter dem Spuk steckt?«, fragte sie. Sie überlegte angestrengt. »Ja, eigentlich würde es Sinn ergeben, oder?«, fuhr sie in wachsender Aufregung fort. »Sie erfindet einen Geist, um Miss Phelps zu ängstigen, und lässt dann Andeutungen fallen, das alles sei bestimmt Murrays Werk. Und so gelingt es ihr, ihn in den Augen ihrer Tante schlechtzumachen.«

»Ich glaube, da brauchte sie nicht viele Andeutungen fallen zu lassen«, wandte Arbie nachdenklich ein. »Vermutlich stand Murray wegen seines Techtelmechtels mit dem Dienstmädchen ohnehin schon auf ihrer schwarzen Liste. Das ganze Dorf wusste, dass er mit Doreen herumpoussiert.«

Val nickte. »Ja, stimmt«, erwiderte sie. »Aber nehmen wir einmal an, Phyllis hat wirklich ihre Finger im Spiel: Bedeutet das, dass sie auch für den Tod ihrer Tante verantwortlich ist?«

Arbie rutschte unbehaglich hin und her. »Nun, logisch betrachtet wäre es möglich. Allerdings könnte sie auch einfach nur auf das Ziel hingearbeitet haben, dass ihr Cousin enterbt wird. Vielleicht hat sie gar nicht weiter in die Zukunft gedacht.«

Val musterte ihn mit missbilligender Miene. »Findest du nicht, dass das ein bisschen unwahrscheinlich klingt?«, merkte sie zweifelnd an. Schließlich wusste sie, wie ungern Arbie sich den hässlichen Seiten des Lebens stellte, und war deshalb fest entschlossen, ihm das diesmal nicht durchgehen zu lassen. »Stell dir vor, es wäre Murray gelungen, bei seiner Tante gut Wetter zu machen. Dann hätte sie wieder ganz am Anfang gestanden. Du weißt genau, dass Phyllis auch die Mörderin sein muss, wenn sie hinter dem Spuk steckt, alles andere wäre unlogisch. Wie du nicht vergessen darfst, war sie darüber im Bilde, dass ihre Tante beim Anwalt gewesen ist, um ihr Testament zu ändern. Also hatte sie gar keine andere Wahl, als das Eisen zu schmieden, solange es heiß war.«

Als Vals Blick über Arbies Schulter wanderte, schluckte sie und wurde ein wenig bleich. »Oh, Arbie!«, raunte sie und umklammerte seinen Arm. Ihr Übermut war auf einmal wie weggeblasen. »Sie winkt uns zu sich. Was machen wir jetzt?«, zischte sie.

Als Arbie in Richtung Haus blickte, stellte er fest, dass die neue Hausherrin tatsächlich in ihre Richtung gestikulierte. »Du und ich gehen jetzt hin und sagen Hallo, altes Mädchen. Was sonst?«, erwiderte er seelenruhig. Er wünschte nur, er wäre wirklich so gelassen, wie er klang.

Und so marschierten er und Val über den Rasen. Dabei fragten sie sich beide, was man nur zu einer Frau sagte, die gerade das Vermögen eines Mordopfers geerbt hatte und nun verdächtigt wurde, den Mord selbst begangen zu haben.

Phyllis war zwar blass, wirkte aber gefasst, als sie schließlich an den Terrassentüren vor ihr standen. »Hallo, du meine Güte, ist das heute heiß«, begrüßte sie die beiden. »Möchten Sie nicht hereinkommen und eine Limonade trinken?«

Arbie und Val nahmen dankbar an, setzten sich und ließen

sich Gläser mit dem eisgekühlten Getränk reichen. Obwohl Arbie sich Mühe gab, nicht an Gift zu denken, hätte er sich am ersten Mundvoll beinahe verschluckt. Val und Phyllis hingegen nippten genüsslich an ihrer Limonade.

»Verzeihen Sie, wenn ich Sie damit belästige, Miss Thomas«, begann Arbie verlegen. »Ich habe mich nur gefragt, ob Sie immer noch möchten, dass ich ... äh ... nach weiteren Störungen im Haus Ausschau halte. Natürlich kann ich es auch lassen, falls Ihnen das lieber ist«, schlug er hoffnungsvoll vor.

»Oh nein, es ist wirklich in Ordnung«, machte Phyllis jegliche Chance, sich doch noch drücken zu können, zunichte. »Eigentlich könnten Sie sofort anfangen, wenn es Ihnen recht ist. Murray ist schon nach Hause gefahren, und ich selbst plane, den nächsten Zug zu nehmen, denn ich habe eine Menge zu erledigen. Ich brauche nicht lange zum Packen. Also ist das Haus leer, bis auf Mrs. Brockhurst natürlich, was vermutlich optimal für Ihre Untersuchungen ist. Die Leute im Dorf sind gewiss begeistert, wenn es ihr gutes altes Maybury-in-the-Marsh in Ihr nächstes Buch schafft, weshalb ich sie nur ungern enttäuschen möchte.«

An dieser Stelle bedachte Phyllis ihn mit einem vielsagenden Blick. »Natürlich werden Sie sich nur mit ... äh ... Wilbur Phelps befassen. Und nicht ... ich meine ... ach, dieser schrecklichen Sache mit Tante Amy! Ich bin noch völlig durcheinander und weiß gar nicht, wie ich es ausdrücken soll, ohne ... Ach, herrje ... Sie werden doch sicher nicht ...« Ihre Stimme erstarb.

Arbie, der keine Mühe hatte, das Gestammel zu entschlüsseln, blickte seine Gastgeberin nicht minder erschüttert an. »Oh nein! Natürlich würde ich niemals im Traum daran denken ... Nein, in meinem nächsten Buch wird es nichts Anstößiges oder Skandalöses zu lesen geben, das verspreche ich Ihnen. Nur die übliche Mischung aus Reiseführer und *alten* Geistergeschichten und Legenden«, murmelte er. »Aktuelle Ereignisse werden nicht erwähnt«, beteuerte er, vielleicht ein wenig vorschnell.

Nun, zumindest nicht von mir, fügte er in Gedanken hinzu. Er hatte keine Ahnung, was sein sensationslüsterner Verleger alles veranstalten würde, um die Verkaufszahlen in die Höhe zu treiben.

»Tja, dann wird sicher alles gut«, erwiderte Phyllis und wirkte sehr erleichtert. »Wahrscheinlich sollten Sie Mrs. Brockhurst in der Küche aufsuchen und sie darüber informieren, dass Sie heute Nacht im Haus sein werden.«

»Ja, selbstverständlich«, stimmte Arbie zu und sprang auf, als Phyllis sich von ihrem Stuhl erhob. Ob die Hausherrin wohl ahnte, dass sich ihre Angestellte genauso über eine Fortsetzung seiner Untersuchungen freuen würde wie sie selbst?

»Wenn Sie mich nun bitte entschuldigen würden, es war ein sehr anstrengender Tag. Ich muss los«, sagte Phyllis erschöpft.

Erleichtert und schweigend blickten Val und Arbie ihr nach, als sie hinausging, und begaben sich dann in die Küche, um mit Mrs. Brockhurst den Zeitplan abzusprechen.

Als sie wieder draußen waren und nach Hause in Richtung Church Road schlenderten, trat Arbie missmutig nach einem Stein. »Weißt du, was ich als Erstes mache, wenn wir wieder im Haus sind, Val? Ich schaue mich gründlich in Amy Phelps' Schlafzimmer um.«

»Arbie!«, entgegnete Val in gespielter Entrüstung.

»Tja, du musst ja nicht mitkommen«, antwortete er mit einem spitzbübischen Grinsen.

»Ach, keine zehn Pferde könnten mich davon abhalten«, erwiderte Val wie aus der Pistole geschossen.

»Nein, vermutlich nicht«, stimmte er betrübt zu.

Als Arbie nach Hause kam, machte er zunächst einen Abstecher in die Werkstatt seines Onkels. Er wollte sich die batteriebetriebene Lampe borgen, die dieser vor einem Jahr erfunden hatte. Von außen sah diese Lampe aus wie eine gewöhnliche Gaslaterne, doch wenn man einen verborgenen Hebel betätigte, verbreitete sie ein beinahe blendend helles Licht. Der Onkel hatte etwas Interessantes mit der gleich dazu miterfundenen Glühbirne angestellt, um diese Leuchtkraft zu erzeugen – auch wenn Arbie wie immer kein Wort von dessen Erklärung verstanden hatte. Die große Batterie, die dazugehörte, hatte der Onkel im Sockel versteckt, wodurch das Gerät für den Geschmack der Hersteller zu schwer geworden war. Die Kundschaft, so hatte man ihm höflich beschieden, erwarte von einer tragbaren Lampe vor allem, dass man sie auch tragen könne. Keinen Klotz, zu dessen Transport über weitere Strecken man ein Muskelprotz sein müsse. Deshalb war es auch bei diesem einzigen Prototypen geblieben, der Arbie jedoch nun sehr gelegen kam.

Obwohl er es Val gegenüber nie zugegeben hätte, war es ihm ausgesprochen wichtig, dass die Lichtquelle nicht nur zuverlässig war, sondern auch jeden Winkel eines Raums – und in diesem Fall vermutlich einen Umkreis von mehreren Kilometern – erhellen konnte. Es war ja schön und gut, einen Geist zu jagen. Doch einem Mörder nachzuspüren, war eine völlig andere Sache. Und deshalb hatte Arbie nur wenig Lust, sich im schummerigen Old Forge aufzuhalten, ohne die Gewissheit zu haben, dass er jederzeit Licht machen konnte. Und wenn er sich beim Herumwuchten des verdammten Kolosses einen Leistenbruch holte, sollte es eben so sein!

Er fand die Werkstatt unverschlossen, aber menschenleer vor, was hieß, dass sich sein Onkel irgendwo in der Nähe aufhielt. Fast hätte er nach ihm gerufen und ihn nach dem Verbleib der Lampe gefragt, da es ziemlich mühselig sein konnte, in der Werkstatt einen bestimmten Gegenstand zu finden. Doch als er sich umschaute, sah er die pyramidenförmige schwarze Eisenspitze der Laterne aus einem Haufen alter Autoersatzteile hervorragen. Gerade wollte er darauf zusteuern, da fiel sein Blick auf das Podest, wo eine Staffelei mit einem Bild darauf stand. Arbie erstarrte.

Selbst aus dieser Entfernung stach ihm die meisterhafte Ausführung ins Auge, und die Abbildung war ihm zudem so vertraut, dass er seine Mission vergaß und die wenigen Stufen hinaufstieg, magisch angezogen von der kunstvollen Wiedergabe eines Pferdes in Öl. Ein Stubbs! Davon war Arbie felsenfest überzeugt. Es gab fast niemanden, der nicht schon mindestens einmal eines dieser Meisterwerke gesehen hatte, entweder im Original in einer Galerie oder abgedruckt auf den Seiten einer Illustrierten. Ehrfürchtig trat Arbie näher und betrachtete das Pferdeporträt. Er wagte kaum, Luft zu holen. Was für ein wunderschönes Tier. Absolut atemberaubend.

Arbie beugte sich vor und ließ das Gemälde auf sich wirken. Im nächsten Moment wich er mit zweifelnder Miene zurück. Hatte der Onkel etwa mit einer seiner Erfindungen das große Los gezogen und ihm einen Geldsegen verschwiegen? Wie sonst hätte er sich ein solches Juwel leisten können? Und weshalb, um alles in der Welt, befand sich das Bild hier und nicht in einem Banksafe, wo es hingehörte?

Im nächsten Moment bemerkte er die zweite Staffelei, die mit einem Tuch abgedeckt war. Die Farben und Pinsel seines Onkels lagen auf dem Tisch daneben. Arbies Herz tanzte einen wilden Charleston, als er mit äußerstem Widerstreben darauf zuging, einen Zipfel des Tuches anhob und vorsichtig darunterspähte. Und vier inzwischen wohlbekannte Fesseln erblickte.

Hastig ließ er das Tuch sinken und wich zurück. Er schluckte heftig.

Arbie fühlte sich ein wenig schwummerig, als er wieder nach unten ging, um die Lampe zu holen und sie unter leisem Stöhnen nach draußen zu schleppen. Allerdings hatte der Schweißfilm, der inzwischen seine Stirn und Handflächen bedeckte, rein gar nichts mit der körperlichen Anstrengung zu tun.

Hatte sein Onkel nun endgültig den Verstand verloren? Wenn man ihn beim Fälschen eines Stubbs erwischte, würde es ein Donnerwetter geben. Und zu allem Überfluss lungerte dieser Inspector Gorringe im Dorf herum. Was hatte sich der alte Gauner nur dabei gedacht?

Und dabei stand Arbie ohnehin schon am Rande eines Nervenzusammenbruchs!

KAPITEL FÜNFZEHN

Als sie nach Old Forge zurückkehrten, ging die Sonne gerade unter. Zum Glück war Val viel zu aufgeregt, um etwas zu Arbies Ausrüstung anzumerken, obwohl er das sperrige Ding ständig von einer Hand in die andere wechselte, weil ihm bald die Arme wehtaten. Mrs. Brockhurst ließ sie herein, wirkte aber zum ersten Mal verunsichert, wie sie sich verhalten sollte, denn schließlich war kein Mitglied der Familie anwesend. Wie genau ging man mit Besuchern um, die eine Geisterwache abhalten wollten? Gäste waren sie im Grunde genommen nicht, aber man konnte sie auch schlecht behandeln wie Handwerker.

Zu guter Letzt beteuerte Arbie, sie brauche sich nicht um sie zu kümmern und solle einfach tun, als seien sie nicht vorhanden.

Nachdem die einzige Person, die womöglich Zeugin der geplanten Missetaten hätte werden können, in die Küche verbannt war, stellte Arbie die Lampe an die Wand unter die Treppe und eilte dann Val nach, die bereits die Stufen hinaufgelaufen war und auf dem Treppenabsatz wartete.

Dort angekommen, blieb Arbie stehen.

Val, die schon den Verdacht hegte, dass er kneifen und den Besuch am Tatort vor sich herschieben wollte, betrachtete ihn wie immer mit einem liebevollen Aufseufzen im Blick.

Denn wie nicht anders zu erwarten, stand er wieder einmal mit einem leicht dümmlichen Ausdruck auf seinem ärgerlich ebenmäßigen Gesicht da, ohne sich in irgendeiner Weise nützlich zu machen. Leider war es Arbies Pech – aber vielleicht war es ja auch ein Glück, je nach Betrachtungsweise –, dass er stets leicht dümmlich wirkte, wenn er ganz besonders angestrengt nachdachte.

»Ich kann ja vorausgehen«, schlug sie vor. Die meisten von Vals Freundinnen hatten sie nach dem Erscheinen vom *Leitfaden für den Gentleman* um ihre lebenslange Freundschaft mit dem plötzlich so berühmten Schriftsteller beneidet. Und diejenigen, die ihn tatsächlich kennenlernten, fielen prompt auf sein gutes Aussehen und seinen lässigen Charme herein und beneideten Val nun umso heftiger. Natürlich fand Val das ziemlich ärgerlich. Wenn die anderen nur gewusst hätten, was für eine Trantüte Arbie manchmal sein konnte! Wenn man ihn nicht energisch an die Hand nahm, würde er sein ganzes Leben mit Nichtstun verplempern. So wie jetzt zum Beispiel.

Ihre Worte schienen ihn in die Wirklichkeit zurückzuholen, denn er hob den Kopf und starrte sie an, als sei er überrascht, sie hier zu sehen. »Was? Oh nein, wir gehen gleich. Ich wollte mich nur vergewissern, ob ich die fragliche Nacht noch richtig in Erinnerung habe: nämlich, ob Miss Phelps, nachdem ich ihr eine gute Nacht gewünscht hatte, wirklich mit leeren Händen diese Treppe hinaufgestiegen ist.«

Val schaute zu ihm hinüber. »Und bist du sicher?«

»Ja, bin ich. Als sie hier oben war, wo wir jetzt stehen, nahm sie eine Kerze von vermutlich diesem Tisch.« Er wies auf einen kleinen Tisch aus Kirschholz mit einer umrandeten Tischplatte. Darüber hing ein hübsches, allerdings nicht sehr bemerkenswertes Aquarell, das grasende Schafe auf einer Wiese zeigte. Vermutlich ein Werk der verstorbenen Mutter von Miss Phelps.

»Hat sie das?«

»Dann ist sie den Flur entlanggegangen ...« Arbie tat es ihr nach und bewegte sich den bedrohlich düsteren Korridor hinunter. Da wegen der vielen Biegungen nur wenig Licht durch das Fenster hereinfiel, wünschte Val, sie hätten auch eine Kerze da. Schade, dass es in diesem Teil des Hauses keine Gaslampen gab.

»Sie geht also zur Tür«, murmelte Arbie und griff nach dem Türknauf, »macht sie auf und tritt ein.«

Nun standen sie wieder in dem Raum, wo sie Amy Phelps' Leichnam gefunden hatten. Vals Blick wanderte sofort zum Bett, das zu ihrer Erleichterung abgezogen und mit einem Laken bedeckt war. Die Vorhänge waren geschlossen. Arbie öffnete sie, um das verbleibende Tageslicht so gut wie möglich auszunutzen.

»Also. Wir wollen uns die Situation vergegenwärtigen«, begann er in forschem Ton. »Miss Phelps geht also zum Bett und folgt demselben Ablauf wie jeden Abend. Die meisten Menschen tun das beim Zubettgehen. Was hat sie deiner Ansicht nach als Erstes getan? Ich habe unter dem Tisch eine Waschschüssel bemerkt. Aber waschen sich die meisten Damen nicht morgens?«

Val räumte das schmunzelnd ein.

»Nun denn. Sie kommt also herein. Und dann? Ich würde zuerst zum Fenster gehen, es aufmachen und tief durchatmen. Doch als wir sie gefunden haben, waren die Vorhänge zwar offen, aber die Fenster alle zu.«

Val, die sich allmählich in die Situation einfühlte, verzog zweifelnd das Gesicht. »Ja, Arbie, nur dass du ein gesunder junger Mann bist«, wandte sie ein. »Miss Phelps war eine ältere Dame, und es war in der Nacht ungewöhnlich kühl.«

»Ja, da hast du recht«, stimmte Arbie zu und schnippte mit

den Fingern. Kaum zu glauben, doch als er in der Vorhalle gesessen hatte, hatte er beinahe bedauert, keine Jacke mitgebracht
zu haben. Inzwischen war das Wetter, launisch wie immer, in
eine fast unerträgliche Hitze umgeschlagen. »Außerdem frieren
ältere Leute leichter«, ergänzte er. »Damit wäre dieses kleine
Geheimnis geklärt«, fuhr er fort. »Miss Phelps hat die Fenster
gar nicht geöffnet, sondern sie geschlossen gehalten. Oder sie
waren während des Tages offen, und sie hat sie vor dem Schlafengehen zugemacht.«

Val nickte. »Gut. Allerdings verstehe ich nicht ganz, wie uns
das weiterhilft, Arbie.«

Arbie unterbrach sie mit einer Handbewegung und überlegte weiter. Der Nachttisch war inzwischen abgeräumt worden und, wie das Bett, mit einem schützenden Laken bedeckt.
Mrs. Brockhurst hat ganze Arbeit geleistet, dachte er beklommen, welche Spuren mag sie in Ausübung ihrer haushälterischen Pflichten wohl sonst noch getilgt haben?

»Auf dem Tisch waren ... Moment mal ...« Arbie kramte in
seinem Gedächtnis und listete alles auf, was ihm einfiel. »Am
besten erinnere ich mich an ein Buch, das aufgeschlagen und
mit dem Einband nach oben dalag, so wie man eben ein Buch
weglegt, wenn man es nur für einen Moment an der richtigen
Stelle geöffnet halten will. Daneben befand sich eine Lesebrille,
ebenfalls aufgeklappt. Was für mich darauf hinweist, dass sie im
Bett gelesen hat.«

Die vielen Details, was die letzten Minuten der Verstorbenen
anging, ließen Val ungeduldig werden. Welche Rolle spielte das
jetzt noch? Außerdem fand sie es gruselig. »Ja, das klingt alles
recht logisch«, erwiderte sie, wobei sie sich wünschte, er würde
endlich auf den Punkt und zum eigentlichen Grund seines
Besuchs kommen, damit sie verschwinden konnten, bevor es

völlig dunkel wurde. In der Eingangshalle auf den geheimnisvollen Geist eines Vorfahren zu warten, war doch etwas völlig anderes als der Aufenthalt in einem Zimmer, wo erst vor Kurzem jemand ermordet worden war.

Um sich so weit wie möglich vom Bett zu entfernen, schlenderte sie durchs Zimmer und schaute sich um. Miss Phelps' Frisiertisch war ebenfalls mit einem Laken abgedeckt. Val entfernte es und musterte nachdenklich die Gegenstände darauf. Ein Duft nach Lavendel lag in der Luft, und sie stellte fest, dass ein wenig Talkumpuder verschüttet worden war. Im nächsten Moment bemerkte sie ein hübsches Schmuckkästchen aus Perlmutt. Trotz ihres schlechten Gewissens konnte sie der Versuchung nicht widerstehen, den Deckel anzuheben und hineinzuspähen. Dabei wagte sie nicht, sich vorzustellen, was ihr Vater dazu sagen würde, doch ihre Mutter würde ihr vermutlich verzeihen. Der Schmuck einer anderen Frau hatte eben etwas Faszinierendes.

In dem Kästchen fanden sich keine besonders wertvollen Juwelen; die lagen wahrscheinlich im Bankschließfach der Familie. Allerdings hatte Miss Phelps auch ein paar hübsche Stücke für den Alltag besessen. Seufzend – Val war fest entschlossen, nicht neidisch zu werden, denn schließlich gehörte Neid zu den sieben Todsünden – griff sie nach einem tropfenförmigen Kettenanhänger aus Rubin, hielt ihn sich an die Kehle und betrachtete sich im Spiegel.

In diesem Moment fing sich ein Strahl der untergehenden Sonne darin, sodass es aussah, als habe sie einen Blutstropfen am Hals. Erschrocken wollte sie den Anhänger schon hastig in die Schatulle zurücklegen, da machte sie im Licht noch eine weitere Beobachtung. Und zwar eine, mit der sie niemals gerechnet hätte.

Arbie, der gar nicht bemerkt hatte, dass Val nicht mehr neben ihm stand, überlegte noch immer und redete dabei laut vor sich hin.

»Also zieht sich Miss Phelps zur Nachtruhe in ihr Zimmer zurück. Sie lässt die Fenster geschlossen, weil es kühler geworden ist. Dann legt sie sich ins Bett und liest noch eine Weile in ihrem Buch, bevor sie die Kerze auspustet und einschläft.«

Val rieb sich die Oberarme. Als sie sich wieder zu Arbie gesellte, war ihr selbst ein wenig kühl geworden. »Arbie, ich glaube, du solltest etwas wissen ...«, begann sie, aber er sprach bereits weiter.

»Aber warum hat sie in diesem Fall das Buch nicht zugeklappt und die Seite zuvor mit einem Lesezeichen oder einem Eselsohr markiert, wie sie es sonst immer hielt? Und weshalb hat sie die Brille nicht zusammengeklappt? Tun wir das nicht alle, wenn wir zu lesen aufhören?«

Val zuckte die Achseln. »Vielleicht hatte sie ja die Angewohnheit, ihr Buch so liegen zu lassen«, erwiderte sie, abgelenkt von dem, was sie ihm eigentlich hatte mitteilen wollen.

Arbie betrachtete sie zweifelnd. »Würdest du ernsthaft ein Buch so hinlegen? Nach einer Weile würde der Buchrücken brechen.«

»Nein, *ich* würde das nicht tun«, musste Val einräumen. »Mutter würde mir die Ohren lang ziehen. Wir haben von klein auf gelernt, Bücher pfleglich zu behandeln.«

»Und Miss Phelps wurde sicherlich von einer Gouvernante erzogen, die da ganz ähnlich dachte«, bestätigte Arbie. »Nein, ich glaube, sie lag noch lesend im Bett, als jemand ... oder etwas ... sie gestört hat.«

Diese Anspielung auf eine übernatürliche Macht sorgte dafür, dass Val ein Schauder den Rücken hinunterlief. »Oh, Arbie, nicht! Du bist gemein und willst mir nur Angst machen«, sagte sie und fügte dann trotzig hinzu: »Tja, das schaffst du aber nicht.«

Arbie war tief gekränkt und sah sie tadelnd an. »Ich will überhaupt nichts dergleichen«, beteuerte er empört. »Ich versuche nur, mir vorzustellen, wie es abgelaufen sein könnte. Falls du dich gruselst, kannst du ja nach Hause gehen.« Letztere Bemerkung brachte ihm einen abfälligen Blick von Val ein. »Gut«, sprach er leise weiter. »Miss Phelps liegt also im Bett und liest. Sie hört ein Geräusch ...«

»Das Gespenst, das mit den Ketten rasselt?«, spöttelte Val nervös.

»Mag sein.« Arbie zog belustigt eine dunkle Augenbraue hoch. »Ich hatte eigentlich eher an etwas Alltäglicheres gedacht. Ein Klopfen an der Tür vielleicht.«

»Oh.«

»Also ruft sie laut ›Herein‹...«

»Moment mal. Wir waren in der Vorhalle. Glaubst du nicht, dass wir das gehört hätten?«, unterbrach Val ihn mit leicht triumphierender Miene. Zu ihrer Überraschung tat er ihren Einwand nicht mit einer schnippischen Bemerkung ab, sondern dachte gründlich darüber nach.

»Ich bin nicht sicher«, meinte er schließlich. »Einerseits ist es nicht weit bis zur Vorhalle und wir haben uns still verhalten. Andererseits hat dieses verdammte Haus sehr dicke Wände und ist überdies ziemlich verwinkelt. Deshalb frage ich mich, ob der Klang einer menschlichen Stimme hinter einer geschlossenen Tür wirklich bis zu uns durchgedrungen wäre.«

Noch nie hatte Val erlebt, dass Arbie Swift sich so gründlich mit einer Sache beschäftigte. Es war beinahe ... nun ... beeindruckend.

»Wir können das ja später ausprobieren. Ich bleibe hier drin und du gehst in die Vorhalle und sagst mir, ob du mich rufen hörst«, sprach er weiter.

Erst jetzt stellte Arbie fest, dass Val ihn mit einem Augenausdruck musterte, der seiner Erfahrung nach nicht zu ihrem üblichen Repertoire gehörte. Sofort wurde er schrecklich nervös.

»Was ist?«, erkundigte er sich verlegen.

Val schüttelte den Kopf. »Ach, nichts. Es ist nur … ich habe dich noch nie so gesehen. Ich muss sagen, dass es mir gefällt«, murmelte sie.

Arbie neigte den Kopf zur Seite und betrachtete sie neugierig. »Was genau meinst du?«

»Ich weiß nicht. Lebendig. Aufgeregt. Endlich an etwas anderem interessiert als nur daran, in den Tag hineinzuleben und Spaß zu haben.«

Arbie schüttelte den Kopf. Val kam manchmal auf die sonderbarsten Ideen. »Wenn du meinst, altes Mädchen. Also … wo war ich?«

»Jemand stört Miss Phelps bei ihrer Gutenachtlektüre«, lieferte Val das Stichwort.

»Richtig. Sie ruft ›Herein‹. Oder sie steht auf und öffnet die Tür … Und jemand, nennen wir die Person X …«

»Warum müssen wir die Person X nennen?«, protestierte Val. »Das tun sie immer in Kriminalromanen, und ich finde es so albern.«

»Gut, dann nennen wir die Person eben ›der Mörder‹, wenn dir das lieber ist.«

Es war Val eindeutig *nicht* lieber, weshalb sie schmollend schwieg. »Ach, dann bleiben wir eben bei X«, ließ sie sich schließlich erweichen.

Es zuckte zwar um Arbies Lippen, aber er war klug genug,

sich ein Lachen zu verkneifen. Rasch wandte er sich wieder seiner Theorie zu. »X kommt also herein. X bringt eine Tasse Kakao oder einen Plätzchenteller mit und nennt irgendeinen Vorwand, warum er oder sie Amy dringend sprechen muss.«

»Ach, Arbie, meinst du nicht auch, dass das ein bisschen an den Haaren herbeigezogen ist?«, fiel Val ihm wieder ins Wort. »Miss Phelps war nicht auf den Kopf gefallen! Jemand spielt ihr hier im Haus Streiche und sorgt dafür, dass sie die Treppe hinunterstürzt. Sie hat deshalb sogar schon ihr Testament geändert. Also hat sie bestimmt nicht heimlich nächtlichen Besuch empfangen oder sich sonst irgendwie unvorsichtig verhalten, denkst du nicht auch?«

Arbie seufzte auf. »Ja. Ich halte das ebenfalls für recht unwahrscheinlich, Val. Allerdings kommen wir nicht um die Tatsache herum, dass sie vergiftet wurde und dass es nicht beim Abendessen passiert sein kann. Und da sie mit leeren Händen nach oben gegangen ist, muss sie demzufolge irgendwann in der Zeit nach dem Essen und vor dem Moment, als wir sie gefunden haben, etwas gegessen oder getrunken haben.«

Selbst Val konnte sich dieser Logik nicht verschließen. Sie nickte. »Gut, dann kommt X eben mit irgendeinem giftigen Leckerbissen oder einem Getränk herein«, räumte sie ein. »Und Miss Phelps isst oder trinkt es einfach?«

»Außer, es wurde ihr eingetrichtert«, erwiderte Arbie nicht sehr überzeugt.

»Oh, Arbie, dann hätte sie Zeter und Mordio geschrien! Wir hätten sie ganz sicher gehört.«

»Sie war schon etwas älter«, antwortete er, wieder nicht sehr überzeugt von seinem Einwand.

»Aber sie war nicht schwach!«, widersprach Val. »Wenn man ihr gewaltsam etwas verabreicht hätte, hätte der Täter ihr dazu den Mund aufmachen müssen. Und in diesem Fall hätte sie laut um Hilfe gerufen. Außerdem wies nichts auf einen Kampf hin, als wir sie fanden«, zerlegte sie gnadenlos seine Theorie.

»Der Mörder hätte seine Spuren verwischen können, bevor er ging. Nein, du hast recht. Ich glaube auch nicht, dass es so war«, ergänzte er hastig, als er sah, wie sie die Augen verdrehte. »Ich stimme dir zu, dass X ziemlich verzweifelt hätte sein müssen, um ein solches Risiko einzugehen, wohl wissend, dass wir direkt unter ihr in der Vorhalle saßen. Und das bedeutet was …?« Er zog fragend die Augenbraue hoch.

»Dass Miss Phelps in Gesellschaft des Täters etwas gegessen oder getrunken haben muss, so wie du gesagt hast«, merkte sie schicksalsergeben an. »Und das wiederum heißt, dass sie ihrem Mörder vertraut haben muss.«

»Womit Murray klar ausscheidet.« Arbie seufzte auf. »Aus seinen liebenden Händen hätte sie ganz sicher nicht mitten in der Nacht eine Tasse Tee angenommen. Insbesondere nicht, nachdem sie ihn gerade enterbt hatte. Sie hat nicht direkt große Stücke auf ihn gehalten.«

»Also muss es Cora gewesen sein«, sagte Val. »Oder Phyllis. Oder Mrs. Brockhurst. Reggie übernachtet in seinem Atelier und hat keinen Hausschlüssel. Die Haushälterin hat uns doch erzählt, Miss Phelps sei in Sachen Schlüssel sehr heikel gewesen.«

»Hmmm. Und welche der Damen scheint dir die beste Kandidatin für X zu sein?«, fragte Arbie.

Val überlegte und biss sich auf die Lippe. »Nun … Phyllis kommt wohl am ehesten infrage, findest du nicht?«, erwiderte sie zögernd. »Schließlich profitiert sie am meisten von Amys Tod.«

»Allerdings stand nach Aussage aller, mit denen wir geredet haben, fest, dass *Murray* der Haupterbe ist«, wandte Arbie ein.

»Und wie Reggie uns den Ablauf der Testamentseröffnung geschildert hat, ahnte niemand, dass nun plötzlich Phyllis oben auf der Liste stand. *Auch Phyllis selbst nicht.* Falls sie es also nicht zufällig erfahren hat – und ich wüsste nicht, wie –, hatte sie keinen Grund anzunehmen, dass sie eine reiche Frau sein würde, wenn die alte Dame den Löffel abgibt.«

»Außer, Miss Phelps hat ihr anvertraut, dass sie die neue Erbin ist. Sie könnte bei der Testamentseröffnung nur Theater gespielt haben«, mutmaßte Val. »Ach Arbie, die Sache wird immer verwirrender«, jammerte sie.

Arbie brummelte zustimmend. »Und dabei haben wir noch gar nicht richtig angefangen«, erwiderte er bedrückt. »Gehen wir einmal davon aus, dass *jemand* ins Zimmer kommt und dass Miss Phelps dieser Person aus irgendeinem Grund so sehr vertraut, dass sie etwas isst oder trinkt, was die Person mitgebracht hat. Dann … fängt das Gift an zu wirken.«

Val erschauderte.

»X wartet ab, bis es sein grausiges Werk getan hat, und geht. Und jetzt wird es erst richtig kompliziert, altes Mädchen. Denn als wir am nächsten Morgen ankamen, waren die Fenster fest zu, und die Tür war abgeschlossen. Von innen, denn der Schlüssel steckte. Wie zum Teufel hat der Mörder das hingekriegt? Und, was noch wichtiger ist, warum hat er es getan?«

Val überlegte. »Die einfachste Erklärung lautet, dass Miss Phelps die Tür selbst abgeschlossen hat, nachdem X fort war. Nach den üblen Streichen und dem Treppensturz ist das nur allzu verständlich. Ich an ihrer Stelle würde auch bei verschlossener Tür schlafen.«

»Ja, daran habe ich auch schon gedacht«, antwortete Arbie, ohne ihren skeptischen Blick zu bemerken. »Aber bei genauerer Betrachtung ist das auch nicht logisch, oder? Schau dir die

Sache mal aus der Warte von X an. Du hast Gespenst gespielt und aus welchen Gründen auch immer dafür gesorgt, dass dein Opfer die Treppe hinunterfällt. Nun ist der Tag des großen Finales da. Du willst die alte Dame endgültig ins Jenseits befördern. Also bringst du ihr den Schierlingsbecher, und sie trinkt ihn tatsächlich aus. Aber dann gehst du doch nicht einfach. Was, wenn sie die Wirkung spürt und um Hilfe ruft? Vergiss nicht, wir beide sitzen draußen in der Vorhalle. Wir könnten jederzeit angelaufen kommen und hören, wie sie mit ihrem letzten Atemzug den Namen von X hervorstößt. Das wäre viel zu riskant. Nein. Du würdest sicher abwarten, ob es funktioniert hat.«

Val erschauderte. »Arbie, das klingt ja entsetzlich«, protestierte sie.

»Ja, tut es«, bestätigte er mit finsterer Miene. »Sogar ausgesprochen entsetzlich. Aber leider auch stimmig. Also stirbt Miss Phelps. X legt sie ins Bett – wenn sie nicht schon dort ist. Weißt du übrigens, Val, dass sie vermutlich innerhalb kürzester Zeit tot war, wenn die Dosis hoch genug war? Das hat mir wenigstens der Onkel erklärt.«

»Arbie!« Val stampfte empört mit dem Fuß auf. »Das machst du mit Absicht! Hör auf damit. Die arme Miss Phelps ist also tot, weshalb der Mörder unbemerkt verschwinden kann. So weit sind wir inzwischen gekommen.«

»Ja. X verdrückt sich dann«, fuhr Arbie rasch fort, denn er wusste aus Erfahrung, dass man besser beruhigend auf Val einwirkte, wenn sie in so einer Stimmung war. »Nur dass wir jetzt wieder vor demselben Problem stehen. Wie hat X es zeitlich und technisch geschafft, das Schloss mit zwei Drähten, einer durch das Schlüsselloch gefädelten Schnur oder wie auch immer so zu manipulieren, dass er hinter sich abschließen konnte? Und warum hätte er das tun sollen?«, fragte er ratlos und blickte sich im Zimmer um. »Es ist fast, als wollte X uns unbedingt ein Rätsel aufgeben. Und auch das ergibt keinen Sinn. Ganz gleich, wie lange ich mir deswegen das Hirn zermartere, und das habe ich wirklich, Ehrenwort, Val, ich begreife es einfach nicht«, schloss er mit niedergeschlagener Miene.

Val spürte, dass sie beinahe Mitleid mit ihm bekam. Offenbar war Arbie doch nicht so gefühllos, denn der Mord an Miss Phelps schien ihn wirklich betroffen zu machen, weshalb er sich ja wohl solche Mühe gab, ihn aufzuklären.

»Nun«, begann sie, fest entschlossen, ihm beizustehen, wie es sich für eine gute Christin gehörte. »Wenn X die Tür abgeschlossen hat, was ja nicht in Stein gemeißelt ist, muss er oder sie irgendeinen Grund dafür gehabt haben. Bekommt jemand dadurch vielleicht ein Alibi, sodass der Verdacht nicht auf ihn fällt?«

»Nicht dass ich wüsste«, antwortete Arbie, nachdem er kurz seine grauen Zellen bewegt hatte. »Die Verdächtigen bleiben dieselben. Das heißt, alle, die sich in der Mordnacht im Haus aufgehalten haben.«

»Ja«, erwiderte Val zögernd. Im nächsten Moment riss sie die Augen auf. »Aber, Arbie, du und ich waren auch im Haus.« Sie schluckte heftig. »Glaubst du, dass der Inspector uns verdächtigt?«

»Oh ja, ganz sicher tut er das«, antwortete Arbie lässig. »Das könnte einer der Gründe sein, warum er nichts dagegen hat, dass wir uns weiter hier herumtreiben und Geister jagen. So kann er uns besser im Auge behalten und weiß immer, wo wir gerade sind.«

Val erbleichte ein wenig. Doch als Arbie anfing, im Zimmer umherzugehen und die Fensterriegel und das Türschloss zu untersuchen, riss sie sich zusammen. Offenbar belastete es Arbie nicht weiter, dass er nun als Mordverdächtiger galt, weshalb sie sich an seinem Gleichmut am besten ein Beispiel nahm. Schließlich war sie eine moderne junge Frau und kein albernes viktorianisches Dämchen aus einem Schauerroman!

Also folgte sie ihm in den hinteren Teil des Zimmers und beobachtete neugierig, wie er sich einen Stuhl zurechtrückte und hinaufkletterte, um das kleine Oberlicht zu inspizieren. Den Kopf nach oben gereckt, stand sie da und sah zu, während er das Fensterchen öffnete, wieder schloss und am Riegel rüttelte.

»Da würde kaum eine Katze durchpassen«, merkte sie an. »Empress Maud, Reggies Riesenvieh, würde vermutlich sogar stecken bleiben, so dick, wie sie ist.«

»Hmmm«, brummelte Arbie. »Dieser Riegel ist ein wenig locker. Ich glaube, die Feder ist rausgesprungen. Es wäre sicher nicht schwierig, ihn von außen zu öffnen.« Er stellte sich auf die Zehenspitzen und spähte durch das Oberlicht, wo sich ihm allerdings nur die enttäuschende Aussicht auf ein Meer von Dachziegeln und einige sonderbar geformte Kamine bot.

Seufzend zog er den Kopf wieder zurück. »Am besten nehmen wir jetzt unseren Posten in der Vorhalle ein. Womöglich geht Mrs. Brockhurst früh zu Bett, und wir wollen nicht von ihr dabei ertappt werden, wie wir hier herumschnüffeln. Wenn sie es dem Inspector erzählt, wandern wir gleich ganz oben auf die Liste der Verdächtigen«, frotzelte er.

Val warf den Kopf zurück, um ihm zu zeigen, was sie davon hielt, und rauschte hinaus. Wie Arbie feststellte, hatte sie es dabei jedoch ziemlich eilig. Ein Lächeln spielte um seine Lippen.

»Ach ja, ich wollte es dir schon die ganze Zeit erzählen«, rief Val lässig über die Schulter gewandt und offenbar fest entschlossen, das letzte Wort zu haben. »Ich weiß nicht, ob es wichtig ist, aber in einige der Stücke in Miss Phelps' Schmuckkästchen hat jemand falsche Steine eingefügt.«

Während Arbie und Val in Amy Phelps' Schlafzimmer ihren Theorien nachgehangen waren, hatte Inspector Gorringe in seiner Dienststelle angerufen, wo eine recht überraschende Nachricht des Rechtsmediziners auf ihn wartete.

Die Einzelheiten der neuesten Untersuchungsergebnisse waren für den Polizisten zwar böhmische Dörfer, aber der Pathologe fasste sie für ihn in allgemein verständlicher Sprache zusammen und brachte es kurz und knapp auf den Punkt: Amy Phelps war tatsächlich sehr rasch gestorben. Genau genommen nur wenige Minuten, nachdem ihr das Gift verabreicht worden war. Dass sie es im Laufe des Abendessens zu sich genommen hatte, war deshalb völlig ausgeschlossen.

Inspector Gorringe zündete seine Pfeife an, saß eine Weile rauchend da und überlegte. Er ahnte es zwar nicht, doch seine Gedankengänge waren nahezu identisch mit denen, die Arbie und Val gerade erörtert hatten.

KAPITEL SECHZEHN

Inzwischen war Mrs. Brockhurst zu Bett gegangen, und das ganze Haus war fest abgeschlossen. Es war heiß. Die Uhr hatte erst Mitternacht und dann eins geschlagen. Val döste in ihrem Sessel, während Arbie Mühe hatte, nicht ihrem Beispiel zu folgen.

Er öffnete die beiden obersten Knöpfe seines Hemds und stand auf, um leise die Vorhalle abzuschreiten, denn er hatte die schmerzliche Erfahrung gemacht, dass es kein Spaß war, in einer Situation wie dieser einen Krampf zu bekommen. Arbie wusste zwar, dass man sich auf einer Geisterwache eigentlich mucksmäuschenstill zu verhalten hatte, doch es war noch nie seine Art gewesen, »Regeln« sonderlich ernst zu nehmen. Falls ein Gespenst so überempfindlich war, dass ein Mensch sich nicht einmal die Beine vertreten durfte, konnte es sich seinetwegen ruhig zum Teufel scheren.

Gähnend streckte er sich und betrachtete ein weiteres Bild von Amy Phelps' verstorbener Mutter, das diesmal in helles Mondlicht getaucht war. Da er von seinem Onkel ein wenig über Kunst gelernt hatte, stufte er die kleine ländliche Szene als gut umgesetzt, hübsch und nicht sonderlich bemerkenswert ein. Natürlich …

Im nächsten Moment erstarrte er. Was bedeutete, dass er nicht nur reglos auf der Stelle verharrte, nein, auch all seine

Gedanken kamen ruckartig zum Stillstand. Er spürte, wie ihm das Blut in den Adern gefror und ein eiskalter Schauder langsam seinen Rücken hinaufkroch. Und das alles nur, weil er – leise zwar, aber unverkennbar – irgendwo im Haus ein kleines Glöckchen bimmeln hörte.

Arbie schluckte heftig, während sich sein Herzschlag beschleunigte wie der Schritt eines fliehenden Hasen. Am liebsten hätte er sich selbst an das Beispiel dieses Hasen gehalten und in Höchstgeschwindigkeit die Flucht ergriffen.

Obwohl er als kleiner Junge nur wenig Zweifel daran gehabt hatte, dass in der früheren Kapelle, die sein Zuhause war, ein orgelspielendes Gespenst umging – vermutlich der Geist eines verärgerten Organisten oder eines vorzeitig aus dem Leben geschiedenen Pastors –, hatte diese Überzeugung mit zunehmendem Alter immer mehr nachgelassen. Als er dann schließlich den *Leitfaden für den Gentleman* schrieb, war er – wie der Großteil seiner Gastgeber übrigens – zu der Auffassung gelangt, dass man die in seinem Werk behandelten Legenden über Familiengeister mit einem ordentlichen Quantum Vorsicht genießen musste. Da einige Menschen jedoch fest an die Existenz dieser Geister glaubten, war er bei seinen Recherchen und Geisterjagden stets mit äußerster Gewissenhaftigkeit zu Werke gegangen (bis zu einem bestimmten Grad zumindest, denn ein Krampf im Bein musste unbedingt vermieden werden), da er sich sonst schäbig gefühlt hätte. Dennoch hatte es ihn eigentlich nie überrascht, wenn er weder etwas sah noch hörte. Mit Ausnahme der Male natürlich, wenn einige jüngere Familienmitglieder oder Hotelgäste sich einen Spaß daraus gemacht hatten, ihm einen Streich zu spielen.

Nun jedoch spürte er, wie sich ihm die Nackenhaare aufstellten. Die Großvateruhr tickte gravitätisch vor sich hin, während

Val in ihrem Sessel leise und damenhaft schnarchte. Arbie blendete beides aus und konzentrierte sich ganz auf das Geräusch. Dabei bemühte er sich, ruhig zu atmen. Als er endlich aufgehört hatte zu schnaufen wie ein Marathonläufer, war nichts Besorgniserregendes mehr wahrzunehmen.

Ob er sich das leise Klingeln nur eingebildet hatte? Doch kaum hatte er diesem Gedanken Raum gegeben, als er es wieder hörte. So, als wolle es ihn und seine kläglichen Versuche verhöhnen, es wegzuerklären oder beiseitezuschieben. Das Geräusch war zwar sehr gedämpft, klang aber dennoch unverkennbar wie das Bimmeln eines winzigen Glöckchens.

Und Arbie, der inzwischen wieder klar denken konnte und aufmerksam lauschte, gewann den Eindruck, dass es von irgendwo in der oberen Etage kam. Widerstrebend und mit trockenem Mund wandte er langsam den Kopf und zwang sich, die Treppe hinaufzublicken.

Da sie Vollmond hatten, strömte genug Licht durch die hohen Fenster der Vorhalle herein. Jedenfalls reichte es, um festzustellen, dass es nichts zu sehen gab. Zumindest nicht mit dem menschlichen Auge.

Reiß dich zusammen, Arbie, alter Junge, Fracksausen gilt nicht, ermahnte er sich streng, oder willst du dich bis auf die Knochen blamieren? Er musste seinen Verstand einschalten. Was hatten ihn seine bisherigen Erfahrungen gelehrt? Dass sich jede seiner angeblichen Beobachtungen irgendwann unweigerlich als Schabernack entpuppt hatte. Und da Val direkt vor seinen Augen ruhig und friedlich vor sich hin schnarchte, war die einzige Person, die eine Möglichkeit hatte, das Glöckchen zu läuten, Mrs. Brockhurst.

Was ihm indes ziemlich unwahrscheinlich vorkam. Allerdings wusste er, dass Reggie in seinem Atelier in Morpheus' Armen ruhte. Und außerdem besaß der alte Herr gar keinen Schlüssel zum Haus. Murray und Phyllis hatte er mit eigenen Augen abreisen sehen. Also kam nur noch die Haushälterin infrage. Vielleicht hatte sie ja den »Geist« erfunden, um sich an Amy Phelps dafür zu rächen, dass diese sie vor all den Jahren gezwungen hatte, ihr Baby zur Adoption freizugeben. Aber welches Motiv könnte sie haben, die Legende vom Geist weiterhin am Leben (wenn man es so ausdrücken wollte) zu halten, obwohl Amy Phelps tot war? Arbie schlich an Val vorbei und auf die Treppe zu. Dabei beglückwünschte er sich zu seiner Weitsicht, Miss Phelps in Vorbereitung auf die Geisterwachen um einen Grundriss des Hauses gebeten zu haben. Da dieser auch einen Zimmerplan beinhaltete, wusste er, wo die Haushälterin schlief.

Seine Knie fühlten sich nur ein kleines bisschen wackelig an, als er den Fuß auf die unterste Stufe stellte. Er blieb stehen und horchte ängstlich. Kein Glöckchen.

Leise stieg er hinauf zu dem kleinen Treppenabsatz, wo Amy Phelps vor etwa einer Woche gestürzt war. Kein Glöckchen.

Bald hatte er den inzwischen kaum noch vom Mond erleuchteten Flur erreicht und blickte hinüber zum Todeszimmer. Dabei zitterte er ein wenig und rechnete fast mit dem schemenhaften Umriss eines Menschen, der ihn beobachtete. Aber da war niemand, auch kein Glöckchen. Ausgezeichnet.

Als er eine kleine Biegung im Flur umrundete und auf das Zimmer zusteuerte, wo er das leere Bett der Haushälterin vorzufinden erwartete, hatte das weiche Gefühl in den Knien nachgelassen. Allerdings fiel ihm beim besten Willen noch immer kein Grund ein, was Mrs. Brockhurst getrieben haben könnte, ihre Arbeitgeberin mit »Warnungen« von ihrem verstorbenen Vorfahr zu quälen und sich als dessen ruheloser Geist auszugeben. Auch nicht, wieso sie nun den harmlosen Autor eines gewissen Reiseführers malträtierte! Er hatte nur eine Erklärung dafür, nämlich dass Mrs. Brockhurst im Laufe der Jahre in aller Stille und unbemerkt den Verstand verloren hatte.

Irgendwo in seinem Hinterkopf warnte eine leise Stimme, dass er etwas übersehen haben könnte, worauf er versuchte, den Gedanken dingfest zu machen. Aber dieser ließ sich einfach nicht einfangen und entwischte ihm immer wieder. Vermutlich lag es daran, dass der Wunsch, nicht von einem Gespenst, ob männlich oder weiblich, zur Strecke gebracht zu werden, eine ablenkende Wirkung ausübte.

Arbie wies sein bohrendes Unbewusstes in die Schranken und näherte sich der Tür, die seiner Überzeugung nach ins Zimmer der Haushälterin führte. Schon wollte er die Hand nach dem Türknauf ausstrecken, als er ein Geräusch hörte. Nicht das gruselige Läuten eines Glöckchens, nein, es war ein Ton, der um einiges menschlicher, ja, sogar komisch klang: Ein Schnarchen, ein lautes, sonores Schnarchen, durchdrang das hölzerne Türblatt. Darauf folgte das unverkennbare Quietschen einer Bettfederung, als die Schläferin sich umdrehte, vermutlich um eine bequemere Liegeposition zu finden.

Also hatte Jane Brockhurst ihr Spielchen mit der Glocke beendet und lag nun wieder im Bett, wo sie sich schlafend stellte. Da Arbie nun einmal kein Held war, empfand er eine tiefe Erleichterung, denn schließlich verspürte er nur wenig Lust, die bedauernswerte Geisteskranke auf frischer Tat zu ertappen, während sie ein Glöckchen …

Glöckchen!

Augenblicklich schlug Arbie das Herz bis hinauf zu den Mandeln. Denn er hörte es wieder. Das leise, aber unverwechselbare Läuten eines Glöckchens. Offenbar irgendwo ganz in der Nähe. Aber eindeutig nicht aus dem Zimmer, vor dem er gerade stand.

Nun brach ihm wirklich der Schweiß aus, und er schluckte heftig. Es waren Situationen wie diese, so hatte man es ihm wenigstens erzählt, in denen sich die Männer von den Mäusen schieden.

In Windeseile floh er vor dem Geräusch die Treppe hinunter. Er hatte die Haustür fest im Blick und war kurz davor, laut um Hilfe zu schreien, als er spürte, dass sich ganz in seiner Nähe eine helle Gestalt bewegte.

»Arbie? Bin ich eingeschlafen?«, fragte eine Stimme. Val! Vor Scham wäre er am liebsten im Erdboden versunken. Er hatte Val ganz vergessen! Und es ging nicht an, dass ein Mann in Gegenwart einer Dame davonrannte wie ein Karnickel. Also blieb er ruckartig stehen und fuhr sich mit der zitternden Hand durchs Haar. »Ach, hallo, Val. Habe ich dich geweckt?« Seine Stimme klang ein klein wenig schrill, weshalb er sich räusperte und neu ansetzte. »Das wollte ich nicht.«

»Sollen wir denn nicht ruhig …«, begann sie und verstummte schlagartig, als wieder von oben das leise Bimmeln des Glöckchens erklang. Sie sprang auf und eilte zu ihm hinüber. Und schon wenige Sekunden später spürte er, wie ihre kräftigen Finger seinen Unterarm mit ängstlichem Schraubstockgriff umklammerten. Kein Wunder, dass Vals Vorhand auf dem Tennisplatz unbesiegbar war.

»Arbie, hast du das gehört?«, zischte sie, wobei sich Aufregung und Furcht in ihrem Ton die Waage hielten.

»Oh ja, schon vor ein paar Minuten«, erwiderte er nonchalant. »Natürlich war mein erster Gedanke, nach Mrs. Brockhurst zu sehen.«

»Ach?« Val klang für Arbies Geschmack ein wenig zu zweifelnd.

»Selbstverständlich. Da du in deinem Sessel geschnarcht hast wie eine Wilde und außer ihr sonst niemand im Haus war, musste sie es sein, die dieses dämliche Glöckchen geläutet hat.« Wieder beharrte die lästige leise Stimme in seinem Kopf, dass er etwas übersah. Oder vielleicht *jemanden?*

»Ich schnarche nicht!«, riss Vals empörte Antwort ihn aus seinen Grübeleien. »Und, war sie es?«

»War sie was?«, erwiderte Arbie verständnislos.

»Hat Mrs. Brockhurst das Glöckchen geläutet?«

Wie auf ein Stichwort setzte das Gebimmel wieder ein. Arbie fragte sich ängstlich, ob es ein klein wenig lauter geworden war oder ob er sich das nur einbildete. Erneut wanderte sein Blick sehnsüchtig in Richtung Haustür.

»Hmmm? Nein. Sie lag im Bett und schnarchte ebenfalls«, entgegnete er geistesabwesend.

»Ich schnarche nicht!«, beharrte Val ärgerlich. Im nächsten Moment gruben sich ihre Finger noch schmerzhafter in seinen Arm, denn schon wieder erklang das Glöckchen. »Arbie, findest du nicht auch, dass es lauter geworden ist?«, flüsterte sie.

»Oh, ja, du hast recht.« Arbie bemühte sich um einen beiläufigen Tonfall. Allerdings hatte er zunehmend Mühe, Atem und Herzschlag zu zügeln, weshalb seine Reaktion recht verhalten ausfiel. Erneut betrachtete er die Haustür und berechnete die Entfernung. Seiner Schätzung nach konnte er sie in etwa sechs Schritten erreichen. Dann jedoch fragte er sich, wie groß wohl die Wahrscheinlichkeit war, dass er Val überreden konnte, mit ihm zu fliehen.

»Nun, sollten wir der Sache nicht auf den Grund gehen?«, fragte Val. Allerdings zitterte auch ihre Stimme verdächtig. Doch Arbie wusste aus Erfahrung, dass sie es nie im Leben zugeben würde, selbst wenn sie sich genauso fürchtete wie er. Vermutlich hat es auf dem ganzen Erdball noch nie eine dickköpfigere Frau gegeben als Valentina Coulton-James, dachte er resigniert.

»Die Regeln verlangen, dass man wartet, bis der Geist einen aufsucht«, versuchte er sein Glück, allerdings wohl wissend, dass das ganz und gar nicht der Wahrheit entsprach. Jeder erfolgreiche Geisterjäger hatte seine eigene Methode, wobei die meisten sich an die Verfolgung der »Erscheinung« machten, sobald sie ihrer gewahr wurden. Nur dass Val sein Buch nicht gelesen hatte, auch wenn sie standhaft das Gegenteil behauptete. Und da ihr deshalb die kurze historische Zusammenfassung im Vorwort des *Leitfadens für den Gentleman* nicht bekannt war, ahnte sie vermutlich nichts von diesem Detail.

Wieder ertönte das Glöckchen. Diesmal klang es fordernd, als sei es verärgert, weil niemand es beachtete.

»Nun, das könnte auch eine Lösung sein, denn es wird eindeutig lauter.« Val schluckte. »Und das heißt, dass es auf uns zukommt.«

Arbie, dem sich allmählich der Kopf drehte, holte tief Luft und steckte seine Hände in die Taschen seiner Bundfaltenhose, damit Val ihr Zittern nicht bemerkte. »Ja, stimmt. Ein Jammer, dass ich meine Kamera nicht aufgebaut habe. Das ist mal wieder typisch für mich, einem Phantom zu begegnen, ohne es fotografieren zu können. Man wird mich aus der Geisterjägergesellschaft werfen. Ich sehe schon vor mir, wie der Vorsitzende …«

»Arbie, du fängst an zu faseln«, fiel Val ihm gnadenlos ins Wort. »Das tust du immer, wenn du Angst hast. Schon damals in der Schule, wenn Mr. Bunce dich nach vorne rief.«

»Alle hatten Angst vor Bunce«, wandte Arbie ein.

»Ich nicht«, schwindelte Val.

»Ach, lass es, Val, sogar du …«

BIMMEL, BIMMEL.

Arbie und Val wirbelten herum und starrten gleichzeitig fasziniert und erschrocken zur Treppe. Denn inzwischen war das

Läuten so nah, dass es nur vom Treppenabsatz über ihnen kommen konnte. »Arbie, der Geist ist gleich da«, flüsterte Val. »Was machen wir jetzt?«

Abhauen, dachte Arbie. Was blieb einem vernünftigen Menschen auch anderes übrig? Erneut wanderte sein Blick zur Haustür. Val, die das bemerkte, umklammerte seinen Unterarm noch fester.

»Autsch, das tut weh, Val!«, protestierte er und zog die Hände aus den Hosentaschen. »Lass uns verschwinden.«

»Nein. Ich will sehen, was passiert«, widersprach Val, deren Tonfall inzwischen klar ans Hysterische grenzte.

Was vermutlich für ihren gesamten Gemütszustand galt, teilte sein überreizter Verstand ihm mit. Natürlich muss Val wieder ihren Kopf durchsetzen, fügte er in Gedanken ärgerlich hinzu. Selbst angesichts ihrer eigenen Angst und in Erwartung eines gespenstischen Schmiedes mit einem Glöckchen am Zeh!

»Jetzt kommt es die erste Treppe hinunter«, zischte Arbie, der inzwischen dastand wie angewurzelt. Seine Füße fühlten sich an, als habe sie jemand an den Bodenfliesen der Vorhalle festgeklebt, während er den Blick nicht von der Treppe abwenden konnte. Dank des Mondlichts hätte er eigentlich sehen müssen, wer – oder was – da die Treppe hinunterschlich. Aber es bewegte sich nichts.

Und da fiel ihm ein, wen er vergessen hatte.

Cora Delaney! Die zierliche Cora Delaney. Die unauffällige Besucherin und lebenslange Freundin von Amy Phelps, die ebenfalls im Haus wohnte. Sie war so zurückhaltend, dass er gar nicht mehr an sie gedacht hatte. Also konnte auch sie es sein, die ihnen aus unerfindlichen Gründen Streiche spielte.

Doch selbst sie hätte sich trotz ihrer geringen Körpergröße ziemlich krümmen müssen, um sich hinter dem Geländer zu verstecken. Und irgendwie wollte Arbie das Bild, wie diese wohlerzogene Dame geduckt die Treppe hinunterschlich und dabei fröhlich ein Glöckchen schwenkte, nicht so recht in den Kopf.

Val, die neben ihm stand, schluckte hörbar. Arbie hatte recht. Sie konnte das inzwischen fast pausenlose Geklingel, das sich der Biegung vor dem Treppenabsatz näherte, mit den Ohren orten. Noch nie im Leben hatte sie solche Angst gehabt.

Aneinandergeklammert warteten sie in der Vorhalle und starrten auf die jeweilige Treppenstufe, wo sich eigentlich eine menschliche Gestalt beim Heruntergehen hätte zeigen müssen. Doch das durch die hohen Fenster hereinströmende Mondlicht beleuchtete die obere Hälfte der Wände und bestätigte ihnen schonungslos, dass eine solche menschliche Gestalt nicht vorhanden war.

Nun bimmelte das Glöckchen beinahe fröhlich und hatte den ersten Teil der Treppe direkt auf ihrer Augenhöhe erreicht. Sie konnten den Blick nicht davon abwenden.

Aber es war nichts zu sehen.

Dennoch klingelte das Glöckchen vergnügt weiter, als wolle es sie verspotten.

»Ich fasse es nicht«, hauchte Arbie. Offenbar erlebte er in diesem Moment zum ersten Mal eine wahrhaftige Geistererscheinung! Gut, es war kein Geist zu sehen, doch das Läuten des Glöckchens wanderte eindeutig die Treppe hinunter und kam auf sie zu. »Er manifestiert sich nicht!«, flüsterte er, von Ehrfurcht erfüllt. »Das erinnert mich an die Fälle, in denen geisterhafte Schritte gehört, aber nie ein Geist gesehen wurde.«

Val stieß einen leisen Schrei aus.

Und endlich konnte Arbie das Wesen doch ausmachen. Vielleicht waren seine Augen ja dank seiner Erfahrung als Geisterjäger im Sehen bei Dunkelheit geschult. Womöglich hatte er sich im Laufe seiner Arbeit am *Leitfaden für den Gentleman* auch daran gewöhnt, Umrisse und Gegenstände bei Dämmerlicht wahrzunehmen. Wie dem auch sei, jedenfalls erkannte er die Übeltäterin auf halber Höhe der Treppe, und zwar in der dunkleren unteren Hälfte des beleuchteten Bereichs.

Sofort legte sich seine Angst, sodass ihm vor lauter Erleichterung beinahe schwindelig wurde. Doch schon im nächsten Moment hatte er sich von seinem Schrecken erholt und trat in Aktion. Schließlich war er nicht umsonst der Neffe seines Onkels! Und wenn er eines von seinem zwielichtigen Vormund gelernt hatte, dann, dass man schnell reagieren musste, um das Blatt, wenn möglich, zu eigenen Gunsten zu wenden.

»Los, Val, stell dich hinter mich«, wies er sie mannhaft an und nutzte die Gelegenheit, um ihren schmerzhaften Griff endgültig von seinem Arm zu lösen. Dann schob er sie, ganz der galante Beschützer, nach hinten. »Ich trete jetzt vor und versuche, mit dem Geist zu kommunizieren. Aber wenn ich ›lauf‹ sage, rennst du so schnell du kannst zur Tür hinaus und kommst nicht zurück. Auf gar keinen Fall. Hast du das verstanden?«

»Was?«, antwortete Val verdattert. Dann beobachtete sie mit offenem Mund, wie Arbie Swift heldenhaft den ersten Schritt machte.

»Ich kann noch nichts sehen«, sagte er, wobei er sich Mühe gab, seine Erleichterung und sein Frohlocken hinter einem feierlichen Tonfall zu verbergen. »Nichts weist auf Ektoplasma oder Luminiszenz hin. Die Temperatur fällt auch noch nicht … Val, du musst dir genau merken, was ich jetzt sage, damit du es notfalls später wiederholen kannst.« Er überlegte, wie weit er es noch treiben konnte, bis auch Val die Geräuschquelle bemerkte. Nicht mehr sehr lange, dachte er bedauernd. Dennoch hatte er ihr, wie er hoffte, nun endlich genug Respekt vor ihm eingeflößt.

Wenn sie ihn das nächste Mal mit ihrem typischen strafenden Blick bedachte, konnte er sie stets an diese Nacht erinnern, als er tapfer sein Leben aufs Spiel gesetzt hatte, um …

»Ist das die Katze?«, fragte Val.

»Was? Oh …« Arbie ging in die Hocke und spähte ins Dämmerlicht. »Ach, herrje, Val. Du hast aber gute Augen! Ja, es ist Reggies geliebte Empress Maud. Komm, miez, miez, miez.« Er flötete leise und rieb auffordernd Daumen und Finger aneinander. Die freundliche Katze hatte keine zweite Einladung nötig. Sie lief auf ihn zu, wobei das kleine Glöckchen an ihrem Halsband melodiös zu bimmeln begann.

»Offenbar ist sie irgendwie ins Haus geschlüpft und hat hier Mäuse gejagt«, sagte Arbie. Er bückte sich nach der Katze und vergrub das Gesicht froh in ihrem weichen Fell.

Als er Val neben sich spürte, nahm er das Gesicht von den Rippen der schnurrenden Katze. »Nun, dieses Geheimnis wäre also gelüftet. Wenn ich gewusst hätte, dass die alberne Katze eines dieser Bimmeldinger trägt, um die Vögel zu warnen« – er läutete absichtlich mit dem Glöckchen, während die Katze laut schnurrend ihre pelzige Wange an seinem Gesicht rieb – »hätten wir uns nicht davon täuschen lassen.« *Oder beinahe einen Herzinfarkt erlitten!* Allerdings war er der Katze bis jetzt nur einmal bei der ersten Einladung zum Tee begegnet, und da hatte sie fast die ganze Zeit auf Reggies Schoß gesessen.

»Arbie, wusstest du etwa von Anfang an, dass es die Katze ist?«, fragte Val in anklagendem Ton. Ihre blauen Augen musterten ihn argwöhnisch.

»Was? Nein, natürlich nicht«, empörte er sich, bis ins Mark beleidigt. »Hast du etwa an die dämliche Katze gedacht?«, gab er ärgerlich zurück.

Val musste – sehr, sehr ungern – zugeben, dass sich das nicht so verhielt.

Nach diesem Abenteuer fanden sie beide in ihren Sesseln keinen Schlaf mehr. Als endlich der Morgen graute, öffnete Arbie die Haustür. Empress Maud sauste, den Schwanz hoch in die Luft gereckt, davon und zu ihrem Herrchen, wo es sicher ein Frühstück für sie gab.

Was, wie Arbie sich dachte, eine wunderbare Idee war. Auch er hätte jetzt Lust auf einen Bückling gehabt. Es gab doch nichts Appetitanregenderes als ein gruseliges Erlebnis.

KAPITEL SIEBZEHN

Erst zwei Tage später kamen Val und Arbie wieder in Berührung mit dem Fall Phelps. Inzwischen hatte Arbie eine Mitteilung vom Bootsbauer erhalten, das Boot für seinen Onkel sei nun fertig. Wie mit Marcus Finch vereinbart, sollte einer seiner Mitarbeiter es am Morgen des Geburtstags am Bootssteg hinter dem Garten abliefern.

Außerdem hatte er widerstrebend, und zur großen Freude von Wally Greenstreet, einen Vertrag für Band zwei des *Leitfadens für den Gentleman* unterzeichnet und – noch widerstrebender – in seinem Reiseplaner einige Tage im Spätsommer dafür vorgemerkt.

Inzwischen war es nicht mehr so heiß, und als Arbie aufwachte, erwartete ihn ein angenehm milder Sommertag, weshalb er mit Basket einen kurzen Spaziergang über die Felder unternahm. Wie immer war Basket zu faul, um weiter als einen guten Kilometer zu laufen. Da Arbie keine Lust hatte, den starrsinnigen Hund nach Hause zu tragen, musste er sich auf die kurze Runde beschränken.

Dennoch war er bei seiner Rückkehr bei bester Laune, was sich jedoch schlagartig änderte, als er aus der Werkstatt seines Onkels Geräusche hörte und glaubte, die Stimme des Besuchers zu erkennen. Ein unangenehmer Stich durchzuckte ihn, und er legte den Rest der Strecke zur Werkstatt mehr oder weniger im Laufschritt zurück. Als er die Tür aufschob, wobei er beinahe in den Raum gestolpert wäre, erkannte er zu seiner Bestürzung, dass er sich nicht geirrt hatte, denn die durchdringende Stimme von Inspector Gorringe schlug ihm entgegen.

»Ein sehr interessantes Objekt haben Sie da, Sir, wenn ich mir die Bemerkung erlauben darf.« Während der Inspector mit dem Onkel sprach, ruhte sein argwöhnischer Blick auf der nächstgelegenen Werkbank.

Der Onkel bemerkte Arbie, dem wiederum sein geschultes Auge verriet, dass sein Vormund sich ziemlich unbehaglich fühlte. Allerdings fühlte der Onkel sich stets unbehaglich, wenn die Polizei in der Nähe war. »Ja, ich entwickle gerade einen tragbaren, batteriebetriebenen Ventilator«, erwiderte der Onkel scheinbar ruhig. Doch Arbie hatte keine Mühe, seinen Gesichtsausdruck zu deuten. Der Onkel wollte erreichen, dass Gorringe endlich seine Werkstatt verließ. Ein Anliegen, das Arbie mühelos nachvollziehen konnte, denn schließlich stand der Stubbs keine drei Meter entfernt auf seiner Staffelei. Ihm war ja selbst ein wenig mulmig bei dem Gedanken.

Als er den flehenden Blick seines Onkels auffing, zwang er sich, lässig und die Hände in den Taschen näher zu kommen, eine schauspielerische Leistung, für die man ihm in jedem Theater Beifall gezollt hätte. »Oh, hallo, Inspector. Gewiss wollten Sie mit mir sprechen«, bot er sich tapfer als Ablenkung an.

»Ach, unser berühmter Literat.« Ein wenig belustigt drehte der Inspector sich zu dem jungen Mann um. »Ich war gerade in der Nähe und dachte, ich schaue einmal vorbei. Ich habe vom hiesigen Magistrat so viel über Ihren Onkel gehört, dass ich der Versuchung nicht widerstehen konnte, den berüchtigten Verwandten einmal persönlich kennenzulernen.« Der junge

Bursche hält sich wohl für besonders schlau, dachte Gorringe. Doch diese Flausen würde er ihm schon noch austreiben.

Der Onkel unterdrückte ein Aufstöhnen. Der Magistrat war der Nagel zu seinem Sarg und beharrte darauf, ihn als Verbrecher abzustempeln. Was bildeten sich diese dahergelaufenen Emporkömmlinge eigentlich ein? Schließlich war der Onkel noch nie im Leben wegen einer Straftat verurteilt worden.

Dazu war er viel zu gerissen.

»Ach, wie drollig.« Arbie lachte gekünstelt auf. »Hast du das gehört, Onkel? Man kennt dich! Sie dürfen nicht alles glauben, was man Ihnen erzählt, Inspector«, fuhr er um Verständnis heischend fort. »Onkel eilt bloß der Ruf voraus, ein Exzentriker zu sein, mehr ist nicht dabei. Nehmen Sie nur Old Chapel«, sprach er weiter und wies auf das durch die offene Tür sichtbare Gebäude. »Nur mein Onkel war Visionär genug, um die alte Kapelle in ein Wohnhaus umzubauen. Soll ich Sie herumführen?«, schlug er verzweifelt vor. »Wie er die Sache mit der schwebenden Empore gelöst hat, ist wirklich bemerkenswert.«

Allerdings ließ sich der Inspector nicht so leicht aus der Werkstatt locken. »Danke, Mr. Swift, aber eigentlich interessiere ich mich nicht für Architektur. Was ist denn das für ein seltsamer Gegenstand?« Er wies auf ein Objekt, das wie eine Mischung aus Käsereibe und Drachen aussah.

Während sein Onkel zu einer umständlichen Erklärung ansetzte, riskierte Arbie rasch einen Blick nach oben und bemerkte sofort, dass der obere Rand der beiden Staffeleien frei lag.

Der kalte Schweiß brach ihm aus, und als er sich ängstlich umschaute, stellte er zu seinem Entsetzen fest, dass der Inspector ihn mit Argusaugen beobachtete. »Weshalb wollten Sie mich denn sprechen, Inspector?«

»Alles zu seiner Zeit, Mr. Swift. Und hier malen Sie also, Sir?«, wandte er sich wieder an den Onkel und wies mit dem Kopf auf die Stufen, die zum Podest führten.

»Ich glaube, mein Onkel macht mit seinem Aquarell gerade eine Krise durch, richtig, Onkel?«, unterbrach Arbie unhöflich. Da die beiden Männer ihn mit Befremden im Blick ansahen, hatte sich seine Stimme vermutlich nach oben geschraubt wie die einer Operndiva. Außerdem war er sicher so blass geworden wie ein zu kurz gebackenes Baiser. »Ich möchte dich nicht länger aufhalten, Onkel. Wenn seine Farben eintrocknen, bevor er fertig ist, hat er den ganzen Tag Kopfschmerzen und benimmt sich wie ein waidwunder Bär. Also lassen wir ihn besser in Ruhe, oder?«

Es gelang ihm, den Polizisten vor die Tür zu bugsieren, ohne ihn dazu am Arm packen zu müssen.

»Also, was kann ich für Sie tun, Inspector?«, fragte er. Vor lauter Erleichterung wegen der abgewendeten Katastrophe hatte er weiche Knie.

»Hmmm?«, brummelte der Inspector und schaute sich weiterhin nachdenklich zum Reich des Onkels um. »Ach ja, ich wollte wissen, ob es an der Geisterfront irgendwelche spannenden Entdeckungen gegeben hat, Mr. Swift. Als ich vorhin im Dorf Miss Coulton-James getroffen habe, hat sie mir erzählt, sie hätten wieder eine Geisterwache abgehalten.«

»Oh, oh, da war nichts weiter. Tja, wir haben in den frühen Morgenstunden ein Glöckchen gehört«, fügte er hinzu und war ziemlich zufrieden mit sich, als sich Erstaunen auf dem Gesicht des Inspectors abzeichnete. »Aber das war nur Empress Maud.«

»Empress Maud«, hakte Gorringe mit schwacher Stimme nach. »Handelt es sich um einen Geist oder eine tatsächliche Person, Mr. Swift? Ist etwa eine Kaiserin in Old Forge abgestiegen?«

»In gewisser Hinsicht.« Arbie grinste. »Genau genommen eine Königin, allerdings eine schnurrende auf vier Pfoten. Sie trägt ein Halsband mit einem Glöckchen daran«, fuhr Arbie fort und geleitete dabei den Hüter des Gesetzes ganz langsam und unauffällig – und weg vom Standort eines Stubbs von zweifelhafter Herkunft – in Richtung Gartentor.

»Aha.« Als Arbie am Ende seiner Geschichte angelangt war, lächelte der Inspector breit. »Ich wette, das hat Ihnen einen ordentlichen Schrecken eingejagt, Sir.«

»Mir? Ach, weit gefehlt. Natürlich war Miss Coulton-James ein bisschen verängstigt, aber sie ist aus hartem Holz geschnitzt.«

»Ja, diesen Eindruck habe ich auch von unserer Miss Coulton-James gewonnen«, stimmte der Inspector zu, ohne mit der Wimper zu zucken. »Tja, ich muss los, Sir. Oh, übrigens ist Miss Thomas wieder in Old Forge eingezogen. Da ihr das Haus jetzt gehört, überlegt sie sicher, was sie damit anfangen soll. Darin wohnen oder verkaufen. Oder vielleicht vermieten?«

Arbie nickte. Seiner Vermutung nach stand die Nichte der Verstorbenen für den Inspector inzwischen ganz oben auf der Liste der Verdächtigen. Oder war Murray, der Enterbte, noch der Favorit im Rennen? Allmählich war Arbie selbst nicht mehr sicher.

»Sie wissen schon, Inspector, dass das ganze Dorf nur darauf wartet, dass Sie Murray Phelps verhaften?«, fragte er mit Unschuldsmiene.

Der Inspector, der sich von diesem Versuch, ihn auszuhorchen, nicht einwickeln ließ, beschloss, die Gelegenheit zu nutzen, um den jungen Mann auf den Arm zu nehmen. Seit einiger Zeit hatte er bereits den Verdacht, dass der Schriftsteller und die Tochter des Vikars versuchten, den Fall auf eigene Faust zu lösen. Zweifellos fühlten sich die zwei wie die moderne Version von Sherlock Holmes und Dr. Watson – wobei jeder der beiden sich in der Hauptrolle des berühmten Detektivs mit der karierten Kappe wähnte.

Deshalb setzte er ein freundliches Lächeln auf. »Ach, wirklich? Das ist ziemlich ungerecht, wenn man bedenkt, dass er als Einziger im Haus ein Alibi hat. Behauptet er wenigstens«, fügte Gorringe lässig hinzu und stellte zufrieden fest, dass dem jungen Schriftsteller die Kinnlade herunterfiel, wobei er ein ziemlich komisches Bild bot. In Wirklichkeit war der Inspector, der Murrays Aussage inzwischen nachgegangen war, gar nicht so sicher, dass der Mann seine Aktivitäten in besagter Nacht tatsächlich wahrheitsgemäß geschildert hatte. Aber das war leider das Problem mit der Polizeiarbeit: Man konnte nur sehr selten sicher sein.

Als der Inspector sich im Anschluss an diesen Satz freundlich verabschiedete, war Arbie so erleichtert, dass er nicht einmal versuchte, ihm weitere Informationen zu entlocken. Allerdings stellte er sich lieber nicht vor, was Val sagen würde, wenn sie erfuhr, dass er sich so eine wunderbare Gelegenheit hatte entgehen lassen. Gewiss hätte sie an seiner Stelle den Inspector gnadenlos ausgefragt.

Arbie hastete zurück zur Werkstatt seines Onkels und eilte hinein. Als er bemerkte, dass der Onkel inzwischen auf seinem Podium stand, rannte er die Stufen hinauf und stürmte die Bühne. »Wo ist es?«, zischte er. »Hoffentlich hast du es gut versteckt.«

Der Onkel, der gerade sein halb fertiges Pferd betrachtete, wandte ziemlich überrascht den Blick von der Leinwand ab. »Wo ist was?«

»Der Stubbs!« Arbie kam näher und stöhnte auf, als er sah, woran sein Onkel gerade arbeitete. »Herrje, Onkel, falls

Gorringe wiederkommt, wird ihm sofort klar sein, was du im Schilde führst. Kannst du die Bilder nicht irgendwo weit weg vom Dorf unterbringen, bis es hier nicht mehr von Polizisten wimmelt?«

»Stubbs?«, wiederholte der Onkel verdattert. »Wovon redest du, mein Junge? Fühlst du dich vielleicht nicht wohl?«

»Verschon mich mit dieser Unschuldsmiene«, entgegnete Arbie. »Darauf bin ich schon mit zehn nicht mehr hereingefallen, als du mich um meine letzte Tafel Weihnachtsschokolade betrogen hast. Ich habe den Stubbs mit eigenen Augen gesehen, und zwar vor nicht allzu langer Zeit. Und ich bin nicht so dämlich, dass ich einen echten Stubbs nicht erkennen würde. Außerdem: Schau dir das an!« Zornig wies er auf die Leinwand, die vor ihnen stand. »Das ist eindeutig eine Kopie! Weißt du, wie viele Jahre auf Kunstfälschung stehen? Ganz zu schweigen auf Beihilfe zum Diebstahl eines bedeutenden Kunstwerks.«

»Nein. Du vielleicht?«, erkundigte sich der Onkel aufrichtig interessiert.

Arbie wusste es auch nicht. Nicht aus dem Stegreif. Aber darum ging es auch gar nicht! »*Onkel!*«

»Ach, beruhig dich, mein Junge. Du hast doch nicht ernsthaft geglaubt, dass ich irgendwo einen Stubbs geklaut habe, oder? Wofür hältst du mich? Für einen Meistereinbrecher im Rentenalter?«

Da er damit voll ins Schwarze traf, geriet Arbie ein wenig ins Stottern. »Nein, natürlich nicht. Es ist nur, dass … äh … nur … weil der Inspector hier herumlungert … äh …« Er zerrte an seinem Kragen und begann, mit den Füßen zu scharren.

Sein Onkel musterte ihn erstaunt und lächelte ihn dann liebevoll an. »Du bist ein guter Junge, Arbie. Immer denkst du an deinen alten Onkel.« Er tätschelte seinem Neffen die Schul-

ter. »Nicht unbedingt der Hellste, aber eine ehrliche Haut.«
Er lachte belustigt auf. »Also dachtest du wirklich, ich würde
gleich verhaftet werden?« Er schüttelte den Kopf, so absurd
fand er das. »Der Stubbs gehört einem alten Schulkameraden,
der ihn verkaufen muss, weil er in eine peinliche Geldklemme
geraten ist. Also hat er mich damit beauftragt, eine Kopie anzufertigen, damit die liebe Familie nicht bemerkt, dass er sich von
einem Familienerbstück trennen musste. Alles ganz legal, das
verspreche ich dir.«

»Oh«, erwiderte Arbie mit schwacher Stimme und ließ sich
in den nächstbesten abgewetzten Lehnsessel sinken. Seine Erleichterung war so groß, dass er nicht einmal auf die Sprungfe-
der achtete, die sich in sein Hinterteil zu bohren drohte.

Sein Onkel lachte leise in sich hinein, griff wieder zum Pinsel
und widmete sich einer störrischen Fessel.

KAPITEL ACHTZEHN

Val war nicht sonderlich überrascht, als sie im Dorfladen zufällig Phyllis Thomas begegnete.

Die Gerüchteküche lief nämlich bereits auf Hochtouren, und erst vorhin hatte der Zeitungsjunge ihr Phyllis' Rückkehr gemeldet. Auf Vals neugierige Fragen hin hatte der Junge ihr im Brustton der Überzeugung versichert, die Mehrheit der Nachbarn sei überzeugt, dass Murray Phelps bald wegen des Mordes an seiner Tante verhaftet und gehängt werden würde, wie es ihm gebührte.

Val war da nicht so sicher, und als sie Phyllis vor dem Regal mit Dosenfleisch und Brühwürfeln traf, war sie deshalb ganz besonders freundlich zu ihr. Das hatte zur Folge, dass sie zum Morgenkaffee nach Old Forge eingeladen wurde. Da das nicht weiter schwierig gewesen war, hatte Val den Verdacht, dass Miss Phelps etwas belastete und sie sich nach Zuspruch sehnte.

Ihre Vermutung bestätigte sich schnell, denn schon nach einigen Minuten höflicher Konversation fasste Phyllis den Mut, das Thema anzusprechen, das ihr so zu schaffen machte.

»Ich habe gerade den Inspector im Dorf gesehen«, begann Phyllis, wobei sie sich vergeblich um einen beiläufigen Tonfall bemühte. »Er ist ja wirklich ein sehr netter Mensch, aber wie Sie sich sicher vorstellen können, ist im Moment alles ein wenig schwierig. Nach der Sache mit Tantchen und so«, fügte sie ein wenig hilflos hinzu.

Val nickte. Für sie war es gut nachvollziehbar, wie schwierig es sein konnte, wenn die eigene Tante ermordet wurde. Insbesondere dann, wenn man auch noch die Haupterbin war. »Gewiss wird Inspector Gorringe herausfinden, was wirklich geschehen ist«, erwiderte sie aufmunternd – oder drohend, was von Phyllis' Standpunkt in dieser Angelegenheit abhing. »Haben Sie vielleicht eine Vermutung, was diese schreckliche Angelegenheit betrifft?«, hakte sie diskret nach. Unter gewöhnlichen Umständen hätte sie eine solche Frage niemals gestellt. Allerdings spürte sie, dass Phyllis selbst dieses Thema unbedingt erörtern wollte. Weshalb sonst hätte sie den Namen des Inspectors erwähnen sollen?

Dennoch war Val erleichtert, als ihre Gastgeberin sich gesprächsbereit vorbeugte. Sie hatte sie also nicht gekränkt, was für sie als Pfarrerstochter einer Todsünde gleichgekommen wäre.

»Nun, das habe ich wirklich.« Phyllis blickte sich ängstlich um, obwohl sie natürlich allein im Frühstückszimmer waren. Mrs. Brockhurst und ein Mädchen aus dem Dorf waren in der Küche mit der Vorbereitung des Mittagessens beschäftigt. »Ich weiß, wie entsetzlich es ist, so etwas überhaupt zu denken, aber, tja, ich bin einfach machtlos dagegen.« Sie musterte ihre hübsche Besucherin furchtsam und wartete offenbar auf eine Aufforderung weiterzusprechen.

»Niemand kann es Ihnen verübeln, wenn Sie sich Gedanken über den Vorfall machen«, lieferte Val ihr nur allzu gern das nötige Stichwort und ebnete sich selbst damit den Weg, heldenhaft die Rolle der Mitverschwörerin in Sachen Klatsch und Tratsch zu übernehmen. »Arbie – Mr. Swift – und ich wurden schließlich ebenfalls von der Polizei verhört und können deshalb gar nicht anders, als uns zu fragen, was in dieser furchtbaren Nacht wohl geschehen sein mag. Also sind Sie nicht allein, Miss Thomas. Das versichere ich Ihnen. Und Sie haben völlig recht damit, dass es schrecklich ist. Aber wir haben da so unsere Zweifel … nun … was Mr. Phelps angeht. Murray Phelps, meine ich.« Sie hob am Ende des Satzes die Stimme, damit er wie eine Frage klang und nicht als beleidigende Unterstellung gewertet werden würde. Dabei ließ sie ihre Gastgeberin nicht aus den Augen. Als sie bemerkte, wie sich kurz Erleichterung in deren Zügen offenbarte, wusste sie, dass sie den Nagel auf den Kopf getroffen hatte.

»Ach, Sie denken das auch?« Phyllis flüsterte beinahe.

»Ebenso wie das halbe Dorf«, versicherte Val ihr ein wenig lauter. »So schockierend es sich auch anhört, ergibt es auf grausige Weise Sinn, oder? Immerhin dachte er, dass er der Haupterbe ist. Dann war da dieses Geistertheater mit ›Warnungen‹, bimmelnden Glöckchen und so weiter. Und zu guter Letzt ist Ihre Tante auch noch die Treppe hinuntergefallen. All das passierte stets, wenn Murray im Haus war, richtig?« Sie hatte die tadelnde Stimme ihres Vaters im Ohr, die ihr sagte, dass nur böse Mädchen über ihre Mitmenschen lästerten. Um ihr Gewissen zu beruhigen, hielt sie sich vor Augen, dass es im Dienste der Gerechtigkeit geschah, wenn sie Phyllis damit zum Reden brachte.

Phyllis stieß einen langen, zittrigen Seufzer der Erleichterung aus. »Ach, ich bin ja so froh, dass er nicht ungeschoren davonkommen wird. Ich kann Ihnen gar nicht sagen, Miss Coulton-James, wie sehr ich mich fürchte«, fügte sie hinzu, und in ihre Augen trat ein Glänzen, das verriet, dass die Tränen nicht mehr fern waren.

Val verschlug es ein wenig die Sprache. Phyllis entpuppte sich als viel mitteilsamer als erwartet, weshalb sie nicht wusste, wie sie weiter verfahren sollte. Inzwischen schien ihre Gastgeberin aufrichtig bestürzt.

»Oh? Liebe Miss Thomas, kann ich irgendetwas für Sie tun?«, fragte sie, legte ihrem Gegenüber tröstend die Hand aufs Knie und wünschte, ihre Mutter wäre jetzt hier. Die Frau des Vikars war in Gefühlskrisen gestählt. »Was, um alles in der Welt, macht Ihnen denn solche Angst?«, erkundigte sie sich schließlich.

Phyllis richtete sich auf. Sie zitterte ein wenig. »Mein Cousin natürlich«, antwortete sie bitter. »Er hat mich gestern Abend nach der Testamentseröffnung zu Hause aufgesucht und … ich will nicht um den heißen Brei herumreden: Er hat mir gedroht.«

Für einen Moment glaubte Val, in den tränennassen Augen von Phyllis Thomas einen Funken Berechnung aufflammen zu sehen. So als wolle sie feststellen, wie die Besucherin diese Eröffnung aufnahm. Doch der Eindruck war sofort wieder verflogen, und außerdem fiel Val auf, dass Phyllis geisterhaft bleich war und dunkle Ringe unter den Augen hatte, die ganz sicher nicht das Ergebnis geschickter Schminktechnik oder sonst wie vorgetäuscht waren.

»Er hat Ihnen *gedroht*?«, wiederholte sie fassungslos. »Womit? Dass er Sie umbringen will? Hat er gestanden, dass er seine Tante umgebracht hat?« Sie war so erschrocken, dass die Worte förmlich aus ihr heraussprudelten.

»Oh nein. So deutlich hat er sich nicht ausgedrückt«, erwiderte Phyllis niedergeschlagen. Ihre Stimme klang müde und erschöpft. »Dazu ist Murray viel zu schlau. Nein, es war eher … tückisch und hinterhältig. Er hat alle möglichen Andeutungen fallen gelassen. Scheußliche, hässliche Vorwürfe. Unter anderem sagte er, er könne zur Polizei gehen und dort Dinge erzählen, die sicher zu meiner Verhaftung führen würden! Wegen des Giftmords an Tantchen, meine ich.«

Als Val bemerkte, dass ihr Mund offen stand, klappte sie ihn mit einem fast hörbaren Klacken zu. Es kostete sie Mühe, sich zu konzentrieren und das Gehörte logisch einzuordnen. »Verzeihung, aber warum sollte die Polizei *Sie* verhaften?« Was natürlich ein schlauer Schachzug war, denn schließlich hatten sie und Arbie sie auch schon als Mörderin in Verdacht gehabt. Allerdings wäre es keine gute Idee gewesen, das ausgerechnet jetzt zuzugeben.

Phyllis schüttelte ein wenig hilflos den Kopf. »Nun, Tantchen hat ihr Testament zu meinen Gunsten geändert. Und laut Murray gäbe mir das ein Motiv. Da ich in der fraglichen Nacht im Haus gewesen sei, hätte ich auch die Gelegenheit gehabt. Und er sagte, wenn er wolle, könne er der Polizei einiges über mich verraten, was mich noch mehr in Misskredit bringen würde.«

»Was zum Beispiel?«, spottete Val nicht sehr damenhaft. Sie war überrascht, als Phyllis ihr plötzlich nicht mehr in die Augen schauen konnte und die Achseln zuckte.

»Oh, das hat er mir nicht erzählt. Jedenfalls nicht ausdrücklich. Es war so widerlich. Er ging einfach im Zimmer hin und her und stieß angedeutete Drohungen aus. ›Hast du schon gehört, dass das Gift, mit dem Tantchen getötet wurde, nach Auffassung der Polizei aus Reggies Fotoausrüstung stammt? Was heißt, dass jeder von uns Zugriff auf das Tatwerkzeug hatte?‹ Und so redete er immer weiter über ›Beweise‹, die bald entdeckt würden, und ›Zeugen‹, die sich bestimmt noch ›melden‹ würden. Für mich werde es dann ziemlich eng. Als er fertig war, konnte ich die Schlinge um meinen Hals praktisch spüren.« Bei diesen Worten fasste Phyllis sich an die Kehle, als läge bereits ein Seil darum.

Val schluckte heftig. Auch sie hatte das Gefühl, dass da ein schweres Tau war.

»Und dann schlug er mir einen Ausweg vor«, fuhr Phyllis verzweifelt fort. »Als ich nachhakte, was er damit meinte, antwortete er, er werde ›sein Wissen für sich behalten‹, wenn ich das Erbe mit ihm teilen würde. Natürlich habe ich verlangt, dass er mir erklärt, was er denn zu wissen glaube. Doch das schien ihn nur zu amüsieren, und er entgegnete, das könne ich mir doch denken. Das Geld stehe ohnehin von Rechts wegen ihm zu. Tantchen sei wegen dieses Geistertheaters nicht mehr bei klarem Verstand gewesen, und wenn es noch einen Funken Gerechtigkeit auf der Welt gäbe, würde er das gesamte Vermögen erben, nicht nur das Unternehmen. Aber dann ... dann hat er mir richtig Angst gemacht.«

Val fiel fast die Kinnlade herunter. Als ob es nicht Drohung genug wäre, dafür zu sorgen, dass man verhaftet und wegen Mordes gehängt wurde! Konnte es denn noch schlimmer kommen?

»Was hat er getan?«, flüsterte sie. Inzwischen war sie genauso bleich wie Phyllis selbst und zitterte beinahe.

»Er sagte ... das heißt, nein, so richtig gesagt hat er es eigentlich nicht. Es waren immer nur Andeutungen.« Hilflos schüttelte Phyllis den Kopf. »Genau das war ja das Teuflische daran. Er meinte nur, das, was Tantchen zugestoßen sei, könne sich ja jederzeit wiederholen. Es schien ihn zu amüsieren, alles dem Geist in die Schuhe zu schieben. Dabei hat er mich so seltsam angesehen, als müsse ich das auch lustig finden. Nur dass ich kein Wort verstanden habe. Er hat nur weiter gewitzelt, ›der Geist‹ habe Tantchen dafür bestraft, dass sie das Familienvermögen aufgeteilt und mir den Großteil davon hinterlassen habe. Nun sei ›der Geist‹ sicher sehr böse auf mich. Und deshalb werde ›der Geist‹ mich als Nächste holen. Dabei hat er mich die ganze Zeit grinsend beobachtet. Mir ist das Blut in den Adern gefroren, das kann ich Ihnen sagen, Miss Coulton-James!«

»Das wundert mich nicht«, erwiderte Val mit schwacher Stimme. Allein vom Zuhören wurde ihr schon ganz kalt.

»Und das Schlimmste daran ist«, fuhr Phyllis bedrückt fort, »dass Murray schon immer der Klügere von uns beiden war. Ich habe keine Ahnung, wie er es anstellen wird, aber ich bin sicher, dass er dazu in der Lage ist. Deshalb habe ich so fürchterliche Angst davor, dass mir etwas zustoßen könnte. Dann würde Murray als mein nächster überlebender Verwandter doch alles erben, ganz gleich, was geschieht. Ich weiß einfach nicht, was ich tun soll!«, rief Phyllis verzweifelt aus.

Diese Worte erweckten Vals Kampfgeist zum Leben, und sie straffte zornig die Schultern. Es wurde langsam Zeit, dass sie aufhörten, sich wie schwächliche Mimöschen zu benehmen. Eine Frau musste ihre Rechte durchsetzen. Sie reckte das Kinn, und ihre blauen Augen blitzten. »Nun, ich wüsste genau, was ich an Ihrer Stelle täte«, entgegnete sie mit Nachdruck. »Ich würde schnurstracks zu meinem Anwalt gehen und ein Testament errichten lassen, in dem ich alles irgendeinem wohltätigen Zweck vermache. Dann hätte Ihr widerwärtiger Cousin nämlich ausgespielt.«

Phyllis starrte Val bewundernd an. »Oh, Miss Coulton-James, natürlich haben Sie recht. Warum ist mir das nicht selbst eingefallen?« Sie schien sich wirklich über sich zu ärgern. »Ich hoffe, dass ich irgendwann tatsächlich daran gedacht hätte. Aber seit diesem Zwischenfall war ich wie gelähmt. Ich habe mich gefühlt wie eine Maus, die vor dem Blick der Katze erstarrt, unfähig, mich zu bewegen oder in Sicherheit zu bringen. Jedenfalls ist es eine großartige Idee. Wenn er weiß, dass er mein Geld nicht kriegt, hat er keinen Grund mehr, mich … tja …«

Das Wort wollte ihr offenbar nicht über die Lippen.

Val hingegen hatte keine derartigen Skrupel. »Er hätte keinen Grund mehr, Sie zu beseitigen«, verkündete sie schonungslos. »Ganz richtig. Aber vor allem würde ich mich an Ihrer Stelle umgehend an den Inspector wenden und ihm melden, was Ihr Cousin im Schilde führt. Der elende Dreckskerl hat Ihnen tatsächlich gedroht! Wenn der Inspector ihn zur Rede stellt, wird es ihm eine Warnung sein.«

Als Phyllis das hörte, erbleichte sie noch mehr. »Oh nein, das ist unmöglich«, protestierte sie nervös. Und wieder wurde ihr Blick unstet.

»Aber warum denn?«, hakte Val nach. »Sie brauchen Ihren Cousin wirklich nicht in Schutz zu nehmen«, ergänzte sie ärgerlich.

Doch Phyllis schüttelte noch immer beharrlich den Kopf. »Nein, das kommt nicht infrage. Es ist eine … Familienangelegenheit … Allerdings werde ich Ihren Rat beherzigen, was das neue Testament angeht. Ich rufe meinen Anwalt sofort an und hinterlasse alles wohltätigen Zwecken. Ich weiß sogar genau, welcher karitativen Organisation ich mein Vermögen vermache! Tantchen wäre sicher einverstanden mit meiner Wahl.« Sie lächelte und schien sich allmählich zu erholen.

Sie schenkte sich sogar noch eine Tasse Kaffee ein und leerte sie.

Val war zwar froh, dass Phyllis beschlossen hatte, Widerstand zu leisten. Doch als sie sich ein wenig später verabschiedete, war sie mit dem Ergebnis nicht völlig zufrieden. Obwohl der Vormittag jede Menge erschreckende neue Erkenntnisse gebracht hatte, war sie überzeugt, dass noch einiges mehr dahintersteckte. Oh, sie bezweifelte nicht im Geringsten, dass Murray seine Cousine unter Druck gesetzt hatte, um sich einen Teil des entgangenen Vermögens mit Gewalt zu sichern. Außerdem traute sie ihm die Skrupellosigkeit zu, Phyllis den Mord an Amy Phelps in die Schuhe zu schieben, wenn ihn das seinem Ziel näherbrachte. Insbesondere dann, falls er die Tat selbst begangen hatte, was Val für immer wahrscheinlicher hielt.

Allerdings war sie davon überzeugt, dass Phyllis ihr etwas verschwieg. Hin und wieder hatte sie ziemlich verdruckst und schuldbewusst gewirkt. Und warum sträubte sie sich so dagegen, mit dem Inspector über Murrays Drohungen zu sprechen?

Sie bog bereits in die Church Lane ein und war beinahe zu Hause, als es ihr wie Schuppen von den Augen fiel. Möglicherweise war *das* der Grund, wieso Phyllis so ins Stocken geraten war! Val blieb ruckartig mitten auf der Straße stehen, so fassungslos war sie. Das musste es sein!

Sie hastete am Pfarrhaus vorbei und zum Ende der Straße, wo Old Chapel stand. Arbie musste unbedingt erfahren, was geschehen war. Sie freute sich schon darauf, wie er sie bewundern würde, wenn sie ihm ihre Lösung des Rätsels präsentierte.

»Und in diesem Moment wurde mir alles klar«, verkündete sie eine halbe Stunde später.

Sie hatte Arbie im Garten angetroffen, wo er, einen schlafenden Basket zu seinen Füßen, wie immer faulenzend herumsaß. Als sie die Abenteuer dieses Vormittags schilderte, stellte sie zu ihrer Zufriedenheit fest, dass er mit wachsender Aufmerksamkeit lauschte.

»Was ist dir klar geworden?«, fragte Arbie nun und beugte sich auf der Gartenbank vor. Er ließ die Hände zwischen den leicht gespreizten Knien baumeln und hob sein ebenmäßiges Gesicht gebannt zu ihr empor.

Val warf sich in Positur. »Was Phyllis angestellt hat. Murray wusste natürlich davon«, erwiderte sie vergnügt und fest entschlossen, ihre Überlegenheit nach Kräften auszukosten.

»Und worum genau ging es deiner Ansicht?«, kam Arbie nicht umhin nachzuhaken.

»Den *Schmuck*, Arbie«, antwortete Val selbstbewusst. »Schon vergessen? Als wir uns in Amy Phelps' Schlafzimmer umgeschaut haben, habe ich dir erzählt, dass es sich bei einigen Steinen um Fälschungen handelt. Nun, Amy selbst hätte wohl keinen Grund gehabt, die Steine einzeln zu verkaufen, oder? Schließlich hatte sie, genau wie ihre Vorfahren, Geld wie Heu. Ganz im Gegensatz zu Phyllis. Sie entstammt dem weniger begüterten Zweig der Familie und war in gewisser Weise eine arme Verwandte. Und sie hatte Zugang zum Haus. Oh ja.« Val zog die Beine an und lächelte engelsgleich. »Ich wette, dass sie schon seit Jahren auf diese Weise ihr Einkommen aufbessert. Sie brauchte nur ein kleines Schmuckstück, eine Brosche zum Beispiel, mitzunehmen und bei einem Juwelier einen oder zwei Steine austauschen zu lassen. Bei ihrem nächsten Besuch hat sie es dann einfach wieder zurückgelegt.«

»Aber hätte Amy Phelps das nicht bemerkt?«, wandte Arbie ein.

»Wie denn? Frauen haben Lieblingsstücke, was auch für Hüte oder Handschuhe gilt. Phyllis wusste sicher genau, welche Schmuckstücke ihre Tante bevorzugte und vermutlich beim nächsten gesellschaftlichen Anlass tragen würde. Sie brauchte nur stets darauf zu achten, dass sie nichts erwischte, woran das Herz ihrer Tante besonders hing. Außerdem waren die Augen der alten Dame sicherlich nicht mehr die besten, weshalb sie die falschen Steine vermutlich nicht bemerkt hätte, ohne sie mit einem Vergrößerungsglas zu untersuchen. Und weshalb hätte sie das tun sollen? Nein, meiner Ansicht nach ist Phyllis kein allzu großes Risiko eingegangen.«

»Aber wie ist Murray dahintergekommen?«, fragte Arbie. »Deiner Theorie zufolge muss er gewusst haben, was sie da treibt. Sonst hätte er ja nichts Belastendes gegen sie in der Hand, um es als Druckmittel zu benutzen. Nur dass er wie ich ein Mann ist, und ich wäre nicht in der Lage, einen Diamanten von Glas zu unterscheiden.«

Val sah ihn finster an. »Musst du mir denn immer alles vermiesen?«, protestierte sie verärgert. Doch im nächsten Moment schnippte sie mit den Fingern, denn sie hatte einen Geistesblitz: »Das Dienstmädchen!«

Arbie starrte sie verdattert an. »Hä?«

»Das Dienstmädchen, Arbie. Die junge Frau, der gekündigt worden ist! Konzentrier dich!«, ermahnte sie ihn. »Die Kleine, die dem Dorfklatsch zufolge ein Auge auf Murray geworfen hat. Und er auch auf sie! Sie hätte zufällig darauf stoßen können. Schließlich gehört sie zu den Leuten, die gerne herumschnüffeln. Gerissen, wie sie ist, hat sie Phyllis vielleicht auf frischer Tat ertappt. Ich wette, die Haushälterin wusste auch Bescheid. Die arme alte Phyllis ist nicht unbedingt das, was man sich unter einer genialen Meisterverbrecherin vorstellt, richtig?«

»Und dieses hinterhältige Dienstmädchen hat Murray sicher alles brühwarm berichtet«, stimmte Arbie nickend zu. »Vermutlich hat sie Murray über jeden Besuch von Phyllis auf dem Laufenden gehalten, nur für den Fall, dass sie versuchen könnte, auf Miss Phelps einzuwirken, damit die ihr einen größeren Teil des Familienvermögens vermacht. Was ihm sicher gerade noch gefehlt hätte.«

»Wahrscheinlich hat er das Dienstmädchen sogar darauf angesetzt.« Val schnaubte. »Aber wie dem auch sei, weiß er genau, dass die Polizei Ermittlungen einleiten muss, wenn er dem Inspector von den Diebstählen erzählt. Es würde nicht lange dauern herauszufinden, bei welchem Juwelier Phyllis war. In einem Mordprozess würde all das zu ihren Ungunsten ausgelegt werden, richtig?«, fügte sie beklommen hinzu. »Und da Phyllis das ganze Geld geerbt hat und bei diesem grässlichen Abendessen anwesend war ... Kein Wunder, dass sie sich so aufgeregt hat. Die Geschworenen könnten sie angesichts der Indizien durchaus des Mordes an ihrer Tante schuldig sprechen.«

»Und *dir* konnte sie nicht erklären, was Murray gegen sie in der Hand hat, ohne dir die Diebstähle zu gestehen.« Arbie nickte. Es passte alles zusammen. »Weißt du, Val, die Sache gefällt mir gar nicht«, meinte er nachdenklich. »Nehmen wir einmal an, dass Phyllis nichts mit der Ermordung ihrer Tante zu tun hat. Ganz im Gegensatz zu Murray. Dann sieht es nämlich für die gute alte Phyllis ziemlich finster aus. Was hindert ihn daran, mit ihr genauso zu verfahren? Das heißt, sie ebenfalls umzubringen?«

»Oh, das habe ich ganz vergessen, Arbie. Ich hatte nämlich eine ausgezeichnete Idee.« Val platzte fast vor Stolz.

Arbie erschrak sichtlich. »Heraus damit, Val. Was hast du um Gottes willen getan? Ich kenne dich und deine guten Ideen. Für gewöhnlich enden sie in einer Katastrophe.«

»Tun sie nicht!«, protestierte sie entrüstet. Obwohl sie, wenn sie an ihre gemeinsamen Kindertage zurückdachte, zugeben musste, dass einer oder zwei ihrer Einfälle tatsächlich nicht so blendend gewesen waren. Zum Beispiel der Skandal, als sie eine Farbe aus roter Bete hergestellt hatten, um Miss Wilkinsons albernen weißen Pudel damit rosa zu färben ... »Oh, aber diesmal ist es anders. Ich hatte einen wirklich wunderbaren Vorschlag, das musst du mir glauben, Arbie«, verkündete sie selbstbewusst. »Ich habe ihr gesagt, sie solle sofort ihr Testament ändern, wenn sie sich solche Sorgen macht, dass ihr widerlicher Cousin sie umbringen könnte, um sie zu beerben. Am besten solle sie einfach alles wohltätigen Zwecken vermachen!«

Sie erhob sich mit triumphierender Miene, um an einer Nelke zu schnuppern. »Weißt du, immer wenn ich einen Kriminalroman lese, denke ich mir, dass die Heldin die Gefahr ganz einfach abwenden könnte, indem sie ihren lieben Angehörigen mitteilt, dass es sie überhaupt nicht weiterbringt, sie zu ermorden, weil sie ohnehin keinen Penny kriegen.«

Nach kurzer Überlegung musste Arbie einräumen, dass an diesem Einfall ausnahmsweise nichts auszusetzen war. Sehr zu seiner Überraschung. Falls Murray tatsächlich der Mörder war, würden ihm zumindest Zweifel kommen. Und wenn Phyllis wider Erwarten doch ein hinterhältiges Spiel trieb, das sie nur noch nicht durchschaut hatten, konnte es vermutlich auch nicht schaden.

Das sagte er auch zu Val, die zufrieden grinste. »Siehst du, ich hatte recht. Wenn sie ein Testament macht, in dem sie alles wohltätigen Zwecken hinterlässt, ist sie außer Gefahr. Du wirst schon sehen.«

Die Leiche von Phyllis Thomas wurde in Old Forge gefunden, und zwar vier Tage nach der Errichtung ihres neuen Testaments und einen Tag vor der Beerdigung ihrer Tante Amy Phelps.

Inspector Gorringe wurde von einer erschütterten Haushälterin alarmiert, die Phyllis leblos und kalt in ihrem Bett entdeckt hatte. Diesmal wurden die Dinge nicht von einer verschlossenen Tür oder einem verriegelten Fenster verkompliziert. Auf Phyllis' Nachttisch befanden sich ein Glas Wasser und ein Döschen Schlaftabletten, Letztere kürzlich verschrieben von ihrem eigenen Arzt.

Ihr Cousin Murray, der wegen der Beerdigung am nächsten Tag ebenfalls die Nacht im Haus seiner Tante verbracht hatte, hatte bereits seine Aussage gemacht. Dasselbe galt für Cora Delaney, Reggie Bickersworth und Mrs. Brockhurst selbst. Sie alle waren sich einig, dass Phyllis gewirkt habe wie immer. Vielleicht sei sie wegen der anstehenden Beerdigung ein wenig bedrückt gewesen. Sie hätten gut zu Abend gegessen. Anschließend hätte Reggie ein wenig Klavier gespielt, und zu guter Letzt hätten sie zu viert einige lustlose Runden Bridge gespielt.

Das einzig Ungewöhnliche, auf das sich alle einigen konnten, war, dass Phyllis Reggie gebeten hatte, die Nacht doch lieber im Haus als im Atelier zu verbringen. Obwohl verwundert über dieses Ansinnen, hatte er natürlich zugestimmt. Wie er dem Inspector später gestand, habe er nicht gewusst, wie er sich aus der Affäre ziehen sollte. »Sie schien ziemlich nervös, Inspector, und wer konnte ihr das verübeln? Da sie und ihr Cousin sich leider nie sehr nahegestanden haben, habe ich gern die Rolle des Onkels ehrenhalber übernommen und unter demselben Dach geschlafen, um sie zu beruhigen. Sie litt ohnehin schon an Schlafstörungen.«

Soweit Gorringe feststellen konnte, hatte Murray die Vorstellung, dass Reggie für Phyllis den Ritter in schimmernder Rüstung mimen würde, amüsant gefunden, auch wenn er sich eine dahingehende Bemerkung verkniff.

Cora Delaney war zwar bestürzt über die jüngste Tragödie, die über die Familie Phelps hereingebrochen war, neigte jedoch dazu, ihre Gefühle damenhaft für sich zu behalten. Ihre Anfrage, ob sie nach der Beerdigung ihrer Freundin die Heimreise antreten könne, hatte der Inspector angesichts der Umstände positiv beschieden. Cora schlug sich recht wacker, doch er merkte ihr die Erschöpfung an. Die ständige Anspannung forderte allmählich ihren Tribut. Und dass noch eine Dame in diesem Hause das Zeitliche segnete, hätte ihm gerade noch gefehlt.

Die Haushälterin wusste nichts über Miss Phyllis' Schlaftabletten oder ihre abendlichen Gewohnheiten und hatte auch nicht beobachtet, wie sie zu Bett gegangen war. Deshalb konnte sie nicht sagen, ob sie ein Glas Wasser bei sich gehabt hatte.

Im Zimmer der Toten gab es weder einen Abschiedsbrief noch Spuren eines Kampfes. Obwohl der Inspector natürlich die Obduktion abwarten musste, zweifelte er nicht daran, dass Phyllis Thomas an einer Überdosis ihrer Schlaftabletten gestorben war.

Aber hatte sie die Tabletten auch selbst eingenommen? Genau das war die Frage! Und wenn ja, hatte sie sich womöglich nur in der Dosis geirrt? Ein Anruf bei ihrem Arzt hatte bestätigt, dass sie die Tabletten noch nicht lange nahm und erst nach dem Mord an ihrer Tante damit angefangen hatte. Offenbar hatten die polizeilichen Ermittlungen seine Patientin nachts nicht zu Ruhe kommen lassen. Er hielt es zwar für *möglich*, dass sie seine Anweisungen missverstanden hatte, allerdings für eher *unwahrscheinlich*.

Hatte sie die Tabletten also absichtlich geschluckt? Falls ja, so überlegte der Inspector, dann vielleicht weil sie sich schuldig gefühlt hatte? Hatte sie ihre Tante ermordet und dann nicht mit dieser Tat auf dem Gewissen weiterleben können?

Hatte man sie etwa mit einer List dazu verleitet – oder sie gar mit Gewalt gezwungen –, eine Überdosis zu nehmen? In diesem Fall hätte es der Inspector wieder mit einem Mord zu tun gehabt.

Wie dem auch sei. Als er an jenem Morgen im Garten stand und eine wohlverdiente Pause machte, während seine Leute sorgfältig alles untersuchten, was es bei einem Todesfall unter verdächtigen Umständen so zu untersuchen gab, war Inspector Gorringe eindeutig kein sehr glücklicher Mann.

Gerade beobachtete er niedergeschlagen eine Amsel, die unter einem Busch herumpickte, als er hörte, dass jemand nach ihm rief.

»Hallo, Inspector?«

Er drehte sich um und sah die Pfarrerstochter und ihren attraktiven ständigen Begleiter auf sich zukommen. Weder Arbie Swift noch Miss Coulton-James wirkten so vergnügt wie sonst, was der Inspector ziemlich bedauerte. Inzwischen waren ihm die beiden jungen Leute nämlich in gewisser Weise ans Herz gewachsen.

»Stimmt es, was im Dorf geredet wird?«, fragte Val. Sie war so besorgt, dass sie sogar die übliche höfliche Begrüßungsformel vergaß. »Die Sache mit der armen Phyllis Thomas?«

»Dass sie tot ist? Oh ja, das ist leider wahr«, erwiderte der Inspector ziemlich unwirsch. Allerdings bereute er sofort, dass er seine schlechte Laune an den zweien ausgelassen hatte, denn das hübsche blonde Mädchen erbleichte und warf Arbie Swift einen gequälten und flehenden Blick zu.

Der Inspector rechnete mit neuen Entwicklungen und beugte sich erwartungsvoll vor.

»Äh, in diesem Fall, Inspector, ist da etwas, das Sie wissen sollten«, begann Arbie zögernd. »Könnten wir uns vielleicht in den Garten setzen und uns unterhalten?«

KAPITEL NEUNZEHN

Die Beerdigung von Amy Phelps verlief ein wenig anders als sonst üblich. Unter gewöhnlichen Umständen wäre der Tod eines geachteten Gemeindemitglieds Anlass für eine streng nach Vorschrift choreografierte Veranstaltung gewesen. Das ganze Dorf hätte sich versammelt, um das große Ereignis nach Kräften auszukosten. Den Landarbeitern hätte man freigegeben, damit sie der Verstorbenen die letzte Ehre erweisen konnten. Die Läden hätten einen halben Tag geschlossen. Und alle hätten sich, in ihrer feierlichsten dunklen Kleidung natürlich, versammelt, um ehrfürchtig Kirchenlieder zu singen und dabei zu sein, wie die liebe Verblichene mit dem angemessenen Zeremoniell zur letzten Ruhe gebettet wurde. Anschließend hätten sich die Gäste dann auf den Weg zum Trauerhaus gemacht, um sich mit großen Mengen an Essen und alkoholischen Getränken bewirten zu lassen.

All diese Dinge geschahen zwar auch – doch das war noch längst nicht alles. Denn außerdem hatten sich Reporter wie die Aasgeier auf das Dorf gestürzt. Nach dem nun zweiten Todesfall in ein und derselben »leidgeprüften Familie« hatten sie offenbar endlich verstanden, dass hier eine Sensationsgeschichte zu holen war. Wie sich außerdem herausstellte, hatte eine beträchtliche Anzahl von Mitbürgern, die bislang noch nie von

Maybury-in-the-Marsh gehört hatten, den Entschluss gefasst, ausgerechnet heute – natürlich nur rein zufällig – ganz in der Nähe spazieren zu gehen oder ein Picknick zu veranstalten. Manche statteten auch der Kirche, aus rein touristischem Interesse selbstverständlich, einen Besuch ab, wo sie bass erstaunt erkannten, dass sie mitten in eine Beerdigung geplatzt waren.

Auch die Polizei wohnte dem Gottesdienst bei und beobachtete die gesamte Trauergemeinde. Besonders scharf behielten sie die erste Bankreihe im Auge, wo die engsten Verwandten und Freunde der Verstorbenen Platz gefunden hatten. Zu ihnen gehörte auch ein verärgerter und inzwischen sichtlich beklommener Murray Phelps. Inspector Gorringe hatte ihn am Tag zuvor auf »ein Schwätzchen« ins Polizeirevier eingeladen und ihn fast die ganze Nacht dabehalten.

Val saß mit Arbie und seinem Onkel eingezwängt in einer der mittleren Reihen. Nun lehnte sie sich zu Arbie hinüber, um ihm etwas ins Ohr zu flüstern. »Was, um alles in der Welt, hat Murray hier zu suchen? Ich dachte, der Inspector wolle ihn festnehmen.«

»Offenbar hat er es doch nicht getan«, entgegnete Arbie gleichmütig.

Arbie und sein Onkel trugen Anzüge, die Anlässen wie dem heutigen vorbehalten waren. Wie üblich zerrte der Onkel an seinem steifen Kragen, er ging nämlich nur selten zur Kirche, und Arbie wusste, dass er nur die Zeit totschlug, bis man endlich das Büfett eröffnete. Dieses wurde – im Widerspruch zu sämtlichen Traditionen – im Dun Cow Inn angerichtet, offenbar auf Anweisung von Murray Phelps, der sich zuvor rasch mit Jane Brockhurst verständigt hatte. Die Vorstellung, wie das ganze Dorf platzend vor Neugier Old Forge stürmte, wo es vor nur knapp achtundvierzig Stunden einen weiteren Todesfall gegeben hatte, war einfach zu abwegig, um sie auch nur in Erwägung zu ziehen.

»Aber warum nicht?«, zischte Val Arbie zu, was ihr einen tadelnden Blick von der Frau des Milchmanns einbrachte, die eine Reihe vor ihnen saß und versuchte, ein greinendes Baby zu beruhigen.

Arbie senkte die Stimme noch weiter. »Woher soll ich das wissen?«, tuschelte er. »Nimm dich zusammen. Dein Vater schaut schon ganz böse.«

Bei diesen Worten richtete Val sich sofort kerzengerade auf und errötete schuldbewusst, als sie feststellte, dass ihr Vater sie tatsächlich von der Kanzel aus strafend musterte. Wenn es möglich gewesen wäre, wäre sie ein wenig von Arbie abgerückt, doch das erwies sich der Enge in der Kirche wegen als undurchführbar.

Die Trauergemeinde saß dicht an dicht wie die Sardinen.

Reverend Coulton-James hatte noch nie zuvor ein Mordopfer beerdigen müssen. Geschweige denn eines in einem Dorf, wo nach dem Tod eines weiteren Mitglieds der einflussreichsten Familie im Ort eine fast fiebrige Erregung herrschte. Unter den gegebenen Umständen tat er wirklich sein Bestes.

Cora Delaney saß stocksteif in der ersten Reihe und lauschte der Predigt. Die behandschuhten Hände ruhten manierlich auf ihrem Schoß. Sie hatte sich von zu Hause ihre Trauerkleidung kommen lassen und ihr Dienstmädchen angewiesen, auch einen Schleier aus hauchfeiner schwarzer Spitze einzupacken. Dahinter verborgen hatte sie nun die Möglichkeit, ein gleichzeitig finsteres und zufriedenes Lächeln aufzusetzen, wann immer ihr danach war. Denn nun konnte ihr niemand ansehen, dass sie sich königlich amüsierte.

Wenn man den Vikar so reden hört, dachte sie spöttisch,

könnte man meinen, Amy sei eine Mischung aus Kriegsheldin und wiedergeborener Heiliger gewesen. Wohl wissend, dass alle Anwesenden – Reporter und Schaulustige ausgenommen – die Tote gut gekannt hatten, bemühte sich der Reverend, ganz Gentleman, darum, Amys Festgefahrenheit und ihre manchmal herrische Art als liebenswerte Marotten darzustellen. Ausführlich listete er die vielen wohltätigen Spenden auf, die sie im Laufe der Jahre entrichtet hatte. Und außerdem betonte er, wie viele Arbeitsplätze und wie viel Wohlstand nicht nur die Einheimischen, sondern auch die Menschen im ganzen Land den diversen Zweigen des Familienunternehmens verdankten. Das Dorf habe »unter tragischen Umständen eine sehr angesehene und beliebte Einwohnerin« verloren.

Cora ließ die Predigt über sich hinwegbranden. Sie bedauerte den Tod von Amy Phelps nicht im Geringsten. Wie sie vermutete, ging es einigen Leuten in diesem Raum genauso wie ihr. Und während die tröstenden Worte des Vikars »in dieser schweren Zeit« durch das kühle Innere der Kirche hallten, ließ Cora die Tage bis zu dem Moment, als sie *seinen* Brief in Amys Geheimschublade gefunden hatte, Revue passieren.

Sein Name war Bartholomew Carmichael gewesen, aber alle hatten ihn Bartie genannt. Bei ihrer ersten Begegnung war er dreiundzwanzig, sie, wie auch Amy, achtzehn Jahre alt. In jener längst vergangenen Zeit war ihnen das Leben so idyllisch erschienen, ein schier endloser Reigen aus Feiern und Sommerfrischen, Bällen und Tanzveranstaltungen, und nach ihrem Debüt bei Hofe war auch ein wenig Kokettieren gestattet gewesen. Der Schatten des Weltkriegs hatte sich noch nicht über alles gelegt. Für schöne und wohlhabende junge Menschen wie sie – also fast alle in Coras und Amys Welt – glich das Leben einem großen Fest.

Bartie war Cora aufgefallen, sobald sie ihn bei Colonel Fitzhughs Kostümball in London erblickt hatte. Das war kurz vor Weihnachten gewesen und inzwischen so lange her, dass Cora lieber gar nicht genauer nachrechnete. Er hatte sich als Lord Byron verkleidet und besaß das für diese Rolle nötige dunkle Haar und das dazugehörige gute Aussehen. Doch was seine Persönlichkeit anging, fehlte ihm jegliche Gemeinsamkeit mit dem grüblerischen berühmten Dichter, denn er hatte ein offenes, fröhliches und sonniges Gemüt und auch allen Grund dazu. Als ältester Sohn eines nicht sehr bedeutenden Lords würde er einmal so viel Land sein Eigen nennen, dass er beinahe seinen eigenen Staat hätte ausrufen können. Also lag ihm die Welt zu Füßen. Und natürlich hatte er freie Wahl unter den Debütantinnen, die auf der Suche nach einem Ehemann waren.

Er hatte sie ebenfalls bemerkt, erinnerte sich Cora zufrieden. Oh, wie hatten sie in jener Nacht getanzt! Den Mauerblümchen und alten Jungfern waren fast die Augen aus dem Kopf gefallen, und natürlich hatten die sich prompt die Mäuler über sie zerrissen. Als ob das für Bartie und sie eine Rolle gespielt hätte! Es dauerte nicht lang, bis er sie regelmäßig abholte, um sie ins Theater oder zu einem Bootsausflug auf dem Cherwell zu entführen. Bartie hatte sich in Oxford gefühlt wie ein Fisch im Wasser. Er hatte in Wadham einen Abschluss in Literatur gemacht und besuchte oft mit Cora die »Stadt der träumenden Kirchtürme«. Auch sie schloss Oxford bald ins Herz, was einer der Gründe war, warum sie selbst dort studiert hatte. Ein Jahr später, nachdem alles so tragisch gescheitert war.

Trotz all ihrer Verliebtheit musste Cora zugeben, dass ihr wundervoller Bartie (im Gegensatz zu ihr) nicht der Allerklügste war. Aber wen kümmerte das? Er war ein guter Reiter, befehligte ein Heer von Verwaltern, das die Landgüter der Familie in Schuss hielt, und hatte ein Lachen, das jeden Raum erhellte.

Und so warteten Cora, Barties Eltern (die sie mochten und mit ihr einverstanden waren) und alle ihre Freunde – nicht zu vergessen die Klatschreporter der Zeitungen – sehnsüchtig darauf, dass endlich die Verlobung bekannt gegeben wurde. Doch stattdessen brach Bartie eines Tages wie aus heiterem Himmel zu einer Europareise auf und hinterließ Cora nur einen Brief, in dem er ihr alles Gute wünschte. Mehr nicht. Allerdings war die Botschaft unmissverständlich.

Ihre Eltern waren gar nicht erfreut gewesen und hatten die Schuld bei ihr gesucht, weil sie sich eine so ausgezeichnete Partie hatte durch die Lappen gehen lassen. Vergeblich bemühte sie sich, ihnen zu erklären, dass sie keine Ahnung hatte, was sie getan haben sollte.

Natürlich hatte sie auch ihren Stolz. Als Bartie etwa sechs Monate später aus Europa zurückkehrte, setzte sie sich nicht mit ihm in Verbindung. Zu dieser Zeit studierte sie bereits in Oxford und tat, als sei alles in bester Ordnung. Sie behauptete sogar, sie würde sich »ein wenig für ihn freuen«, als ihre Freundinnen ihr die Verlobungsanzeige in der *Times* zeigten. Darin stand, er werde noch im selben Jahr die Tochter eines unbedeutenden Earls heiraten. Die überdies vorstehende Zähne hatte.

Nach einer Weile fand Cora sich damit ab, dass sie sich einen anderen Verehrer suchen musste. Und da sie hübsch war und über gute Verbindungen verfügte, hatte sie auch bald einen gefunden. Sie heiratete einen netten, wenn auch ein wenig humorlosen und pedantischen Mann, hatte Kinder und war im Grunde genommen zufrieden. Nur dass sie das bedrückende Gefühl, womöglich eine goldene Zukunft verpasst zu haben, nie wieder losließ. Sie hatte Bartie angebetet und war überzeugt gewesen, dass ihre Ehe mit ihm glücklich geworden wäre. Der gutmütige, attraktive Bartie hätte wirklich sehr gut zu ihr gepasst.

Und bis zu jenem Tag viele Jahrzehnte später, als sie in Amy Phelps' Schlafzimmer herumgeschnüffelt hatte, hatte sie nichts vom Grund für Barties plötzlichen Rückzieher geahnt.

Bis sein Brief an Amy ihr schlagartig die Augen geöffnet hatte.

Schon beim Anblick seiner Handschrift hatte sich heftige Eifersucht in ihr geregt. Cora rechnete schon mit dem Schlimmsten, also damit, dass Amy ihn verführt und ihn ihr weggeschnappt hatte. Bald jedoch wurde ihr klar, dass sie alles missverstanden hatte. Zumindest mehr oder weniger. Denn als sie seinen Brief Zeile für Zeile – und vor allem zwischen den Zeilen – las, erkannte sie, dass kein banaler Grund wie zum Beispiel ein Seitensprung dahintersteckte.

Cora zweifelte keine Minute daran, dass Amy auch ein Auge auf Bartie geworfen und versucht hatte, ihn ihr auszuspannen. Doch offenbar hatte dieser ihre Gefühle nicht erwidert, mit dem Ergebnis, dass Amy beschloss, ihre Taktik zu ändern. Wie sich herausstellte, handelte es sich bei Barties Brief gar nicht um heimliches und verbotenes Liebesgeflüster. Nein. Die Hintergründe waren um einiges perfider.

An jenem Nachmittag, nicht lange vor Amys Tod, hatte Cora das viele Jahre alte Schreiben gelesen, in dem ihr lieber Bartie sich bei Amy dafür bedankte, dass sie ihm »die Augen geöffnet« habe. Nun habe er Cora endlich durchschaut, die offenbar so erpicht auf einen Adelstitel sei, dass sie sogar einem Earl nachstelle. Dass der fragliche Earl dreißig Jahre älter war und zudem wegen der dichten Haarbüschel, die ihm aus Ohren und Nase wuchsen, überall verspottet wurde, hatte Coras zugegebenermaßen nicht sehr scharfsinnigen Liebsten anscheinend nicht im Mindesten stutzig gemacht.

Die plötzlich einsetzende Orgel riss Cora aus ihren Grübeleien, und sie merkte, dass die Menschen um sie herum aufstanden und ein Kirchenlied anstimmten. Sie war zurück in der Gegenwart.

Also auf der Beerdigung ihrer sogenannten Freundin.

Natürlich war Cora klar, warum Amy so gehandelt hatte. Da sie Bartie nicht haben konnte, hatte sie beschlossen, dass Cora ihn auch nicht bekommen sollte. So war Amy schon immer gewesen. Es genügte ihr nicht zu gewinnen, es musste auch jemand verlieren. Schon aus diesem Grund wunderte es Cora gar nicht, dass Amy die Alleinerbin des Vermögens der Phelps geworden war. Rückblickend betrachtet, erschien es ihr fast unvermeidlich.

Coras zarte, aber recht angenehme Stimme erhob sich zusammen mit denen der restlichen Gemeinde. Doch unter ihrem Schleier lächelte sie unverdrossen weiter und betrachtete dabei den mit Blumen bedeckten Sarg in nur wenigen Metern Entfernung. Denn das alte Sprichwort traf tatsächlich zu: *Rache ist süß.* Und war es nicht die beste Rache von allen, wenn man seine Feindin überlebte?

Im Dun Cow Inn kaute der Inspector nachdenklich an einem Schinkenbrot und beobachtete mit einem matten Lächeln, wie die Vertreter der Presse sich zum Narren machten. Sie befragten jeden, der so dumm war, sich von ihnen in ein Gespräch verwickeln zu lassen. Und da die Reporter alle mit Bier und Schnaps bei Laune hielten, waren das nicht wenige. Allerdings würden die einfachen Bauern nicht viel Neues über Amy Phelps und ihre bedauernswerte Nichte zu berichten haben.

Selbstredend zeigten die Mitglieder der Familie und die engen Freude den Reportern die kalte Schulter.

Der Inspector sah kurz hinüber zum Onkel von Arbie Swift, der ein bemerkenswerter Mensch war. Er futterte wie ein Scheunendrescher und hatte es geschafft, seinen steifen Kragen loszuwerden. Obwohl der Mann ein berüchtigter Exzentriker war, der es mit dem Gesetz manchmal nicht so genau nahm, hatte der Inspector nicht vor, sich näher mit ihm zu befassen. Er kannte Leute wie ihn. Sie machten sich zwar einen Spaß daraus, ihrem schlechten Ruf gerecht zu werden, waren aber meistens recht gutmütig und harmlos.

Der Blick des Inspectors wanderte weiter zu Murray Phelps, der an der Bar stand und ein Glas nach dem anderen in sich hineinkippte. Das war ein Gentleman, den man im Gegensatz zum Onkel mit Vorsicht genießen musste.

Er bezweifelte zwar nicht, dass die Pfarrerstochter ihm das Gespräch mit Phyllis Thomas wahrheitsgemäß geschildert hatte. Nur dass es sich, wie Mr. Murray Phelps im Laufe der für beide Seiten unerfreulichen Nacht im Polizeirevier immer wieder betont hatte, dabei nur um Hörensagen handelte, was vor Gericht nicht anerkannt wurde.

Er hatte einfach alles abgestritten, und das tat er auch weiterhin. Seine Cousine sollte er bedroht und bedrängt haben? Was für eine Unterstellung! Vielleicht, so deutete er mit hämischem Unterton an, habe seine liebe Cousine Phyllis ja an Schuldgefühlen gelitten, weil sie ihn um das Erbe betrogen habe. Durch ihre Lügen habe sie vermutlich versucht, ihr Gewissen zu beruhigen und sich das Leben erträglicher zu machen. Denn solange alle Welt ihn, Murray, für den Leibhaftigen hielte, habe sie ihr unrechtmäßig erworbenes Eigentum doch in Ruhe und Frieden genießen können, oder?

Die Aufforderung, die Anspielung auf unrechtmäßig erworbenes Eigentum näher zu erläutern, führte nur dazu, dass

Murray Phelps die Contenance verlor. Habe der Inspector nur Stroh im Kopf? tobte er. Sicher müsse selbst er inzwischen erkannt haben, dass seine liebe Cousine die Urheberin dieses kindischen »Hokuspokus« gewesen sei. Wer sonst habe ein Motiv gehabt, seine Tante zu ängstigen, ihr Streiche zu spielen und dann ganz nebenbei Andeutungen fallen zu lassen, er, Murray, müsse der Übeltäter sein? Der Plan sei aufgegangen, richtig? Seine Tante habe schließlich geglaubt, dass er hinter ihrem Treppensturz stecke. Und so habe sie ihn aus ihrem Testament gestrichen und stattdessen die liebe Phyllis eingesetzt.

Wie der Inspector einräumen musste, hatten Murrays Einwände etwas für sich. Und so hakte Gorringe geschickt nach, Murray müsse doch bei der bloßen Vorstellung vor Wut gekocht haben, richtig? So sehr, dass er vielleicht den Entschluss gefasst habe, Druck auf seine Cousine auszuüben, damit sie das Vermögen mit ihm teilte?

Beweisen Sie es doch, hatte Murray nur herausfordernd entgegnet.

Und genau das war der Haken an der Sache. Denn Miss Valentina Coulton-James' Wiedergabe ihres Gesprächs mit Miss Phelps war leider nicht gerichtstauglich, sofern es nicht von handfesten Beweisen untermauert wurde. Und welche handfesten Beweise hatte er? Gar keine. Da biss die Maus keinen Faden ab.

Bis jetzt hatten weder er noch die klügsten Köpfe bei der Polizei der Grafschaft eine Antwort auf die Frage gefunden, wie Miss Phelps das Gift verabreicht worden war. Geschweige denn von wem. Denn wenn der Mörder einfach zu Amy ins Zimmer gekommen war und sie verleitet hatte, ein vergiftetes Getränk zu sich zu nehmen, hätte er sich doch nicht die Mühe zu machen brauchen, das Opfer in einem von innen abgeschlossenen Raum zurückzulassen.

Der Inspector seufzte tief auf. Er spürte, wie sich ein Kopfschmerz in ihm breitzumachen drohte, achtete aber tapfer nicht darauf und versuchte stattdessen, seinen Verstand zu gebrauchen. Falls Murrays Version der Dinge glaubhaft war, hatte Phyllis Thomas ihre Tante umgebracht. Warum sonst das Theater mit dem Geist, das Murray schließlich zum Verhängnis geworden war? Der logische nächste Schritt hätte darin bestanden, die alte Dame zu ermorden, nachdem sie ihr Testament zu Phyllis' Gunsten geändert hatte. Aber es blieb immer noch die wichtige Frage: Was hatte sie sich davon versprochen, die Tür umständlich von innen abzuschließen?

Gorringe schob diese Überlegungen beiseite und wandte sich dem jüngsten Todesfall zu. Dahinter verbarg sich gewiss kein großes Geheimnis: Murray hatte Phyllis ermordet. Wer sonst hätte auch ein Motiv gehabt? Nur dass das laut Aussage der beiden jungen Amateurdetektive ebenfalls keinen Sinn ergab, denn Phyllis hatte Val hoch und heilig versichert, dass sie ihr Testament ändern und alles karitativen Einrichtungen hinterlassen würde. Die einzige Möglichkeit war, dass ihr Cousin sie aus reiner Böswilligkeit oder in Rage umgebracht hatte.

Natürlich hatte Gorringe sofort jemanden auf Phyllis Thomas' Testament angesetzt. Und schon wieder hielt dieser vermaledeite Fall eine Fußangel für ihn bereit, denn alles schien sich dazu verschworen zu haben, ihn in den Wahnsinn zu treiben. Der Anwalt, den Phyllis beauftragt hatte, weilte bereits in der Sommerfrische und verbrachte seinen Jahresurlaub ausgerechnet damit, zu Fuß Aberdeenshire zu durchwandern. Die Chancen, ihn dort in einem kleinen Gasthof oder in einer Herberge aufzuspüren, standen ziemlich schlecht.

Und als ob das noch nicht genug der Ärgernisse gewesen wäre, handelte es sich um eine sehr kleine Kanzlei. Der einzige andere Mitarbeiter war ein junger Juniorpartner, der keinen Schlüssel zum Tresor des Seniorpartners besaß. Also war es unmöglich, auch nur einen Blick auf das Dokument zu werfen.

Der Mann bestätigte indes, dass Miss Thomas tatsächlich vor ihrem Tod in der Kanzlei vorgesprochen habe. Der Seniorpartner habe wirklich begonnen, ein Testament für sie aufzusetzen. Überdies versicherte er, dass Miss Thomas nur zwei Tage später in der Kanzlei erschienen sei, um das Testament zu unterzeichnen, denn er selbst sei einer der Zeugen gewesen. Leider jedoch wisse er nichts über den Inhalt der Urkunde, weshalb er bis zur Rückkehr des Seniorpartners nichts dazu sagen könne, wie die Verstorbene über ihr Vermögen verfügt habe.

Dennoch war der Inspector ziemlich sicher, dass die Eröffnung von Phyllis' Testament das erwartete Ergebnis zeigen würde: Sie hatte ihrem verabscheuten Cousin keinen einzigen Penny hinterlassen.

Vals Vermutung, dass Phyllis sich am Schmuck ihrer Tante zu schaffen gemacht hatte, brachte ihn hingegen weiter. Man zog Fachleute hinzu, die rasch erkannten, dass es sich bei einigen Steinen in den verschiedenen Stücken aus Miss Amy Phelps' Besitz tatsächlich um Fälschungen handelte. Außerdem führten Nachfragen bei Juwelieren in einem Umkreis von etwa zwanzig Kilometern rasch auf die Spur einer angesehenen Firma, wo man nichts dabei gefunden hatte, die Steine auf Wunsch der freundlichen und kultivierten Dame zu entfernen, zu verkaufen und sie durch Imitate der besten Qualität zu ersetzen.

Der Inspector hatte den Juwelier eingehend verhört und war überzeugt, dass der Mann in bestem Treu und Glauben gehandelt hatte. Schließlich war er ein unbescholtener Mitarbeiter eines höchst seriösen Unternehmens, das noch nie mit dem Gesetz in Konflikt geraten oder der Hehlerei verdächtigt worden war. Wie der ziemlich nervöse und konsternierte Mann beteuerte, gerieten heutzutage nicht wenige wohlhabende Familien der besseren Gesellschaft wegen steigender Steuern und schrumpfender Vermögenswerte »in Bedrängnis« und sähen sich deshalb gezwungen, einen Teil ihres Besitzes zu versilbern. Der Juwelier hatte seinem Sergeant sogar feierlich bestätigt, dass Miss Thomas bei Weitem nicht die einzige feine Dame sei, die sich in den letzten Jahren an ihn gewandt habe, um ihren Schmuck »diskret umarbeiten« zu lassen.

All das war zwar äußerst aufschlussreich, brachte den Inspector in der Mordsache selbst jedoch nicht weiter. Also hatte die bedauernswerte Miss Thomas keinen anderen Ausweg gesehen, als den Schmuck ihrer Tante zu stibitzen. Machte sie das nun mit höherer oder mit geringerer Wahrscheinlichkeit auch zur Mörderin?

Wie dem auch sei, jedenfalls war sie inzwischen selbst tot, weshalb man keine Erklärung mehr von ihr verlangen konnte.

Und so sah sich der Inspector wieder auf Murrays Seite des Tennisplatzes landen wie ein schlaffer Ball. Im Laufe des langen, aber unergiebigen nächtlichen Verhörs hatte Murray eingeräumt, er wisse bereits von Phyllis, dass er in ihrem Letzten Willen und Testament nicht erwähnt werde. Welchen Grund also solle er gehabt haben – verlangte er zu erfahren –, ihr eine Überdosis zu verabreichen? »Ich habe nichts von ihrem Tod. Es ist doch wohl offensichtlich, dass das Dummerchen die falsche Dosis dieses neuen und ungewohnten Schlafmittels genommen hat und wegen dieses Versehens gestorben ist. Alles andere wäre unlogisch.«

Natürlich konnte das genauso eine Schutzbehauptung sein, denn schließlich hatten sie nur Murrays Wort dafür, dass er je mit seiner Cousine über ihr Testament gesprochen hatte. Doch so gern der Inspector den Mann auch als Schuldigen gesehen hätte, musste er sich eingestehen, dass Phyllis Thomas die Änderung in ihrem Testament wahrscheinlich nicht geheim gehalten hatte. Schließlich war es ja Sinn und Zweck dieser Änderung gewesen, Murray klarzumachen, dass es ihn nicht weiterbringen würde, sie zu ermorden. Und das wiederum hieß, dass sie es sich sicher nicht hatte nehmen lassen, es ihm unter die Nase zu reiben.

All diese Verwicklungen führten nur dazu, dass der Inspector noch stärkere Kopfschmerzen bekam, während er sich seinem Ziel, in einem der beiden Fälle einen Täter zu verhaften, keinen Schritt näherte.

Als Nächstes würde er das vor Kurzem gekündigte Dienstmädchen Doreen Capstan zur Befragung vorführen lassen, denn sie schien ein ziemlich enges Verhältnis zu seinem bisherigen Hauptverdächtigen zu unterhalten. Vielleicht würde es ja neue Erkenntnisse liefern, wenn er ihr ein bisschen Angst einjagte.

Er begann gerade, sich darauf zu freuen, als er beobachtete, wie der junge Arbie Swift versuchte, seinen inzwischen etwas beschwipsten Onkel aus dem Pub zu lotsen. Einen zufällig dabeistehenden Reporter schien das sehr zu amüsieren. Der Inspector bot seine Hilfe an, und ihm und Arbie gelang es mit vereinten Kräften, einen freundlichen und übertrieben anlehnungsbedürftigen Onkel hinaus in den Garten zu bugsieren und ihn unter eine ausladende Ulme zu verfrachten, wo er zufrieden einer Ente bei der Futtersuche zusah.

»Danke, mein Freund«, sagte Arbie erleichtert. »Sie sind ja ziemlich blass um die Nase. Anstrengende Nacht?«, fügte er hinzu.

Der Inspector wusste sofort, dass der junge Bursche ihn nur aushorchen wollte. Er lächelte zwar verkniffen, hatte aber nichts dagegen, ihm ein bisschen entgegenzukommen. Schließlich war er ihm bis jetzt recht nützlich gewesen.

»Ich wette, Sie haben sich ziemlich gewundert, Mr. Phelps bei der Beerdigung seiner Tante zu sehen?« Ohne auf Arbies gestammeltes und nicht sehr überzeugendes Leugnen zu achten, fuhr er fort: »Das Problem ist, dass wir keine konkreten Anhaltspunkte haben. Es ist durchaus möglich, dass er seine Cousine bedroht hat. Aber wie er selbst so gerne betont, können wir es nicht beweisen. Außerdem ist er nicht der Einzige, der ein Motiv hatte, seine Tante umzubringen. Übrigens wissen wir jetzt, dass Miss Phelps nach der Verabreichung des Gifts sehr schnell gestorben ist. Obwohl uns das auch nicht viel weiterhilft, richtig? Was die Frage nach dem Motiv betrifft, ist sogar die Haushälterin unter Verdacht geraten.«

»Hä?« Arbie riss die Augen so weit auf, bis sie an die einer Eule erinnerten. »Mrs. Brockhurst? Ach du heiliger Strohsack, jetzt überraschen Sie mich aber! Welchen Grund hätte sie haben können, die arme Frau zu hassen?«

Der Inspector seufzte erschöpft auf. »Ach, meine Männer haben sich die Füße wundgelaufen und alle über die Bewohner von Old Forge ausgefragt. Und einer von ihnen ist tatsächlich auf einen dreißig Jahre alten Skandal gestoßen. Offenbar musste Mrs. Brockhurst, damals Dienstmädchen bei Miss Amys Mutter, eine Weile das Dorf verlassen, weil sie ein uneheliches Kind erwartete.«

Arbie schluckte heftig. Er wollte nicht zugeben, dass ihm das dank Vals Spürnase schon seit einer Weile bekannt war. Je weniger die Polizei darüber wusste, was man so trieb, desto besser. Das war jedenfalls die Devise seines Onkels, und Arbie war geneigt, ihm diesmal zuzustimmen.

»Ach wirklich?«, murmelte er, wobei er dem Blick des Inspectors in auffälliger Weise auswich.

»Das kommt öfter vor, als man glaubt«, ergänzte der Inspector, der Arbies Verlegenheit missverstand und sie ihm nehmen wollte. »Ein Mädchen gerät in Schwierigkeiten, geht eine Weile fort, bekommt das Kind und gibt es dann zur Adoption frei. Oder sie überlässt den armen kleinen Wurm den Nonnen.«

»Und das hat einer Ihrer umherstreifenden Constables offenbar einem Dorfbewohner aus der Nase gezogen, korrekt?«

»Ja. Natürlich haben wir uns deshalb gefragt, ob die Haushälterin all die Jahre einen heimlichen Groll gegen Amy Phelps und ihre Mutter gehegt hat. Sie hätte sich einreden können, dass die Phelps die Möglichkeit gehabt hätten, sie im Haus zu behalten und ihr zu gestatten, das Kind selbst aufzuziehen. Natürlich ist das völlig illusorisch. Keine anständige Familie hätte ein Dienstmädchen unter solchen Umständen weiterbeschäftigen können. Allerdings könnte Jane Brockhurst da anderer Ansicht gewesen sein. Doch als wir der Sache auf den Grund gegangen sind, fanden wir heraus, dass das arme Baby bei der Geburt gestorben ist. Also hatte sie keinen Grund, die Phelps zu hassen.«

Arbie war sich da nicht so sicher. Er selbst hätte an Jane Brockhursts Stelle nicht so leicht verziehen.

»Nein, ich glaube, Sie und Ihre hübsche Miss Val haben vermutlich recht. Murray ist unser Mann, zumindest was den Tod seiner Cousine angeht. Das Dumme ist nur, dass wir das auch beweisen müssen. In der Frage, wer die Tante auf dem Gewissen hat, können wir offenbar zwischen Phyllis und Murray eine Münze werfen. Und auch da habe ich keine Ahnung, wie wir das beweisen sollen.«

»Ja-a«, erwiderte Arbie, allerdings ziemlich zweifelnd. Wenn der Inspector weniger angestrengt und übernächtigt gewesen wäre, hätte er diesen Zweifel vermutlich herausgehört. Doch im Moment war er in Gedanken anderswo.

»Tja, jetzt muss ich mich wohl wieder ins Getümmel stürzen«, sagte er und wies mit dem Kopf auf den Pub, wo noch reger Betrieb herrschte. Er gähnte ein letztes Mal und ging hinein.

Arbie blickte ihm besorgt nach. Seit Phyllis' plötzlichem Tod hatte er viel nachgedacht und war dabei zu einigen erschreckenden und überraschenden Erkenntnissen gelangt. Nun betrachtete er seinen Onkel, der, ein albernes Grinsen auf dem Gesicht, die Ente beobachtete, und seufzte auf. »Komm, Onkel. Ich bring dich nach Hause und verabreiche dir einen starken Kaffee. Ich muss dich nämlich dringend um Rat fragen.«

»Hmmm? Perpetuum mobile, schon mal davon gehört? Leonardo hat es nicht geschafft, das Rätsel zu lösen, aber mir könnte es gelingen. Mir kam da nämlich so eine kleine Idee ...«

Arbie, der keine Ahnung hatte, wovon sein Onkel redete, zerrte ihn auf die Füße und schob ihn entschlossen heimwärts. »Nein, Onkel, komm schon. Nimm dich zusammen. Ich muss dich wirklich etwas fragen. Wie gut kennst du dich in Chemie aus?«

KAPITEL ZWANZIG

Am nächsten Morgen traf der Inspector früh im Dorf ein, um Doreen Capstan abzufangen, bevor sie zur Arbeit in die Fabrik aufbrach.

Doch als er sich gerade in die Polecat Lane aufmachen wollte, wo sie wohnte, wurde er wieder einmal von Arbie Swift angehalten. Ein wenig ungeduldiger als sonst wartete er unter einer einsamen Rosskastanie, bis der junge Mann ihn eingeholt hatte, und warf einen vielsagenden Blick auf seine Uhr.

»Mr. Swift, ich fürchte, ich bin in Eile«, begann er streng.

Arbie nickte. »Ja, schon gut, ich verstehe«, stimmte er hastig zu. »Ich zufällig auch, denn morgen hat mein Onkel Geburtstag, und obwohl ich eine große Überraschung für ihn vorbereitet habe, möchte ich in der Stadt noch ein paar Kleinigkeiten zum Auspacken besorgen. Mir ist nur gerade etwas zu dieser Mordsache eingefallen …« Er holte tief Luft und wirkte ein wenig verängstigt, als er weitersprach. »Allmählich habe ich nämlich den Verdacht, dass Sie, was den Tod von Amy Phelps und Phyllis angeht, falschliegen.«

Nachdem das heraus war, holte er noch einmal tief und zittrig Luft und betrachtete den Polizisten mit einer Mischung aus Besorgnis und Verzweiflung im Blick. Der Inspector fühlte sich zu seinem Amüsement an den Augenausdruck seines Spaniels erinnert, wenn ein Besuch beim Tierarzt auf dem Programm stand.

Da der junge Mann offenbar befürchtete, sich für diese vorwitzige Bemerkung einen Tritt in den Allerwertesten eingehandelt zu haben, lächelte der Inspector ihn freundlich an. »Ich verstehe. Und haben Sie irgendwelche Beweise für diese Vermutung?«

»Ja, schon. Und dann auch wieder nein.«

»Sehr interessant«, spöttelte Gorringe.

Arbie spürte, wie er errötete. »Das heißt, ich glaube, dass es Beweise gibt und dass Sie sie finden würden, wenn Sie wüssten, wo Sie suchen müssen.«

Der Polizist sah zu, wie Arbie mit den Füßen scharrte, und seufzte auf. »Nun gut.« Er lehnte sich lässig an den Baumstamm. »Dann schießen Sie mal los, Mr. Swift.«

Arbie schluckte und zuckte dann die Achseln. Gewiss würden seine Überlegungen höhnisch vom Tisch gewischt werden. Denn schließlich gab es niemanden, der sich weniger zum Hobbydetektiv eignete, als er selbst. Der Fachmann neben ihm würde sicher unzählige Löcher in seiner so ordentlich zurechtgezimmerten Theorie entdecken. Doch Arbie würde keine Ruhe finden, bis er seine Erkenntnisse nicht mit jemandem geteilt hatte.

Wenigstens ist Val nicht hier, um Zeugin zu werden, wie ich mich zum Narren mache, tröstete er sich.

»Also. Soll ich einfach … äh … erzählen, was ich mir so gedacht habe? Sie können ja zuhören und schmunzeln, und wenn ich fertig bin, lachen Sie einfach nur laut und schicken mich weg«, meinte er.

»Ich bin ganz Ohr, Mr. Swift«, beteuerte der Inspector.

»Gut«, murmelte Arbie, ohne ihm in die Augen schauen zu können. »Dann fange ich mal an.« Er atmete noch einmal tief durch. »Wie Sie wissen, wurde ich in die Angelegenheit hineingezogen, als Miss Amy Phelps mich bat, mich der Sache mit dem Geist anzunehmen. Nun, offen gestanden hatte ich keine große Lust dazu. Ich habe den *Leitfaden für den Gentleman* nur so zum Spaß geschrieben und bin deshalb noch lange kein Fachmann für die Geisterjagd. Doch sie ließ sich nicht abweisen, und Val hat mich provoziert und ...« Als er bemerkte, dass der Inspector schon nicht mehr richtig zuhörte, zwang er sich, beim Thema zu bleiben.

»Entschuldigung.« Er räusperte sich. »Nun, ich war von Anfang an ziemlich sicher, dass Miss Phelps nicht wirklich an übernatürliche Mächte glaubte. Ich habe Ihnen ja schon gesagt, dass Val und ich bald hinter den wahren Grund gekommen sind: Sie befürchtete, jemand in ihrer Familie könnte hinter den Streichen stecken. Und sie hielt ihren Neffen für den Übeltäter. Dann starb sie, und zwar nachdem sie ihr Testament geändert hatte. So weit, so einfach. Doch nun wird es kompliziert, denn wie, um alles in der Welt, konnte sie in einem von innen abgeschlossenen und verriegelten Zimmer vergiftet werden? Schon weniger einfach. Und dann stirbt Phyllis, wieder nachdem sie ihr Testament geändert hat. Und nun ist das Durcheinander komplett.«

»Ganz Ihrer Ansicht«, stimmte der Inspector ihm spöttisch zu.

»Ja. Gut. Wie einer meiner Dozenten in Oxford immer sagte: ›Denk logisch, mein Junge!‹ Und recht hatte er! Also, Arbie, alter Knabe, benutze endlich deinen Verstand. Nun, sehr logisch war es nicht, wenn ich ehrlich bin ...« Als Arbie den warnenden Blick des Inspectors auffing, sprach er rasch weiter. »Nun denn, um mich kurz zu fassen, habe ich mir gesagt, dass ich die Dinge wohl aus dem falschen Winkel betrachte, wenn ich einfach keine Antworten finde. Deshalb wäre es das Beste, wenn ich alle bisherigen Lösungen verwerfe und noch einmal von vorne anfange, diesmal ohne von irgendwelchen Selbstverständlichkeiten auszugehen. Und dann habe ich mich gründlich mit dem abgeschlossenen Zimmer und dem Gift befasst, also damit, wie der Täter es wohl zuwege gebracht haben könnte – und dann, nachdem ich das getan hatte … hatte ich plötzlich eine Erleuchtung. Und als mir zu meiner Zufriedenheit klar geworden war, wer der wahre Nutznießer des ersten Mordes ist – und ziemlich sicher auch des zweiten –, blieb nur noch eine Person übrig, die als Täter infrage kommt.«

Endlich, lange genug hat es ja gedauert, dachte der Inspector ziemlich belustigt. Es interessierte ihn brennend, welchen Namen der Bengel wohl aus dem Hut zaubern würde. »Und sind Sie auf einen passenden Kandidaten gestoßen, Sir?«, erkundigte er sich neugierig.

»Ja, ich fürchte, das bin ich«, antwortete Arbie bedrückt. »Es tut mir leid, das sagen zu müssen, aber ich denke, es ist Reggie Bickersworth. Ich bedauere es wirklich sehr, Sir, weil ich den alten Herrn ins Herz geschlossen habe und die Vorstellung, ihn … Aber Mord ist Mord und … tja …«

Arbies Stimme erstarb, und er beobachtete, wie sich nacheinander unterschiedliche Gefühle auf dem Gesicht des Inspectors widerspiegelten. Zunächst war da, verständlicherweise, Überraschung. Dann erschien ein Schmunzeln, gleich gefolgt von Verwirrung. Und zu guter Letzt war ein abwartender und bedächtiger Blick zu erkennen.

»Und wie sind Sie ausgerechnet auf diesen Gentleman verfallen, wenn ich fragen darf?«, erkundigte sich Gorringe in nachsichtigem Ton. »Übrigens ist üble Nachrede in diesem Land strafbar.«

Bei diesen Worten erbleichte Arbie ein wenig. »Wissen Sie, Inspector, eigentlich haben Sie recht.« Er scharrte ein wenig mit den Füßen und stieß dann einen schweren Seufzer aus. »Inspector, hätten Sie etwas dagegen, dass wir Reggie sofort aufsuchen? Ich glaube, er sollte das, was ich Ihnen sagen muss, ebenfalls hören. Es ist nur recht und billig, ihm die Gelegenheit zu geben, sich zu verteidigen. Und falls ich alles komplett falsch gedeutet habe, kann er mir meinetwegen den Kopf waschen.«

Der Inspector musterte den jungen Mann. Offenbar war er fest entschlossen, sich alles von der Seele zu reden, und der Polizist kam zu dem Schluss, dass es ja nicht schaden konnte. Wenn er sich wirklich zum Narren machte, würde Reggie Bickersworth sicher nicht allzu streng mit ihm sein. Schließlich war es ein Privileg der Jugend, auch einmal einen Fehler machen zu dürfen, und Aufgabe der älteren Generation, sich in Nachsicht zu üben.

»Also gut, Sir. Wenn Sie wirklich so fest entschlossen sind, es hinter sich zu bringen, wollen wir gleich zu ihm gehen«, erwiderte der Inspector gelassen.

Reggie war zu Hause und schien erstaunt, sie zu sehen. Doch als der Inspector fragte, ob er ein paar Minuten Zeit für sie erübrigen könne, hatte er nichts dagegen einzuwenden.

Arbie fühlte sich ziemlich beklommen, als er den beiden Männern in den Raum folgte, der gleichzeitig als Wohnzimmer, Atelier und Küche diente. Die obere Etage, wo sich offenbar das Nachtlager des alten Herrn befand, erreichte man über eine breite, stabil wirkende Treppe aus groben Brettern. Die frei liegenden Deckenbalken und die Staubflöckchen, die in den zu den Fenstern hereinströmenden Sonnenstrahlen tanzten, verliehen dem Häuschen etwas Verträumtes und aus der Zeit Gefallenes. Der Inspector verstand gut, warum sich ein Künstler hier zu Hause fühlte.

»Bitte, nehmen Sie Platz«, forderte Reggie sie eifrig auf. »Die Lehnsessel wurden, wie ich glaube, im Haupthaus ausrangiert, sind aber dennoch sehr bequem, das kann ich Ihnen versichern. Darf ich Ihnen einen Tee anbieten?«

»Nein danke, Sir, für mich nichts«, erwiderte Arbie rasch, denn er wusste nicht, welche Verhaltensregeln in Situationen wie dieser galten. Allerdings war er sich ziemlich sicher, dass es sich nicht gehörte, sich von einem Mann, den man gleich des Mordes beschuldigen würde, zu einem Getränk einladen zu lassen.

»Für mich auch nichts, Sir«, folgte der Inspector seinem Beispiel.

»Wenn das so ist …« Reggie lächelte seine unerwarteten Besucher nacheinander freundlich an. Nur ein leicht verständnisloser Ausdruck ließ seine grauen Augenbrauen ein Stückchen höher wandern. »Jetzt machen Sie mich aber wirklich neugierig.«

»Unser Mr. Swift hat sich offenbar ein bisschen als Hobbydetektiv betätigt«, begann der Inspector ohne Umschweife. »Er glaubt, das Rätsel um die jüngsten Tragödien gelöst zu haben.« Der Polizist hatte den Eindruck, dass der alte Herr bei diesen Worten fast unmerklich erbleichte, aber das konnte auch nur Einbildung sein. »Und da wir alle erwachsene Männer sind, würden wir gerne Ihre Meinung zu seiner Theorie hören.«

»Ach, wir haben wohl ein wenig Agatha Christie gelesen?«, antwortete Reggie schmunzelnd. »Das kann ich Ihnen nicht verübeln, ich bin auch ein Anhänger ihrer Romane. Man kann richtiggehend süchtig danach werden, richtig? Allerdings komme ich nie darauf, wer es gewesen ist.«

Arbie zwang sich zu einem Lächeln. Er wünschte, der alte Herr wäre nicht so nett. Warum musste er denn nur aussehen wie das Sinnbild eines ... nun, Lieblingsonkels. In seinem abgewetzten Tweedsakko und der ausgebeulten Reithose schien er kein Wässerlein trüben zu können. Arbie empfand das als ziemlich verstörend.

»Aber vielleicht gehört Mr. Swift ja zu den Leuten, denen es immer gelingt, den Täter zu enttarnen.« Der Inspector war zwar selbst kein Freund von Kriminalromanen, beschloss aber, den Stier bei den Hörnern zu packen. »Deshalb bin ich schon sehr gespannt darauf zu erfahren, ob er aus unserem geheimnisvollen Mordfall schlau geworden ist.«

»Oh ja«, sagte Reggie. Er richtete sich ein wenig gerader auf und blickte den jungen Mann erwartungsvoll an. »Ich auch.« Er griff nach seiner Bruyère-Pfeife und schwenkte sie fragend. »Stört es Sie, wenn ich ...«

Niemand hatte etwas dagegen. Während Reggie sich ans Anzünden der Pfeife machte, holte Arbie tief Luft und bemühte sich um Ruhe. Nun musste er liefern, daran führte kein Weg vorbei. Da er weder dem Hüter des Gesetzes noch dem Mann, der in aller Seelenruhe seine Pfeife anzündete, in die Augen schauen konnte, lehnte er sich in dem uralten Lehnsessel zurück und starrte entschlossen auf die angeschmutzte Fensterscheibe hinter dem Inspector.

»Nun gut, für mich stellt es sich folgendermaßen dar. Reggie, Sie haben Francis, den geliebten Bruder von Miss Amy Phelps, im Internat kennengelernt und als Schüler jede Sommerferien hier verbracht, da Ihre Eltern sich im Ausland aufhielten, richtig?«

»Ja, genau«, antwortete Reggie und zog heftig an seiner Pfeife.

»Und Val glaubt, dass Sie … sie denkt, dass Sie, als Sie älter wurden, eine … äh … *ganz besonders enge Beziehung* zueinander entwickelt haben. Verstehen Sie, was ich meine?« Er hoffte, dass er wie ein Mann von Welt geklungen hatte, nicht wie ein verklemmter Schuljunge. Als er im Augenwinkel sah, dass Reggie feuerrot angelaufen war, sprach er rasch weiter. »Sie haben beide nicht geheiratet und waren den Großteil Ihres Erwachsenenlebens immer zusammen. Lange Auslandsreisen und so weiter. Und selbst nach Francis' Tod sind Sie immer weiter nach Maybury gekommen und haben im Sommer sogar hier im Atelier gewohnt, damit Sie Ihr eigenes Haus untervermieten und sich so etwas dazuverdienen konnten.«

Reggie schluckte heftig. »Ich denke nicht, dass mein Privatleben oder das meines verstorbenen Freundes irgendjemanden etwas angeht«, entgegnete er spitz.

Arbie spürte, wie er selbst rot anlief, und räusperte sich. Noch nie in seinem ganzen Leben hatte er sich so unbeholfen und beklommen gefühlt wie jetzt. »Entschuldigen Sie, Mr. Bickersworth, natürlich haben Sie recht. Ich versichere Ihnen, dass ich nicht im Traum daran gedacht hätte, es zu erwähnen, wenn es nicht wichtig für die Ermittlungen wäre. Aber es ist gewiss nicht nötig, näher darauf einzugehen, weshalb wir am besten rasch weitermachen.«

»Ja, Sir, ich stimme Ihnen zu, und ich glaube, wir können das nun als bekannt voraussetzen«, wandte Gorringe nachsichtig ein. »Allerdings beantwortet das in meinen Augen nicht die Frage, weshalb Mr. Bickersworth Amy Ihrer Ansicht nach umgebracht haben soll. Sie war gewiss wie eine Schwester für ihn. Und anschließend noch sein eigenes Patenkind? Sie wussten doch sicher, dass er Phyllis' Patenonkel war.«

Reggie ließ die Pfeife fallen und starrte Arbie entrüstet an. »Wie bitte?«, stieß er hervor. »Was soll das?«

»Nein, Inspector, das wusste ich nicht, obwohl es mich nicht überrascht«, erwiderte Arbie bedrückt. »Und die Antwort lautet so wie meistens: Geld.«

»Jetzt aber mal halblang«, protestierte Reggie, bückte sich nach seiner Pfeife und legte sie neben sich auf den Tisch, wo er sie sich selbst überließ, sodass sie bald erlosch. Nun saß er kerzengerade da und schaute zwischen dem Inspector und Arbie hin und her. Dass er dabei ständig den Mund auf- und zuklappte, erinnerte den Polizisten auf unselige Weise an einen Guppy. »Muss ich das etwa so verstehen, dass man *mir* den Mord an Amy zur Last legt?«

»Ja, Sir, ich gehe davon aus, dass Mr. Swift genau das vermutet.«

»Aber das ist … das ist eine *Unverschämtheit*!«, keuchte Reggie. »Sie nehmen ihn doch hoffentlich nicht ernst? Bitte, Inspector, sagen Sie jetzt, dass das alles nur ein Scherz war«, flehte er Gorringe an. »Sie wollen mich nur auf den Arm nehmen, oder? Sie alle beide?«

Die Miene des Inspectors war eindringlich. »Ich glaube, Sir, dass wir uns zuerst anhören sollten, was Mr. Swift zu sagen hat. Anschließend können Sie Stellung dazu beziehen. Ich halte das für den besten Weg, die Angelegenheit zu klären, Sie vielleicht nicht?«

Unter Gorringes mildem, aber unnachgiebigem Blick knickte der alte Herr ein wenig ein. »Tja, ich weiß nicht, ich denke …«, stotterte er mit schwacher Stimme. »Dieses Vorgehen ist doch ziemlich ungewöhnlich, habe ich recht? Aber … wenn Sie darauf bestehen … Ja, in Ordnung. Ich höre mir an, was dieser junge Naseweis auf dem Herzen hat. Und anschließend ziehe ich ihm die Ohren lang«, drohte er.

Dem Inspector entging jedoch nicht, dass Reggie zu schwitzen angefangen hatte.

»In Ordnung, Sir, vielleicht haben Sie ja allen Grund dazu. Bis dahin danke ich Ihnen für Ihr Verständnis. Also, Mr. Swift, wo waren Sie stehen geblieben?«

»Beim Motiv«, antwortete Arbie beklommen. »Dem Geld also.«

»Aha«, stellte der Inspector fest. »Vielleicht kann ich Ihnen in diesem Punkt ja weiterhelfen. Selbstverständlich gehört es zu unserer Ermittlungsarbeit, über sämtliche Verdächtige Erkundigungen einzuholen. Und Mr. Bickersworths Vermögen ist im Laufe der Jahre tatsächlich um einiges geschrumpft. Genau genommen steht er sogar kurz vor dem Bankrott.« Reggie rutschte unruhig in seinem Sessel herum und wollte schon Einwände erheben, doch der Inspector brachte ihn mit einer beruhigenden Handbewegung zum Schweigen und fuhr rasch fort. »Wie bei so vielen kleinen Landadeligen hat der Weltkrieg seine Einkommensquelle versiegen lassen, und außerdem besaß seine Familie nie sonderlich viel Land. Doch wenn alle Angehörigen der sogenannten besseren Gesellschaft, die den Gürtel enger schnallen müssen, deshalb zu Mördern würden, würden uns die Leichenberge bis zu den Schultern reichen.«

Trotz dieser willkommenen Einschränkung schien Reggie in seinem Sessel zu schrumpfen. Wie der Inspector ihm deutlich anmerkte, war er ziemlich erschrocken, weil die Polizei so gut über seine Finanzen Bescheid wusste. Gewiss war er ein Vertreter der Geisteshaltung, dass peinliche Einzelheiten aus dem Privatleben anständiger Familien die Polizei überhaupt nichts angingen.

»Oh ja, das ist sicher richtig«, stimmte Arbie zu. »Aber wie ich annehme, war Reggie inzwischen nicht nur ziemlich abhängig von den Phelps, sondern glaubte, ein Anrecht auf diese Zuwendungen zu haben. Meiner Ansicht nach betrachtet er sich mittlerweile als Familienmitglied ehrenhalber und hat deshalb beschlossen, sich sein ›Erbteil‹ zu sichern. Schließlich hätte er ausgesorgt gehabt, wenn Francis noch am Leben wäre. Wie Sie sicher feststellen werden, war es wahrscheinlich stets Francis, der die Rechnungen bezahlt hat.«

Gorringe bemerkte, dass Reggie bei diesen Worten unwillig zusammenzuckte. Allerdings versuchte er gar nicht, es abzustreiten, was Gorringe wiederum höchst aufschlussreich fand.

»Doch nun war Francis tot. Miss Phelps sorgte zwar weiter für ihn, würde jedoch auch nicht ewig leben. Offenbar umwehte der eisige Wind der rauen Wirklichkeit schon länger seine alten Knochen«, fuhr Arbie ernst und den Blick weiter starr auf das Fenster gerichtet fort. »Er wusste genau, dass Murray alles erben würde, wenn Amy einmal das Zeitliche segnete. Und können Sie sich vorstellen, dass Murray Phelps, so wie seine Tante, bereit gewesen wäre, Reggie weiter auf Kosten der Familie leben zu lassen?«

»Das kann ich nicht«, erwiderte der Inspector knapp. »Aber bis zu einem Doppelmord ist es trotzdem noch ein langer Weg, Sir«, wandte er respektvoll ein.

»Ich bin ja so froh, dass wenigstens einer von Ihnen noch mit beiden Beinen auf dem Boden der Tatsachen steht.« Obwohl Reggie versprochen hatte, schweigend zuzuhören, konnte er sich diesen Seitenhieb nicht verkneifen. »Allmählich habe ich den Verdacht, dass mit Mr. Swift die Fantasie durchgegangen ist. Das Ganze ist barer Unsinn und nichts als haltlose Spekulation.«

»Ja, ich weiß, dass es so klingt, und es tut mir leid, aber bitte haben Sie Geduld mit mir«, entgegnete Arbie in förmlichem

Ton. »Denn wissen Sie, Sir, als Sie in diesem Jahr in Old Forge eingetroffen sind, hatten Sie einen sehr schlauen Plan im Gepäck.« Nun sprach er den alten Herrn direkt an, und endlich gelang es ihm, diesem dabei auch in die Augen zu schauen. »Ein Plan, der mir und dem Inspector womöglich albern erschienen wäre. Aber für Sie, der die Familie so gut kennt, war er alles andere als das. Schließlich sind Sie schon Ihr ganzes Leben lang mit diesen Menschen befreundet und waren deshalb ziemlich sicher, ihr Verhalten in jeder beliebigen Situation vorhersagen zu können.«

Er hielt inne, weil ihm die Luft ausgegangen war, atmete ein und sprach rasch weiter.

»Ich glaube, Mr. Bickersworth, dass Sie gut vorbereitet nach Maybury gekommen sind. Ihre altmodische Fotoausrüstung enthielt alles, was Sie brauchten, um Miss Phelps umzubringen. Doch zuerst mussten Sie für die richtigen Bedingungen sorgen, und deshalb haben Sie einen ›Geist‹ in die Welt gesetzt.«

An dieser Stelle drehte er sich zu Gorringe um. »Vergessen Sie nicht, Inspector, dass Miss Phelps keinerlei Schwierigkeiten mit ihrem den Hammer schwingenden Urahn hatte, bis Reggie zu seinem üblichen sommerlichen Aufenthalt hier erschien.«

Er wandte sich wieder an Reggie, der inzwischen kreidebleich geworden war und ihn aus großen Augen anstarrte. »Und so sind Sie durchs Haus geschlichen, haben Ihr kleines Glöckchen geläutet und verschiedene ›Warnungen‹ für Miss Phelps hinterlegt, bis sie völlig verängstigt war. Sie sind sogar so weit gegangen, geschickt ihren Treppensturz herbeizuführen.«

»Ach, und wie soll ich das geschafft haben, wenn ich fragen darf? Ich habe mich die ganze Zeit in diesem Atelier aufgehalten und hatte, wie alle anderen bestätigen können, keinen

Zugang zum Haus«, entgegnete Reggie trotzig. Doch falls er gehofft hatte, Arbie damit den Schneid abkaufen zu können, wurde er bitter enttäuscht.

Denn dieser quittierte das nur mit einer wegwerfenden Handbewegung. »Dazu komme ich gleich. Lassen Sie mich zuerst die Sache mit dem Motiv ausführen, sonst entsteht ein hoffnungsloses Durcheinander. Es tut mir leid, Mr. Bickersworth, das müssen Sie mir glauben. Aber ich habe Punkt für Punkt genau durchdacht. Ich muss nur bei der richtigen Reihenfolge bleiben.«

Obwohl der Inspector diesen kleinen Exkurs höchst interessiert beobachtete, fand er die Angelegenheit längst nicht mehr so amüsant wie zuvor, was ihm auch ins Gesicht geschrieben stand. Konnte dieser auf den ersten Blick wie ein verwöhntes Bürschchen wirkende junge Mann tatsächlich auf etwas gestoßen sein?

»Also«, fuhr Arbie fort. »Sie wussten, dass Miss Phelps einen Dickkopf hatte. Außerdem konnte sie recht nachtragend sein und hätte derartige Streiche sicher nicht so rasch verziehen. Sie brauchten sie nur davon zu überzeugen, dass ihr Neffe der Übeltäter war, damit sie sich verhielt wie geplant. Nämlich, indem sie ihr Testament zugunsten ihrer Nichte änderte. Nun, ob Miss Phelps es bei diesem Testament belassen oder ob sie es noch einmal geändert hätte, nachdem sie Murray von ihrem Schritt in Kenntnis gesetzt und ihm ordentlich Angst eingejagt hatte, werden wir wohl nie erfahren. Denn nach der Testamentsänderung mussten Sie zuschlagen. Und zwar schnell. Was Sie dann auch getan haben. Fazit: Vorhang für Amy Phelps.«

Wieder hielt er inne, um tief durchzuatmen. »Ich weiß genau, was Sie jetzt antworten werden, Mr. Bickersworth«, sagte er leise und sah den alten Herrn traurig an.

»Ach, das wissen Sie?«, zischte Reggie ärgerlich. »Und was bitte wäre das?«

»Dass der Tod von Amy Phelps Ihnen in diesem Fall überhaupt nichts genutzt hätte«, erwiderte Arbie. »Warum also hätten Sie sie umbringen sollen? Und Sie hätten sogar recht. Wenn man es so betrachtet, ergibt es keinen Sinn. Was heißt, dass auch niemand Sie verdächtigt hat. Das ist, wie Sie zugeben müssen, für einen Mörder ein gewaltiger Vorteil.«

»In der Tat«, bestätigte der Polizist.

»Nur dass ihr Tod ihm in vielerlei Hinsicht doch etwas nutzt – und zwar gewaltig«, sprach Arbie, nun an den Inspector gewandt, weiter. »Denn wenn Murray enterbt ist, gehört das ganze Geld Phyllis. Reggie hat Phyllis aufwachsen sehen, seit sie ein kleines Mädchen war. Und nun sagen Sie mir auch noch, dass sie sein Patenkind war. Phyllis, für die er ihr Onkel ehrenhalber ist. Phyllis, die ihn sehr gernhat und die viel großzügiger zum guten alten Reggie wäre als ihr Cousin, sodass er in schweren Zeiten weiter auf das Geld der Phelps zurückgreifen könnte.«

Der Inspector hatte mit Argusaugen beobachtet, wie sich während Arbies Vortrag verschiedene Emotionen auf Reggies Gesicht abzeichneten. Mit einigen wie Überraschung, Zorn oder Fassungslosigkeit hatte er gerechnet. Doch vor allem war da ein wachsendes Entsetzen, das sich langsam, aber gnadenlos in tatsächliche Angst verwandelte. Hieß das, dass er schuldig war und spürte, wie sich die Schlinge um seinen Hals zuzog? Oder war er unschuldig und fürchtete sich davor, unter falschen Verdacht zu geraten?

»Nun, es ist eine Theorie, Sir«, meinte Gorringe schließlich. »Wären Sie nun vielleicht so freundlich, mir zu erklären, wie ein Herr in leicht vorgerücktem Alter es geschafft haben soll, seine lebenslange Freundin zu ermorden?«

»Sprechen Sie von dem älteren Herrn, der sich bester Gesundheit erfreut und in seiner Jugend Bergsteiger war?«, erwiderte Arbie und wies dabei auf den plötzlich reglos und aufmerksam lauschenden Reggie Bickersworth. »Vielleicht diesem Herrn, der außergewöhnlich hoch gebildet und im Laufe der Jahre vielen ›geistig anregenden‹ Hobbys nachgegangen ist? Ja, es ist ein wenig schwierig«, räumte Arbie unglücklich ein. »Also gut, Sir. Meiner Ansicht nach hat es sich folgendermaßen abgespielt.«

»Passen Sie gut auf, was Sie jetzt sagen, junger Mann«, warnte Reggie, klang jedoch dabei längst nicht so selbstbewusst, wie ihm lieb gewesen wäre. Als er kurz einen Blick auf den Inspector warf, war dessen Miene nichts zu entnehmen.

»Fangen wir einmal mit dem Einfachsten an, nämlich mit dem Treppensturz«, begann Arbie, wieder an die nackte Fensterscheibe gewandt. »Vergessen Sie den Unsinn, dass jemand ein Stück Schnur oder sonst etwas über die erste Stufe gespannt und Miss Phelps so zum Stolpern gebracht haben könnte. Nein, bei dem einzigen verwendeten Faden handelte es sich um ein Stückchen sehr dünnes schwarzes Stickgarn oder etwas Ähnliches. Es wurde oberhalb der ersten Stufe auf dem kleinen Treppenabsatz angebracht, und zwar an der *Decke*. Am Ende war eine kleine braune oder schwarze Feder befestigt. Es könnte auch ein flauschiger Wollfussel gewesen sein. Miss Phelps war für eine Frau sehr groß, fast einen Meter achtzig, würde ich sagen, während ihre Haushälterin eher klein geraten ist. Also brauchte Mr. Bickersworth das Garnstück nur so zu platzieren, dass es Miss Phelps streifte, sobald sie darunter hindurchging. Dann musste er sich nur noch irgendwo in der Nähe auf die Lauer legen und das Glöckchen läuten. Miss Phelps, die sich kein X für ein U vormachen ließ, würde es hören und sich weigern, vor Angst zu erstarren. Und richtig, sie macht sich prompt auf die Suche nach der Geräuschquelle, vermutlich in der Erwartung, ihren Neffen in flagranti zu erwischen. Als sie sich, mit einer Kerze als einziger Lichtquelle, denn dieser Teil des Hauses ist ja nicht mit Gaslampen ausgestattet, der Treppe nähert und hinuntersteigen will, spürt sie sofort, wie etwas, *das sie nicht sehen kann*, ihr Gesicht berührt. Und aufgeregt, wie sie ohnehin schon ist, erschrickt sie so, dass sie ins Leere tritt.«

An dieser Stelle hielt Arbie inne, um festzustellen, wie seine Ausführungen angekommen waren. Zu seiner Erleichterung sah er den Inspector nicken.

»Klingt plausibel, Sir.«

Durch diese Zustimmung gestärkt, fuhr Arbie fort. »Offen gestanden ist mir Miss Phelps' Treppensturz von Anfang an seltsam erschienen. Warum hätte ein Täter, der sie wirklich verletzen oder gar töten wollte, ihr ausgerechnet dort eine Falle stellen sollen, denn letztlich ist die arme Frau nur etwa fünf oder sechs Stufen hinuntergekippt, bevor sie auf dem Treppenabsatz landete. Wenn sie also nicht großes Pech gehabt hätte und mit dem Kopf aufgeschlagen wäre, wäre sie aller Wahrscheinlichkeit nicht dabei zu Tode gekommen, ja, vermutlich nicht einmal schwer verletzt worden. Da wäre es doch viel sinnvoller gewesen, sie ganz oben an dem längsten Abschnitt der Treppe zu Fall zu bringen, denn dann wäre sie auf dem harten Fliesenboden der Vorhalle aufgeschlagen.«

»Nur dass es Mr. Bickersworth, wenn man Ihrer Logik folgt, überhaupt nicht darauf angelegt hat, Miss Phelps zu töten oder schwer zu verletzen«, ergänzte Gorringe, der genau verstand, worauf Arbie hinauswollte. »Sein Ziel war es, sie zu erschrecken und wütend zu machen, nicht etwa ihr einen allzu schweren körperlichen Schaden zuzufügen. Außerdem musste er abwarten, bis Murray wieder im Haus war, um Miss Phelps in dem Glauben zu bestärken, dass er dahintersteckte.«

»Genau!«, erwiderte Arbie, der froh war, dass der Inspector seine logischen Schlussfolgerungen nicht in Bausch und Bogen verdammte. »Die Falle selbst verschwand nach dem Auslösen einfach von allein«, sprach Arbie weiter. »Das Stück Garn mit der Feder oder dem Wollflusen daran wurde durch den Sturz aus der Befestigung gerissen und landete irgendwo auf der Treppe, wo das Hausmädchen es beim Saubermachen zusammen mit anderem Staub und Schmutz mit Kehrblech und Besen zusammenfegte. Mr. Bickersworth brauchte dabei gar nicht im Haus zu sein. Er musste nur noch irgendwann später die Stecknadel oder Reißzwecke entfernen, mit der er seine Falle an die Decke geheftet hatte. Und ich habe bei meinen Nachforschungen tatsächlich an besagter Stelle ein winziges Loch im Putz entdeckt. Es war ein Kinderspiel, das kann ich Ihnen versichern, Inspector. Wie Sie selbst sehen können, ist Mr. Bickersworth ziemlich hoch gewachsen, während die Decke in diesem Teil des Hauses niedrig ist. Ich könnte mühelos hinaufgreifen, um eine Nadel anzubringen, und Sie genauso.«

»Hmmm. Sehr interessant, das muss ich Ihnen lassen. Aber wie hat er, um alles in der Welt, nun den Mord begangen?«, erkundigte sich Gorringe, der die Sache inzwischen wirklich spannend fand. Wenn dieser junge Bursche tatsächlich auf eine Erklärung gestoßen war, konnte er den Täter endlich überführen.

»Ja, ich platze regelrecht vor Neugier«, fügte Reggie in sarkastischem Ton hinzu. Nur dass seine Stimme mittlerweile leicht zitterte. Außerdem entging dem Inspector nicht, dass er sich immer wieder verstohlen die schweißnassen Hände an den Hosenbeinen abwischte.

»Ja, daran habe ich eine Ewigkeit zu knacken gehabt«, gestand Arbie. »Bis ich unter Anwendung eines Ausschlussverfahrens endlich auf die Lösung gekommen bin. Ich musste mich zuvor beim Onkel ein wenig in Sachen Chemie kundig machen, aber ...«

»Chemie?« Der Inspector konnte nicht mehr an sich halten. »Wussten Sie, dass Miss Cora Delaney in ihrer Jugend Chemie studiert hat?«

»Wirklich?«, hakte Arbie überrascht nach. Doch nach kurzer Überlegung schüttelte er mit Nachdruck den Kopf. »Nein, das klappt nicht, Inspector. Welches Motiv könnte diese reizende Dame haben, ihre Freundin zu ermorden?«

»Hmmm, da haben Sie recht«, stimmte der Inspector bedächtig zu. Genauso gut hätte er gleich den Weihnachtsmann verdächtigen können, denn eine freundliche Dame wie Cora Delaney war doch keine Mörderin! »Also los, raus mit der Sprache«, seufzte er schicksalsergeben. »Ich merke Ihnen an, dass Sie es kaum erwarten können, mir zu erklären, wie sich der Mord an Amy Phelps abgespielt hat.« Ganz davon abgesehen, dass *er selbst* es kaum erwarten konnte, es zu hören.

Insbesondere, da ihm nicht entgangen war, dass Reggie bei dem Wort »Chemie« buchstäblich einen Satz gemacht hatte.

»Nun gut. Ich stelle es mir folgendermaßen vor«, murmelte Arbie, der immer nervöser wurde, je mehr er sich der Auflösung des Rätsels näherte. Was, wenn er sich schrecklich geirrt hatte und sich nun bis auf die Knochen blamierte? Man würde ihm den Fauxpas für den Rest seiner Tage unter die Nase reiben.

»Wir wissen, dass Miss Phelps nicht beim Abendessen vergiftet wurde, richtig? Was mich, wie ich zugeben muss, übrigens sehr erleichtert«, fügte er sichtlich befreit hinzu. Wenn der Mörder schon beim Abendessen zugeschlagen und einen Fehler gemacht hätte, hätte er selbst etwas von dem Gift abbekommen können! »Außerdem wissen wir, dass Miss Phelps an jenem Abend nach dem Zubettgehen nichts mehr zu sich genommen hat. Obwohl ich es wieder und wieder durchgegangen bin, begreife ich einfach nicht, wie das Geheimnis um das abgeschlossene Zimmer den Täter in irgendeiner Weise weitergebracht haben könnte. Und deshalb musste ich die Angelegenheit aus einem anderen Blickwinkel betrachten.«

Als der Inspector den jungen Mann ansah, stellte er fest, dass dieser nachdenklich seine Schuhe musterte. Reggie hingegen starrte Arbie inzwischen an wie ein Kaninchen eine herannahende Schlange.

»Deshalb habe ich mich Folgendes gefragt«, sprach Arbie leise weiter. »Was wäre, wenn das Geheimnis um das abgeschlossene Zimmer überhaupt nie dem Zweck gedient hat, uns auf eine falsche Fährte zu locken oder dem Mörder zu einem Alibi zu verhelfen? Oder sonst irgendeinem der üblichen Gründe? Was, wenn das Zimmer rein zufällig abgeschlossen war?«

»Verzeihung, Sir, aber ich kann Ihnen nicht ganz folgen«, wandte der Inspector verdattert ein.

»Sehen Sie es einmal so herum«, begann Arbie zu erklären. »Amy Phelps ist wegen des ›Familiengeists‹ ziemlich beunruhigt. Allerdings hat sie den starken Verdacht, dass es sich dabei nur um Murray handelt, der es ihr heimzahlen will, dass sie sich in seine Romanze mit der hübschen, aber zwielichtigen Doreen einmischt. Inzwischen ist Amy sogar die Treppe hinuntergefallen und, gelinde gesagt, nicht sehr amüsiert. Also können Sie Ihren letzten Penny darauf verwetten, dass sie abends vor dem Schlafengehen ihre Zimmertür abschließt. Vielleicht verriegelt sie sogar die Fenster, obwohl es mitten im Sommer ist. Sie und ich würden es an ihrer Stelle genauso machen, oder?«

Gorringe nickte ungeduldig.

Reggie schluckte nur. Heftig.

»Also musste Mr. Bickersworth sich etwas einfallen lassen, um sie zu ermorden, obwohl er aus dem Haus ausgesperrt und sein Opfer wiederum in seinem Zimmer eingesperrt war. Stimmen Sie mir zu?«

»Jaja, Mr. Swift, aber wie hat er es angestellt?«, drängte Gorringe, inzwischen am Ende seiner Geduld angelangt. »Wie hätte er oder sonst jemand Miss Phelps vergiften können?«

»Indem er den einzigen Gegenstand vergiftete, den sie mit ins Zimmer nahm«, erwiderte Arbie und breitete in einer universellen Geste der Hilflosigkeit die Hände aus. »Das war seine einzige Möglichkeit, richtig?«

»Aber sie hatte doch nichts bei sich!«, rief Gorringe ärgerlich aus. »Sie sagten selbst, dass sie mit leeren Händen die Treppe hinaufgegangen ist.«

»Das ist richtig«, antwortete Arbie leise. »*Bis sie die Kerze von dem Tischchen auf dem oberen Treppenabsatz genommen hat.*«

Reggie stöhnte leise auf. Aber als die beiden Männer ihn ansahen, saß er nur stocksteif und blass da und presste fest die Lippen zusammen.

»Ja, die Kerze«, wiederholte Arbie laut und blickte dabei den Inspector an. Es machte ihm schwer zu schaffen, einen anderen Menschen des Mordes beschuldigen zu müssen, weshalb ihm immer flauer im Magen wurde.

»Amy Phelps mochte keine Gasbeleuchtung und verwendete lieber Kerzen«, fuhr er rasch fort, um es endlich hinter sich zu bringen. »Reggie wusste das. Der ganze Haushalt wusste es. Außerdem hatte er sie oft genug zu Bett gehen sehen. Und deshalb wusste er auch, dass Mrs. Brockhurst ihr eine Kerze auf das Flurtischchen zu stellen pflegte, damit sie nicht im Dunkeln den Korridor entlang zu ihrem Zimmer gehen musste. Also brauchte er in jener Nacht nur eine mit Zyanid versetzte Kerze in den Kerzenleuchter zu stellen. Und bevor Sie mich jetzt fragen, ob das möglich ist: Ich habe mich beim Onkel danach erkundigt. Sobald er nach der Beerdigung wieder nüchtern war, hat er sich mit seinem messerscharfen Verstand auf das Problem gestürzt und konnte das Rätsel rasch entschlüsseln. Dann hat er mir alles erklärt.«

An dieser Stelle besaß Arbie den Anstand, verlegen zu grinsen. »Ich fürchte, das alles war mir viel zu hoch, wie Sie sich sicher vorstellen können. Er hat mir ausführlich erläutert, bei welcher Temperatur Wachs schmilzt und wie sich das Gift in ein farbloses Gas verwandelt. Dazu muss man einige chemische Formeln anwenden und dieses und jenes tun. Jedenfalls bin ich sicher, dass Ihre Leute das genauso hinkriegen werden wie er«, schob er die technischen Details beiseite.

Reggie warf dem Inspector einen raschen Blick zu, und auch ihm wurde flau, als er den Polizisten zustimmend nicken sah.

»Kurz zusammengefasst, hat Mr. Bickersworth mithilfe seiner Ausrüstung eine Kerze mit einer manipulierten Schicht aus vergiftetem Wachs dicht unterhalb des Dochts angefertigt. Aus offensichtlichen Gründen musste er den Bereich ein Stück tiefer bearbeiten, da Amy die Kerze gleich oben an der Treppe anzündete, was hieß, dass die Dämpfe ansonsten sicher schon zu wirken begonnen hätten, noch ehe sie ihre Zimmertür erreichte. Wenn ihr dann übel geworden wäre, hätte sie vermutlich gerufen. Und wer das gehört hätte, wäre ihr zu Hilfe gekommen. Das durfte auf keinen Fall passieren.«

Bedrückt schüttelte Arbie den Kopf. »Nein, und deshalb war eine kurze Verzögerung nötig, bevor die Flamme den vergifteten Teil erreichte. Nur genug, damit die Dame Zeit hatte, wohlbehalten ihr Zimmer zu betreten. Dort hat Miss Phelps sich ausgezogen und sich vielleicht auch gewaschen und die Zähne geputzt, alles Dinge, wozu sie Kerzenlicht brauchte. Jedenfalls wissen wir, dass sie die Kerze brennen ließ, um noch ein wenig im Bett zu lesen.«

Arbie kam auf das aufgeschlagene Buch und die nicht zusammengeklappte Brille auf dem Nachttisch zu sprechen. »Sobald sich das vergiftete Wachs erwärmte, breitete sich todbringendes Gas im Zimmer aus. Ihr wurde übel und sie legte Buch und Brille beiseite. Die Konzentration muss sehr hoch gewesen sein, denn wir wissen, dass Miss Phelps innerhalb von kürzester Zeit im Bett starb. Dann brannte die Kerze einfach weiter, über den vergifteten Teil hinaus und bis zum unbehandelten Wachs, bis sie schließlich verlosch. So lag die bedauernswerte Frau tot im Bett, und zwar in einem abgeschlossenen Zimmer, ohne dass jemand hinein- oder hinausgekonnt hätte. Wenn man genauer darüber nachdenkt, ist es beinahe zu einfach.«

Der Inspector lehnte sich zurück und überlegte. Ihm war aufgefallen, dass Reggie Bickersworths Schultern irgendwann während Mr. Swifts Ausführungen nach unten gesackt waren. Der Mann schien um Jahre gealtert.

Gorringe ließ Arbies Theorie Schritt für Schritt Revue passieren. Sie hatte wirklich etwas für sich, aber … »Moment mal!«, rief er aus. »Warum sind Sie und Miss Coulton-James nicht tot umgefallen, sobald Sie das Mordzimmer betraten, wenn drinnen doch alles voller Giftgas war?«

Kurz zeigte sich Hoffnung in Reggies Augen, die allerdings rasch wieder erstarb, als Arbie die Frage beantwortete.

»Ja, darüber wäre ich auch beinahe gestolpert«, räumte er müde ein. »Bis mir einfiel, dass Mr. Bickersworth ja ein kluger Mann ist. Die Erklärung ist natürlich das Oberlicht.«

»Das Oberlicht?«, wiederholte der Inspector. Er hörte deutlich, wie der ältere Herr leise aufstöhnte. Aber Reggie hatte sich sofort wieder im Griff.

»Ja ...« Auch Arbie hatte das Geräusch wahrgenommen und kurz zu Reggie hinübergeschaut. Rasch wandte er den Blick wieder ab und sah den Inspector an, der eine zweifelnde Miene zur Schau trug. »Das Oberlicht ist zu klein, um jemandem als Fluchtweg zu dienen. Aber der Riegel ist lose, und deshalb eignete es sich ausgezeichnet, um das Zimmer über Nacht zu lüften. Mr. Bickersworth brauchte dazu nur vor der Tat ein Stück Schnur am Griff zu befestigen und dafür zu sorgen, dass das Fenster bloß angelehnt, jedoch nicht verriegelt war. Nachdem er sich von Miss Phelps' Tod überzeugt hatte, zog er dann an der Schnur, um das Oberlicht zu öffnen und frische Luft hereinzulassen. Dann, kurz vor Morgengrauen, hat er das Ganze wieder rückgängig gemacht und das Fenster geschlossen. Für einen schlanken, noch immer durchtrainierten Mann – nicht zu vergessen, einen ehemaligen Bergsteiger – stellten die niedrigen, geschwungenen Dächer von Old Forge sicher kein Hindernis dar. Er hat mir außerdem erzählt, er sei früher Pfadfinderführer gewesen, weshalb er sich sicher gut mit Seilen und Knoten auskennt. Ich habe keine Ahnung, welche Art von Knoten man hier anwenden müsste, aber es gibt sicher einen, der sich wieder von dem fraglichen Gegenstand löst, wenn man auf eine bestimmte Weise an der Schnur zieht. Und dann weist nichts mehr darauf hin, dass sie jemals da gewesen ist.«

So einen Knoten gab es in der Tat, was der Inspector als Freizeitsegler ihm auch hätte erklären können. Allerdings überschlugen sich seine Gedanken derart, dass er sich die Mühe sparte. War es möglich, dass der junge Mann die Lösung gefunden hatte?

»Dennoch war es ein Risiko«, wandte Gorringe schließlich ein und betrachtete den inzwischen ziemlich stillen und verunsicherten Reggie. »Was, wenn nicht alles Gas verflogen wäre? Dann wäre die Person, die die Leiche fand, sicher schwer krank geworden.«

»Ich weiß. Und offen gestanden glaube ich auch nicht, dass das Gas vollständig verschwunden war«, erwiderte Arbie und schluckte beklommen, als er sich daran erinnerte. »Als Val sich dem Bett näherte, wurde ihr ganz komisch, und sie wäre beinahe in Ohnmacht gefallen. Damals habe ich ihr Unwohlsein auf den Schock zurückgeführt. Aber, tja, auch ich muss zugeben, dass mir ein wenig sonderbar war, als ich mich über die arme Frau beugte. Und zwar weil ich den Kopf direkt an die heruntergebrannte Kerze hielt. Mir ist irgendwie die Luft weggeblieben.« Verlegen scharrte er mit den Füßen. »Ich dachte, es läge am Schreck. Doch inzwischen glaube ich, dass uns die vergiftete Luft zu schaffen gemacht hat. Zum Glück war ja das Fenster offen, durch das wir eingestiegen waren, sodass uns nicht mehr passiert ist, aber beim bloßen Gedanken ...« Kopfschüttelnd malte Arbie sich aus, wie knapp Val und er mit dem Leben davongekommen waren.

»Nun gut.« Er zog die Schultern hoch und ließ sie wieder fallen. »Miss Phelps ist tot, das Testament ist geändert, Murray ist enterbt, und kein Mensch verdächtigt Reggie Bickersworth.«

»Aber was ist mit Phyllis Thomas?«, fragte der Inspector leise. »Hat er die auch auf dem Gewissen?«

Der alte Herr zuckte zusammen und rutschte in seinem Sessel herum. »Ich glaube, ich habe mir das jetzt lange genug angehört. Ich muss Sie bitten zu gehen.«

Doch keiner der beiden Männer rührte sich von der Stelle, und der Inspector merkte Reggie an, dass dieser auch gar nicht damit gerechnet hatte. Inzwischen strahlte er etwas Schicksalsergebenes aus, das beklemmend wirkte.

Arbie zögerte kurz. »Tja, Inspector, da bin ich ehrlich gesagt nicht ganz sicher«, antwortete er sehr zum Erstaunen des Polizisten. »Ursprünglich dachte ich, dass er geplant hatte abzuwarten, wie die Dinge sich entwickeln. Und wenn er zu dem Ergebnis gelangt wäre, dass er Phyllis ›anpumpen‹ konnte, wann immer es nötig war, weil sie großzügig mit ihrem neu erworbenen Reichtum umging ... nun, ich würde gerne glauben, dass er es dann dabei belassen hätte.«

Reggie machte ein Gesicht, als sei ihm etwas in der Kehle stecken geblieben.

»Andererseits«, fuhr Arbie betrübt fort, »hat Murray ihm direkt in die Hände gespielt. Er hat Phyllis gedroht und sich selbst in die Rolle des Hauptverdächtigen manövriert, falls sie in nächster Zeit sterben sollte. Da es Phyllis nicht schwer gefallen ist, mit Val über das Treiben ihres Cousins zu sprechen, hat sie sich bestimmt auch Mr. Bickersworth anvertraut. Deshalb könnte er auf den Gedanken gekommen sein, das Eisen zu schmieden, solange es noch heiß war. Gewiss war er sicher, dass man Murray für den Mörder halten würde. Aber da können wir nur ihn selbst fragen.«

Die beiden Männer musterten Reggie forschend. Doch dieser gab keinen Mucks von sich. Inzwischen wirkten seine Augen ein wenig glasig, sodass der Inspector nicht sicher war, ob er die letzten Worte des jungen Schriftstellers überhaupt richtig wahrgenommen hatte. Den Grund dafür konnte der Polizist sich gut vorstellen: Offenbar war Reggie davon ausgegangen, dass er den perfekten Mord begangen hatte. Der Schock, enttarnt worden zu sein, hatte vermutlich eingeschlagen wie eine Bombe.

»Ach, verdammt, ich wünschte, Val hätte Phyllis nicht geraten, ihr Testament zu ändern und alles wohltätigen Zwecken zu hinterlassen!« Arbies plötzliche Vehemenz traf den Inspector völlig unvorbereitet.

»Augenblick, Sir, nur mit der Ruhe. Wieso sollte das eine Rolle spielen?«, fragte Gorringe.

»Verstehen Sie denn nicht? Der springende Punkt ist doch, *welcher* karitativen Organisation sie ihr Vermögen vermacht hat, oder?«

»Was?«, erwiderte der Inspector, der kein Wort verstand. Er hatte wieder das Gefühl, völlig im Dunkeln zu tappen. »Offen gestanden haben wir gerade Schwierigkeiten, das herauszufinden. Doch das Wichtigste an Phyllis Thomas' Testament ist doch, dass Murray nichts erbt, oder?«

»Oh nein, Inspector. Ich fürchte, genau das Gegenteil trifft zu«, antwortete Arbie Swift. »Nicht, wer leer ausgeht, ist wichtig, sondern wer *erbt*!«

»Ich kann Ihnen schon wieder nicht mehr folgen, Sir«, stellte der Inspector kopfschüttelnd fest.

»Sie wissen doch, dass Mr. Bickersworth eine Hilfsorganisation für Tiere betreibt«, meinte Arbie leise. »Einen von jenen Vereinen, die für verwaiste Kaninchen und andere heimatlose Vierbeiner ein neues Zuhause suchen.«

Der Inspector erbleichte ein wenig und starrte den Verdächtigen an, der inzwischen die Augen geschlossen hatte. So, als könne er alles dadurch ausblenden, dass er es einfach in Dunkelheit hüllte.

»Außerdem hat Val mir bestätigt, dass Phyllis schon einen ganz bestimmten wohltätigen Verein im Blick habe, mit dem ihre Tante sicher einverstanden gewesen sei«, fuhr Arbie gnadenlos fort. »Hinzu kommt, dass Amy Phelps schon seit Jahren

Haustiere aus Mr. Bickersworths Verein bei sich aufgenommen hat.«

Der Inspector stöhnte auf. »Oh, wollen Sie damit wirklich sagen ... dass Phyllis ihren *Patenonkel* als Erben eingesetzt haben könnte?«

Arbie zuckte traurig die Achseln. »Ich weiß nicht, Inspector. Aber ich denke, Sie sollten das dringend überprüfen, oder? Schließlich könnte sie ihr Geld auch der Heilsarmee vermacht haben. Vielleicht hat sie ja auch versehentlich eine Überdosis Schlaftabletten ...« Er verstummte mit einem weiteren hilflosen Achselzucken.

»Vielleicht aber auch nicht«, beendete der Inspector mit finsterer Miene den Satz. »Also gut. Ich werde meinen Kollegen in Aberdeen Feuer unterm Hintern machen«, verkündete er mit Nachdruck, was wiederum Arbie ziemlich verwunderte, denn er hatte keine Ahnung, warum sich Aberdeen in die Sache einmischen sollte. »Wir müssen Phyllis' Anwalt aufspüren. Und dann werde ich meine Leute bitten, Ihrer Theorie mit der vergifteten Kerze nachzugehen und dieses Atelier und die Utensilien dort gründlich zu durchsuchen.« Er blickte sich in dem behaglichen Raum um, der plötzlich gar nicht mehr so behaglich wirkte.

»Falls Mr. Bickersworth hier eine tödliche Kerze präpariert hat, muss er dabei Spuren hinterlassen haben, auch wenn er noch so gut sauber gemacht zu haben glaubt. Und nun ...« Er erhob sich gravitätisch, »werde ich Mr. Bickersworth mit aufs Revier nehmen und ihm einige sehr unangenehme Fragen stellen. Mitkommen.«

»Mr. Bickersworth, Sie sollten sich einen guten Anwalt nehmen, bevor Sie irgendetwas aussagen«, fühlte Arbie sich verpflichtet hinzuzufügen, was ihm einen recht ärgerlichen Blick des Inspectors einbrachte. Aber Reggie schien ihn gar nicht gehört zu haben. Als der Inspector ihm eine Hand schwer auf den Arm legte und ihn abführte, war er offenbar zu benommen, um zu begreifen, was da geschah.

KAPITEL EINUNDZWANZIG

Der nächste Morgen war hell und sonnig. Der Onkel war schon früh auf den Beinen und hatte seinen Geburtstag offenbar vergessen, denn die Karten und Geschenke, die Arbie ihm an den Frühstückstisch brachte, schienen ihn im ersten Moment zu verwirren.

Angeblich war er erst zweiundfünfzig. Arbie nahm ihm das nicht ganz ab.

Mrs. Privett hatte ihm seine Lieblingsspeisen gekocht und ihm ein Geschenkpäckchen neben den Teller gelegt, das seinen Lieblingstabak enthielt. Als sie wenig später das Haus verließen, zog der Onkel genüsslich an seiner frisch gestopften Pfeife.

»Und was ist das für eine Überraschung, die du mir versprochen hast?«, fragte der Onkel mit funkelnden Augen, als sie durch den nicht sehr inspiriert gestalteten Garten zu der Wiese gingen, die in Richtung Fluss abfiel.

»Das wirst du schon noch sehen.« Arbie grinste zufrieden, denn er hatte bereits aus einiger Entfernung den verräterischen Umriss des kleinen weißen Bootes erkannt, das am für gewöhnlich unbenutzten Steg vertäut war. »Hoffentlich gefällt es dir, Onkel. Ich habe sie eigens für dich umbauen lassen.«

Bei diesen Worten wurde der Blick des Onkels fragend. »Sie? Hast du endlich die vollbusige Barmaid für mich aufgetrieben, von der ich schon so lange träume ... äh, oh, hallo, da ist ja die junge Val.« Rasch schluckte er seine anstößigen Bemerkungen hinunter. Als Arbie herumwirbelte, stellte er fest, dass Val zielstrebig auf sie zusteuerte. Obwohl sie heute nicht mit dem Rad unterwegs war, ließ ihn der Ausdruck in ihren Augen wieder an den »Ritt der Walküren« denken, und er straffte in banger Erwartung die Schultern.

»Ach, Val, wie nett, dich zu sehen«, begrüßte er sie und setzte dazu sein friedfertigstes Lächeln auf. »Das ist ja ein ganz besonders schmeichelhafter Hut ...«

»Was hat das zu bedeuten, dass Mr. Bickersworth gestern in seiner Zelle Selbstmord begangen haben soll?«, begann sie und nahm sich kaum die Zeit, seinem Onkel zuzunicken. »Offenbar hat Inspector Gorringe ihn gestern am späten Abend festgenommen. Er hat den Mord an Amy Phelps und an Phyllis gestanden, und dann hat er sich aufgehängt. An seinen Schnürsenkeln oder etwas ähnlich Entsetzlichem.«

»Hä?«, stammelte Arbie, wie erschlagen von diesem Ansturm der Informationen. »Davon weiß ich ja noch gar nichts ...«

»Oh, versuche nicht, mir weiszumachen, dass du nicht deine Hände im Spiel hattest«, entgegnete sie warnend und stemmte ihre Hände in die Hüften. Ihre blauen Augen blitzten. »Ich habe Inspector Gorringe heute gesehen, als er bei uns war, um etwas mit Daddy zu besprechen. Dabei hat er angedeutet, er hätte gestern eine äußerst erhellende Unterhaltung mit dir geführt. Hast du Mistkerl etwa Geheimnisse vor mir?«, stieß sie hervor und war kurz davor, mit dem Fuß aufzustampfen.

»Ich glaube, ich habe gerade meine Geburtstagsüberraschung entdeckt«, sagte der Onkel rasch und wies in Richtung Fluss. »Ist es das?« Mit seinem Spazierstock zeigte er auf das weiße Boot, das unten auf dem Wasser tanzte. Arbie nickte nur stumm. »In diesem Fall schaue ich es mir einmal an. Danke, mein Junge.« Er klopfte Arbie in einer Geste männlicher Kameradschaft auf die Schulter. »Ich hatte schon immer Spaß daran, auf dem Fluss herumzuschippern, Miss Val.« Der Onkel lüpfte den Hut und hastete dann in beachtlicher Geschwindigkeit die Wiese hinunter. Der Mann war und blieb nun einmal ein erbärmlicher Feigling.

Wie gerne hätte Arbie sich ihm angeschlossen.

»Hör zu, Val …«, setzte er an, doch sie unterbrach ihn sofort mit einer herrischen Bewegung ihrer blassen Hand.

»Nein, ich habe keine Lust mehr auf deine Ausreden!« Dann ließ sie die Schultern hängen. »Ach, Arbie, ich dachte, wir ermitteln gemeinsam in diesem Fall«, klagte sie, nun ein wenig versöhnlicher. »Als der Inspector endlich bereit war, den Mund aufzumachen und dich ins Vertrauen zu ziehen, dass er nun weiß, wie es sich abgespielt hat und dass er Mr. Bickersworth verhaften will, hättest du anschließend wenigstens zu mir kommen können, damit ich es als Erste erfahre.«

Der Vorwurf traf Arbie mitten ins Herz, und er öffnete schon den Mund, um zu beteuern, der Inspector habe nichts dergleichen getan. Er, Arbie, habe die Lösung gefunden. Doch gerade noch rechtzeitig erkannte er, dass das sehr unklug gewesen wäre. Val kochte ohnehin schon vor Wut. Wenn er ihr nun beichtete, wie viel er ihr vorenthalten hatte, würde sie einen ausgewachsenen Tobsuchtsanfall bekommen.

Denn als er endlich den Mut gefasst hatte, Gorringe von seinen Überlegungen zu erzählen, war er gar nicht auf den Gedanken gekommen, dass Val auch hätte dabei sein sollen. Außerdem wusste er ja, dass ihre Eltern es ihm nicht danken würden, wenn er sie noch tiefer in die Angelegenheit hineinzog. Es hätte sicher Gerede gegeben, wenn ihr Beitrag zu einer tatsächlichen

Verhaftung irgendwo erwähnt worden wäre. Die Zeitungen würden ohnehin ihre Freude daran haben! Und ein Mann hatte nun einmal die Pflicht, sich schützend vor eine Dame zu stellen.

Hinzu kam, so dachte er bedrückt, dass sie ihm ohnehin nicht zugetraut hätte, das Rätsel ganz allein zu lösen. Val hatte ihn schon immer für leicht beschränkt gehalten.

Also ließ er den Kopf hängen und scharrte mit den Füßen. »Ja, Val, es tut mir leid«, murmelte er stattdessen. »Ich habe einfach nicht daran gedacht«, fügte er, nicht sehr überzeugend, hinzu.

Val sah ihn an, seufzte gleichzeitig entnervt und verzweifelt auf und marschierte dann mit einem ärgerlichen Schnauben davon. Arbie blickte ihr nach. Er wusste nicht, ob er froh oder traurig war darüber, dass sie nun offenbar endgültig nichts mehr von ihm wissen wollte.

Missmutig trottete er über die Wiese, um sich am Bootssteg zu seinem Onkel zu gesellen. Also hatte Reggie beschlossen, dass er sich keinem Gerichtsverfahren stellen wollte, und sich stattdessen für den »ehrenhaften Ausweg« entschieden, wie es so schön hieß. Arbie konnte ihm das nicht verübeln. Vermutlich hatte der Inspector in Reggies Atelier sämtliche Beweise gefunden, die er brauchte, um ihn zu überführen. Wahrscheinlich war er inzwischen auch endlich an eine Kopie von Phyllis' Testament gelangt, das bestätigte, dass sie Reggie als Alleinerben eingesetzt hatte.

Obwohl der Gerechtigkeit nun gewiss Genüge getan war, wünschte Arbie sich von ganzem Herzen, das alles wäre nie geschehen.

Seufzend trat er auf den von seinem Onkel selbst gebauten Bootssteg und prüfte vorsichtig die Balken. Zu seiner Erleichterung schienen sie solide genug, um sein Gewicht zu tragen, auch wenn sie nicht unbedingt als regelmäßig verlegt bezeichnet werden konnten. Als der Onkel seine Schritte hörte, steckte er den Kopf aus einem der offenen Fenster des Bootes. Er strahlte übers ganze Gesicht.

»Ein wunderschönes Boot, mein Junge«, rief er begeistert. »Ein bisschen altmodisch vielleicht, aber das ist gar nicht so schlecht. Dass du für zusätzliches Tageslicht und Stauraum für meine Farben und Staffeleien gesorgt hast, ist ausgezeichnet. Und dann die Plane auf dem Boden. Optimal. Nun kann ich Flusslandschaften ›im Freien‹ malen, habe es dabei angenehm warm und trocken und muss nicht im Wind stehen. Genial, mein Junge, einfach genial! Du verwöhnst mich. Danke, Arbie, mein Junge. Das ist das beste Geburtstagsgeschenk, das ich je bekommen habe!«

Sein Onkel war vor Freude so aus dem Häuschen, dass Arbies Stimmung sich ein wenig besserte. Kurz verschwand sein grau melierter Schopf im Inneren der Kajüte, kam aber im nächsten Moment wieder zum Vorschein. »Ach, und Arbie? Der Name? Wunderbar! Ich bin vor Lachen fast erstickt. Das hätte ich dir gar nicht zugetraut. Manchmal kannst du nämlich ganz schön spießig sein. Wenn die Nachbarn das alte Mädchen hier sehen, werden ihnen die Augen aus dem Kopf fallen!« Voller Zuneigung tätschelte er das Fensterbrett. »Bald wird sie im Umkreis von vielen Kilometern auf dem Fluss berüchtigt sein. Und all die alten Betschwestern und die Pfaffen werden mich bestürmen, den Namen zu ändern. Aber lieber lasse ich mich kielholen!«

Mit diesen Worten verschwand er wieder.

Arbie verstand kein Wort. Wovon, um alles in der Welt, redete sein Onkel nur? Was sollte denn an dem Namen *The Arty Craft* – der Künstlerkahn – denn so anstößig sein? Er selbst fand ihn ziemlich passend, denn ein Boot war ein Kahn, und dieser würde von einem Künstler gesteuert werden. Außerdem würden an Bord weitere Kunstwerke entstehen. Was konnte jemand daran auszusetzen haben?

Von einer bangen Vorahnung ergriffen, ging er zum Bug des Bootes, um den Namen zu lesen. Dabei fiel ihm ein, dass Marcus Finch schwerhörig war, und als er sich an das Telefonat mit ihm erinnerte, legte sich ihm eine eiskalte Hand ums Herz.

Er rechnete mit dem Schlimmsten, als er sich vorbeugte und die Inschrift las, die in marineblauer Kursivschrift am Bug stolz den Namen des Bootes verkündete.

The Crafty Fart – ein Furz aus dem Hinterhalt.

Als Arbuthnot Swift die wahre Tragweite des Grauens bewusst wurde, fragte er sich, ob er seinen Verleger nicht überreden sollte, den nächsten Band von *Die Geisterjagd – Ein Leitfaden für den Gentleman* besser im Ausland spielen zu lassen. Ganz egal wo, Hauptsache, sehr weit weg. Er würde hinzufügen, es sei unabdingbar, dass er sofort zu einer längeren Erkundungsreise aufbrach.